W0355912

I

Es war das schlimmste Jahr in der Geschichte Roms. Nun ja, so schlimm war es vielleicht auch wieder nicht. Da gab es beispielsweise noch das Jahr, in dem Hannibal unsere Legionen am Trasimenischen See schlug, und das Jahr, in dem Hannibal unsere Legionen bei Cannae vernichtete. Von Hannibal haben wir eine Menge gelernt. Am schlimmsten war möglicherweise das Jahr, in dem Brennus und seine Gallier die Stadt überrannten, ausplünderten und ein exorbitantes Lösegeld verlangten. Als es ausgewogen wurde und die Konsuln sich darüber beschwerten, daß die Gewichte falsch waren, warf der Gallier sein Schwert in die Waagschale und sagte: »Wehe den Besiegten!« Für einen Gallier sprach er ausgezeichnet Lateinisch. Wir nahmen uns diese Lektion zu Herzen und wendeten sie gegenüber jedem, der sich in den folgenden Jahren mit uns anlegte, gnadenlos an.

Doch all diese Dinge waren ja schon vor Jahrhunderten geschehen. Dies jedenfalls war bei weitem das schlimmste Jahr, das die Stadt zu meinen Lebzeiten bisher durchgemacht hatte. Im Vergleich dazu war das Jahr von Catilinas Verschwörung ein einziger Feiertag.

Auf den Straßen prallten die Banden von Clodius und Milo, Plautius, Hypsaeus und diversen anderen täglich aufeinander und randalierten, begünstigt durch einen korrupten Senat, dessen Mitglieder sich kollektiv über das Chaos ereiferten, während sie privat alle die eine oder andere Bande unterstützten. Die politische Situation war derart unübersichtlich, daß sich niemand von einem Tag zum anderen sicher war, wer zur Zeit eigentlich als amtierender Konsul fungierte. Wenn die Feinde Roms hätten sehen können, wie die Dinge in der Stadt standen, hätten sie gestaunt.

Und an Feinden mangelte es uns nicht in jenem Jahr. Im Osten führte Crassus einen halbherzigen Feldzug gegen eine Reihe in der Hauptsache harmloser und unschuldiger Nationen, während er Kraft und Schätze für seinen geplanten Krieg gegen die Parther sammelte. Im Norden schien Caesar entschlossen, die gallische Rasse komplett auszulöschen. Doch damit nicht genug, er unternahm sogar einen Angriff auf die von Nebel und Legenden umhüllte Insel Britannien. Das gemeine Volk pries Caesars Kriegstaten, weil es stets angenehm ist, sich aus großer Entfernung an der Massakrierung von Ausländern zu delektieren. Doch die Reichtümer, die aus Gallien gen Rom flossen, wurden doppelt aufgehoben durch die Horden billiger gallischer Sklaven, die Italien überfluteten, den allgemeinen Preissturz beschleunigten und die wenigen verbliebenen süditalienischen Bauern von ihrem Land vertrieben, auf daß an selber Stelle weitere der ständig expandierenden, auf Sklavenbasis arbeitenden Latifundien entstehen konnten.

Wie man sich sehr gut vorstellen kann, wäre dies für mich der ideale Zeitpunkt gewesen, aufzusteigen und meine wahre Bestimmung als Retter des Staates zu erfüllen, doch daraus wurde nichts, weil ich zu beschäftigt war. Es war das Jahr, in dem ich Ädile war.

Von allen Ämtern des römischen Staates ist das des Ädilen das beschwerlichste, unangenehmste, forderndste und mit großem Abstand teuerste. Die Ädilen haben die Oberaufsicht über Märkte, Straßen und Gebäude der Stadt. Sie sollen gegen Wucherer vorgehen, die Ehrlichkeit der Bauunternehmer kontrollieren, verbotene Kulte aus der Stadt vertreiben, die Abwasserleitungen und Abflüsse sauber und in Ordnung halten und die Bordelle inspizieren.

Das Schlimmste jedoch sind die Spiele.

Diese *ludi* sind offizielle Spiele des Staates und umfassen Theateraufführungen, Wagenrennen, öffentliche Feste und all die besonderen Feiern zu Ehren der Götter. Der Staat selbst stellt nur kargeste Mittel für diese Aktivitäten zur Verfügung, deren Gesamtsumme zu einer Zeit festgesetzt wurde, als sowohl Rom als auch die Spiele noch sehr viel kleiner waren als heute. Alle Ausgaben, die diese Mittel übersteigen, und das waren mittlerweile etwa neunzig Prozent der Kosten, mußten von den Ädilen selbst bestritten werden.

Dann gab es noch die *munera.* Für *munera* brauchte man wilde Tiere und Gladiatoren, eine einzige *munera* konnte leicht mehr kosten als die gesamten übrigen Spiele zusammen. Fremde glauben häufig, die *munera* wären staatliche Spiele, aber dem ist nicht so. Es handelt sich vielmehr um Bestattungsspiele, die ausschließlich von Privatpersonen finanziert werden. In der Vergangenheit hatten gewisse Ädilen zur Mehrung der eigenen Popularität neben den verlangten *ludi* auch *munera* veranstaltet, und schon bald erwartete das Volk sie als etwas Selbstverständliches.

Ironischerweise war es gar nicht notwendig, Ädile gewesen zu sein, um in ein höheres Amt gewählt werden zu können. Theoretisch konnte man nach einer erfolgreichen Amtszeit als Quaestor gleich für ein Praetorat kandidieren, wenn man das vorgeschriebene Mindestalter erreicht hatte. In Wirklichkeit aber wäre ein solches Bemühen von geradezu lachhafter Nutzlosigkeit gewesen. Die einzige Hoffnung, zum Praetor gewählt zu werden, lag bei Wählern, die einen nur dann wählten, wenn man ihnen zuvor denkwürdige Spiele geboten hatte. Deshalb konnte man die höchsten Ämter nur erringen, wenn man sich zuvor die ruinösen Kosten auf die Schultern geladen hatte, die mit dem Amt des Ädilen einhergingen.

Es sei denn, man war Pompeius, versteht sich. Er war immer die Ausnahme von den Regeln, die für alle anderen galten, sogar für Caesar und Crassus. Pompeius wurde zum Konsul gewählt, ohne auch nur ein einziges niederes Amt bekleidet zu haben. Andererseits wird man einem enorm erfolgreichen General, dessen unglaublich loyale Legionen vor den Toren der Stadt lagern, eine Menge nachsehen.

Das alles führte dazu, daß ein Ädile sich in seiner Amtszeit Schulden aufbürdete, deren Abzahlung Jahre dauern konnte. Es mag verwundern, daß ausgerechnet die Beamten mit den höchsten Schulden und der drängendsten Geldnot für die Bekämpfung der Korruption zuständig waren, aber das war nur eine der Anomalien unserer klapprigen, antiquierten Republik, die bald untergehen sollte, obwohl wir das damals noch nicht wußten.

Ich muß wohl kaum erwähnen, daß meine Gedanken damals nicht dem bevorstehenden Tod der Republik galten, nicht einmal meinen Schulden, um deren Unvermeidlichkeit ich wußte. Ich war vollkommen beschäftigt mit der Fülle meiner Pflichten und der unglaublichen Bürde des Amtes. Als ich mein erstes Vierteljahr als Ädile hinter mich gebracht hatte, war ich sicher, daß es zumindest nicht mehr schlimmer werden konnte. Wie üblich irrte ich.

Alles fing damit an, daß ein Gebäude einstürzte.

»Hier ist noch eine Leiche«, brüllte der Staatssklave, den seine Arbeit offensichtlich schon wieder langweilte. Es war vielleicht die fünfzigste Leiche, die in den Trümmern entdeckt wurde. Das Gebäude war eine fünfstöckige *insula* – oder war es gewesen, um die korrekte Zeitform zu wählen – von der Art, wie es sie im Rom jener Tage besorgniserregend häufig gab: ein stümperhaft zusammengezimmerter Kasten aus minderwertigem Holz, in dessen obere Etagen man so viele verarmte Familien wie möglich quetschte, während es im Erdgeschoß einige wenige anständige Läden und Wohnungen gab. Manchmal erstreckte sich eine einzige *insula* über einen ganzen Straßenzug. Sie waren überfüllt, dunkel, voller Ungeziefer und so leicht entflammbar wie ein ölgetränkter Scheiterhaufen.

Nun, ich nehme an, irgendwo müssen die Armen leben. Ein gelegentliches Erdbeben brachte die Dinger gleich massenweise zum Einsturz, aber eine nicht geringe Anzahl brach einfach so aufgrund von Vernachlässigung oder minderwertiger Bauweise zusammen.

Alarmierend am Einsturz dieses speziellen Gebäudes war jedoch die Tatsache, daß es praktisch neu war, der Mörtel kaum getrocknet, das Holz noch frisch und nach süßlichem Harz duftend. Das sollte eigentlich nicht passieren. Womit nicht gesagt ist, daß es nicht doch passierte, sogar einigermaßen häufig. Die Bauvorschriften waren, was Material und Konstruktionsstandards angeht, sehr streng und genau, wurden aber ziemlich unverhohlen mißachtet. Es war einfach billiger, einen Beamten zu bestechen, als vorschriftsmäßig zu bauen.

»Bringt die Leiche raus«, befahl ich dem Trupp Sklaven, der mit Werkzeugen und Bahren bereitstand. Diese Sklaven waren ein heruntergekommener Haufen von den staatlichen Bestattungsgruben außerhalb der Stadt. Dort arbeiteten sie, weil sie keine Skrupel hatten, Leichen zu berühren. Bei einer Katastrophe wie dieser konnten die Reinigungsriten erst zelebriert werden, wenn die Leichen aus den Trümmern geborgen und aufgereiht worden waren, damit sich die *libitinarii* um sie kümmern konnten.

Mittlerweile lag eine lange Reihe von Leichen auf dem kleinen Platz vor der eingestürzten *insula,* viele von ihnen grausam verstümmelt, andere äußerlich scheinbar unverletzt und vermutlich Erstickungsopfer. Es gab Kleinkinder und Alte, junge Männer und Frauen, Sklaven und Freie. Um den Platz drängte sich eine große Ansammlung von Menschen, die ängstlich oder schluchzend versuchten, Verwandte und geliebte Menschen zu identifizieren. Die Luft war erfüllt von leisem Gemurmel, das nur hin und wieder durch Wehklagen zerrissen wurde, wenn eine Frau Mann, Vater oder Kind unter den Toten entdeckt hatte.

Es gab kaum Überlebende, die wenigen waren zur Tiber-Insel getragen worden, wo sie nach Möglichkeit ärztlich versorgt wurden und ihr Schreien und Stöhnen das allgemeine Durcheinander nicht noch vergrößerte.

»Platz!« hörte man einen Liktor rufen. »Platz für den *interrex*!« Eine doppelte Reihe von Liktoren stürmte auf den Platz und drängte Gaffer und Trauernde mit ihren *fasces* beiseite. Hinter ihnen kam der Mann, der zwar über alle Macht und alles Ansehen eines Konsuls verfügte, nicht jedoch über den Titel oder eine entsprechende prokonsularische Ernennung. Die Wahlen im Vorjahr waren Gegenstand von so vielen Skandalen, Tumulten und Gerichtsverfahren geworden, daß die Konsuln ihr Amt noch nicht hatten antreten dürfen und an ihrer Stelle ein *interrex* ernannt worden war. Wie es der Zufall wollte, war es ein Verwandter von mir, der den klangvollen Namen Quintus Caecilius Metellus Pius Scipio Nasica trug.

»Wie viele Tote?« fragte er mich.

»Etwa fünfzig bis jetzt«, erklärte ich ihm. »Aber wir haben erst die oberen Stockwerke geräumt. Wir werden noch mehr Tote finden. Meinst du, daß das einen Tag der Trauer erforderlich macht?« Metellus Scipio war auch noch Pontifex und konnte einen solchen Tag der Trauer anordnen.

»Wenn die Zahl der Opfer außergewöhnlich hoch ist oder eine bekannte Persönlichkeit unter ihnen gefunden wird, werde ich im Senat einen beantragen«, erwiderte er. »Obwohl es mir im Grunde recht sinnlos erscheint. Dieses Jahr war schon bisher so blutig, daß die ganze Stadt in Schwarz gehen und sich einen Bart wachsen lassen sollte.«

»Wie wahr«, stimmte ich ihm zu. »Trotzdem werde ich denjenigen, der diese Bausünde verbrochen hat, zur Verantwortung ziehen. Eine funkelnagelneue *insula* hat ohne Erdbeben nicht einfach so einzustürzen. Das Ding stand ja nicht mal lange genug, als daß die Termiten sich an die Arbeit hätten machen können.«

»Wenigstens hat es kein Feuer gegeben«, bemerkte Scipio. Wenn ein Gebäude über brennenden Heiz- und Kochfeuern zusammenbrach, konnten sich die Flammen rasch in der ganzen Stadt ausbreiten.

»Ein kleiner Segen Jupiters«, sinnierte ich. »Es ist kurz vor Tagesanbruch passiert. Die Feuer waren noch nicht geschürt und die Lampen für die Nacht schon erloschen.«

»Tragisch«, seufzte er. »Aber es hätte schlimmer kommen können. Finde heraus, wer dafür verantwortlich ist. Ich will einen Namen. Du wirst wahrscheinlich zu beschäftigt sein, selbst Klage zu führen, aber wir können die Sache einem aufstrebenden jungen Mitglied der Familie übergeben. Mein jüngerer Sohn könnte eine solche Erfahrung gebrauchen.« Natürlich versuchte er, diesen Unglücksfall zum politischen Vorteil der Familie zu nutzen, so etwas taten wir ständig. Es war seine nächste Enthüllung, die mich wirklich überraschte.

»Wo wir gerade von Kindern sprechen«, er sah sich um, um sich zu vergewissern, daß niemand lauschte, »du solltest es noch eine Weile für dich behalten, aber die Familie hat der Heirat meiner Tochter mit Pompeius zugestimmt.«

»Ist das dein Ernst?« fragte ich fassungslos. »Wir bekämpfen Pompeius doch seit Jahren!« Ich war mehr als nur ein wenig verstimmt darüber, daß man mich von solch wichtigen Beratungen ausgeschlossen hatte. Trotz meines Alters, meiner Würde und meiner Erfahrung hielten die Älteren der Familie mich für zu jung und unzuverlässig, mich in ihren weisen Ratschluß einzubeziehen.

»Man hat entschieden, daß es an der Zeit ist, neue Allianzen einzugehen.«

Er mußte mir die grausamen Einzelheiten nicht erläutern. Die Familie hatte beschlossen, daß Caesar jetzt der gefährlichere Mann war.

»Aber Pompeius' Anhänger fordern eine Diktatur. Wir werden sie doch nicht etwa unterstützen, oder? Eher gehe ich freiwillig ins Exil!«

Er seufzte. »Decius, wenn du wüßtest, wie viele der Älteren ohnehin schon lange deine Exilierung fordern. Also werde jetzt nicht dramatisch, wir finden schon eine für alle befriedigende Lösung.«

»Solches Gerede kenne ich«, knurrte ich. »Ich glaube an das Prinzip des Kompromisses, aber wenn ihr mit einem Amt zwischen Konsul und Diktator rechnet, würde ich gern davon hören.«

»Das braucht Zeit«, sagte er. »Finde du nur heraus, wer hierfür verantwortlich ist«, er wies mit einer ausladenden Geste auf den Trümmerhaufen, »und überlasse Pompeius den höheren Räten.«

Pompeius war in diesem Jahr Prokonsul beider spanischer Provinzen geworden, in denen es jedoch so friedlich zuging, daß er deren Verwaltung seinen Legaten überlassen hatte und selbst in Italien geblieben war, um die chaotische Getreideverteilung zu überwachen. Und um sich allem Anschein nach um eine vorteilhafte Partie zu kümmern.

Ich hätte es mir denken können. Ein ähnlicher Anfall von Versöhnungsbereitschaft hatte vor einigen Jahren zu meiner Verlobung und späteren Heirat mit Caesars Nichte Julia geführt. Der Gedanke daran, wie Julia auf diese Veränderung ihrer familiären Position reagieren würde, ließ mich erschaudern.

Die Staatssklaven waren den ganzen Tag mit der Räumung der Trümmer beschäftigt. Der Schutt wurde auf Karren zu einer der städtischen Abfalldeponien transportiert, die zugeschüttet wurden, um neuen Baugrund für die sich immer weiter jenseits der alten Stadtmauern ausdehnenden Vorstädte zu schaffen. Die Sklaven waren nicht im eigentlichen Sinne Eigentum des Staates, der damals nur relativ wenig Sklaven besaß. Sie gehörten vielmehr dem *publicanus,* der mit solchen Arbeiten beauftragt war. Auch die Karren und Ochsen gehörten ihm.

Der Mann selbst stand neben einem der Wagen und machte sich mit einem Stylus auf einem Wachstäfelchen Notizen. Offenbar führte er Buch über die Zahl der Wagen und Ladungen. Er war ein großer, ziemlich rauh aussehender Vertreter, wie es Vertragsunternehmer für ungelernte Arbeiten häufig sind. Ihre Sklaven sind der Abschaum des Marktes, manchmal sogar Verbrecher oder Aufständische, die von fremden Königen haufenweise in die Sklaverei verkauft worden waren. Als ich auf ihn zukam, nickte er knapp.

»Guten Tag, Ädile. Schöne Sauerei, was?«

»Und was für eine. Ich frage mich, warum.« Ich klopfte auf einen flachen Ziegel aus der Fassade. »Alles brandneu und scheinbar solide.«

»Sieht so aus, nicht wahr?« Er gab sein Täfelchen einem Sekretär und nahm einen der Ziegel vom Wagen, brach ein wenig Mörtel ab und zerrieb ihn zwischen Daumen und Zeigefinger zu Staub. »Zum einen billiger Mörtel. Aber deswegen ist es nicht zusammengekracht. Der Teil über der Erde sieht immer ganz gut aus, verstehst du, wie wollte man sonst einen Mieter dazu bringen, hier einzuziehen? Aber ich wette, im Fundament finden wir morsche Stützpfeiler, und davon auch noch zu wenige. Die Stützen sollen nicht mehr als eine ägyptische Königselle voneinander entfernt stehen, aber ich habe gesehen, daß manche so weit auseinander waren, daß ein Mann sich bequem dazwischen legen könnte. Die Fundamente sind wahrscheinlich nicht tief genug in die Erde eingelassen und stehen auch nicht, wie es die Bauvorschriften verlangen, auf einer mannshohen Schicht Kies, sondern auf Flußschlamm. Wo man es nicht sieht, sparen die Bauunternehmer Kosten, wo sie nur können.«

»Empörend«, sagte ich angewidert, aber alles andere als schockiert. »Wie kommen sie nur damit durch? Wie kommt es, daß nicht alle Gebäude einstürzen?«

Er schenkte mir ein leutselig-zynisches Lächeln. »Normalerweise halten sie einfach nicht lange genug. Wie oft kommt es vor, daß eine solche *insula* mehr als zehn Jahre hält, ohne niederzubrennen? Und wer fragt dann noch nach nicht beachteten Bauvorschriften?«

»Jeder Bauunternehmer Roms sollte im Circus öffentlich ausgepeitscht werden«, sagte ich.

»Nun, das ist doch die Aufgabe der Ädilen, oder nicht?« Es war klar, was er meinte: Alle meine Vorgänger waren bestochen worden, bei Errichtung dieser Todesfallen in die andere Richtung zu schauen.

»Vielleicht brauche ich deine Aussage vor Gericht«, erklärte ich ihm.

»Stets zu Diensten des Senats und des Volkes«, sagte er mit jener bewundernswert hündischen Ergebenheit, die nur großgewachsenen, brutalen Männern im Umgang mit ihren Vorgesetzten gelingt.

»Dein Name?«

»Marcus Caninus, Herr.«

»Und wer ist dein Auftraggeber?«

»Der Censor Valerius, Herr.« Er meinte Marcus Valerius Messala Niger, der vor sieben Jahren Konsul und im Jahr vor Antritt meines lastenreichen Amtes noch immer Censor gewesen war.

Ich blickte mich nach meinem persönlichen Sklaven um, der meine Schreibutensilien trug und eigentlich bereitstehen sollte, um Notizen zu machen. Wie üblich war er nirgends zu sehen. Ich begann die Unglücksstelle abzusuchen und malte mir dabei eine angemessene Bestrafung für ihn aus.

Schließlich fand ich ihn in der Nähe eines Schuttkarrens, der mit Holzpfählen beladen war. Er vertrieb sich die Zeit mit einer uralten römischen Beschäftigung: er ritzte seinen Namen in die Pfähle. Jede Mauer, jedes Denkmal und jeder Baum in Rom kündet von den Segnungen der fortschreitenden Alphabetisierung. Graffiti ist die einzige Kunstform, die wir nicht von den Griechen oder Etruskern geklaut haben.

»Übst du deine Fähigkeiten als Schreiber, Hermes?« fragte ich.

Er klappte sein Messer zusammen und steckte es unter den Gürtel seiner Tunika, ohne sich von meinem drohenden Ton sonderlich beeindruckt zu zeigen. »Das ist junges Holz«, sagte er und tippte auf seinen frisch eingravierten Namenszug. Ich mußte zugeben, daß er die Buchstaben mit einiger Präzision geschnitzt hatte. Aus den Furchen rann tropfenweise Harz.

»Tatsächlich? Ich habe mich gefragt, wie ein aus neuen Materialien erbautes Haus einstürzen kann, aber ich lerne langsam, daß es in der Zunft der Bauunternehmer viele kleine, schmutzige Geheimnisse gibt.«

»Mit so jungem Holz soll man nicht bauen«, fuhr er fort.

»Wirklich?« Meine einzige Erfahrung mit Bauarbeiten hatte ich in der Legion gemacht, bei Brücken und Befestigungsanlagen, für die man jedes Holz verwendete, das gerade zur Verfügung stand, in der Regel frisch geschlagenes.

»Es muß erst altern und austrocknen. Frisches Holz verbiegt und verfault zu leicht, von dem Harz ganz zu schweigen. Das läßt ein Gebäude brennen wie einen Töpferofen.«

»Was du nicht sagst. Irgend jemand wird eine Menge Spaß damit haben, diese Leute anzuklagen.« Ich war nicht wirklich so beschränkt, sondern bloß abgelenkt. Meine Gedanken kreisten noch immer um die Heirat von Metellus Scipios

Tochter mit Pompeius und die möglichen Implikationen. Sollte es zum Bruch zwischen Caesar und Pompeius kommen, könnte die Familie verlangen, daß ich mich von Julia scheiden ließ. Was sollte ich dann tun? Ich bemerkte, daß Hermes seinen Namen in alle Pfähle auf dem Wagen geritzt hatte.

»Ich wußte, daß es ein Fehler war, dir dieses Messer zu schenken.« Es war ein Saturnalien-Geschenk von vor ein paar Jahren, eine feine gallische Klinge mit raffiniertem Gelenk, so daß man sie in den Knauf klappen konnte. Die Klinge war nicht länger als eine Hand breit, so daß man mich nicht der Bewaffnung eines Sklaven bezichtigen konnte. »Vermutlich erfüllt es dich mit einer gewissen Befriedigung zu wissen, daß dein Name am Grund einer zugeschütteten Abfalldeponie unsterblich bleiben wird.«

Er lächelte. »Irgendwo muß ich doch üben. Du läßt mir nie genug Zeit.«

»Du hast doch in deinem ganzen Leben noch keinen einzigen Tag ehrlich gearbeitet, du Halunke.« Hermes war damals ein gutaussehender, strammer junger Bursche von Anfang Zwanzig, sonnengebräunt und durch seine Zeit mit mir auf dem Feldzug in Gallien und sein fast tägliches Training in einer römischen *ludus* in bester Kondition. Er war stets ein eifriger Schüler gewesen, was den Umgang mit Waffen anging, doch seine Begeisterung für das Schreiben war neu. Er besaß eine naturgegebene Intelligenz, die seine vielfältigen kriminellen Neigungen aufs trefflichste ergänzte.

»Hier sind noch mehr Leichen!« rief der Sklave.

»Jetzt kommen sie zu den Wohnungen der Reichen«, bemerkte Hermes.

»Dann wollen wir mal sehen, wen wir da haben.« Gemeinsam gingen wir zu dem Trümmerfeld, das mehr und mehr einer Grube ähnelte, nachdem der Schutt vom Dach und den oberen Stockwerken abtransportiert worden war. Das Erdgeschoß war in den Keller gebrochen. Wie in den meisten derartigen Häusern war nur das Erdgeschoß mit Wasserleitungen versorgt, die unmittelbar nach Einsturz des Gebäudes abgestellt worden waren. Trotzdem stand das Wasser im Keller etwa zwei Fuß hoch, und es schwamm bereits allerlei Unrat darin herum.

Die Sklaven reichten den Arbeitern die Leichen hinauf. Bei den meisten handelte es sich natürlich um Sklaven, denn der Haushalt eines reichen Mannes umfaßt immer weit mehr Sklaven als Familienmitglieder. Die meisten Leichen waren ganz oder teilweise unbekleidet, da das Unglück passiert war, als die Hausbewohner noch geschlafen hatten. Wenn beide nackt sind, kann es durchaus schwierig sein, einen Sklaven von einem armen Freien zu unterscheiden, wohingegen es selten ein Problem ist, Sklaven und Wohlhabende auseinanderzuhalten, mit oder ohne Kleider.

Vor einer Reihe von Leichen blieb Hermes stehen; sie sahen aus wie Haussklaven, da sie keine Spuren harter körperlicher Arbeit aufwiesen, aber auch keinerlei aufwendigen Schmuck trugen.

»Wer immer ihr Herr war, beliebt war er nicht«, bemerkte Hermes.

»Das ist mir auch schon aufgefallen.« Viele der Leichen trugen den Halsring, der sie als Ausreißer kennzeichnete. Über der Leiche eines Mädchens von kaum sechzehn Jahren blieb ich stehen. Obwohl sie von Gipsstaub bedeckt war, konnte man erkennen, daß sie außergewöhnlich hübsch gewesen sein mußte. Auch sie trug einen Halsring. Einem Impuls nachgebend, winkte ich zwei der Staats-Sklaven zu mir. »Dreht sie um.«

Die stämmigen Männer bückten sich, faßten sie bei den Schultern und Knöcheln und drehten sie auf den Bauch. Rükken, Hintern und Hüften des Mädchens waren von einem Netz tiefer, häßlicher Striemen überzogen. Hier hatte nicht nur jemand mit einem zeremoniellen *flagellum* gespielt, dessen Hiebe zwar brennen, sich aber nicht wirklich tief in die Haut schneiden. Dies waren die Spuren eines mit Bronze gespornten *flagrum,* das jemand mit vorsätzlicher Wucht geschwungen hatte. Hundert Schläge damit konnten einen erwachsenen Mann töten. Viele der Wunden waren so frisch, daß sie noch vor wenigen Stunden geblutet hatten, und sie bedeckten ihrerseits nur halb verheilte, ältere Striemen.

»Was um alles in der Welt kann ein Kind wie dieses verbrochen haben, daß es eine solche Strafe verdient?« überlegte ich laut.

»Wir haben die Herrin des Hauses noch nicht gesehen«, erwiderte Hermes. »Wenn sie eine häßliche alte Schachtel ist, war die Tatsache, daß das Mädchen so jung und hübsch war, vielleicht schon Grund genug.« Seine Stimme klang unbeteiligt wie die jedes gut ausgebildeten Sklaven. Wir waren uns im Lauf der Jahre recht nahegekommen, trotzdem würde ich nie wissen, was er bei einem solchen Anblick empfand.

Ich ließ noch einige weitere Leichen umdrehen. Viele von ihnen waren gezeichnet wie das Mädchen, auch solche, die keinen Ausreißer-Halsring trugen. Nur eine war anders, eine plumpe Frau mittleren Alters, die ein paar billige Armreifen trug, deren Haut jedoch keinerlei Striemen aufwies. Ihre Hände hatten offenbar weder Kleider noch Geschirr gewaschen, und sie war wohlgenährt.

»Das war diejenige, die die anderen verpetzt hat«, sagte Hermes, »die Haushälterin.«

»Nun denn, häusliches Glück fällt nicht in die Zuständigkeit meines Amtes, die Oberaufsicht über Gebäude indes sehr wohl. Ich möchte mir die Fundamente ansehen, sobald die Trümmer geräumt sind.«

Kurz darauf wurden zwei weitere Leichen nach oben gehievt und ausgebreitet. »Ich glaube, hier haben wir jetzt Hausherr und -herrin«, bemerkte ich.

Der Mann war rundlich und kahl mit einem grauen Haarkranz über den Ohren. Er trug bis auf den Bürgerring keinen Schmuck und auch keinerlei Spuren vom Militärdienst. Selbst eine kurze Zeit als Soldat hinterläßt in der Regel ein paar Narben.

Die Frau hatte vermutlich ebenfalls ein beträchtliches Gewicht auf die Waage gebracht. Ihr Haar war mit Henna gefärbt und einmal kunstvoll frisiert gewesen. Sie trug Ringe, Armbänder, Halsketten und Ohrringe im Überfluß, die sie offenbar auch zum Schlafen nicht abgelegt hatte. Selbst im Tod wirkte ihr Gesicht mit seinen Schweinsäuglein und dem schmalen herabgezogenen Mund wie das einer übellaunigen Xanthippe.

»Sieh mal«, sagte Hermes und wies auf eine zertrümmerte Truhe, aus der einige weiße Tuniken quollen, von denen eine schon auf dem Wasser trieb. Die Tuniken hatten den schmalen roten Streifen eines *eques.*

»Jetzt kennen wir jedenfalls ihren Rang«, sagte ich. Die Leichen wurden nebeneinander gelegt, doch ihre Köpfe waren in seltsamem Winkel voneinander abgewendet, als wären sie einander noch im Tod so verhaßt wie im Leben.

»Ihr Genick wurde gebrochen«, kommentierte ich. »Vermutlich beim Sturz in den Keller.«

»Höchstwahrscheinlich«, sagte Hermes, der ihnen vermutlich ein langsameres und qualvolleres Ende gewünscht hätte.

»Finde mir jemanden, der in der Lage ist, die Identität der beiden zu bestätigen«, trug ich ihm auf. »Ich bin überrascht, daß bis jetzt noch keine Verwandten aufgetaucht sind und nach ihnen gefragt haben. Die Neuigkeit muß sich doch bis zum Mittag in ganz Rom verbreitet haben.«

Ein paar Minuten später kam Hermes mit einem Ladenbesitzer im Schlepptau zurück. »Ich konnte keine Nachbarn auftreiben, die irgendwas über sie wußten«, berichtete er, »aber dieser Mann sagt, daß er mit einigen ihrer Sklaven zu tun hatte.«

»Wie ist das möglich?« fragte ich. »Wir sind schließlich in Rom. Hier weiß jeder alles über die Angelegenheiten seiner Nachbarn. Kannte keiner der Anwohner diese Leute?«

»Sie sind erst vor knapp einem Monat eingezogen, Ädile«, sagte der Ladenbesitzer. »Ich glaube nicht, daß sie aus diesem Viertel stammten, vielleicht nicht einmal aus Rom. Soweit ich weiß, haben sie sich ihren Nachbarn nie vorgestellt.« Er war ein gebückter kleiner Mann, der so penetrant nach ranzigem Öl stank, daß ich ihn nicht nach der Art seines Geschäfts fragen mußte. »Es war vielmehr so, daß keiner etwas mit ihnen zu tun haben wollte.«

»Warum denn nicht?«

»Nun, Herr, manchmal drang ein Mordslärm aus der Wohnung, unangenehme Geräusche, Schreie und dergleichen. Ich glaube, sie sind mit ihren Sklaven ziemlich rauh umgesprungen. Einige Leute haben sich beschwert, und danach war es nicht mehr ganz so laut, aber vielleicht haben sie sie vor dem Auspeitschen auch nur geknebelt. Ich weiß, daß man seine Sklaven von Zeit zu Zeit disziplinieren muß, aber es gibt Grenzen. Manchmal hat es sich angehört, als würde da drinnen Spartacus mit all seinen Aufständischen gekreuzigt.« Der Mann teilte offenbar die Liebe der Römer zu Übertreibungen.

»Hattest du je Kontakt mit einem Mitglied des Haushalts?« fragte ich.

»Diese Frau«, antwortete er und zeigte auf die Sklavin, die Hermes als Haushälterin identifiziert hatte, »hat ihre Einkäufe erledigt. Sie kam immer mit dem großen Sklaven ...« Er schritt suchend die Reihe der Leichen ab. »... nun, ich kann ihn hier nirgends finden. Wahrscheinlich liegt er noch unter den Trümmern. Sie hat ein paarmal Öl bei mir gekauft. Von den anderen Haussklaven habe ich nie einen gesehen.«

Es überraschte mich nicht, daß sie ihre Sklaven nicht viel aus dem Haus gelassen hatten. »Wie konntest du dann die Besitzer identifizieren?«

»Mein Laden ist gleich da drüben.« Er zeigte auf einen Stand auf der anderen Seite des Platzes, direkt gegenüber dem Eingang des zerstörten Hauses, der von einem leicht schlüpfrigen Schild geziert wurde, wie die Römer es lieben: Eros, der Öl auf den überdimensionierten Phallus des Priapus gießt. »Jedesmal wenn sie aus dem Haus gegangen sind, habe ich sie gesehen. Sie hat sich für gewöhnlich in einer Sänfte ohne Vorhänge herumtragen lassen. Er ist meistens gelaufen.«

»Namen?«

»Laut seiner Haushälterin hieß er Lucius Folius, irgendein Schiffseigner – kein Export, glaube ich. Er besaß eine Menge Flußkähne. Ihren Namen habe ich nie gehört. Die Frau nannte sie bloß ›Herrin‹.«

»Das reicht, um ihre Identität festzustellen«, sagte ich, während Hermes die Namen auf ein Wachstäfelchen kratzte. »Weißt du, wem dieses Gebäude gehörte? Sogar die Bewohner der angrenzenden Häuser haben offenbar keine Ahnung.«

»Nun, das Gebäude, das früher hier stand, ist vor einiger Zeit abgebrannt. Crassus hat das Grundstück ge- und dann wieder verkauft, als er Geld für seinen ausländischen Krieg brauchte. Ich habe gehört, der Käufer wäre ein Spekulant aus Bovillae gewesen, aber ob er auch die *insula* hat bauen lassen, weiß ich nicht.«

»Könnte Folius selbst der Besitzer gewesen sein?« fragte ich.

Er zuckte mit den Schultern. »Wenn ich so reich wäre, daß ich mir eine ganze *insula* zum Wohnen bauen könnte, würde ich sie solider bauen.«

»Das klingt vernünftig. Nun, wir –« Der Ruf eines der Sklaven, die Schutt aus dem Keller räumten, ließ mich innehalten.

»Wir haben einen Überlebenden gefunden!«

»Unter all den Trümmern?« meinte Hermes verblüfft.

»Dieses Wunder will ich mit eigenen Augen sehen«, sagte ich. »Los.«

Ich legte meine Toga ab, faltete sie und gab sie Hermes. »Laß sie nicht ins Wasser fallen, sonst kaufe ich mir auch ein *flagrum.*« Da ich plebejischer Ädile war, war es die Toga eines gemeinen Bürgers ohne purpurnen Streifen. Aber es war ein gutes Stück, das ich nicht ruinieren wollte. Hermes war mittlerweile an diese Pflicht gewohnt. Mein Amt führte mich in die dunkelsten Keller, Kanäle und Kloaken Roms. Die meisten Ädilen delegierten diese Pflichten an ihre Sklaven, doch meiner Erfahrung nach sind Sklaven Bestechungsversuchen noch zugänglicher als die Ädilen selbst, so daß ich wichtige Inspektionen stets selbst in die Hand nahm.

Wir stiegen die Leiter hinab in den Keller, der jetzt eher an einen von Jupiters Blitzen gerissenen Krater erinnerte. Die Sklaven des Unternehmers hatten den Schutt mit ameisengleicher Effizienz weggeschafft. Eine Kette von Männern mit Eimern hatte den Wasserstand auf maximal fünf Zentimeter reduziert, und wir platschten auf einen Haufen schräger Stützpfeiler zu, wo ein paar Sklaven einen Balken anhoben. Darunter war ein großer Fuß zu erkennen, blutig, aber unbestreitbar noch zuckend.

»Daß er den Einsturz überlebt hat, ist an sich schon bemerkenswert genug«, sagte ich. »Aber wie hat er es geschafft, nicht zu ertrinken?«

Als die Balken aus dem Weg geräumt waren, erkannten wir den Grund. Der Mann war offenbar mit den Füßen zuerst im Keller gelandet und in einer schrägen, aber fast stehenden Position an die Wand gedrückt worden. Das Wasser war nur bis zu seiner Hüfte gestiegen. Als man ihn befreite, sahen wir, daß er eine Tunika trug, die seine Schulter bedeckte.

»Er war angezogen«, bemerkte ich.

»Wahrscheinlich hatte er Nachtwache, um aufs Feuer aufzupassen«, sagte Hermes. »Sieh mal, er ist groß und hat keine

Narben auf dem Rücken. Um was wollen wir wetten, daß er der Mann ist, der mit der Haushälterin einkaufen gegangen ist?«

»Stimmt. Wenn er wach war, als das Unglück passierte, und von seinem Herrn so weit begünstigt wurde, daß er den Schlägen entgangen ist, kann er uns vielleicht ein paar Antworten geben – wenn er überlebt.« Der Mann war blutüberströmt und stieß nur gequälte, unzusammenhängende Laute aus.

Ich rief die Sklaven vom Aeskulap-Tempel herbei, die mit ihren Tragbahren bei der Unglücksstelle warteten. »Ich möchte, daß dieser Mann auf die Tiber-Insel gebracht und bevorzugt behandelt wird. Ich erkläre kraft meines Amtes als plebejischer Ädile, daß er, bis ein legaler Erbe des Besitzers ihn beansprucht, Eigentum des Staates bleibt!« Ich war mir, ehrlich gesagt, keineswegs sicher, ob ich die Autorität hatte, etwas Derartiges zu verfügen, aber in jenen Tagen konnte man durch bloße Bestimmtheit schon eine Menge erreichen. Der Mann gab einen wortähnlichen Laut von sich, und ich beugte mich näher zu ihm.

»Gala – gala –« Er klang wie ein Mann, der mit einer Handvoll Nägel gurgelt. Seine Kehle war voller Gipsstaub.

»Hermes, gib ihm was zu trinken. Vielleicht kann der arme Kerl ja doch sprechen.« Hermes trug stets einen kleinen Schlauch gewässerten Weins bei sich, nur für den Fall, daß ich auf einen Verdurstenden stieß. Behutsam tröpfelte er den Wein in den Mund des Mannes. Lange Zeit würgte und sabberte der halbtote Sklave und versuchte, sich zu übergeben, doch nach jedem Anfall spülte Hermes seine Kehle geduldig aufs neue aus. Der Mann begann etwas zu murmeln, und ich beugte mich noch näher, doch er brachte kaum mehr als ein Flüstern heraus.

»Hermes, du hast jüngere Ohren. Hör mal, ob du verstehst, was er sagt.«

Hermes beugte sich vor und runzelte konzentriert die Stirn. Schließlich richtete er sich wieder auf. »Viel verstehe ich auch nicht, außerdem hat er einen Akzent. Für mich hat es sich angehört, als würde er immer wieder ›verflucht, verflucht‹ sagen.«

Kurz darauf riß der Mann die Augen auf und starrte entsetzt ins Leere, bevor er die Augen verdrehte, bis nur noch das Weiße zu sehen war.

»Ist er tot?« fragte Hermes.

»Wieder bewußtlos«, erklärte ich ihm, bevor ich die umstehenden Sklaven anwies: »Ihr habt gehört, was ich angeordnet habe. Bringt ihn weg.«

Wir gingen zu einer Wand, wo die Stützpfeiler klar erkennbar waren, weil die Holzwand zwischen ihnen nur dünn verputzt war. Ich setzte meinen Ellenbogen an einem Pfeiler an und hielt meinen Unterarm waagrecht. Der nächste Stützbalken war knapp zehn Zentimeter von meinen Fingerspitzen entfernt.

»Das ist zwar ein bißchen mehr als eine ägyptische Königselle«, bemerkte ich, »aber nicht allzu viel. Jemand hat die Bauvorschriften sehr großzügig ausgelegt, ohne sie offen zu verletzen.«

Hermes holte erneut sein Messer hervor und ritzte einen der Balken an. Sofort floß das Harz heraus. »Wieder ganz frisches Holz«, sagte er. »Aber kräftig. Es ist noch nicht alt genug, um schon zu faulen oder sich zu verbiegen.«

»Worauf stehen die Balken?« fragte ich. Hermes bückte sich und kratzte eine Handvoll Kies zusammen. »Ich kann zwar guten Kies nicht von schlechtem unterscheiden«, sagte ich, »aber es ist unbestreitbar Kies. Sobald die Trümmer weggeräumt sind, möchte ich, daß die Arbeiter hier graben und feststellen, wie tief der Kies geht. Was sind das für Sachen?«

Der sinkende Wasserspiegel hatte einen Haufen Werkzeuge jedweder Art freigelegt: Hammer, Meißel, Sägen, Kisten mit

Nägeln, Winkelmesser und Geräte, deren Verwendungszweck ich nicht erraten konnte.

»In diesem Viertel wohnen viele Baumeister«, sagte Hermes. »Oft nehmen sie nach der Arbeit ihre Werkzeuge mit nach Hause.«

»Vielleicht war das Vulcanus' Strafe«, sagte ich, »für Pfusch am Bau.«

»Ich wette, die waren es«, sagte Hermes und ging zu einem Querbalken, der einst das Erdgeschoß getragen hatte. »Irgendwo hier muß es einen Fehler im Holz geben, vielleicht eine Schwachstelle durch einen Eichhörnchen- oder Specht-Bau.«

»Wie ich sehe, hat dich dein kurzer Ausflug in die gallischen Wälder zu einem Baum- und Forstexperten gemacht.«

»Hast du eine bessere Idee?« Er bückte sich erneut und hob ein paar blasse, etwa daumengroße zylindrische Gegenstände auf.

»Was ist denn das?«

Er präsentierte sie in der offenen Hand. »Kerzenstumpen. Wahrscheinlich aus dem Erdgeschoß. Arme Leute benutzen so was nicht oft.«

Ich nahm einen und untersuchte ihn. Die Unterseite war dunkel von dem Untergrund, auf den man die Kerze festgewachst hatte. »Reiche Leute benutzen sie auch nicht häufig«, wandte ich ein. Die meisten Menschen bevorzugten Lampen, nicht nur weil Kerzen teuer waren, sondern auch, weil sie tropften. Sie brannten allerdings heller als Lampen. Aus irgendeinem Grund waren Kerzen ein traditionelles Geschenk zu den Saturnalien, so daß die meisten Leute sie nur in den ersten ein bis zwei Wochen nach den Feiertagen in Gebrauch hatten.

»Es wird dunkel.« Ich sah nach oben und rief: »Marcus Caninus!«

Wenig später blickte der Mann in den Keller. »Ädile?«

»Ich möchte, daß diese großen Stützbalken hier, Träger oder wie immer sie heißen mögen, zum Tempel der Ceres gebracht und als Beweisstücke im Hof gelagert werden. Ich möchte sie morgen bei Tageslicht begutachten.«

Er verzog das Gesicht. »Was immer du befiehlst, Ädile.«

Hermes stocherte mit seinem Messer in einem der Balken herum. »Schau dir das an.« Er kratzte mit dem Messer ein x in das Holz, um im schwächer werdenden Licht die Stelle zu markieren, die ich näher betrachten sollte. Wo sich die Linien kreuzten, war ein Loch im Holz, so groß, daß ich meinen Mittelfinger bequem hineinstecken konnte, ohne Angst vor Splittern haben zu müssen.

»Irgend jemand«, sagte ich, »hat in Kauf genommen, daß all diese Bürger gestorben sind, nur weil er ein paar erbärmliche Sesterzen sparen wollte. Ich werde die Gesetzbücher studieren und die absolut grausamste, primitivste und bösartigste Strafe finden, die auf ein solches Vergehen überhaupt steht, und dann werde ich dafür sorgen, daß sie an dem Verantwortlichen für diese Abscheulichkeit vollzogen wird.«

II

Als ich das Haus betrat, setzte Julia zu einer Bemerkung über meine schmutzige und ramponierte Erscheinung an, sah meine Miene und besann sich eines Besseren. Sie klatschte in die Hände und scheuchte ein paar Sklaven los, um mein Abendessen aufzutragen. Wir hatten uns darauf geeinigt, daß wir für die Dauer meiner Amtszeit als Ädile auf jeden Gedanken an geregelte Mahlzeiten verzichten würden.

»Ein schlimmer Tag, wie ich sehe«, sagte sie, nahm meine Hand und führte mich ins *triclinium*. »Gab es gewalttätige Auseinandersetzungen?«

»Nein, diesmal nicht«, erklärte ich und ließ mich auf ein Sofa fallen. »Eine *insula* ist eingestürzt. Die endgültige Zahl der Toten beläuft sich auf zweihundertdreiunddreißig. Außerdem gab es viele Verletzte, von denen einige nicht durchkommen werden.«

Sie hielt die Luft an. »Empörend! Kannst du als plebejischer Ädile nicht alle klapprigen alten Gebäude für baufällig erklären und abreißen lassen? Sie kosten im Laufe eines Jahres mehr Menschenleben als ein Krieg.«

»Das könnte ich tun, wenn ich die Zeit und das Personal dafür hätte, was nicht der Fall ist. Außerdem war es ein neues Haus. Ein betrügerischer Bauunternehmer, minderwertiges Material und zweifelsohne ein fettes Bestechungsgeld an einen meiner Vorgänger, das Übliche also.«

Sie nahm neben mir Platz und strich mir über die Stirn, während die steinalte Cassandra, die den Dienst, im *triclinium* zu servieren, mit der Herzlichkeit eines Drachen versah, Brot, Öl, geräucherten Fisch und geschnittenes Obst auftischte. Hermes brachte Wein, der nach meinen exakten Anweisungen gewässert worden war – indem man ihn bei dichtem Nebel aus dem Fenster gehalten hatte.

»Du solltest etwas essen, bevor du davon trinkst«, warnte Julia mich. »Wirst du Anklage erheben?«

»Wenn irgend möglich, ja. Metellus Scipio will sie seinem Sohn zuschanzen.« Ich wischte mir mit der Hand übers Gesicht. »Und was sollte es auch groß nutzen? Ein betrügerischer Bauunternehmer mehr oder weniger wird langfristig keinen Unterschied machen.«

»Vielleicht ist es an der Zeit«, sagte sie ernst, »daß du als Tribun kandidierst. Als Volkstribun kannst du Gesetze einbringen, um alle verbrecherischen Unternehmer aus der Stadt zu vertreiben, die minderwertigen *insulae* als Bedrohung für das öffentliche Wohl abzureißen und eine strenge Kontrolle der Bauvorschriften einzuführen. Es würde uns allen unendlich guttun und deinem politischen Ansehen und deiner Karriere nützen.«

Ich dachte darüber nach. »Das ist eine gute Idee. Die Familie will schon seit Jahren, daß ich als Tribun kandidiere.«

»Dann solltest du jetzt den Grundstein legen«, erklärte Julia so entschieden, wie es nur eine Julierin konnte. »Bis zu den Wahlen bleibt noch jede Menge Zeit. Bewirb dich im nächsten Jahr um ein Tribunat, wenn sich die Leute noch an diese Katastrophe erinnern.«

Dann fiel es mir wieder ein, und mein kurzer Enthusiasmus wurde jäh gedämpft. »Vielleicht wird Pompeius im nächsten Jahr Diktator. Und während einer Diktatur ist ein Tribun bedeutungslos.«

»Gewiß nicht!« protestierte Julia. »Caesar wird aus Gallien und Crassus aus Asien zurückkommen, bevor sie zulassen, daß Pompeius Diktator wird!« Wie alle anderen hatte sie angefangen, Caesar beim Familiennamen zu nennen, als wäre er der einzige, der ihn trug. Dies war eine archaische monarchistische Praxis, die viele von uns mit tiefem Argwohn beobachteten.

»Irgend etwas muß geschehen«, sagte ich. »Ich sage das nur höchst ungern, aber der chaotische Zustand der Stadt erfordert strengste Maßnahmen. Ein weiteres Jahr des üblichen Parteiengezänks, und wir sind ruiniert. Scipio sagt, daß die Familie an einer Art Kompromiß arbeitet, obwohl ich mir nicht vorstellen kann, wie der aussehen soll. Ach, übrigens, es hat ganz den Anschein, als würde Scipios Tochter mit Pompeius verheiratet.« Ich versuchte noch etwas hinzuzufügen, doch sie stopfte mir ein Stück Fisch in den Mund, um mich ruhigzustellen, während sie nachdachte. Politische Winkelzüge waren ihr ebenso vertraut wie mir, und, um ehrlich zu sein, kombinierte sie sogar weit schneller und präziser als ich.

»Ich verstehe«, sagte sie schließlich. »Nun, seit dem Tod meiner Base braucht er eine neue Frau. Es ist nur natürlich, daß er ein Bündnis mit den Metellern schmieden will.« Sie sprach von Caesars Tochter, der anderen Julia, die Pompeius geheiratet hatte und im Kindbett gestorben war.

»Und er hat seine Julia wirklich geliebt«, sagte ich. »Seine Trauer über ihren Tod war echt. Seine Heirat mit Cecilia könnte helfen, uns alle noch enger aneinander zu binden. Pompeius hat Caesar gerade eine seiner Legionen für den Krieg in Gallien überlassen.« Was, wie ich hinzuzufügen sorgfältig vermied, ein ungleich aufrichtigerer Freundschaftsbeweis war als eine beliebige Anzahl politischer Ehen.

»Und wenn es zum Bruch zwischen Caesar und Pompeius kommen sollte?«

Ich legte meine Hand auf die ihre. »Als Sulla Caesar befahl, sich von seiner Frau scheiden zu lassen, hat Caesar es vorgezogen, nach Spanien zu fliehen. Und ich werde nicht zögern, dasselbe zu tun, wenn es so weit kommen sollte.« Sie lächelte und wirkte beruhigt, aber ich wußte, was sie dachte: Caesar war die Scheidung von einem politischen Gegner befohlen worden, nicht von seiner eigenen Familie.

Am nächsten Morgen war ich bei Tagesanbruch wieder bei der eingestürzten *insula.* Außer dem leeren Keller war nichts mehr übrig, der Trupp Sklaven hatte die ganze Nacht durchgearbeitet, um die Trümmer abzutransportieren. Drei Männer waren zurückgeblieben und gruben das Kiesfundament auf, um seine Tiefe festzustellen.

»Drei Fuß Kies, dann Flußschlamm«, rief einer von ihnen, als der letzte Eimer mit Steinen nach oben gezogen wurde.

»Das unterschreitet die in den Bauvorschriften festgelegte Mindestdicke der Kiesschicht«, sagte ich, »aber wieder nicht wirklich eklatant, was eine Strafverfolgung erschweren könnte, wenn sich jemand findet, den wir belangen können. Aber wenn man schon ein gieriger Schurke sein will, warum dann nicht gleich richtig ungeheuerlich? Warum diese Halbheiten?«

»Vielleicht sind sie wie Sklaven oder Soldaten«, schlug Hermes vor. »Sie wissen genau, wie weit sie die Autorität provozieren können, ohne bestraft zu werden.«

»Da magst du recht haben.« Wenn ich nicht mit Gleichrangigen zusammen war, ließ ich Hermes immer offen und frei mit mir reden. In der Öffentlichkeit mußte man sich an gewisse Anstandsregeln halten, doch der Zufall wollte es, daß wir allein waren. »Laß uns zur Tiber-Insel gehen und sehen, ob der Träger-Sklave jetzt sprechen kann.«

Es war nur ein kurzer Fußweg. Wir überquerten die prachtvolle, noch neue Fabricische Brücke zur Insel mit ihrem aus einem Tempel und einem Hospital bestehenden Gebäudekomplex. Der Tempel selbst erstrahlte im Glanz einer neuen Fassade, die irgendein ehrgeiziger Politiker spendiert hatte, um seinen eigenen Ruhm zu feiern. Ich blickte nicht einmal auf, um festzustellen, welcher Name das Giebeldreieck zierte. Wir hatten die Brücke kaum überquert, als wir auch schon Gestöhne vernahmen.

»Klingt wie ein Schlachtfeld nach der Schlacht«, sagte Hermes.

»Das bedeutet, daß es mehr Überlebende gibt, als ich erwartet habe. Vielleicht können uns einige von ihnen ein paar Antworten geben.« Wir stiegen die mit neuem, schimmernden weißem Marmor verkleideten Stufen hinauf und gingen zwischen zwei prachtvollen Kohlenrosten aus glänzender Bronze hindurch, in denen zu besonderen Anlässen Feuer entzündet wurden. Sie ruhten auf aus Bronze gewundenen Ständern in Form eines Aeskulapstabes. Die Roste waren ebenfalls neu.

Wir fanden den großen Sklaven in einem Ruheraum, wo ein Tempelsklave bei ihm wachte. Offenbar hatten sich die Priester meine Anweisungen betreffs einer Vorzugsbehandlung zu Herzen genommen.

»Wie geht es ihm?« fragte ich.

»Seit ich Wache habe, ist er noch nicht wieder zu sich gekommen«, sagte der Sklave. »Manchmal murmelt er irgendwas, aber die meiste Zeit ist er, wie im Moment, ohne Bewußtsein.« Der Pfleger war ein junger Mann in der Kluft des Tempels; eine weiße Tunika, die auf der Vorder- und Rückseite mit einem Aeskulapstab bestickt war. Er erhob sich. »Ich werde den zuständigen Priester holen.«

Der komatöse Sklave war groß wie ein Gallier oder Germane, doch nachdem man den ganzen Staub und Putz aus seinem Gesicht gewaschen hatte, erkannte ich die gewöhnlichen Gesichtszüge und die Hauttönung eines Süditalieners. Seine olivfarbene Haut und sein schwarzer Bart, aber auch sein Gesicht erinnerten mich irgendwie an die Menschen aus Bruttium. Seine Augen waren offen, aber starr, und er murmelte pausenlos vor sich hin, obwohl ich kein Wort verstehen konnte.

»Ich glaube nicht, daß er noch lange unter uns weilen wird«, diagnostizierte Hermes. »Soll ich Asklepiodes holen?«

»Ich bezweifle, daß er viel ausrichten könnte. Sein Fachgebiet sind ohnehin von Waffen verursachte Wunden.«

Kurz darauf betrat der Priester den Raum. Wie ich von früheren Besuchen im Tempel wußte, war er ein Sklave namens Harmodias. Eine uralte Tradition bestimmt, daß die Priester dieses Tempels zu einem Drittel Freigeborene, zu einem Drittel Freigelassene und zu einem Drittel Sklaven sein müssen. Freigelassene und Sklaven waren die besten Berater bei Verwundungen oder heilbaren Krankheiten, während sich die freigeborenen Priester hauptsächlich der Deutung von Träumen Kranker widmeten, die zum Schlafen vor die Aeskulap-Statue im Hauptschiff des Tempels gebracht wurden.

»Wird er sprechen können?« fragte ich ihn.

»Er hat schwere Schädel- und Rückgratverletzungen erlitten, Ädile. Ich habe schon zahlreiche Fälle wie diesen gesehen, aber noch nie eine vollständige Heilung. Selbst eine partielle Genesung ist selten.«

»Ich will nur, daß er sich so weit erholt, daß er reden kann«, sagte ich.

»Er könnte durchaus noch eine Weile unzusammenhängend vor sich hin brabbeln, obwohl zwischenzeitlich auch klare Phasen nicht auszuschließen sind.«

»Darauf kann ich nicht warten. Hast du einen Sekretär, der mögliche zusammenhängende Aussagen dieses Mannes festhalten kann?«

»Das könnte ich selbst tun, aber welche Aussagen wären von Interesse?«

»Dieser Mann war offenbar wach, als das Unglück geschah. Er war jedenfalls bekleidet, und es sieht so aus, als ob er auch auf den Beinen war, als der Boden unter ihm einstürzte. Alles, was er über die Ereignisse der fraglichen Nacht sagt, könnte hilfreich sein. Außerdem haben wir Probleme, irgend etwas über die Familie seines Besitzers in Erfahrung zu bringen. Bisher haben wir nur den Namen Lucius Folius. Ich will alles wissen, was er mir sagen kann, selbst wenn es nur bösartiger Klatsch ist. Noch lieber wäre es mir natürlich, es mit eigenen Ohren zu hören. Schick mir einen Boten, wenn er zu sich kommt.«

»Das werde ich selbstredend tun«, versprach er. »Obwohl es mich natürlich von meinen anderen Pflichten abhalten wird ...«

Ich schnippte mit dem Finger, und Hermes reichte mir meine Geldbörse. Ich gab Harmodias ein paar Silberdenar, die er mit einer Verbeugung unter seinem Gewand verstaute.

»Sobald er anfängt, zusammenhängend zu sprechen, werde ich nach dir schicken und derweil minutiös alles aufzeichnen, was er sagt, bis du hier bist. Wenn er stirbt, werde ich dich ebenfalls benachrichtigen.«

»Gut. Sag ihm, daß wir für eine anständige Bestattung sorgen. Vielleicht macht ihn das kooperativer.« Sklaven wurden normalerweise in die Gruben geworfen, wenn niemand ihren Leichnam reklamierte.

Ich versuchte einige andere Überlebende zu befragen, doch sie hatten mir, wie ich befürchtet hatte, nichts zu sagen. Sie waren inmitten von Lärm, Schmerz, Panik und Verwirrung aufgewacht. Viele hatten überhaupt keine Erinnerungen an jene Nacht, weil der Schock ihren Verstand durcheinandergebracht hatte.

Wir verließen den Tempel, überquerten den Fluß und folgten ihm in südlicher Richtung bis zum Tempel der Ceres, wo ich eine beengte Kammer mein eigen nannte, die lächerlicherweise als Büro firmierte. Der Tempel war seit Hunderten von Jahren das Quartier der Ädilen, aber in der Frühzeit der Republik war das Amt weit weniger vielfältig und umfangreich gewesen. Der Büroraum stellte sich ebenso unzureichend dar wie die übrige Ausstattung des Amtes.

Ceres ist eine importierte griechische Göttin, der im Gegensatz zu den eingeborenen römischen Gottheiten, deren Priester allesamt männlich sind, nach Art der Griechen unter Oberaufsicht einer Patrizierin gehuldigt wurde. Zu jener Zeit war die Hohepriesterin eine stattliche Cornelierin, eine enge Verwandte des Diktators Sulla und genauso hochnäsig wie die meisten Mitglieder ihrer Familie. Sie erwartete mich bereits.

»Ädile!« Sie stolzierte über die Stufen des anmutigen Tempels, und ich konnte förmlich die Gewitterwolken über ihrem Kopf sehen. »Erkläre mir diese Schande!« Sie wies auf den riesigen Haufen Bauholz, der mitten auf dem gepflasterten Hof abgeladen worden war.

»Dir auch einen guten Morgen, Cornelia«, sagte ich. »Erlaube mir zu bemerken, daß du heute morgen ganz besonders reizend aussiehst.«

»Versuche nicht abzulenken. Die Ädilen haben ihre Büros

im Keller des Tempels, nicht auf dem Hof! Schaff unverzüglich diesen Unrat hier weg!«

»Liebe, ehrwürdige Cornelia, es handelt sich um Beweismaterial in einer Ermittlung wegen grober Fahrlässigkeit in der Bauwirtschaft. Wenn Rom so etwas hätte wie einen städtischen Bauhof, würde ich das Beweismaterial gewiß dort lagern. Aber so etwas gibt es leider nicht. Irgend jemand muß schließlich dafür belangt werden, ungeeignetes Holz für diese ... diese ... Träger heißen sie, glaube ich ... verwendet zu haben. Und damit ich das tun kann, muß ich das Beweismaterial verwahren, und dies ist der einzige Lagerplatz, der mir zur Verfügung steht.« Ich sah sie mit einem versöhnlichen Lächeln an, das sie mit einem höchst unversöhnlichen Blick erwiderte. Die Cornelier hatten eine notorische, fast paranoide Abneigung gegen Widerworte.

»In zehn Tagen beginnen die Proben für die *cerialia*«, sagte sie. »Wenn das Holz bis dahin nicht verschwunden ist, wird es einen ausgezeichneten Scheiterhaufen für dich abgegeben.«

»Du bist zu gütig, großmütige Cornelia«, versicherte ich ihr.

»Von wegen zu gütig. Vor Beginn der Proben ist jeder termitenzerfressene Splitter dieses Haufens von meinem Hof abtransportiert und jeder Pflasterstein abgefegt, sonst spreche ich mit der Frau des *pontifex maximus* und sorge dafür, daß du in dem Moment, in dem du dein Amt niederlegst, wegen Amtsvergehen vor dem Senat angeklagt wirst. Hast du mich verstanden?«

»Absolut, glorreiche und anmutige –« Doch sie hatte schon auf dem Absatz kehrtgemacht und war, umringt von einer Schar zwitschernder Eunuchen, wieder die Treppe hinaufstolziert. Mich wegen Amtsvergehen anklagen? Eunuchen waren eine Erscheinung des Ceres-Kults, die in Rom gesetzlich verboten war, und zu meinen Dienstpflichten gehörte es, die Stadt von degenerierten, fremdländischen religiösen Praktiken zu reinigen. Mich anklagen, das wollten wir doch mal sehen!

»Termitenzerfressen?« fragte Hermes. »Ich habe in dem Keller keine Termiten gesehen.«

»Wir hatten keine Gelegenheit, das Holz gründlich zu untersuchen. Vielleicht meinte sie es auch nur bildlich. Nimm dir ein paar der Dienstsklaven, und schau dir jedes Stück Holz auf dem Haufen an. Besonders fehlerhaftes Material markierst du. Ich muß mich derweil um meine anderen Pflichten kümmern.«

Er machte sich auf die Suche nach Hilfe, während ich auf die kleine Terrasse ging, wo die Ädilen bei gutem Wetter ihren Amtsgeschäften nachgingen. Andere Pflichten, fürwahr! Das Unglück mit der *insula* hatte mich einen ganzen Tag gekostet, den ich im arbeitsamsten aller römischen Ämter nur schmerzlich verkraften konnte. Schon als ich mich der Terrasse näherte, sah ich einen Mob von Bürgern, jeder mit einem Anliegen, das in die Zuständigkeit meines Amtes fiel.

Neben der Aufsicht über die Einhaltung der Bauvorschriften waren die Ädilen noch für Straßen, Abwässerkanäle und Kloaken, für den Erhalt der städtischen Straßen und öffentlichen Gebäude, für die Veranstaltung staatlicher Spiele und, wie bereits erwähnt, für die Kontrolle der ausländischen Kulte verantwortlich. Da die staatlichen Mittel zur Erledigung all dieser Pflichten seit den Tagen von Tarquinius dem Stolzen nicht aufgestockt worden waren, mußten die Ädilen viele dieser Arbeiten aus eigener Tasche bezahlen, was das Amt scheußlich teuer machte. Kein Wunder, daß so viele Männer nach den Unkosten, die in ihrer Zeit als Ädile angefallen waren, ihre übrige Karriere und ihre Amtszeit in höheren Ämtern dazu benutzten, sich zu bereichern.

»Ädile!« hub ein Chor von Männern an, die sich von der größeren Menge der Bittsteller gelöst hatten. Das waren meine Klienten, die mir normalerweise im ersten Licht des Tages vor meinem Haus ihre Aufwartung machten. Zur Zeit hatten sie Anweisung, mich außer an Tagen, an denen alle offiziellen Amtsgeschäfte verboten waren, gleich im Tempel zu treffen. Dies war das Jahr, in dem sich meine Klienten wirklich bezahlt machten. Normalerweise schickte ich sie mit Dank und kleinen Geschenken wieder nach Hause, es sei denn, ich brauchte eine Jubelfraktion auf dem Forum, aber nicht in diesem Jahr. Dieses Jahr brauchte ich Assistenten, und der Staat war nicht bereit, mir welche zu stellen.

Burrus trat mit gewichtiger Miene vor. Er war mein ältester Klient, ein Soldat im Ruhestand aus meiner alten Legion in Spanien. »Ädile, der Aufseher über die Abwässerkanäle und Kloaken verlangt dich zu sprechen, und er sagt, die Sache dulde keinen Aufschub.«

»Das sagen sie alle«, seufzte ich, wohlwissend, was seine Beschwerde sein würde. »Wollen wir ihn also anhören.«

Der Mann, ein Freigelassener namens Acilius, trat vor, gefolgt von einer Gruppe anderer Freigelassener, die der Stadt in gleicher Weise dienten. Sie alle trugen den gehetzten Gesichtsausdruck solcher Funktionäre zur Schau, der sogar von Vertretern ihrer Zunft kultiviert wird, die überhaupt nicht arbeiten. Vielleicht sehen letztere sogar am gehetztesten aus.

»Ädile«, begann Acilius. »Die Abflüsse müssen gereinigt werden, und du darfst die Angelegenheit nicht länger aufschieben. Seit fünf Jahren ignorieren die Ädilen dieses Problem, und jetzt sind sämtliche Abflüsse von Schlamm, Müll und unsagbarem Dreck verstopft. Es ist eine Schande!«

»Nun, wenn sie die letzten fünf Jahre gereicht haben, warum dann nicht noch eins?« Ich wollte von diesem Problem nichts wissen. In der Erinnerung der Wähler blieb man durch den Glanz der von einem inszenierten Spiele haften, nicht weil man sich um die notwendigen, aber unangenehmen Aufgaben kümmerte, die eine Stadt funktionsfähig hielten.

»Weil«, sagte er mit gehässiger Befriedigung, »der Pegel des Flusses steigt und die Flußschiffer eine Flut noch vor dem nächsten Vollmond voraussagen.«

»Herr«, sagte Burrus, »diese Männer kennen den Fluß besser als du die Politik.«

»Daran mußt du mich nicht erinnern«, erklärte ich ihm. »Aber ich verstehe nicht, wie sie sich so sicher sein können. Es hat in letzter Zeit keine heftigen Regenfälle gegeben.«

»Aber in den Bergen hat es ungewöhnlich viel Schnee gegeben«, sagte Acilius voller Schadenfreude. »Und der schmilzt jetzt.«

»Mach mir eine Aufstellung der zur Säuberung und Reparatur der Abflüsse nötigen Arbeitskräfte und Mittel«, sagte ich. »Ich werde mich mit den anderen Ädilen beraten, und wir werden die Sache erledigen.« Ich sagte das eher vage hoffnungsvoll als konkret zuversichtlich. Meine Kollegen waren mehr daran interessiert, karrierefördernde Spiele zu inszenieren als irgend etwas Konstruktives für die Stadt zu leisten.

Es war eine traurige Tatsache, daß das so wichtige Amt des Ädilen zur Sprosse auf dem Weg in höhere Ämter verkommen war, die die meisten Männer aus allein diesem Grunde betraten. Wenn einer von ihnen sich tatsächlich die Mühe machte, sich der Erbauung oder Restaurierung eines öffentlichen Gebäudes anzunehmen, war es für gewöhnlich ein Tempel in prominenter Lage, und das auch nur, weil er anschließend seinen Namen in zwei Fuß hohen Lettern auf dem Giebel verewigen durfte.

Die wenigsten von uns verfügten über den Reichtum, ein wirklich nützliches Gebäude wie eine Brücke, Basilika oder Fernstraße zu bauen. Vor Jahrhunderten hatte ein gewisser Appius Claudius die große Fernstraße von Rom nach Capua bauen lassen, und sein Name wird in Ewigkeit weiterleben. Quintus Fabricius errichtete die Brücke, die ich an diesem Vormittag schon zweimal überquert hatte, und auch wenn sie vielleicht nicht so lange überdauern würde wie die Via Appia, so konnte er sich doch der Erinnerung vieler kommender Generationen gewiß sein.

Doch es waren die Spiele, die das Amt mehr und mehr beherrschten, und meine anstehende *munera* lenkte mich ähnlich massiv von meinen übrigen Pflichten ab wie eine auf die Stadt zumarschierende Invasionsarmee. Neben den Theateraufführungen, Banketten und Wagenrennen der regulären *ludi*, die schon kostspielig genug waren, waren die wilden Tiere und Gladiatoren für die *munera* geradezu atemberaubend teuer.

Ich schüttelte derlei entmutigende Aussichten ab und wandte mich der Menge der Bittsteller zu, von denen jeder eine Beschwerde hatte, die die volle Aufmerksamkeit eines plebejischen Ädilen verlangte. Der eine lamentierte über den empörenden Zustand der Straße vor seinem Laden, der andere über die Unordnung in dem Bordell nebenan. Bösartige Bürger bezichtigten ihre Nachbarn wegen Vergehen, die sich als aus der Luft gegriffen erweisen würden, aber ein Ädile durfte einen Bürger nicht abweisen, genauso wie es einem Volkstribun sogar verboten war, während seiner einjährigen Amtszeit die Tür seines Hauses zu verschließen. Ich mußte mich also um jeden von ihnen kümmern.

Während ich diese tägliche Langeweile ertrug und in jedem Fall einen meiner Klienten zur Ermittlung und anschließender Berichterstattung einsetzte, erlaubte ich mir ein paar neidvolle Gedanken an den kurulischen Ädilen. Er durfte eine Toga mit Purpurstreifen tragen und mußte nur den ganzen Tag auf seinem Klappstuhl herumsitzen, die Märkte überwachen und Bußgelder für Verstöße verhängen. In jenem Jahr hatte Marcus Aemilius Lepidus dieses Amt inne, ein Mann, der nie eine große Leuchte war, der jedoch einige Jahre später trotzdem berühmt werden sollte, weil er eine Menge Soldaten hinter sich hatte, die zwei fähigere Männer dringend brauchten, weswegen sie ihn zum Triumvir machten.

Kurz vor Mittag war ich die letzten Bittsteller los und wollte sehen, was Hermes herausgefunden hatte. Er untersuchte noch immer die Holzbalken, die er inzwischen parallel nebeneinander ausgebreitet hatte. Er hockte neben einem der Balken und stach mit seinem Messer ins Holz.

»Und?« fragte ich, als ich neben ihn trat.

»Tatsächlich Termiten.« Er hielt eine Handvoll Holzstaub hoch. Er hatte mit dem Messer eine Scheibe von dem Balken gelöst, unter der ein Wabensystem von Tunneln sichtbar wurde.

Im Kopf ging ich die juristischen Komplikationen durch, die diese bösartigen kleinen Tierchen verursachen konnten. »Zweifelsohne ungeeignetes Holz. Der Bauherr wird, falls wir ihn finden, natürlich behaupten, daß der Befall erst nach dem Bau der *insula* aufgetreten ist. Ich bin mit dem Wesen dieser abscheulichen kleinen Biester nicht so innig vertraut, wir werden also einen der Naturphilosophen zu der Frage konsultieren müssen, ob zwischen dem Bau der *insula* und ihrem Einsturz genug Zeit verstrichen ist, um einen derartigen Termitenbefall hervorzurufen. Hermes, ich möchte, daß du herausfindest, wer möglicherweise etwas über –«

»Das Problem ist nur«, unterbrach er mich, »daß dies nicht dasselbe Holz ist, das wir uns gestern angesehen haben.«

Ich war mitten in einem Gedanken und wollte gerade einen Verdacht aussprechen, so daß es eine Weile dauerte, bis ich die Bedeutung dieser Offenbarung erfaßte. »Was?«

»Ich bin sämtliches Holz durchgegangen, habe jede Oberfläche untersucht. Erinnerst du dich noch an das erste Loch, das ich entdeckt habe? Ich habe es mit einem großen X markiert. Und der Balken ist nicht hier.«

»Vielleicht haben sie diesen einen Balken übersehen.«

Er schüttelte den Kopf. »Sieh dir dieses Holz genauer an. Vergiß die Termiten, und beachte, wie trocken es ist. Die Balken in dem Keller trieften vor Harz. Ich bin auch kein Holzfachmann, aber dieses Zeug muß älter sein als ich und wahrscheinlich auch älter als Titus Saufeius.« Letzterer war ein Senator von 97 Jahren, der nie ein höheres Amt als das eines Quaestors bekleidet hatte und nur wegen seiner Langlebigkeit berühmt war.

»Tja, tja«, sagte ich. »Zunächst hatten wir einen betrügerischen, aber doch ziemlich gewöhnlichen Verstoß gegen die Bauvorschriften. Jetzt haben wir etwas, das stark nach Verschwörung und Manipulation von Beweismitteln aussieht.«

»Es besteht immer noch die Möglichkeit, daß irgendein Idiot den falschen Karren hergeschickt hat«, sagte Hermes, den Advokaten der anderen Seite spielend, wie ich es ihm beigebracht hatte.

»Derlei Fahrlässigkeit ist immer mehr als verdächtig, wenn sie im Zusammenhang mit einer Ermittlung auftritt. Außerdem gab es in dem ganzen Haus kein einziges Stück abgelagertes Holz, es sei denn, es war Teil der Möbel. Jeder Splitter Bauholz, den wir gesehen haben, war frisch. Jemand hat sich die ganze Mühe gemacht, dieses glaubwürdig morsche Holz aufzutreiben und hierher zu bringen.«

»Sieht so aus«, gab er zu.

»Ich denke, in der Angelegenheit werden wir noch einigen Spaß haben.«

Er grinste. »Ich dachte mir, daß du es so sehen würdest.«

III

Auf dem Forum drängten sich trotz der Mittagszeit zahlreiche Menschen. Etliche kauften bei den Straßenhändlern etwas zu essen und speisten, während sie weiter ihrem Tagewerk nachgingen, politische Geschäfte abschlossen oder einfach müßig herumstanden. Echte Bewohner der Stadt würden eher hungern, als das Forum zu verlassen. Was konnte es schließlich Besseres geben, als sich im Zentrum der Welt aufzuhalten? Mir fiel nichts ein. Es war jedenfalls allemal besser, als in Gallien zu kämpfen und zu frieren.

Vor der Basilika Julia stand eine Gruppe von Kandidaten für die Ämter des kommenden Jahres herum und achtete darauf, gesehen zu werden. Es war noch zu früh, um die *candidus* anzulegen und ein großes Theater zu veranstalten, aber so sorgte man dafür, daß niemand vergaß, wer im nächsten Jahr möglicherweise in einer Position sein würde, seinen Mitbürgern einen Gefallen zu erweisen.

Ich wollte ins Staatsarchiv, aber familienpolitische Erwägungen verlangten, daß ich zunächst auf einen jungen Mann zuschritt, ihm die Hand schüttelte, auf die Schulter klopfte und ihn lauthals begrüßte. Es war ein Verwandter namens Lucius Caecilius Metellus, der noch ganz am Anfang seiner politischen Karriere stand.

»Gut, dich wieder zurück in Rom zu sehen!« brüllte ich, als ob der Junge taub wäre. »Ich habe große Dinge über deine Militärzeit in Gallien gehört!«

»Ich habe meinen Grundwehrdienst abgeleistet, Ädile«, sagte er mit einnehmender Bescheidenheit, die in seinem Alter vielleicht sogar noch ehrlich war.

»Unsinn!« dröhnte ich. »Wie ich höre, bist du hoch dekoriert worden! Ich selbst habe nie die Bürokrone errungen, genausowenig wie«, hierbei ließ ich meinen Blick demonstrativ über die Gesichter der Umstehenden wandern, »sonst irgend jemand hier!« Die älteren Männer quittierten das mit einem schamlosen Grinsen, während die jüngeren, die ebenfalls als Quaestor kandidierten, beschämt erröteten.

»Es war nur ein mickriges Fort mit Erdwällen«, wandte er ein. »Jeder Mann mit einem Paar gesunder Beine hätte einen solchen Wall erklimmen können.«

»Aber es braucht den Mut eines Helden«, rief ich, »der erste zu sein, vor allem, wenn auf der anderen Seite ein Haufen wilder, bemalter Gallier wartet!«

Nach etlichen weiteren übertriebenen Komplimenten, von denen einige sogar verdient waren, hatte ich das Gefühl, meiner Pflicht Genüge getan zu haben, und ließ ihn inmitten einer Menge von Gratulanten zurück, die sich versammelt hatten, um das Wunderkind zu bestaunen. Ich suchte die Reihe der Kandidaten nach Milo und Clodius ab, ersterer wollte im nächsten Jahr Konsul werden, letzterer Praetor, aber ich sah keinen von beiden, und das war auch gut so. Sie waren beide so prominent, daß sie ihre *candidus* vermutlich erst ein oder zwei Tage vor den Wahlen anlegen würden. In den vergangenen Monaten hatte jedes öffentliche Aufeinandertreffen ihrer Anhänger zu Blutvergießen in den Straßen geführt.

Wen ich allerdings entdeckte, war einer der mir verhaßtesten Römer.

»Sei gegrüßt, Ädile«, rief Sallustius Crispus, und ein Lächeln brach sich auf seinem finsteren, schmierigen Gesicht Bahn. »Dieser Auftritt war wirklich haarsträubend, selbst für einen Metellus. Ich weiß, du bist sehr beschäftigt, aber könntest du vielleicht ein paar Minuten deiner kostbaren Zeit erübrigen? Wir könnten uns zum Mittagessen an einen der Stände zurückziehen.«

Ich unternahm eine paar rasche politische Berechnungen. Sallustius konnte mich genausowenig ausstehen wie ich ihn. Er war ein Feind Ciceros und Milos, beides gute Freunde von mir. Andererseits hatte sich das intrigante kleine Wiesel bei jedem Römer von Bedeutung eingeschmeichelt, sein Wissen über die römische Halbwelt war umfassend und sein Fundus an politischem und privatem Klatsch unerreicht, wenn man es verstand, die paar Körnchen Wahrheit aus dem Haufen von Lügen herauszufiltern. Ich als echter Caecilius Metellus brauchte für diese Überlegungen ungefähr eine halbe Sekunde.

»Mit dem größten Vergnügen.« Ich wandte mich an Hermes. »Lauf zum Archiv und besorge die Unterlagen, über die wir gesprochen haben.« Aus dem Augenwinkel bemerkte ich Sallustius' verärgerten Blick, weil ich nicht erwähnt hatte, um welche Unterlagen es ging. Für ihn konnte es unmöglich von irgendeinem Interesse sein, aber er wollte einfach alles wissen.

Wir fanden einen Stand in einer Seitenstraße direkt am Forum und setzten uns an einen Tisch unter einer Plane.

»Du hälst dich bemerkenswert gut unter der Last deines Amtes«, sagte er, als ein Serviersklave uns gewässerten Wein einschenkte. »Aber das Jahr ist noch jung. Ich will mir lieber nicht ausmalen, wie du im Dezember aussiehst.«

»Erinnere mich nicht daran. Seit Anfang des Jahres habe ich keine Nacht mehr richtig geschlafen und keine Mahlzeit in Ruhe eingenommen. Trotzdem ist es immer noch besser als Gallien.«

»Dafür kannst du dich rühmen, daß Rom nach deiner Amtszeit eine bessere Stadt ist als vorher.«

»Sie steht jedenfalls noch.«

»So unordentlich kann es in den Bordellen doch gar nicht zugehen«, sagte er, auf ein populäres Vorurteil anspielend, daß die Ädilen die meiste Zeit damit verbrachten, die *lupanar* zu beaufsichtigen, was einige auch tatsächlich taten.

»Die Hurenhäuser machen mir keine Sorgen. Sie haben sich in tausend Jahren nicht verändert. Die Straßen sind in einem üblen Zustand, aber noch nicht katastrophal. Die öffentlichen Gebäude sind gut in Schuß, seit Caesar und Pompeius sich einen Wettbewerb darin geliefert haben, wer die meisten von ihnen restaurieren und damit seinen Namen in der ganzen Stadt verbreiten kann. Und fremdländische Kulte interessieren mich nicht.«

Ich beugte mich vor. »Im Augenblick hat Rom vor allem zwei große Probleme, die mein Amt betreffen: Häuser, die nicht stehen blieben, und Abflüsse, die einer weiteren Flut nicht standhalten würden. Am Ende stehst du noch mit deiner im Wind flatternden *candidus* auf der Spitze des Capitols und buhlst um Wählerstimmen.«

»So schlimm, was?« sagte er und kratzte sich über sein vernarbtes Kinn.

»Die Fährmänner sagen es jedenfalls, und die irren sich, was den Fluß angeht, nur sehr selten.«

Er schüttelte mit gespielter Besorgnis den Kopf. »Die ganze Stadt redet von nichts anderem als dem Einsturz dieser *insula* gestern. Fünfhundert Tote, habe ich gehört.«

»Die Hälfte, aber das ist immer noch schlimm genug. In der Bauwirtschaft herrscht offene Korruption, und ich habe vor, sie auszurotten«, verkündete ich.

»Höchst lobenswert«, murmelte er.

»Mir ist, als hätte ich in deiner Stimme einen Unterton des Zweifels gehört.«

»Ich zweifle gewiß nicht an deiner Aufrichtigkeit, mein Freund. Deine Pflichtergebenheit wird sogar von Cato gelegentlich lobend erwähnt. Sie kann sich durchaus mit deiner Taktlosigkeit und deinem Talent, sich gefährliche Feinde zu machen, messen. Aber soweit mir bekannt ist, weißt du nur sehr wenig über die Bauwirtschaft.«

»Das ist zugegebenermaßen richtig«, sagte ich, von der Wendung des Gesprächs ein wenig überrascht.

»Geht ihr Meteller keinen anderen Geschäften als nur der Politik, dem Krieg und der Landwirtschaft nach?«

»Was gibt es denn sonst noch? Für Mitglieder unserer Klasse ist praktisch alles andere verboten. Das *gens* Caecilia ist zwar nicht patrizisch, aber wir stellen schon seit Jahrhunderten Konsuln. Wenn ich mich einem Gewerbe verschreiben würde, könnte ich aus dem Senat verstoßen werden, sobald ein neuer Censor sein Amt antritt.« Ich dachte kurz nach. »Natürlich gibt es immer noch Crassus, aber der macht seine eigenen Gesetze. Er hat sein Vermögen mit Grundstücken und Sklaven gemacht. Da das Gesetz auch städtischen Boden als landwirtschaftliche Nutzfläche definiert und selbst die gebildetsten Sklaven als Viehbestand, hält er sich theoretisch an den vorgeschriebenen Rahmen. Und die Tatsache, daß er sich das Wohlwollen praktisch jedes Censors kaufen konnte, hat ihm sicherlich auch nicht geschadet. Er war sogar selbst einmal Censor.«

Sallustius spuckte einen Olivenkern aus. »Ah ja, die noble Tätigkeit der Landwirtschaft, die heutzutage in aller Regel so aussieht, daß man auf der Terrasse seiner Landvilla sitzt und seinen Sklaven beim Arbeiten zuguckt. Das Gesetz reicht – ich weiß nicht genau – möglicherweise bis zu den Zeiten von Numa Pompilius zurück und bestimmt, daß die einzigen legalen Erwerbsquellen für einen Senator Kriegsbeute und die Früchte des Feldes sind. Bei großzügiger Auslegung lassen sich zu letzterem alle Produkte der Erde zählen, auch solche, die darunter liegen.«

»Richtig. Etliche Senatorenfamilien besitzen Minen. So ist etwa Marius reich geworden.«

»Und was kommt sonst noch aus dem Boden?« fragte er mit einschmeichelnder Stimme. Offenbar kam er endlich zur Sache.

»Nun, da gibt es Holz, Steine, Ton für Gefäße, Fliesen, Backsteine ...« Ich leierte die Liste lustlos herunter, bis mir endlich ein Licht aufging. Sallustius hatte eine wirklich gerissene Art, die Dinge zur Sprache zu bringen.

Er grinste und nickte, während er eine Brotkruste in seine Schale mit Öl eintauchte. »Genau. Baumaterialien. Es gilt sogar als gerade noch akzeptabel, selbst Ziegelsteine zu produzieren, da sie aus reinem Ton sind und mit Holz gebrannt werden, will sagen, geformt und gebacken und nicht im engeren Sinne des Wortes hergestellt.«

»Willst du andeuten, daß ich möglicherweise nicht bloß gegen betrügerische Bauunternehmer, sondern auch gegen einflußreiche Leute von vornehmer Herkunft ermitteln muß?«

»Vielleicht sogar gegen deine Banknachbarn in der *curia*.«

»Aber solche Senatoren würden den Bauunternehmern doch gewiß nur Rohmaterialien verkaufen. Und das hat nicht zwangsläufig etwas damit zu tun, daß diese Bauunternehmer vorsätzlich fehlerhaftes und minderwertiges Material auswählen, um ihren Profit zu maximieren.« Meine Anwaltsmentalität meldete sich ungebeten zu Wort.

Er nickte ernst. »Das sollte man zumindest hoffen.«

»Und welches Interesse könntest du in der Angelegenheit haben?«

»Wie du bin ich Mitglied des Senats. Und auch wenn die Sallustii möglicherweise keine so vornehme Familie sind wie die Meteller, so können wir doch auf eine stolze und lange Ahnenreihe verweisen.« Das war, gelinde gesagt, geschönt, vor allem was die erste Satzhälfte anging. Sallustius war gebürtiger Sabiner aus den Bergen der mittleren Halbinsel, so weit, wie man überhaupt von der Stadt entfernt sein und trotzdem noch als römischer Bürger gelten konnte. Er war vor ein paar Jahren nach Rom gekommen, um sich bei den Mächtigen einzuschmeicheln und eine politische Karriere zu starten. Er hatte sich für Clodius und dessen Patron Caesar entschieden, die Männer der Stunde.

Vermutlich hätte ich ihm seine fremde und obskure Herkunft nicht verübeln dürfen. Schließlich stammten viele der besten Männer jener Tage von außerhalb: die beiden berühmtesten waren Milo und Cicero. Und es gibt auch nicht den geringsten Zweifel, daß unter den übelsten Zeitgenossen einige gebürtige Römer waren, die ihre Blutlinien bis zu Aeneas zurückverfolgen konnten. Nur, daß Sallustius die groteske Karikatur des neuangekommenen Parvenus geradezu perfekt verkörperte; er war vulgär, unhöflich, dickfellig, ungebildet, unbegabt und ganz allgemein ein unangenehmer Zeitgenosse.

»Verzeih mir meine Begriffsstutzigkeit, aber ich habe immer noch nicht recht verstanden, was du mir mitteilen willst.« Natürlich war ich mir ziemlich sicher, daß er seine Botschaft schon an den Mann gebracht hatte, aber ich wollte, daß er sie unverstellt und geradeheraus wiederholte, für den Fall, daß ich seine Aussage vor Gericht brauchen würde. Doch so leicht ließ er sich nicht locken.

»Ich wollte lediglich auf mögliche Fallstricke und Gruben bei deiner Ermittlung hinweisen, die du vielleicht lieber meiden möchtest.«

Ich war drauf und dran, mich an all diesen Zweideutigkeiten zu verschlucken. »Wie stets werde ich mich nur von den Indizien leiten lassen«, sagte ich, leerte meinen Becher und erhob mich. »Und die führen mich jetzt ins Staatsarchiv.«

»Dann viel Glück«, wünschte er mir scheinheilig. »Ich werde deine Fortschritte mit Interesse verfolgen.«

Sein Interesse war mir herzlich egal, obwohl mich diplomatische Erwägungen davon abhielten, diese Tatsache zu erwähnen. Statt dessen fragte ich mich, wie er so schnell von meiner Ermittlung erfahren hatte. Doch in der kleinen, verwickelten Welt römischer Politik bekam offenbar jeder sofort von allem Wind. Ich hatte fast den ganzen gestrigen Tag an der Unglücksstelle verbracht, mit dem *interrex* gesprochen und einen Haufen Bauholz zum Ceres-Tempel transportieren lassen. Neuigkeiten machten rasch die Runde.

Ich habe fast mein ganzes Leben in Rom verbracht und den größten Teil meiner Zeit der Stadt und ihren Eigenheiten gewidmet. Es gibt wenig Phänomene, die so faszinierend sind, wie die Verbreitung von Neuigkeiten und Gerüchten. Soweit ich es ergründen konnte, fungieren die Sklaven als Hauptübermittler. Sie sind überall, in den ärmlichsten Baracken ebenso wie in den Gemächern der Adeligsten und Mächtigsten. Sie hören alles, auch wenn die Leute in ihrer Gegenwart sprechen, als hätten Sklaven keine Ohren. Sie begleiten uns überallhin, und sie reden miteinander. Einmal habe ich versucht, die Quelle eines ganz bestimmten Gerüchtes aufzuspüren, und mußte feststellen, daß es sich ungefähr so verbreitet hatte wie eine bösartige Krankheit von einem Infizierten zum nächsten.

Ein gewisser *equite* namens Lollius, dessen Haus unweit der Stadtmauer auf dem Esquilin steht, kehrte unerwartet früher von einer Reise zurück und erwischte seine Frau im Bett mit niemand Geringerem als dem Diktator Gajus Julius Caesar, der solchen Aktivitäten durchaus zugetan war. Offenbar war Lollius altmodischer und empfindlicher als die meisten Zeitgenossen, und es folgte eine ungebührliche Posse, die damit endete, daß Caesar heftig aus seinem großen julianischen Zinken blutete.

Zufälligerweise kam eine Gruppe von Feiernden, die auf dem Heimweg von einer Hochzeit war, just in dem Moment an Lollius' Haustür vorbei, als Caesar mit schiefsitzendem Lorbeerkranz und blutiger Tunika aus dem Haus taumelte und sich in seine Sänfte fallen ließ. Kurz darauf kam Lollius' Frau schreiend aus dem Haus gerannt, splitternackt und dicht gefolgt von ihrem erzürnten Gatten, der mit weit ausladenden Bewegungen ein surrendes *flagrum* schwang.

Während die halbbetrunkene Gesellschaft vor Lachen zusammenbrach, ließen sich ihre Sklaven von dem *janitor,* der an den Türpfosten von Lollius' Haus gekettet war, berichten, was vorgefallen war. Während sie ihren beschwipsten Herren nach Hause halfen, verbreiteten sie die Geschichte. Unter den ersten, die sie hörten, waren die Sänftenträger der Vestalin Servilia, die von einem Ritus im Tempel der Juno Lucina heimkehrte. Von dort nahm die Neuigkeit ihren Weg über die breite Via Subura bis zum Forum, wo die Träger ihre Herrin vor dem Haus der Vestalinnen absetzten und losstürmten, um mit den Sklaven zu tratschen, die auf dem Forum herumlungerten, was die meisten Sklaven bei jeder sich bietenden Gelegenheit tun.

Vom Forum verbreitete sich die Geschichte wie eine Explosion schädlicher Gase nach einem Ausbruch des Aetna. Mich ereilte sie im Tempel des Jupiter Optimus Maximus auf dem Capitol, wo Caesar den Senat zu einer Sitzung einberufen hatte. Ich glaube, auf der Tagesordnung stand die Bestätigung Cleopatras als ägyptische Königin, doch wir kamen nie dazu, die Angelegenheit zu erörtern. Die Nachricht von dem Zwischenfall war schneller den Capitol hinaufgeströmt, als Wasser hätte hinabfließen können.

Caesar traf ein, den vergoldeten Kranz wieder ordnungsgemäß auf dem kahlen Haupt, gewandet in einer schneeweißen Tunika und der purpurnen Triumphrobe, die er mittlerweile zu sämtlichen öffentlichen Auftritten trug. Ihre Farbe paßte zu der seiner Nase. Als er gewichtig in den Tempel schritt, deklamierte Sextus Mummius, ein Satiren-Dichter von einigem Rang, gerade eine improvisierte Ode über die Rache des Vulkan, der seine Gattin Venus mit Mars im Bett erwischte. Sie strotzte vor schlüpfrigen Anspielungen und ehrenrührigen Andeutungen, so daß Caesar von den Zehen bis zum Scheitel dunkelrot anlief, während der gesamte Senat in lautes Gelächter ausbrach. Damals gab es noch Themen, wegen derer man jedem Römer, selbst einem Diktator, offen ins Gesicht lachen konnte.

Als ich später Ursprung und Weg der Geschichte rekonstruierte, kam ich zu dem Schluß, daß zwischen dem Augenblick, in dem die Hochzeitsgesellschaft an Lollius' Tür vorbeigekommen war, bis zu dem Moment, in dem die Mär den Jupitertempel erreichte, keine Dreiviertelstunde vergangen war, was die Klatschsucht der Römer aufs anschaulichste verdeutlicht.

Wie dem auch sei, auch ich machte mich auf den Weg denselben Hügel hinauf, wenngleich nicht bis auf die Spitze. Das *tabularium*, wo die Unterlagen des Censors aufbewahrt werden, liegt etwa auf halber Strecke. Ich erklomm die lange

Treppe am Tempel der Concordia, eine zur Gottheit gewordene Tugend, die Rom in diesem Jahr gut gebrauchen konnte, und betrat das Archiv durch den Kellereingang. Die prachtvolle, langgezogene Fassade des Gebäudes, die man vom Forum aus sieht, ist in Wahrheit das zweite Geschoß der Ostseite.

In jener imposanten Säulenhalle fand ich Hermes, der als persönlicher Sklave eines Ädilen die Archivsklaven für sich springen ließ. Sie hatten Schriftrollen und Wachstäfelchen angeschleppt und auf langen Tischen ausgebreitet.

»Wie verlangt, Ädile«, erklärte der Freigelassene, der für die Unterlagen des Censors zuständig war, »sind dies alle Dokumente aus der zurückliegenden Amtszeit der Censoren Valerius Messala Niger und Servilius Vatia Isauricus.«

Die beiden zählten, wie bei Censoren üblich, zu den vornehmsten Römern ihrer Zeit. Censoren waren außerdem traditionellerweise engstirnige Konservative, was auf die beiden garantiert zutraf. Vatia Isauricus zählte zudem zu den ältesten Mitgliedern des Senats und hatte schon während der Diktatur Sullas als Konsul gedient.

Messala war deutlich jünger, aber ein ebenso zäher Vertreter der aristokratischen Partei und bis ins Mark ein Patrizier des *gens Valerius.* Damit stand er im selben Lager wie meine Familie und die Anti-Clodius und die Anti-Caesar-Fraktion.

Damals wurden Censoren alle fünf Jahre gewählt, und ihre Amtspflichten waren eng begrenzt. Sie führten die turnusgemäße Volkszählung durch, zelebrierten das *lustrum* zur rituellen Reinigung der Armee, sahen die Liste der jüngeren Amtsinhaber zwecks einer Aufnahme in den Senat durch und säuberten dieselbe Körperschaft von ungeeigneten Mitgliedern. Und, was für meine Ermittlung am wichtigsten war, sie handelten die Verträge mit den Pächtern aus, die in staatlichem Auftrag Steuererhebung, Straßenreparatur, Armeeversorgung und dergleichen übernahmen. Um sich diese Verträge zu sichern, waren Unternehmer bereit, hohe Bestechungsgelder zu zahlen. Wieder andere versuchten sich solcherart in den Senat hineinzukaufen oder eine Wiederaufnahme nach zuvor erfolgtem Ausschluß zu erreichen.

Aus diesem Grunde waren die Censoren in der Regel alte, vornehme, reiche Männer, weil man davon ausging, daß sie Bestechungsversuchen weniger zugänglich waren.

Diese Logik habe ich nie verstanden. Denn Männer sind häufig gerade deswegen reich, *weil* sie gierig sind. Und jemand, der als junger Mann gierig ist, wird im Alter nur äußerst selten weniger gierig sein. Und was die vornehme Herkunft angeht, habe ich noch nie feststellen können, daß ein edler Stammbaum vor üblen Charaktereigenschaften schützt. Im Gegenteil, eine hohe gesellschaftliche Stellung bietet häufig nur mehr Macht und Gelegenheit, diese Wesenszüge auch auszuspielen. Trotzdem war dies der traditionelle Glaube, und wer bin ich, die Tradition in Frage zu stellen?

»Darf ich fragen, wonach wir suchen?« fragte der Freigelassene.

»Im Moment bin ich ausschließlich an staatlichen Pachtverträgen interessiert. Keine Steuereintreibung, sondern speziell öffentliche Bau- und Abrißtätigkeit. Es wäre mir besonders daran gelegen, irgendwo den Namen Marcus Caninus zu finden.«

Der Freigelassene seufzte. »Also gut, dann wollen wir mal.« Zu den Sklaven sagte er: »Bringt die Akten zunächst nach Sachgebieten geordnet herunter, bevor ihr anfangt, nach einzelnen Namen zu suchen, und legt alle relevanten Schriftstücke hier ab.« Er klopfte auf den Tisch. »Alle anderen Unterlagen sind ordnungsgemäß wieder abzulegen. Wenn alle irrelevanten Dokumente weggeräumt sind, werden wir die übrigen aufteilen und nach den Einzelheiten suchen, die der verehrte Ädile zu wissen verlangt.« Ich fand, das hörte sich ungeheuer vernünftig an. Ich weiß nicht, was wir ohne die staatlichen Freigelassenen machen würden. Sie halten das Imperium am Laufen, während wir die Kriegsbeute verprassen.

»Großartig«, lobte ich ihn. Während sich die Sklaven an die Arbeit machten, schritt ich zunächst durch die Säulenhalle und genoß die prachtvolle Aussicht auf das Forum, das dank der zuvor erwähnten Rivalität zwischen Caesar und Pompeius so gut aussah wie seit Jahren nicht. Damals war ihre Rivalität noch strikt freundschaftlicher Natur, und ganz Rom profitierte davon. Jeder der beiden Männer trachtete danach, zum Ruhme der eigenen Familie Gebäude und Monumente zu restaurieren.

Pompeius hatte sich zunächst aller Denkmäler seines Vaters angenommen und im eigenen Namen den Tempel von Castor und Pollux renoviert, doch die wirklich spektakuläre Bautätigkeit hatte er sich für sein riesiges Theater mit angrenzendem Komplex öffentlicher Gebäude auf dem Campus Martius vorbehalten.

Caesar, dessen Famillie ungleich älter und weitläufiger war, hatte sich stärker auf das Forum konzentriert. Als *pontifex maximus* hatte er seinen Amtssitz und das angrenzende Haus der Vestalinnen restauriert, zusammen mit dem Tempel der Vesta, wobei er guten Geschmack bewiesen hatte, indem er die Kultstätte in ihrer schlichten ursprünglichen Form beließ. Er hatte die Trophäen des Marius überholen lassen, eine Geste, die vom gemeinen Volk sehr geschätzt wurde, das den verrückten alten Schlächter noch immer verehrte. Marius war Caesars angeheirateter Onkel gewesen, und die alten Marianer waren noch immer seine wichtigste Machtbasis.

Als Ädile hatte er das Forum und die umliegenden Märkte neu pflastern und jedes Gebäude, das einen Bezug zu seiner Familie aufwies, restaurieren lassen, und das waren nicht wenige, weil er einer der ältesten römischen Familien überhaupt entstammte.

Ich betrachtete den Überfluß an weißem Marmor und vergoldeten Fassaden voller Bewunderung, und das Wissen, daß diese beiden Männer gewillt waren, solch immense Summen zu verschwenden, um das Wohlwollen ihrer Mitbürger zu gewinnen, tröstete mich. Nur ein Wermutstropfen trübte mein reines Vergnügen. Ich konnte keine Fassade eines neuen oder restaurierten Gebäudes betrachten, ohne ihre Namen zu lesen.

Als ich über das Dach des Saturntempels blickte, sah ich unweit der Basilika Sempronia eine Gruppe Männer in grünen Tuniken. Ihr provozierend großspuriger Gang sagte mir, daß sie nichts Gutes im Schilde führten.

»Hermes«, sagte ich, »komm mal her.« Er legte die Schriftrolle, die er gerade studiert hatte, beiseite und lehnte sich auf die hüfthohe Brüstung. Sein scharfer Blick folgte der Richtung, in die mein gestreckter Zeigefinger wies. »Sag mir bitte, daß diese Männer Sklaven aus den Stallungen der grünen Fraktion sind.«

»Das könnte ich tun«, entgegnete er, »wenn es dich nicht stört, daß ich lüge. Das sind die Männer von Plautius Hypsaeus. Es gibt mittlerweile so viele Banden in der Stadt, daß sie angefangen haben, verschiedene Farben zu tragen, damit sie einander bei Straßenschlägereien unterscheiden können.«

»Deswegen hatten die toten Clodius-Anhänger, die ich neulich auf der Straße habe herumliegen sehen, einen orangefarbenen Streifen auf ihrer Tunika«, sagte ich.

»Und deswegen hat auch Milo all seinen Männern neue weiße Tuniken verschafft, selbst wenn er behauptet, er hätte es nur getan, damit sie einen properen Eindruck machen, wenn sie ihn in der Öffentlichkeit begleiten. Aufidius' Jungs haben einen roten Saum an der Tunika, Scaevolas tragen himmelblau –«, fuhr er fort, eine Reihe weniger bedeutender Banden aufzuzählen, von denen jetzt jede ihr eigenes Abzeichen hatte.

Der erwähnte Plautius Hypsaeus war ein weiterer unserer

Politkriminellen. Wie Milo kandidierte er für das Konsulat des kommenden Jahres. Es war bezeichnend für die politische Kultur Roms jener Tage, daß drei Kandidaten für das höchste Staatsamt Bandenführer waren.

»Oha«, sagte Hermes. »Sieh mal da drüben.« Er zeigte auf eine andere Gruppe, die im Norden unweit des Tempels der Venus Cloacina die Via Sacra überquerte. Sie hatten denselben provozierenden Gang, und ihre Tuniken waren rot gesäumt. Aufidius war ein unbedeutender Verbrecher, der jedoch Milo, Hypsaeus' Gegner, unterstützte. »Einen Silberdenar, daß sie sich schlagen, bevor die Rotgestreiften am Podest vor dem Haus des Praetors Urbanus vorbei sind.« Blutrünstiger kleiner Dämon.

»Nie im Leben«, sagte ich. »Sie sind in der Unterzahl, also werden sie sich zum Denkmal zu Ehren von Sullas Numidienfeldzug flüchten, damit sie wenigestens den Rücken frei haben. Das heißt, wenn sie auch nur ein Fünkchen Verstand haben.«

»Abgemacht«, sagte Hermes. »Wenn der erste Blutstropfen zwischen Podest und Denkmal fällt, habe ich gewonnen.«

Wie ich erwartet hatte, entdeckten die beiden Truppen einander quer über das Forum hinweg und blieben wie zwei Wolfsrudel mit gesträubten Nackenhaaren abrupt stehen. Ich konnte förmlich sehen, wie sie die Stärke des Gegners an den Fingern abzählten, bevor die Männer in Grün losstürmten, während die Rotgestreiften sich in Richtung Denkmal zurückzogen. Es war eines der Monumente, die zu restaurieren Caesar sich nie die Mühe gemacht hatte, da Sulla sein Feind gewesen war und Marius den Ruhm seines Feldzuges gestohlen hatte. Aufidius' Anhänger hatten das Monument gerade erreicht und waren in Stellung gegangen, als Hypsaeus' Männer den langsamsten ihrer Gegner mit einem Ziegelstein niederstreckten. Hermes schob mir über die Brüstung einen Denar zu. Ich nahm ihn und verstaute ihn unter meinem Gürtel.

Unten fingen ein paar Frauen an zu kreischen, und Schaulustige erklommen die Stufen der Tempel und Basiliken, um das Spektakel nicht zu verpassen. Die Haudegen dieser Banden waren häufig ehemalige Gladiatoren, die ihre Zeit in der Arena absolviert hatten, so daß man gelegentlich technisch durchaus ansprechende Kämpfe zu sehen bekam.

Als keine Seite die andere mit Stöcken und Steinen in die Flucht schlagen konnte, blitzten auf einmal die verbotenen Klingen auf, und das ernsthafte Blutvergießen begann.

»Ein neuer Trupp!« rief Hermes aufgeregt, als eine kleine Gruppe mit gelben Stirnbändern vom Tempel der Vesta gerannt kam und die Grünen von hinten angriff.

»Wer ist denn das?« fragte ich.

Er zuckte die Schultern. »Ich hab' sie noch nie vorher gesehen, aber sie sind gut.«

Auf dem Forum herrschte mittlerweile ein veritables Getümmel. Ein paar altgediente Schläger ohne erkennbare Farbe hatten sich offenbar aus reinem Vergnügen ins Gemenge gestürzt. Der staatliche Freigelassene, der mit seiner Belegschaft das ganze Getöse bisher standhaft ignoriert hatte, wandte sich bei dem erneuten Gejohle doch um und warf einen mißbilligenden Blick auf den kämpfenden Pöbel.

»Rom sollte eine anständige Polizeitruppe bekommen. Ich stamme aus Pergamon, und meine Stadt ist nie durch derartige Szenen entweiht worden.«

»Wir sind schon immer ohne Polizei klargekommen«, sagte ich, obwohl er natürlich recht hatte. Rom brauchte in der Tat eine verläßliche Polizeieinheit, aber so etwas würde man einem ausländischen Freigelassenen gegenüber natürlich nie zugeben.

Ausländer tun häufig so, als wären Recht und Ordnung die höchsten bürgerlichen Tugenden, vor allem solche, die aus monarchiegeschüttelten Zivilisationen im Osten stammen. Damals lebten die Römer im Chaos, aber zumindest verbrachten sie ihr Leben in jenen Tagen nicht damit, irgendeinem König den Hintern zu küssen. Im Gegensatz zu heute.

Hermes und ich genossen noch eine Weile die Vorstellung auf dem Forum. Zwei prominente thrakische Schwertkämpfer jener Tage erklommen das Monument und lieferten sich unter großem Beifall und Anfeuerungsrufen der Umstehenden ein Duell, in dessen Verlauf Hermes seinen Denar zurückgewann. Obwohl der Pomp und die Feierlichkeit, die vergoldeten Rüstungen und farbigen Federbüsche fehlten, war es alles in allem fast so gut wie eine richtige *munera.*

»Ädile?« sagte der Freigelassene. »Ich störe nur höchst ungern bei deinen –«

»Nicht der Rede wert«, sagte ich und winkte ab. »Es ist sowieso praktisch vorbei. Eigentlich müssen sie nur noch das Blut aufwischen. Was für Fortschritte haben wir gemacht?«

»Wir«, sagte er, das Wort betonend, »haben alle Dokumente aussortiert, die sich auf öffentliche Pachtverträge beziehen, die unter Verantwortung der besagten Censoren abgeschlossen wurden. Zwei Vorgänge enthielten den von dir erwähnten Namen.« Er wies auf einen zwar reduzierten, aber immer noch substantiellen Packen Unterlagen.

»Ausgezeichnet. Laß sie in mein Haus in der Subura bringen. Ich werde sie in Ruhe studieren müssen.«

Er sah mich an, als hätte ein boshafter Gott mich soeben in ein Schaf verwandelt. »Du möchtest, daß ich zustimme, daß staatliche Dokumente aus dem *tabularium* geschafft werden?« Nach seinem Tonfall zu schließen, hätte ich ihm genausogut vorschlagen können, ins Haus der Vestalinnen einzudringen und alle Jungfrauen zu schänden.

»Genau. Das *tabularium* ist schließlich kein Tempel oder ein sonstwie heiliger Ort. Es ist im staatlichen Besitz und dient der Aufbewahrung staatlichen Eigentums. Und als Beamter des Staates in Ausübung seiner Pflichten bitte ich darum, daß diese Dokumente zu mir nach Hause gebracht werden.«

Er verschränkte die Arme und musterte mich von oben herab über seine lange graeco-syrische Nase, eine nicht unbeachtliche Leistung, wenn man bedenkt, daß ich ein gutes Stück größer war als er. »Nicht ohne ausdrückliche Anordnung eines Censors oder der Konsuln.« Niemand kann den Hochmut eines Staatslakaien übertreffen.

»Die Censoren haben ihr Amt im vergangenen Jahr niedergelegt«, informierte ich ihn, »und die Konsuln haben ihres wegen Unregelmäßigkeiten bei den letztjährigen Wahlen noch nicht angetreten.«

»Nun, dann mußt du deine Studien wohl an Ort und Stelle betreiben.«

Die Staatssklaven in seinem Rücken grinsten. Einer zwinkerte mir zu und machte die universelle Geste für die Übergabe von Geldmitteln.

Ich legte einen Arm um die Schulter des Freigelassenen und sagte: »Mein Freund, wir sollten ein wenig spazierengehen und uns unterhalten.« Wir promenierten unter der prachtvollen Kolonnade entlang, wo Gelehrte und Beamte an langen Tischen eine Vielzahl staatlicher Dokumente einsahen, weil die Südseite das beste Licht bot. Im Gehen verhandelten wir, die Köpfe zusammengesteckt.

Glücklicherweise wollte der Mann seine Bestechungssumme nicht in Bargeld. Er wußte vielmehr, daß ich in einigen Jahren Praetor werden würde, und wünschte sich dringend eine ganz bestimmte Beförderung, die ihm zu gewähren ich dann in der Lage sein würde. Außerdem wollte er den Namen des Staatssklaven bestimmen, der freigelassen und seine jetzige Position übernehmen sollte. Ich wußte, daß er von letzterem seinerseits ein Bestechungsgeld kassieren würde, was seinen Handel mit mir eher wie einen durchaus ehrenhaften Austausch von Gefälligkeiten erscheinen ließ. Als wir an den Tisch zurückkehrten, waren wir zu einer Übereinkunft gekommen, und er wies einige der Sklaven unter seiner Aufsicht an, die Unterlagen in eine Kiste zu packen und zu meinem Haus zu bringen.

Das war eine ziemlich geradlinige Transaktion nach der Art, wie so etwas damals gehandhabt wurde. Direkte Geldübergaben galten als kraß und vulgär, aber der gegenseitige Austausch von Gefälligkeiten wurde allgemein hochgeschätzt. Es war ein ungerechtes, ineffizientes und korruptes System, aber es funktionierte wenigstens – irgendwie. Der Erste Bürger hat es verdorben, indem er eine Bürokratie aus Freigelassenen seiner Wahl aufbaute, von ihm selbst handverlesen und für ihre Aufgaben ausgebildet, die in regelmäßigen Abständen überprüft und entsprechend befördert oder degradiert werden. Es ist ein schrecklich effizienter Apparat, die Dienstleistung hat sich deutlich verbessert, aber sie schulden allein ihm Loyalität.

Das alte System war mir lieber.

IV

Wir gingen zurück über das Forum, als Festus uns keuchend einholte.

Nachdem die Schlägerei beendet war, trauten sich auch einige Praetoren mit ihren Liktoren heraus, um ein paar Verhaftungen vorzunehmen. Eine Reihe von Männern lag stöhnend auf dem Pflaster, manche versuchten sich auf allen vieren davonzuschleppen, andere verharrten reglos. Es war nicht zu erkennen, ob eine der beteiligten Banden als Sieger aus dem Scharmützel hervorgegangen war, aber darauf kam es im Grunde auch gar nicht an. Der Gewinner einer Schlägerei läßt sich nur selten feststellen. Es ging vielmehr darum, das öffentliche Leben zu chaotisieren und die Bürgerschaft einzuschüchtern, damit niemand es wagte, bei den Wahlen gegen die Bandenführer oder die von ihnen unterstützten Politiker anzutreten. Die Wahlen selbst wurden in aller Regel durch Bestechung entschieden. Ich habe nie behauptet, die Republik wäre perfekt gewesen.

»Patron!« rief Festus atemlos, bevor er sich verbesserte: »Ädile, meine ich!« Er war ein eifriger kleiner Mann, der Sohn des Verwalters einer unserer Landgüter, der in die Stadt gezogen und als Ölhändler zu Wohlstand gekommen war. Er war einer der Männer, die ich losgeschickt hatte, um die problematischen Abflüsse zu überprüfen.

»Ja, mein Freund?« sagte ich und wandte mich ihm mit ausladender Geste zu. Eine der Belohnungen einer Klientschaft war die öffentliche Anerkennung durch einen hohen Beamten. Festus sonnte sich in der Aufmerksamkeit.

»Ädile, der staatliche Freigelassene Acilius möchte, daß du unverzüglich zu ihm kommst. Er sagt, er habe etwas, was du dir ansehen mußt.«

»Soso, hat er das?« Ich hatte mich auf ein bis zwei Stunden in den Bädern gefreut, aller offiziellen Sorgen ledig. »Dieser Freigelassene zitiert einen hohen Beamten zu sich wie einen Haussklaven?«

Festus lächelte unterwürfig. »Er sagt, es ist sehr wichtig, Herr.«

»Nun denn. Was ist schon ein Ädile? Nur ein glorifizierter Laufbursche, den jeder durch die Gegend schicken und rumkommandieren kann ...« Und so nörgelte ich noch eine Weile weiter. In jenem Jahr nörgelte ich viel. Während ich also weiter über das kummervolle Ädilendasein lamentierte, gingen wir zu dem am Forum gelegenen Eingang der *cloaca maxima*, der ältesten und größten römischen Kloake.

Dieser Zugang war durch einen Schrein in Form eines winzigen Tempels verdeckt, der der Venus Cloacina geweiht war, die über die Reinheit des römischen Wassers wacht. Im Innern des winzigen Heiligtums führt eine Treppe zu dem großen Abwasserkanal hinab, der Tunnel liegt direkt unter der Straßenoberfläche und windet sich zum Fluß hinunter. Das Treppenhaus war von kleinen Nischen gesäumt, in denen Öllampen brannten. Als wir unten angekommen waren, hatten sich meine Augen fast an die Dunkelheit gewöhnt. Nach der für die Jahreszeit ungewöhnlichen Wärme über Tage wirkte die Luft im Schacht besonders kühl.

Das Betreten unterirdischer Gefilde hat mich stets mit Beklommenheit erfüllt. Diese Wasserstadt unter der eigentlichen Stadt hatte etwas Irreales. Es kostete mich einige Mühe, meine offizielle *dignitas* zu wahren, als wir einen kleinen Absatz erreichten, dessen Wände mit uralten Wandgemälden verziert waren, die halbvergessene Götter und Dämonen darstellten, schlangenhaarige Harpyien mit hervorquellenden Augen, langnasige etruskische Todesboten mit Eselsohren und Kreaturen, für die es in der gesamten umfassenden Nomenklatur der römischen Religion keinen Namen gab. Die bekannteste Figur war der Fährmann, der die Schatten der Toten über den Styx bringt und in den meisten Religionen bekannt ist.

Die Gestalt, die uns erwartete, sah aus wie sein irdischer Vertreter. An dem winzigen Steg am Ende der Treppe hatte ein Barke festgemacht, die aussah wie ein kleines Flußschiff. Sie war schwarz bemalt und mit Schlangen, Ochsenschädeln und roten Hunden verziert, den traditionellen Zeichen der unterirdischen Gottheiten. Die Figuren waren als Basrelief in den gesamten Rumpf geschnitzt und von aufgemalten Myrten- und Kornellkirschentrieben umschlungen. Ans Heck der Barke war ein alter Sklave gekettet, dessen weißes Haar bis zu den Ellenbogen hinabreichte und der mit krallenartigen Händen einen langen Pfahl umklammerte. In der unterirdischen Düsternis war er scharfsichtig wie eine Eule, aber das Sonnenlicht hätte ihn auf der Stelle mit Blindheit geschlagen.

Diese greisenhafte Erscheinung war unter dem Namen Charon wohlbekannt. Schon als mein Vater noch ein kleiner Junge war, war er Fährmann auf einem Abwasserkanal gewesen, für ein längst vergessenes Verbrechen dazu verurteilt, die dunklen Gewässer zu befahren und nie an die Oberfläche zurückzukehren.

»Willkommen, Ädile«, sagte Acilius, der mich mit einer Reihe von Assistenten auf dem Steg erwartete. »Ich werde dich in der Barke begleiten und dir ein paar Dinge zeigen, die deine unmittelbare Aufmerksamkeit erfordern.«

»Prima«, sagte ich, stieg in das Boot und nahm auf einer der Bänke Platz. »Es gibt doch nichts Besseres zur Aufheiterung eines schönen Nachmittags als eine Bootspartie in der Kloake.«

Gegen diesen speziellen Abschnitt der *cloaca maxima* war tatsächlich nichts einzuwenden. Den wenigsten war bewußt, daß das Forum ursprünglich ein Sumpf, die ursprüngliche *cloaca* nur ein schlichter Entwässerungskanal gewesen war. Im Laufe der Zeit war der Kanal ausgemauert worden, um ihn dauerhaft zu befestigen, und noch zu Zeiten der Könige wurde er überdacht und überpflastert. Die alten Monarchen hatten solide gebaut, nach vierhundert Jahren war das Mauerwerk noch so fest wie eh und je und mußte nie ausgebessert werden.

»Römische Baukunst auf ihrem Höhepunkt«, rief ich begeistert aus, als ich die großen, perfekt gepaßten Kalktuffquader an Decke und Wänden bewunderte. Hier war das Wasser noch relativ frisch, doch das sollte sich rasch ändern. Bald erreichten wir die ersten öffentlichen Latrinen, direkt über dem Abwasserkanal. Zu unserem Glück wich Charon unter Zurhilfenahme seines Pfahles derlei Unannehmlichkeiten geschickt aus, so daß wir zumindest nicht zum Ziel herabfallender Geschosse wurden. In Abständen passierten wir niedrige Torbögen, wo kleinere Abwasserkanäle in den größeren Strom mündeten.

In dem Maße, in dem das Wasser zähflüssiger wurde, wurde auch die Luft dicker. Bald kämpften wir uns durch einen widerwärtigen Schlamm, der übelriechende Blasen schlug, den Bläschen in einem Bottich zur Weingärung nicht unähnlich. Mannhaft trotzte ich dem Gestank. Es war nur unwesentlich schlimmer als einige der übleren Gassen der Subura, wo die Bewohner ihre Aborteimer und Küchenabfälle einfach auf der Straße entsorgten und der Dreck im Lauf eines heißen, trockenen Sommers vor sich hin faulte, bis das Betreten einer solchen Gasse für jeden tödlich enden konnte, der nicht im Viertel heimisch war. Bis die *cloaca maxima* so schlimm war, hatte sie noch einen weiten Weg vor sich.

»Prachtvolle Aussicht, was?« sagte Acilius frohlockend, als ob dies sein persönlicher Triumph wäre.

»Nun, es ist nicht gerade eine Kreuzfahrt in der Bucht von Baiae«, sagte ich unbeeindruckt, »aber es riecht besser als eine gallische Stadt nach ein- bis zweimonatiger Belagerung.« Damit hatte ich ihn elegant in die Schranken verwiesen. Als Freigelassener hatte er nie in der Legion gedient, während der Militärdienst die vornehmste Pflicht unserer Klasse war. Wie alle anderen tat ich oft so, als hätte mir das grausame Geschäft auch noch Spaß gemacht.

»Vor sechs Jahren war das Wasser bis hinunter zum Tiber noch fast sauber«, fuhr er unbeirrt fort.

»Und was ist in den letzten sechs Jahren passiert?« fragte ich seufzend. Manche Menschen schaffen es einfach nicht, klar zu sagen, was sie bedrückt. Sie müssen sich erst ein ganzes philosophisches System von den Schultern laden.

»Nichts«, antwortete er.

»Nichts?« Jetzt kommt's, dachte ich.

»Genau! Die letzten Censoren sowie die Ädilen der letzten fünf Jahre haben nichts für den Erhalt dieser Abflüsse und Kanäle unternommen, dem Lebensblut unserer Stadt!«

»Ich hätte vermutlich eine passendere anatomische Metapher gewählt, aber ich verstehe, worauf du hinauswillst. Ist die Substanz gefährdet?«

»Soweit ich weiß, mußte dieses System seit seiner Erbauung noch nie in der Substanz restauriert werden, Ädile. Selbst die kleineren, neueren Kanäle, die die kleinen Täler entwässern, sind absolut solide und werden noch weitere tausend Jahre überdauern, vorausgesetzt, es gibt kein wirklich schlimmes Erdbeben.«

»Nun«, riet ich, »mittlerweile leben weit mehr Menschen in der Stadt als früher. Zum Beispiel Pompeius' Veteranen, die nicht mit Land abgefunden wurden, plus die zahllosen Sklaven, die Teil ihrer Kriegsbeute waren. Und all die freigelassenen Sklaven, die –«

»Das reicht noch immer nicht, um das System ernsthaft zu belasten«, unterbrach er mich ungeduldig. »Und die meisten Zugezogenen wohnen in den neuen Vierteln jenseits der Stadtmauern, im Trans-Tiber-Distrikt und beim Campus Martius. Nein, Ädile, wir haben es mit schlichter Vernachlässigung zu tun.« An den Fährmann gewandt, sagte er: »Dort hinein«, und wies auf einen niedrigen Bogen, aus dem eine zähflüssige schwarze Pampe quoll.

»Luft anhalten«, murmelte Hermes.

»Keine Sorge«, beruhigte Acilius uns, »es ist nicht mehr weit.«

Der Schein unserer Fackeln drang nur mit Mühe durch den fauligen Dunst der Kloake. Hin und wieder fiel Licht durch eine Öffnung in der Decke, doch das Wasser war zu zäh und schlammig, um es zu spiegeln. Gelegentlich hörten wir ein Gleiten oder Platschen, denn es gibt Lebewesen, die eine solche Umgebung bevorzugen. Schließlich stieß der Bug des Bootes auf ein Hindernis und kam nicht mehr weiter.

Ich blinzelte in die Dunkelheit, konnte jedoch nur eine formlose Masse erkennen. Ich befahl Hermes, mir eine Fackel zu geben, und hielt sie über den Bug, aber dadurch wurde es auch nicht viel besser. Ich konnte nur einen riesigen Haufen unbeschreiblichen Unrats erkennen, ein paar zerbrochene Töpfe, den einen oder anderen Knochen, doch die große Masse war geschmolzen, verfault oder hatte sich sonstwie in eine Materie verwandelt, die den Philosophen von Alexandria bis dato unbekannt war. Der entweichende Gestank war so spürbar wie ein Schlag auf den Kopf.

»Vorsicht«, warnte Acilius. »Selbst an dieser Stelle könntest du es entzünden.«

»Das wäre in jedem Fall ein Fortschritt«, sagte ich, zog die Fackel jedoch aus ihrer gefährlichen Umgebung zurück. »Wie ist es dazu gekommen, und welches Ausmaß hat das Problem?«

»Entstanden ist das Problem durch die langjährige Vernachlässigung der Abwasserkanäle in Verbindung mit der verbreiteten Verletzung geltender Bestimmungen, die die Entsorgung von Müll in Abwässerkanälen ausdrücklich verbieten. Alles, was die Leute aus Faulheit nicht zu den Deponien außerhalb der Stadt schleppen wollen, wandert in den nächsten Abfluß. Gegenstände, die nicht auf dem Wasser schwimmen, lagern sich in den Kanälen ab, bis sie regelrechte Riffs bilden, an denen sich dann *alles* staut und die sich durch Hochwasser nach schwerem Regen höher und höher türmen. Du hast nach dem Ausmaß des Problems gefragt?«

»So ist es«, bestätigte ich. Als ob einer von uns beiden daran erinnert werden mußte.

»Jeder einzelne Abwasserkanal in Rom sieht so aus, Ädile. Nur die Hauptkanäle der größten Kloaken sind noch frei, die Maxima, die Petronia und die Nodina. Sie folgen dem Verlauf alter Täler und haben eine relativ stete Strömung, doch auch auf ihrem Grund sammelt sich nichtschwimmender Abfall. Die kleinen Zuleitungskanäle sind alle so verstopft wie dieser hier, jeder von ihnen. Und es sind nicht nur kaputte Möbel und Küchenabfälle, Ädile. Hier unten gibt es auch jede Menge Leichen.«

»Leichen?« Ich wußte, daß dieser Gestank nicht allein von gewöhnlichem Hausmüll herrühren konnte.

»O ja. Die Armen benutzen die Abwasserkanäle, um ihre abgetriebenen oder ungewollten Kinder loszuwerden. Und oft wollen die Leute sich die Kosten für die Beerdigung ihrer toten Sklaven ersparen oder die Mühe, sie zu den Gruben vor dem Esquilinischen Tor zu schaffen. Dabei sind es nicht nur die Sklaven von Pächtern oder Fabrikbesitzern, auch Sklaven der Allerreichsten finden hin und wieder ihren Weg hier hinunter, neben dem gelegentlichen Mordopfer natürlich.

»Empörend!« sagte ich, und das war mein Ernst. Nicht, daß Mord ein so gravierendes Verbrechen war, und das Aussetzen ungewollter Kinder war zwar geschmacklos, aber nicht ungesetzlich. Doch es war unfromm, selbst den Ärmsten der Armen eine anständige Bestattung zu verwehren, ein Frevel, der den Zorn der Götter heraufbeschwören konnte. »Dafür muß vielleicht noch die ganze Stadt leiden!«

»Ich würde sagen, wir leiden schon jetzt«, bemerkte Hermes unter heftigem Würgen.

»Wir haben genug gesehen«, erklärte ich dem Fährmann. Er begann, uns zurück in den Hauptkanal zu schiffen. Bald atmeten wir wieder, so kam es uns verglichen mit dem Seitenkanal vor, fast saubere Luft. Ich befahl Charon, uns zum Fluß zu bringen.

»Wer ist verantwortlich für die Säuberung dieser Kanäle?« fragte ich.

»Wie die meisten derartigen Arbeiten«, erwiderte Acilius, »werden sie auf der Basis öffentlicher Pachtverträge erledigt, die alle fünf Jahre von den Censoren ausgegeben werden und deren Einhaltung dann von Ädilen überwacht werden soll. Eine gründliche Reinigung des gesamten Systems hätte spätestens vor zwei Jahren stattfinden müssen, unter den Censoren –«

»Laß mich raten«, unterbrach ich ihn. »Es waren Messala

Niger und Servilius Vatia. Haben die beiden während ihrer Amtszeit überhaupt *irgend etwas* getan?«

»Nicht viel«, bemerkte Festus. »Aber das ist ja nichts Neues. Du kamst damals gerade aus Gallien wieder, stimmt's, Patron?«

»Bei meiner Rückkehr waren sie schon ein halbes Jahr im Amt. In den ersten ein bis zwei Monaten sollen sie eigentlich die öffentlichen Pachtverträge abschließen, dann die Volkszählung durchführen, die Liste der Senatoren säubern und ihre Amtszeit schließlich mit dem *lustrum* beenden. Als mein Vater und Hortalus Censoren waren, hatten sie alle Aufgaben in den ersten sechs Monaten erledigt.«

»Nicht jeder römische Beamte ist so dynamisch und gewissenhaft wie dein Vater, Patron«, meinte Festus. »Und wie du dich sicher erinnern wirst, war Vatia Isauricus schon schrecklich alt.«

»Aber Messala war noch munter genug«, sagte ich. »Und das ist er noch immer. Vielleicht sollte ich mit ihm sprechen.« Eine weitere Angelegenheit, die ich in den Dokumenten nachschlagen mußte, die ich mittels Bestechung aus dem *tabularium* hatte schaffen lassen.

Das Halbrund des Tores, das auf den Fluß hinausführte, schien mir hell wie die aufgehende Sonne. Charon machte sein Boot an einem langgezogenen, leicht erhöhten Steg fest. Wir stiegen aus und gingen auf das Licht zu. Die Besichtigung der Kloake war so deprimierend gewesen, daß ich mich zurückhalten mußte, um nicht loszulaufen.

Wenig später standen wir am Fluß, sogen saubere Luft in unsere Lungen und ließen uns den frischen Wind um die Nase wehen, um das Übelkeit verursachende Miasma aus unserem Kopf zu vertreiben. Das Tageslicht kam mir unglaublich schön und klar vor.

»Wirst du in der Sache etwas unternehmen, Ädile?« fragte Acilius.

»Unbedingt. Was wir gerade gesehen haben, ist eine Gefahr für die Gesundheit aller Römer und ein Frevel gegen die Götter. Vater Tiber persönlich«, fügte ich dramatisch hinzu und wies auf den Fluß, »muß sich beleidigt fühlen, daß man die unbestatteten Toten seiner Obhut überläßt.«

»Er sieht jedenfalls nicht besonders glücklich aus«, meinte Hermes. »Sieh nur, seit wir ihn heute morgen überquert haben, ist der Fluß angeschwollen.«

Er hatte recht. Der Pegel war erkennbar höher als am Morgen. »Komm mit, Hermes. Wir müssen mit den Fährleuten reden.« Ich entließ den Rest der Gesellschaft unter erneuten Beteuerungen, daß ich mich des Zustands der Abwässerkanäle annehmen würde, wobei schon im Moment des Versprechens unklar war, was ich konkret unternehmen wollte.

Wir waren unweit der rechter Hand liegenden Pons Aemilius wieder ans Tageslicht gelangt. Jetzt wandten wir uns nach links, gingen unter der Pons Sublicius hindurch und folgten der großen Westbiegung des Flusses. Hinter der Brücke kamen die Kaianlagen, wo die Kähne aus Ostia ihre Fracht löschten und Produkte aus Rom und dem Umland an Bord nahmen, um sie für den Export flußabwärts zu schiffen.

Es war eines der lebendigsten und emsigsten Viertel der Stadt, das größtenteils jenseits der Stadtmauern lag. Die Einheimischen sprachen einen eigenen Flußdialekt, und man konnte eine Vielzahl fremder Sprachen hören, Matrosen aus aller Herren Länder kamen flußaufwärts, um Handel zu treiben oder sich die Sehenswürdigkeiten anzusehen. Sie stellten den größten Anteil unserer zahlreichen ausländischen Besucher. Außerdem hatten Agenten zahlreicher fremder Firmen ihre Niederlassungen bei den Kais.

Unvertraute Sprachen waren nicht die einzigen fremdartigen Klänge. Das Schreien, Brüllen, Bellen und Krächzen exotischer Vögel und Säugetiere erfüllte die Luft. Käfige aus Afrika, Ägypten, Spanien, Syrien, Phrygien und noch entlegeneren Orten wurden für die Gärten und Anwesen der Reichen oder häufiger noch für den Circus angeliefert. Es gab Löwen und Leoparden, Pfaue, Strauße, Bären, Bullen, Rennpferde, Zebras, Kamele und noch seltsamere Kreaturen.

Gleichzeitig wurden ungefähr ebenso viele Sklaven für die Märkte entladen, doch sie verließen die Kähne aus eigener Kraft und waren sehr viel stiller als die Tiere. Der Anblick war mir weit weniger angenehm als der seltener Tiere. Ich bin mir der Tatsache bewußt, daß eine Zivilisation nicht ohne Sklaven existieren kann, doch ich finde, man sollte gewisse Grenzen ziehen. Es gab bereits viel zu viele Sklaven in Rom, und die jüngsten Kriege hatten die Märkte mit weiteren überschwemmt, so daß sie mittlerweile so billig waren, daß sich selbst ärmere Haushalte mehrere von ihnen leisten konnten.

Die große Masse der Sklaven wurde natürlich an die riesigen *latifundia* in Sizilien und Süditalien verkauft, bevor sie Rom überhaupt gesehen hatten. Diejenigen, die hier entladen wurden, waren meistens attraktive und ausgebildete Gefangene, die für den Dienst im Haus vorgesehen waren, gutaussehende junge Frauen und Knaben für die Wohlhabenden und Bordelle, geschulte Masseure für die Bäder, Künstler, Köche und dergleichen, sowie einige stramme junge Krieger, die zu Gladiatoren ausgebildet werden sollten. Letztere mußten nur in Ausnahmefällen angekettet oder gezwungen werden, sondern sahen ihrem Schicksal hoffnungsvoll entgegen. Die Aussicht, für ihren Lebensunterhalt nur trainieren und kämpfen zu müssen, paßte ihnen gut. Sie zur Arbeit zu nötigen, wäre hingegen eine undenkbare Schande gewesen.

Doch ich war nicht hier, um die Sehenswürdigkeiten zu genießen. Wir gingen an den Kais entlang, bis wir eine Stelle erreichten, an der die Uferpromenade mit einem farbenfrohen Mosaik gepflastert war. Hinter einem steinernen Tisch saß ein kräftiger, kahlköpfiger Mann entspannt im Schatten einer Plane, neben ihm wartete ein Sekretär.

»Guten Tag, Ädile! Was führt dich an diesem prächtigen Nachmittag zu den Docks?«

»Guten Tag, Marcus Ogulnius!« rief ich, denn so hieß der Dockmeister. Er war ein *publicanus*, der für die Erhebung von Einfuhrzöllen, Landungsgebühren und so weiter verantwortlich war. Ein kleiner Teil jeder Transaktion blieb ganz legal an seinen Fingern kleben, so daß er ein reicher Mann war. Ich sah ihn nur selten, weil sein Amt offiziell unter der Aufsicht des kurulischen Ädilen stand, der für die Kontrolle der Märkte zuständig war. »Ich bin gekommen, um mit kenntnisreichen Männern über den Zustand des Flusses zu sprechen.«

»Wenn du einen Tag später gekommen wärst, wäre niemand mehr da gewesen, mit dem du hättest sprechen können«, erwiderte er. »Wenn dieser Schwung Kähne seine Ladung gelöscht hat, machen sie sich auf den Rückweg nach Ostia, und dann werden wir sie eine Weile nicht zu sehen bekommen. Es ist erstaunlich, daß sie es bei dieser Strömung heute noch einmal geschafft haben. Heute abend packe ich meine Sachen zusammen und ziehe mich vorübergehend auf höhergelegenes Land zurück.«

»So schlimm?« fragte ich. »Ich habe gesehen, daß der Pegel steigt, aber von einer Flut sind wir doch noch weit entfernt.«

»Wende deine Augen hinauf zum Janiculum, Ädile.« Ich blickte zu der Hügelkuppe, wo wie schon seit Jahrhunderten eine rote Flagge wehte, die nur eingeholt wurde, wenn sich ein Feind der Stadt näherte. Der lange, schmale Streifen purpurfarbenen Tuches stand fast waagrecht, seine Spitze flatterte heftig in der Brise. »Dieser Wind kommt aus dem Süden, direkt aus Afrika. Hier in Rom sorgt er für ein paar schöne warme Tage zu einer Jahreszeit, in der es für gewöhnlich noch kalt ist. Aber auf den Gipfeln des Gebirges weht er mit voller Kraft und läßt den Schnee schmelzen.«

»So etwas Ähnliches habe ich heute schon mal gehört«, gab ich zu.

»Nun, du kannst es ruhig glauben. Bald werden Nachrichten eintreffen, daß Bergdörfer von Fluten zerstört oder von Lawinen begraben wurden. Dieser Winter war der schneereichste seit Menschengedenken, sagte man mir. Dieser Schnee zusammen mit dem Schirokko ist eine üble Kombination, Herr. Der Fluß wird schon sehr bald schneller ansteigen, als ihn irgend jemand je hat ansteigen sehen, und in dieser Biegung werden die Verheerungen am größten sein. Das ist immer so.«

»Sind irgendwelche Vorkehrungen getroffen worden?« fragte ich ihn.

Er zuckte die Achseln und sah mich überrascht an. »Was kann man gegen eine Flut schon groß machen? Wenn Vater Tiber beschließt, aus seinem Bett zu steigen und sich herumzutreiben, sollte man ihm tunlichst aus dem Weg gehen.«

»Ein kluger Rat.«

Er dachte eine Weile nach. »Vor einer Weile sollten allerdings einige Befestigungsarbeiten vorgenommen werden, damit der Fluß auch bei erhöhtem Pegel nicht über die Ufer tritt, aber die sind nie über das Planungsstadium hinausgekommen. Natürlich, es war unter den Censoren –«

»Servilius Vatia und Valerius Messala!« fielen Hermes und ich im Duett in den mittlerweile vertrauten Refrain ein.

Der Dockmeister sah uns befremdet an. »Genau.«

Mir kam ein Gedanke. »Du hast doch deinen Pachtvertrag von ihnen bekommen, oder nicht?«

»Er wurde, genaugenommen, nur erneuert. Ich habe diesen Posten seit zwanzig Jahren, und vor mir hatte ihn mein Vater.«

»Die Vergabe erfolgt doch nach offener Ausschreibung, oder nicht?«

»Sicher. Aber es kommt darauf an, den Posten zu kennen. Es gibt andere, die ihn gern hätten, aber meine Familie verrichtet ihn schon so lange, daß ich bis auf die letzte Sesterze genau weiß, was er dem Staat einbringt und was mir. Jeder,

der versucht, mich zu unterbieten, ist ein Idiot, der die Arbeit nicht kennt und solchen Murks bauen wird, daß es am Ende für alle Beteiligten noch teurer würde. Die Censoren wissen das, Herr, und deswegen erneuern sie meinen Vertrag alle fünf Jahre.«

Ich hielt es für wahrscheinlicher, daß er so reich geworden war, daß niemand, der den Posten wollte, bei den Bestechungsgeldern mithalten konnte, die er den Censoren zahlte. Doch das nahm ich ihm nicht übel. Nach allgemein gängigen Maßstäben war er ein ehrlicher Mann, und die Erhebung der Flußzölle war eine zu wichtige staatliche Aufgabe, um sie einem ahnungslosen Laien zu überlassen.

»Wieviel Zeit bleibt uns deiner Meinung nach noch, bis die tiefergelegenen Viertel der Stadt überflutet werden?«

Er rieb das Kinn. »Es gibt Männer, die vorhersagen, daß die Uferpromenade morgen früh knöcheltief unter Wasser stehen wird, deswegen packe ich meine Sachen noch heute abend zusammen. Übermorgen könnte die Flut den Viehmarkt und den Circus erreicht haben. Ich persönlich glaube nicht, daß es so schnell gehen wird, aber ich gehe lieber kein Risiko ein.«

»Das ist sicher klug. Was ist mit den Lagerhäusern und Booten?«

»Die Fährleute wissen schon seit mehr als einem Jahr, daß diese Flut kommen würde. Sie haben Vorkehrungen getroffen: Die Waren sind höher als gewöhnlich gelagert. Obwohl man wohl nicht verhindern kann, daß alles, was aus Holz ist, mit den Fluten davontreibt.« Er zuckte erneut die Achseln. »Nichts, was sich nicht ersetzen ließe. Für die Stadt selbst«, er wies mit dem Daumen auf die Stadtmauer hinter sich, »bin ich nicht verantwortlich, Herr. Aber ich hoffe, dein Haus liegt auf einem Hügel.«

»Hoch genug jedenfalls«, erklärte ich ihm. Irgend etwas spukte in meinem Hinterkopf herum, irgendeine Angelegenheit, die ich bei den Werften hatte klären wollen. Das war mein zur Zeit größtes Problem: Zu viele Dinge bedrängten mich und verlangten meine Aufmerksamkeit, aber schließlich fiel es mir doch noch ein.

»Kennst du einen Schiffseigner namens Lucius Folius?«

»Aber gewiß. Ich habe gehört, er ist bei dem Einsturz der *insula* gestern ums Leben gekommen.«

»So ist es. Mit ihm starben seine Frau und sein gesamter Hausstand. Hat irgend jemand hier in seinem Namen gehandelt, ein Agent oder Partner? Irgend jemand muß doch sein Geschäft übernehmen.«

»Bis jetzt ist noch niemand aufgetaucht, aber das wird in jedem Fall eine Weile dauern. Ich weiß, daß er flußabwärts in Ostia einen Vertreter hatte, der den Überseehandel abgewickelt hat. Alle Unternehmen der Flußschiffahrt haben ihren Hauptsitz in Ostia. Und aus Ostia wird, wie gesagt, eine ganze Weile nichts und niemand mehr flußaufwärts kommen.«

»Er kann schließlich auch die Straße nehmen. Ich werde ihm eine entsprechende Vorladung zustellen lassen. Ich habe Fragen bezüglich Lucius Folius, die beantwortet werden müssen. Was für Geschäfte hat er betrieben?«

»Hier in Rom hauptsächlich Fracht jeder Art: Sklaven, bearbeitetes Metall, Öl, hin und wieder auch Vieh oder zahlende Passagiere. Vor allem leichte Ladung. Rom führt sehr viel mehr ein als aus.«

»Und was hat er eingeführt?«

»Er hatte einige Fischkähne. In Rom wird unglaublich viel Meeresfisch konsumiert. Dazu die üblichen Weine und exotischen Sklaven für die gehobenen Haushalte. Er hat auch sehr viel Ware entlang des Flusses aufgekauft. Ich würde schätzen, daß die Hälfte der von ihm importierten Güter aus Lagerhäusern zwischen hier und Ostia stammte.«

»Du meinst landwirtschaftliche Produkte?«

»Hauptsächlich. Und Baumaterialien.«

Ich spürte das altvertraute Kribbeln im Nacken, und meine Mundwinkel verzogen sich zu einem angedeuteten Lächeln. »Baumaterialien, sagst du?«

»Auf jeden Fall. Ich würde nicht so weit gehen zu behaupten, er hätte ein Monopol auf das Zeug gehabt. Vieles kommt auch auf dem Landweg durch die Stadttore. Aber ich würde wetten, daß mehr als die Hälfte aller Baumaterialien, die Rom per Schiff erreichten, Bauhölzer, Backsteine, Dachziegel, Sand, Mörtel und dergleichen, in seinen Lastkähnen kamen.«

»Fels? Marmor? Blei und Bronze für Dächer?«

Ogulnius schüttelte den Kopf. »Nein, die werden vor allem für die großen öffentlichen Bauprojekte verwendet – Tempel, Säulenhallen und Restaurierungsarbeiten. In den letzten zehn Jahren sind neunzig Prozent dieser Materialien in den Bau von Pompeius' großem Theater mit angrenzendem Gebäudekomplex auf dem Marsfeld geflossen. Mächtige Männer wie Pompeius schließen für derlei Arbeiten meist unabhängige Verträge mit Unternehmern ab, setzen ihre eigenen Sklaven und Freigelassenen ein und kaufen direkt bei den Steinbrüchen. Ich habe gehört, Pompeius hätte sich sogar seine eigenen Steinbrüche inklusive Arbeiter gekauft, um sich den Ärger mit Mittelsmännern zu ersparen. Er hat auch die hiesigen Werften und Kais übergangen und sich auf der anderen Seite der Insel eigene gebaut, um die Ladung möglichst nahe an seiner Baustelle löschen zu können. Nein, Ädile, solche Leute würden keine Geschäfte mit einem Mann vom Schlage des Lucius Folius machen, es sei denn, sie wollten Wohnhäuser für ihre Arbeiter bauen. Und selbst dann würden sie sich direkt an die Bauunternehmer wenden, nicht an einen Mann, der Backsteine und Mörtel befördert.«

Ich lauschte seinen Ausführungen mit nachdenklich gerunzelter Stirn. »Du warst mir eine große Hilfe, Marcus Ogulnius«, lobte ich ihn, als er geendet hatte.

»Es ist mir stets ein Vergnügen, dem Senat und dem Volk zu Diensten zu sein«, erwiderte er strahlend. Offensichtlich waren sie ihm ein verläßlicher Quell des Reichtums gewesen.

Wir betraten die Stadt wieder unweit der Pons Sublicius, in der Nähe des Viehmarkts, von dem Ogulnius gesprochen hatte. Zusammen mit dem Circus Maximus lag er in dem am niedrigsten gelegenen Viertel innerhalb der Stadtmauern und war deswegen bei einer Flut am stärksten gefährdet.

Doch hier, nur hundert Schritte vom Tiber entfernt, schien niemand irgendwelche Maßnahmen zu ergreifen. Aller Tratsch, den ich hörte, drehte sich um die Schlägerei auf dem Forum. Einer Laune folgend trat ich auf einen der Händler zu, einen alten Mann von der anderen Seite des Flusses, der Zicklein verkaufte und genauso roch wie seine Ware. Als ich ihn fragte, ob die Marktleute Vorkehrungen für eine Flut träfen, sah er mich bloß belustigt an.

»Der Fluß steigt stetig, Herr. Manchmal gibt es eine Flut und manchmal nicht. Wir können so oder so nicht viel dagegen machen.«

Das war offenbar die allgemein verbreitete Einstellung. Diverse Leute wiesen mich darauf hin, daß es in letzter Zeit nicht geregnet hätte. Und der Schnee in den Bergen war für sie von keinerlei Interesse. »Ich hoffe, sie schaffen wenigstens die Pferde aus der Stadt«, sagte Hermes und wies auf die riesigen Stallungen der diversen Rennfraktionen neben dem Circus. Wie die meisten Römer scherte es ihn wenig, wenn der Rest der Stadt weggespült wurde oder niederbrannte, solange nur der Rennbetrieb aufrechterhalten wurde. Ein paar hundert ertrunkene Mitbürger war eine Vorstellung, die er mit großer Gelassenheit ertragen konnte. Doch der Verlust etlicher Hundert prächtiger Vierbeiner war eine unvorstellbare Tragödie.

»Zu dieser Jahreszeit sind sie draußen auf der Weide«, versicherte ich ihm. »Die Saison beginnt erst mit den Megalesianischen Spielen im nächsten Monat.« Als ob ich ihn daran erinnern müßte, wann die Rennsaison anfing. Auch ich brauchte diesbezüglich keinerlei Auffrischung meines Gedächtnisses, da ich in diesem Jahr für den Großteil der Spiele verantwortlich war. Es gab Tage, an denen ich an kaum etwas anderes dachte.

»Da bin ich aber erleichtert«, sagte Hermes. »Und was nun?«

Ich vergegenwärtigte mir die Topographie der Stadt. Auch wenn mein eigenes Haus nicht so hoch auf einem der Hügel lag wie die vornehmeren Villen, befand es sich doch hoch genug, um die letzten Fluten unbeschadet überstanden zu haben. »Gibt es Bäder, die auf einer Anhöhe liegen?« überlegte ich.

»Nicht, daß ich wüßte«, erwiderte Hermes.

»Dann sollte ich jetzt besser ein Bad nehmen. Vielleicht sind sie morgen schon außer Betrieb.«

»Gute Idee«, meinte er. »Ich hole deine Badesachen.«

»Vorher lauf noch dort hinauf«, sagte ich und wies auf den keine hundert Schritte entfernten Tempel der Ceres auf dem Aventin. »Treib einen Boten auf und sage ihm, er soll sich ein Pferd besorgen, und was er sonst für einen Eilritt nach Ostia braucht, und sich dann in meinem angestammten Badehaus melden. Anschließend läufst du nach Hause. Richte Julia aus, daß es heute wieder spät werden wird, und finde heraus, ob die Unterlagen aus dem Archiv gebracht worden sind. Bring einen Schlauch anständigen Falerner mit, aber trink unterwegs nichts davon. Ich merke es sowieso, wenn du ihn verwässerst.« Er sah mich gekränkt an und trottete los. Julias Mitgift erlaubte mir die Unterhaltung eines besseren Weinvorrats, als ich ihn mir als Junggeselle hatte leisten können, doch dafür war ich jetzt rund um die Uhr damit beschäftigt, den Burschen davon fernzuhalten.

Ich selbst machte mich langsam auf den Weg zu meinem

bevorzugten *balneum* in der Nähe des Saturntempels. Die wirklich großen Badehäuser kamen in Rom gerade erst in Mode, doch dieses war eine ältere Einrichtung und recht bescheiden. Es lag in bequemer Distanz zum Forum und wurde von zahlreichen Senatoren frequentiert, so daß man neben einem anständigen Bad auch noch den neuesten politischen Klatsch geboten bekam.

Ich verbrachte eine Weile grüßend und plaudernd auf dem Forum, und als ich das *balneum* erreichte, erwartete Hermes mich schon mit Weinschlauch, Handtüchern, Duftöl und *strigilis.*

»Julia war besorgt«, berichtete er, als er mir Toga, Tunika und Sandalen abnahm. »Sie hatte von dem Tumult auf dem Forum gehört und befürchtet, daß du darin verwickelt gewesen sein könntest. Ich habe ihr versichert, daß wir uns das Spektakel aus der sicheren Entfernung des *tabulariums* angesehen haben, und sie war sehr erleichtert.«

»Wußte sie schon von der drohenden Flut?«

»Sie hatte noch kein Wort davon gehört. Cassandra hat ihr erzählt, daß der Pegel, solange sie Sklavin in deinem Haus ist, noch nie deine Schwelle erreicht hat.«

»Woran liegt es«, fragte ich, während ich mich für den Sprung ins kalte Becken wappnete, »daß alle in Rom jedes noch so alberne Gerücht sofort mitbekommen, während sie, was wirklich wichtige Nachrichten angeht, in seliger Unwissenheit verharren?«

»Das muß ein Streich sein, den uns die Götter spielen«, meinte Hermes. »Genauso wie damals, als sie dieser Wieheißt-sie-noch? die Gabe der Prophetie verliehen und es gleichzeitig so einrichteten, daß kein Mensch ihr glauben wollte.«

»Cassandra«, belehrte ich ihn. »Tochter des Priamos. Ja, das könnte es sein. So etwas tun die Götter bisweilen. Sie haben einen eigenartigen Humor, mußt du wissen.«

Da es für einige Zeit die letzte Gelegenheit sein könnte, entschied ich mich für das volle Programm. Ich ging in den Gymnastikhof, ließ mich von Hermes einölen und hielt Ausschau nach einem geeigneten Partner. Eine Reihe jüngerer Senatoren rangen miteinander in der Sandgrube; einige gingen mit bemerkenswerter Brutalität zur Sache, während andere, vor allem ältere, damit zufrieden waren, sich im Sand zu wälzen, um sich gründlich einzupudern. Der Geruch überhitzter Körper, gemischt mit dem Aroma billigen Olivenöls, hing stechend in der Luft, doch nach den Kloaken fiel er mir kaum auf.

»Decius Caecilius!« dröhnte eine Stimme. Ich drehte mich um und sah einen gutaussehenden Mann mit den Muskeln eines Ochsen auf mich zukommen. »Wie wär's, sollen wir ein paar Würfe probieren?« Es war Marcus Antonius, der erst kürzlich von einem Abstecher nach Syrien und Ägypten mit der Armee des Aulus Gabinius zurückgekehrt war, wo er sich hohe Auszeichnungen als Soldat verdient hatte. Er war nach Rom gekommen, um in diesem Jahr als Quaestor zu kandidieren, machte sich jedoch nicht die Mühe, einen Wahlkampf zu führen, weil Caesar ihn für seinen Stab in Gallien wollte und die Centurianische Versammlung ihn einfach ernennen und ohne Abstimmung losschicken würde. Dem jungen Antonius fiel fast alles in den Schoß.

»Versprichst du, mir nicht wieder die Nase zu brechen?«

»Wenn du mich nicht wieder bei den Eiern packst wie beim letzten Mal.«

Binnen Sekunden hatte er mich zu Boden geworfen, einen Arm hinter meinem Rücken verdreht, sein Knie in meinem Kreuz.

»Du warst zu lange nicht mehr in der Legion, Decius«, sagte er, als er mich losließ. »Als du frisch aus Gallien zurück warst, habe ich doppelt so lange gebraucht, um dich niederzuringen.« Was immer er sonst noch hatte sagen wollen, ging in einem überraschten Schrei unter. Ich hatte mit beiden Händen seine Fersen gepackt und ihn mit der Kraft meines ganzen Körpers hochgehoben. Er landete auf dem Rücken, und sein Atem entwich seinem Körper mit einem Pfeifen.

»Du solltest nie das Alter und die Hinterhältigkeit unterschätzen«, warnte ich ihn. »Jugend und Kraft können es nicht mit ihnen aufnehmen.«

»Ich werde es mir merken«, sagte er, machte einen Satz wie ein hyrkanischer Tiger, umfaßte meine Hüfte und riß mich erneut zu Boden.

Eine Weile später humpelten wir aus der Grube, von oben bis unten mit Schweiß, öligem Sand und Blut bedeckt, das vor allem aus meiner Nase tropfte. Doch Antonius hatte Wort gehalten und sie nicht ganz gebrochen. Hermes machte sich emsig daran, mir die Schicht mit einem Kratzer von der Haut zu reiben, wobei er den Dreck mit einer geübten Drehung des Handgelenks in eine eigens zu diesem Zweck aufgestellte Kiste abtropfen ließ. Antonius' Sklave tat bei seinem Herrn dasselbe.

Nach diesen heftigen Aktivitäten war das kalte Wasser fast eine Wohltat. Das lauwarme Wasser war noch besser und das heiße Bad – wie ein Aufstieg zum Olymp! Der Falerner tat ein übriges. Der Konsum von Wein in Badeanstalten galt als schlechtes Benehmen, aber ich war noch nie besonders traditionell eingestellt gewesen, verglichen mit Antonius jedoch noch immer ein Ausbund an Wohlanständigkeit. Der junge Mann gab sich alle Mühe, dem Ruf seiner Familie als einem Haufen gewalttätiger Verbrecher zu entsprechen. Aber er war sehr amüsant und dementsprechend äußerst beliebt.

»Wann brichst du nach Gallien auf?« fragte ich ihn.

»Erst in neun Monaten«, erwiderte er niedergeschlagen. »Alle bestehen darauf, daß ich bis nach den Wahlen warte. Ich sehe nicht ein, warum. Es steht schließlich außer Frage, daß ich zum Quaestor gewählt werde.«

»Das liegt daran, daß die Bestimmungen in letzter Zeit schon so häufig gebeugt worden sind, daß es den Leuten unbehaglich ist. Erst bekommt Pompeius all seine Kommandos, ohne sich vorher den *cursus honorum* hochgearbeitet zu haben, dann gewährt man Caesar einen beispiellosen fünfjährigen Oberbefehl, der allem Anschein nach noch einmal verlängert werden muß. Das macht einen schlechten Eindruck. Wenn schon ein einfacher Quaestor am Anfang seiner Karriere die Regeln ignorieren kann, werden die Leute glauben, wir stünden vor einer Wiederkehr der schlechten alten Zeit, als Römer um Rang und Macht gegen Römer gekämpft haben.«

»Vermutlich hast du recht«, meinte Antonius. »Wir müssen den Schein um des Pöbels willen wahren, als ob der Senat mit seinen altmodischen Regeln in der wirklichen Welt noch von irgendeinem Nutzen wäre.« Er kippte einen weiteren Schluck ungewässerten Weins hinunter.

Ich seufzte. Wie typisch für einen wie Antonius. Sie waren genauso schlimm wie die Claudier oder sogar noch schlimmer. Das Getrappel von Sandalen verkündete die Ankunft meines Boten. In einem *balneum* sind nackte Füße Vorschrift, aber Boten sind von den meisten protokollarischen Vorschriften ausgenommen. Der Bote trug die Kluft seiner Zunft: eine kurze weiße Tunika, die eine Schulter frei ließ, einen runden, breitkrempigen, mit silbernen Flügeln verzierten Hut, einen weißen Stab sowie hochgeschnürte Sandalen, ebenfalls mit silbernen Flügeln an den Fersen. Damals waren die Boten wie auch die Liktoren noch eine unabhängige Gesellschaft, die als Staatspächter arbeiteten.

Er wartete, während ich einen Brief an den Quaestor von Ostia diktierte, in dem ich ihn bat, den dortigen Agenten von Lucius Folius aufzuspüren und ihm die Vorladung zu einer Befragung in Rom zuzustellen. Hermes kopierte die Botschaft auf ein Wachstäfelchen und hielt sie mir dann hin, damit ich sie mit meinem Ring besiegelte. Dann klappte er die Holztafeln zu und verschnürte sie.

»Wenn du schnell reitest, schaffst du es noch vor Sonnenuntergang nach Ostia«, sagte ich, als der Mann das Wachstäfelchen in seinem wasserdichten Beutel aus Seehundfell verstaute. Er wußte natürlich ganz genau, wie lange man für die vierzehn Meilen von Rom nach Ostia brauchte, aber er war offenbar daran gewöhnt, daß die Leute ihm ungebetene Ratschläge erteilten. Er salutierte und lief los, daß das Silber an seinen geflügelten Fersen blitzte.

»Worum geht's?« fragte Antonius, und ich erzählte ihm von dem verstorbenen Lucius Folius und den Problemen, die mir seine Beinahe-Anonymität bereitete.

»Folius? Ich glaube, ich habe den Mistkerl schon mal getroffen. Ich glaube, er stammt aus Bovillae. Oder stammte, sollte ich wohl besser sagen. Wenn es derjenige ist, den ich meine, war er ein Klient meines Onkels. Doch der Bursche war mehr, als mein Onkel ertragen konnte, er hat ihn wissen lassen, daß er nicht mehr willkommen war.«

»Jemand, der selbst für Antonius Hybridas Geschmack zu bösartig war?« sagte ich fassungslos.

Der junge Antonius lachte herzlich. »Man kann es sich kaum vorstellen, was?« Sein Onkel Antonius Hybrida war einer der verkommensten Banditen und Gauner, die je ein hohes Amt bekleidet hatten, um anschließend in den Provinzen noch Schlimmeres anzurichten. Er war brutal und korrupt, der Inbegriff aller familieneigenen Charakterzüge.

»Genaugenommen war es weniger Folius selbst als die Hexe von seiner Frau. Nach ihrem Ableben ist Rom wieder ein besserer Ort. Als Hybrida einmal bei ihnen zum Essen zu Gast war, meinte sie, die Ente wäre zu lange gebraten oder etwas in der Richtung und ließ den Koch holen. Der arme Tor war aus Griechenland, ausgebildet in Sybaris, ein Vermögen wert. Sie befahl einem kräftigen Sklaven, dem Mann die ganze

Ente in den Schlund zu rammen, bevor sie ihn an eine Wand des *tricliniums* fesseln und vor den versammelten Gästen zu Tode peitschen ließ. Die festlichen Gewänder aller waren mit Blut bespritzt.«

Mein Mund klappte auf. »Das ist hier in *Rom* passiert?«

»In einem Haus, das sie auf dem Quirinal gemietet hatten. Selbst Hybrida war das zu großspurig, aber es ist typisch für die Aufsteiger, die nach Rom kommen und sich in der besseren Gesellschaft einschmeicheln wollen. Sie hat wohl geglaubt, es würde die vornehmen Römer beeindrucken, wenn sie einen teuren Sklaven töten läßt, nur weil der ein Essen verdorben hatte. Hybrida unterrichtete sie, daß wir hier in Rom unsere Sklaven schicklich bestrafen, das heißt privat. Ich glaube, er hat ihnen am nächsten Tag eine Wäschereirechnung zukommen lassen.«

Es war wirklich eine schockierende Geschichte. Ein solches Gebaren schrieben wir für gewöhnlich Orientalen oder anderen Barbaren zu. Natürlich war die Bestrafung eines Sklaven seinem Besitzer überlassen, was auch das Recht beinhaltete, ihn zu töten, doch daß ein Herr das aus einer Laune heraus und wegen eines banalen Vergehens tat, war in sich schon verkommen. Diese Strafe aber auch noch in aller Öffentlichkeit vor Gästen zu vollziehen, war der Gipfel des schlechten Geschmacks.

Ich verabschiedete mich von Antonius und trocknete mich ab, um mich auf eine der Massagebänke zu legen. Ich hatte immer noch viel zu erledigen, solange die Sonne am Himmel stand. Und mein Ringkampf mit Antonius hatte mich aus irgendeinem Grund darüber ins Grübeln gebracht, wie Lucius Folius und seine unangenehme Frau genau gestorben waren.

V

»Wohin jetzt?« fragte Hermes und warf den Beutel mit Badeutensilien über seine Schulter.

»Über den Fluß. Wir werden der *ludus* einen Besuch abstatten.«

»Sind neue Kämpfer für deine Spiele eingetroffen?« fragte er strahlend und blutrünstig wie eh und je.

»Nein, ich muß Asklepiodes konsultieren.«

Wir überquerten die Pons Sublicius in den Trans-Tiber-Distrikt. Ich begann mich zu fragen, ob meine Sandalen den Tag überstehen würden. An einem typischen Tag als Ädile bewältigte ich eine längere Strecke als ein Legionär bei einem Gewaltmarsch. Ich versuchte zu schätzen, wie viele Meilen ich zurückgelegt hatte, seit ich das Haus am Morgen verlassen hatte, ließ es dann aber sein. Alles war besser als Gallien.

Als wir ankamen, hallte die *ludus statilius* vom Geklirr der Übungswaffen wider. Die Schule selbst, die aus einem Übungshof, Kasernen und Geschäftsbüros mit angrenzendem Kasino, Hospital, Bädern und Trainingsgelände bestand, war ungleich großzügiger und besser eingerichtet als die alte Schule auf dem Marsfeld, die wegen der Errichtung von Pompeius' Theater verlegt werden mußte. Der Besitzer und Betreiber Statilius Taurus war der Sohn eines Freigelassenen, der früher im Besitz der bedeutenden Familie gleichen Namens gewesen war.

Ich traf meinen alten Freund Asklepiodes in der Krankenstation an, wo er den gebrochenen Finger eines bulligen Schlägers mit Stiernacken und den breiten Schultern eines samnitischen Gladiators versorgte, die bis auf den üblichen Helm, den Bronzegürtel, Armschoner und eine Beinschiene am linken Schienbein keinerlei Rüstung trugen. Dafür bedeckte sie jedoch ihr Schild vom Kinn bis zu den Knien und wölbte sich halb um den Körper.

»Einen guten Tag, Ädile«, sagte Asklepiodes lächelnd. »Ich fürchte, die neuen Männer aus Capua sind noch nicht eingetroffen.«

»Deswegen bin ich nicht hier«, sagte ich, während ich im stillen die Ruhe bewunderte, mit der der Samniter eine vermutlich scheußlich schmerzhafte Tortur über sich ergehen ließ. Diese Männer wurden ausgebildet, enorme Schmerzen zu ertragen, ohne mit der Wimper zu zucken. »Ich muß mit dir über einige Todesfälle der jüngsten Zeit reden.«

»Morde?« fragte er, und sein Lächeln wurde noch breiter. Er liebte so was.

»Bisher war ich nicht davon ausgegangen, aber jetzt bin ich mir nicht mehr so sicher.«

Er umwickelte den Finger des Gladiatoren ein letztes Mal und verknotete den Verband. »Und jetzt ab mit dir, und tu mir den Gefallen und trage beim Training einen gepolsterten Handschuh.«

»Mit Handschuhen kriege ich kein richtiges Gefühl für den Knauf«, erwiderte der Mann mit breitem bruttischen Akzent.

»Wenn du mit einem echten Schwert in der Arena kämpfst, kommt es wirklich auf das Gefühl für den Knauf an«, erinnerte Asklepiodes ihn. »Und dann wirst du auch keinen Handschuh tragen. Wunden, die du dir beim Üben zuziehst, bringen dir gar nichts, weder Ehre noch Geld.«

Der Bursche zog grummelnd von dannen, wobei ihm die Aussicht, unmännliche Schutzkleidung zu tragen, offenbar größere Sorgen bereitete als eine beliebige Anzahl von Wunden, die in seiner Zunft als selbstverständliches und zu erwartendes Berufsrisiko galten.

»Und«, fragte Asklepiodes, »wer ist gestorben?«

Ich erzählte im von der eingestürzten *insula* und ihren Bewohnern. »Der Gedanke, daß ich deinen fachmännischen Rat brauchen könnte, ist mir zunächst gar nicht gekommen«, erklärte ich ihm. »Aber seit gestern morgen geht mir etwas im Kopf herum. Lucius Folius und seine Frau haben sich das Genick gebrochen. Ich habe eben ein wenig mit dem jungen Antonius gerungen, und er hat diverse Male versucht, meinen Kopf abzureißen, was ich zu verhindern wußte. Dabei kam mir der Gedanke, daß es gar nicht so leicht ist, jemandem den Hals zu brechen, trotzdem ist das Ehepaar so gestorben, Seite an Seite. Einige der Toten waren grausam zerquetscht, aber die meisten sahen aus, als ob sie erstickt wären.«

»Hatten sie Kopfverletzungen?« fragte Asklepiodes. »Wenn die beiden in den Keller gefallen und auf dem Kopf gelandet sind, hätte das Gewicht ihrer Körper ihnen problemlos das Genick brechen können. Du mußt bedenken, daß du beim Ringen deine Nackenmuskeln angespannt hattest. Ein Hals bricht sehr viel leichter, wenn das Opfer nicht darauf vorbereitet oder sogar bewußtlos ist.«

»Ich habe die Leichen natürlich nicht selbst berührt, aber ihre Köpfe sahen nicht deformiert aus, und ihr Haar war nicht blutverklebt.«

»Es muß sich nicht notwendigerweise um eine sichtbare Verletzung handeln. Um Gewißheit zu haben, müßte ich die Schädel palpieren. Wo sind die Leichen?«

»Da bisher niemand einen Anspruch angemeldet hat, habe ich sie zu den Quartieren des Bestatters neben dem Tempel der Venus Libitina bringen lassen. Ich wäre dir überaus dankbar, wenn du sie untersuchen und mir einen Bericht schicken könntest.«

»Mit dem größten Vergnügen stets zu Diensten. Du machst dir ja keine Vorstellung, wie langweilig es hier werden kann, wenn man nichts anderes zu tun hat, als Idioten zusammenzuflicken, die sich weigern, auf sich selbst achtzugeben. Ich werde mich unverzüglich auf den Weg machen, bevor irgend jemand vorbeikommt und sie zu Asche reduziert.«

»Ich weiß nicht, wie ich dir danken soll.«

»Dir wird schon was einfallen.« Er rief nach seinen Sklaven und seiner Sänfte, und ich ging wieder nach draußen, wo ich Hermes fand, der sich das Training ansah.

»Du verbringst doch ohnehin schon dein halbes Leben hier«, sagte ich. »Man sollte annehmen, du würdest langsam genug davon haben.«

»Seit deinem Amtsantritt bin ich kaum noch hier«, protestierte er. »Jedenfalls trainiere ich hier nur morgens. Die Männer, die nachmittags da sind, bekomme ich nie zu sehen. Und seit meinem letzten Besuch sind bestimmt zweihundert neue Kämpfer eingetroffen.«

Er hatte recht. Die Schwertkämpfer kamen aus ganz Italien und sogar aus Sizilien, wo einige der besten Schulen jener Tage ihren Sitz hatten. Aber das lag nicht nur an der bevorstehenden Festtags-Saison. Zwischen ihren Kämpfen in der Arena verdingten sich die meisten Gladiatoren als Leibwächter für Politiker, wobei ihre Pflichten häufig auch die Zerstreuung von Kundgebungen politischer Gegner, die Einschüchterung von Wählern, die Störung von Reden und dergleichen umfaßte. So kam es zu Tumulten von der Art, wie wir ihn am Morgen beobachtet hatten. Und was noch schlimmer war, es wirkte sich negativ auf die Qualität der Kämpfe in der Arena aus, weil die meisten Männer als angeheuerte Schläger viel zu beschäftigt waren, um noch vernünftig zu trainieren.

»Ach, übrigens«, sagte Hermes, »Titus Milo ist hier. Er sagt, er würde dich gern sprechen.«

»Warum hast du mir das nicht gleich gesagt?« fuhr ich ihn verzweifelt an.

»Das hab' ich doch gerade.« Es war zwecklos. »Er hat gesagt, er würde warten, bis du hier fertig bist. Es eilt nicht.« Er führte mich zu einer Ecke des Hofes, wo eine Reihe von Männern um einen kleinen Brunnen stand. Statilius, der Besitzer der *ludus,* und Milo saßen auf Klappstühlen. Am Rande des

Brunnens und hinter Milos Rücken lungerten diverse Riesen herum. Ich erkannte sie als seine persönliche Leibwache wieder, ausschließlich gefeierte Veteranen der Arena, die sich zur Ruhe gesetzt hatten und mit Milo aufgestiegen waren. Als Kämpfer übertraf Milo jeden von ihnen, doch seine gegenwärtige Würde als Ex-Praetor und Kandidat für das Amt des Konsul ließ eine persönliche Beteiligung an Straßenschlägereien unangemessen erscheinen. In jenen Tagen überließ er das Köpfeeinschlagen seinen Untergebenen. Er sah so prachtvoll aus wie eh und je, doch ich war törichterweise überrascht, graue Strähnen in seinem Haar zu entdecken. Ich hatte gedacht, Milo wäre gegen so etwas immun.

»Sei gegrüßt, Ädile«, sagte Milo und erhob sich, um mir die Hand zu schütteln. In gewisser Hinsicht war er damals der mächtigste Mann Roms, doch was den gebotenen Respekt gegenüber staatlichen Ämtern anging, war er so peinlich korrekt wie Cato. »Wir haben gerade einige Dinge besprochen, die auch dich betreffen.«

»Wie das?« fragte ich. Ich konnte mich des Eindrucks nicht erwehren, daß mich seit meinem Amtsantritt praktisch alles betraf.

»Zunächst einmal haben meine Männer«, er wies auf die Schläger, die mir höflich zunickten, »sich freiwillig bereit erklärt, gegen ein symbolisches Honorar in deiner *munera* mitzukämpfen. Ich werde ihre Verträge in den nächsten Tagen in dein Büro schicken, aber du kannst in deinen Ankündigungen schon mit ihren Namen werben.«

»Das ist überaus großzügig«, sagte ich. »Metellus Celer war ein bedeutender Römer, und das Volk wird bei seinen Bestattungsspielen außergewöhnliche Pracht erwarten. Doch mit derart berühmten Namen auf dem Programm ist der Erfolg praktisch schon gesichert.« Sie grinsten und meinten, sie wären glücklich, zur ehrenvollen Erinnerung an einen so großen Mann mitwirken zu dürfen, aber natürlich taten sie es weder für Celer noch für mich. Sie taten es für Milo, der ein Freund von mir war.

In Wahrheit war das Risiko, das sie eingingen, nicht so groß, wie es sich viele Leute ausmalen. Sie würden nur gegen Meister von gleichem Rang antreten, so daß eine mögliche Niederlage keine Schande war. Und sie hatten so viele Anhänger, daß sie auch bei einer Niederlage mit dem Leben davonkommen würden. *Tyros* bei ihrem ersten Kampf und Männer, die noch nicht lange genug in der Arena waren, um sich eine Anhängerschaft aufzubauen, waren diejenigen, die an der höchsten Sterblichkeitsrate litten.

Trotzdem waren Männer, die Gnade erfahren hatten oder sogar als Sieger aus ihrem Kampf hervorgegangen waren, später bisweilen an einer üblen Verletzung gestorben, denn eine scheinbar belanglose Wunde konnte manchmal genauso zum Tode führen wie eine durchtrennte Arterie, nur eben erst nach wochenlangem Leiden. Deswegen war es keine Kleinigkeit, daß diese Männer aus ihrem komfortablen Ruhestand noch einmal in die Arena zurückkehrten. Meistens konnte sich ein *editor* bestenfalls ein einziges Paar ehemaliger Meistergladiatoren leisten, um damit die Kämpfe des Tages zu krönen. Sie allein konnten so viel kosten wie die noch aktiven Kämpfer zusammengenommen. Denn die Leute sahen lieber zwei alte Meister kämpfen als eine beliebige Anzahl schlecht ausgebildeter *tyros.* Gleich eine ganze Schar von ihnen zu bekommen, dazu noch zu einem günstigen Preis, das war die beste Nachricht seit Monaten.

»Wir haben auch noch über eine andere Sache gesprochen, Ädile«, sagte Statilius. »Rom braucht ein Amphitheater. Und nicht bloß eins aus Holz, sondern ein dauerhaftes Steingebäude.«

»Das ist richtig«, meinte ein Gladiator namens Crescens. Er war groß, aber mager und sehnig und zählte zu der neuen Klasse von Kämpfern, die mit Netz und Dreizack antraten.

»Ich habe schon in den Amphitheatern von Capua und Messana gekämpft. Auch Pompeji hat ein prächtiges. Aber hier in Rom müssen wir auf dem Forum kämpfen, wo die Denkmäler im Weg stehen, oder im Circus, wo uns die Hälfte des Publikums wegen der *spina* nicht sehen kann.«

»Damit sagst du mir nichts Neues«, erklärte ich ihm.

»Seit mein Vater diese Schule gegründet hat«, sagte Statilius, »hat sich die Bevölkerung der Stadt verdoppelt und eine typische *munera* im Umfang sogar verdreifacht. Wenn die Politiker darauf bestehen, sich im Pomp ihrer Spiele gegenseitig zu überbieten, muß es auch einen angemessenen Veranstaltungsort geben.«

»Das Problem ist mir bekannt«, erklärte ich ihnen. »Aber in dieser Hinsicht sind Städte wie Pompeji oder Capua Rom gegenüber im Vorteil. Sie sind reich und sehr klein. Ich habe in beiden Amphitheatern *munera* gesehen, und selbst wenn auch die Bewohner der umliegenden Dörfer erscheinen, kommen sie mit einem Fassungsvermögen von vier- bis fünftausend Besuchern aus. In Rom müßte ein Amphitheater mindestens dreißigtausend Zuschauern Platz bieten, selbst wenn wir nur erwachsene, männliche freigeborene Bürger zulassen, wie es das alte Gesetz vorschreibt, wie ich betonen möchte.«

»Ich habe noch nie gesehen, daß diese Vorschrift auch wirklich durchgesetzt wurde«, sagte Milo wehmütig. »Und wenn man meiner Frau bei den Kämpfen ihren Platz in der ersten Reihe verweigern würde, müßte ganz Rom dafür büßen.« Seine Männer lachten, wenngleich ein wenig beklommen. Milos Frau war Fausta, die Tochter des Diktators Sulla und selbst nach patrizischen Maßstäben hochnäsig.

»Da hast du es«, sagte ich. »Wenn man die Frauen, die hier lebenden Ausländer und die Freigelassenen mit eingeschränkten Bürgerrechten hinzurechnet, braucht man ein Amphitheater mit einem Fassungsvermögen von zweihunderttausend. Wer könnte solche Kosten überhaupt tragen? Nur Crassus, und der hat alles in seinen ausländischen Feldzug gesteckt. Pompeius wäre vielleicht dazu in der Lage gewesen, doch er hat alles für sein Theater ausgegeben. Lucullus hat sich ins Privatleben zurückgezogen und gibt sein Geld nur noch für sich selbst aus. Wer bleibt da noch übrig?«

»Vielleicht kommt Caesar als sehr reicher Mann aus Gallien zurück«, sagte Milo.

Jetzt begriff ich, wohin dieses Gespräch führen sollte. »Das ist durchaus wahrscheinlich. Er hat ein ziemliches Vermögen angesammelt. Selbst die wilden Gallier, die Hosen tragen, sind wohl doch nicht ganz die verarmten Barbaren, für die wir sie gehalten haben. Er hat große Mengen Gold und Silber erbeutet, ganz zu schweigen von all den Sklaven.«

»Ich kann ihn nicht auf die Sache ansprechen«, sagte Milo. »Es ist natürlich nichts Persönliches, aber jeder weiß, daß ich Cicero unterstütze, während Clodius Caesars Mann ist. Du hingegen bist mit seiner Nichte verheiratet.«

»So ist es«, bestätigte ich. Das war allerdings möglicherweise eine weit weniger feste Verbindung, als er annahm, aber ich hatte nicht vor, meinen Einfluß gegenüber einem so wichtigen Mann herunterzuspielen. Und es war auch ganz bestimmt nicht der geeignete Moment, ihm davon zu berichten, daß meine Familie sich anschickte, in Pompeius' Lager überzuwechseln. »Ich könnte das Thema zur Sache bringen, wenn ich ihm das nächste Mal schreibe. Das tue ich fast jede Woche.«

»Schließlich wurde in Rom seit der Basilika Julia kein öffentliches Gebäude mehr zu Ehren seiner Familie errichtet«, meinte Milo, »und das liegt Jahrhunderte zurück.« Er erhob sich von seinem Stuhl und nickte den anderen kurz zu. »Ädile, möchtest du ein Stück mit mir gehen? Ich habe noch andere Angelegenheiten mit dir zu besprechen.« Das klang schon plausibler. Roms Mangel an einem anständigen Amphitheater war gewiß kein Thema, dem Titus Milo große Beachtung schenken würde.

Weiteres Herumgerenne war zwar das letzte, was ich brauchte, doch wir schritten vertraulich durch die Säulenhalle, die den Übungshof umgab.

»Decius«, sagte Milo, als wir allein waren, »ich habe gehört, du willst die Machenschaften der *publicani* durchleuchten, speziell die Staatspächter aus der Bauwirtschaft.«

»Neuigkeiten verbreiten sich rasch«, meinte ich nur.

»Dann stimmt es also? Das hatte ich befürchtet. Decius, es ist dir vielleicht nicht klar, aber du könntest dabei einigen der wichtigsten Männer Roms in die Quere kommen.«

»Die Leute machen schon den ganzen Tag unsubtile Andeutungen in der Richtung«, erzählte ich ihm, »am deutlichsten Sallustius Crispus.«

»Die kleine Ratte. Nun, selbst eine Ratte kann hin und wieder recht haben, und diesmal ist es so.«

»Aber warum?« Ein schrecklicher Verdacht beschlich mich. »Ich hoffe, du bist nicht selbst in dieses mörderische Geschäft verwickelt, mein alter Freund?«

»Nicht persönlich, aber einige meiner Klienten sind es, und sie haben mich in dieser Sache bereits angesprochen. Sie wollen keine offizielle Untersuchung durch einen Ädilen.«

Ich blieb stehen und sah ihn an. »Das wollen sie also nicht, wie? Ich habe noch nie von einem Verbrecher gehört, der wollte, daß man ihm den Prozeß macht. Ich werde gerichtlich gegen alle vorgehen, die Gesetze übertreten haben, deren Befolgung der Aufsicht meiner Behörde unterliegt, egal, wie hochgestellt diese Persönlichkeiten auch sein mögen. Und für jeden Klienten in der Bauwirtschaft hast du einhundert, die in einer dieser *insulae* leben, die mit solch alarmierender Häufigkeit einstürzen.«

»Hast du dich schon mit deiner Familie beraten?« fragte er.

»Noch nicht. Was soll das heißen?«

»Besprich die Sache mit dem alten Stumpfnase und mit Scipio und Nepos. Vielleicht raten sie dir zur Vorsicht.«

Das ergab keinen Sinn. »Gestern wollte Scipio diesen Fall noch seinem Sohn als Ankläger zuschanzen.«

»Finde heraus, ob er das heute immer noch so sieht.«

Er machte mich regelrecht wütend, doch gleichzeitig spürte ich einen eiskalten Schauder vom Haaransatz bis zu den Zehen. »Titus, was ist eigentlich los?«

»Wie du vielleicht bemerkt hast, ist die politische Lage im Fluß.«

»Ich hätte sie wahrscheinlich als chaotisch bezeichnet, aber ›im Fluß‹ ist vermutlich eine sachgemäße Untertreibung. Was ist damit?«

Er spreizte seine kräftigen Pranken. »Was genau hält das System eigentlich funktionstüchtig, wo uns doch die Institution der Monarchie fehlt?«

»Wir haben unsere uralten Bräuche«, sagte ich, »unsere republikanische Tradition, den Respekt der Bürgerschaft vor den Ämtern des Staates ...« Es war eine gute Frage. Was genau hielt das Ganze wirklich am Laufen? »Und ich nehme an, von Zeit zu Zeit helfen die Götter aus.«

Er nickte ernst. »Mit anderen Worten, wir haben nichts, worauf wir uns wirklich verlassen können.«

»Es funktioniert zugegebenermaßen nicht besonders gut, aber es funktioniert irgendwie. Was willst du denn, eine Rückkehr zu den Königen?«

»Ich nicht. In einer Monarchie hätte ein Mann von meiner Geburt wenig Möglichkeiten aufzusteigen. Aber so leicht ist das hier auch nicht. Sieh mal, Decius, seit Jahrhunderten rekrutiert der Senat seine Mitglieder aus einigen wenigen Familien, Familien wie deiner. Ihr seid der Landadel. Natürlich kann jeder Bürger für ein Amt kandidieren, aber für die meisten Leute wäre das wenig sinnvoll.«

»Natürlich«, gab ich zu und fragte mich, worauf er hinauswollte. »Öffentliche Ämter sind berüchtigt für ihre Kosten. Wir verbringen Jahre unseres Lebens im Staatsdienst und werden dafür nicht bezahlt. Im Gegenteil. Nur auf einem propraetorianischen und prokonsularischen Posten bekommen wir die Gelegenheit, uns auch einmal zu bereichern. Und von zehn Senatoren bringt es vielleicht einer zum Praetor. Und selbst dann sind die Reichtümer nicht garantiert, es sei denn, man wird Statthalter einer reichen Provinz oder erhält den Oberbefehl bei einem profitablen Feldzug. Und den muß man auch erst einmal erfolgreich beenden. Es ist töricht, ein Amt anzustreben, wenn man nicht von Hause aus wohlhabend ist.«

Natürlich gab es auch Ausnahmen von dieser Regel. Caius Marius hatte als junger Mann mit Eifer als Legionär gedient und war so populär geworden, daß er die Gunst wohlhabender Männer auf sich gezogen hatte. Als er daran ging, für höhere Ämter zu kandidieren, standen Geld und Wählerstimmen für ihn bereit. Cicero, der aus demselben unbekannten Nest stammte wie Marius, hatte sich als Anwalt einen einzigartigen Ruf erworben. Natürlich durfte ein Anwalt dem Gesetz nach keine Honorare annehmen, aber seine dankbaren Mandanten konnten ihn zu den Saturnalien stets mit kostbaren Geschenken überhäufen. Und die Tatsache, daß die Provinzen sich dankbar an seine ehrliche Verwaltung erinnerten, schadete ihm gewiß auch nicht, sondern bescherte ihm eine florierende Kanzlei.

Doch trotz dieser Ausnahmen galt die allgemeine Regel, daß es nutzlos war, ohne die Mittel einer wohlhabenden Familie im Hintergrund ein Amt anzustreben. Deshalb wimmelte es im Senat auch von *equites,* die bereit waren, das lästige, aber vergleichsweise billige Amt eines Quaestors zu bekleiden, um anschließend Mitglied des Senats zu werden und an seinem Ansehen teilzuhaben. Das war laut der Verfassung, die Sulla uns gegeben hatte, die Mindestvoraussetzung für die Aufnahme in diese erhabene Körperschaft.

»Der Zusammenhang mit einstürzenden Neubauten ist mir nach wie vor unersichtlich.«

»Es gab eine Zeit, in der nur Patrizier Senatoren werden konnten. Dieses Privileg haben sie schon lange eingebüßt, aber sie haben die Maßstäbe festgelegt. Sie waren die Adeligen und bestritten ihren Unterhalt mit dem Einkommen aus ihren Ländereien, also haben sie verfügt, daß ein Einkommen aus irgendeiner anderen Quelle ungesetzlich sei.«

»Ich habe den Eindruck, das ich das gleiche Gespräch vor nicht allzu langer Zeit mit Sallustius geführt habe.«

»Dann hat die kleine Kröte bestimmt wie üblich in Andeutungen und Anspielungen gesprochen. Ich werde Klartext reden. Die Patrizier sind praktisch verschwunden. Generation für Generation sterben weitere alte Familien aus. Wie viele sind überhaupt noch übrig? Die Cornelier, die Scipios, die Claudier und vielleicht noch maximal zehn weitere, zum größten Teil so obskur, daß man gar nichts mehr von ihnen hört. In einer weiteren Generation werden sie so gut wie verschwunden sein. Trotzdem folgen wir ihren uralten Bräuchen, als wären sie von den Göttern selbst angeordnet worden.«

Für den gewöhnlich eher wortkargen Milo war das eine geradezu unglaublich lange Rede gewesen. Die Sache bewegte ihn ganz offensichtlich sehr, doch er war noch immer nicht auf den Punkt gekommen. Ich folgte einem ebenso untypischen Pfad und hielt meinen Mund.

»Wem gehört heute das ganze Land? Einer Handvoll Magnaten, die größtenteils im Süden der Halbinsel leben und wenig Interesse an der politischen Entwicklung des Staates zeigen. Nachdem es nicht mehr von emsigen Bauern, sondern von Sklaven bewirtschaftet wird, wirft das Land, an das sich die Patrizierfamilien klammern, heute nicht einmal mehr ein Drittel seines früheren Ertrags ab. Woher aber kommt unser Geld, Decius?« Er wartete nicht auf meine Antwort. »Es stammt von den *equites* und den hier ansässigen ausländischen Händlern. Von Geschäftsleuten!«

Dieses letzte Wort bezeichnete zwar nichts Ungesetzliches, klang jedoch trotzdem irgendwie fremdländisch und vulgär. In der guten Gesellschaft wurden Bezeichnungen wie »Händler« oder »Geschäftsmann« stets abwertend benutzt. Kaufen und verkaufen mit der Absicht, Gewinn zu erzielen, galt von jeher als Tätigkeit, die Ausländern und Freigelassenen anstand; sie mochte enorm profitabel sein, aber sie war unehrenhaft. Den geringsten Ruf genossen Bankiers und Auktionäre, die Geld verdienten, ohne im konkreten Sinne etwas zu produzieren, womit sie für rechtgläubige Menschen etwas von Magiern hatten.

»So weit kann ich dir folgen«, erklärte ich Milo.

»Es gibt drei große Wirtschaftszweige, Decius: Import-Export, Sklavenhandel und die Baubranche. Der Import-Export befindet sich weitestgehend in der Hand von Ausländern, die in aller Regel mit einem Partner zusammenarbeiten, der römischer Bürger ist. Wegen der zahlreichen ausländischen Kriege macht der Sklavenhandel eine nachhaltige Rezession durch. Aber die Stadt prosperiert. Hier in der Stadt ist die Bauwirtschaft die mit großem Abstand profitabelste Branche.«

»Das heißt«, schlußfolgerte ich, »daß es im öffentlichen Leben Roms nur wenige Männer gibt, die diesen Bauunternehmern nicht in der einen oder anderen Form verpflichtet sind?«

»Vor allem die Ädilen und alle fünf Jahre auch die Censoren.«

»Bis jetzt ist niemand mit Bestechungsversuchen an mich herangetreten«, protestierte ich. »Ich bin sicher, daran würde ich mich erinnern.«

Er lächelte. »Du hast dir einen gewissen Ruf erworben – nein, nicht den der Unbestechlichkeit. Es ist eher so, daß du eine recht eigenwillige Interpretation dessen entwickelt hast, welche Form der Korruption zu deinem unbeirrbaren Pflichtgefühl paßt.«

»Das ist vermutlich nicht der schlechteste Ruf, den man genießen kann. Ich fände es schrecklich, als ein zweiter Cato zu gelten.«

Jetzt lachte er laut auf. Seine Männer stimmten ein, obwohl sie unmöglich gehört haben konnten, was wir miteinander geredet hatten. »Keine Sorge, das glaubt niemand. Aber die meisten deiner Senatskollegen haben weniger Skrupel.«

»Das war mir schon immer klar. Willst du andeuten, daß sie sich gegen mich verbünden könnten, wenn ich gegen betrügerische Bauunternehmer vorgehe?«

»Wann verbünden sie sich je für irgend etwas? Nein, aber es wird einige geben, die ihr Vermögen bedroht sehen. So viele sind dann gar nicht vonnöten.«

»Clodius?« fragte ich.

Er schüttelte den Kopf. »So sehr ich es hasse, ihn irgendeines Vergehens freizusprechen, der Einfluß der Bauunternehmer reicht nicht weit genug, um ihn zu interessieren. Er verfügt über zahlreiche andere Einnahmequellen, und Caesar hat ihm befohlen, dich in Ruhe zu lassen. Er würde seine Allianz mit deinem angeheirateten Onkel nie gefährden.«

»Auf wen muß ich also ein Auge haben?« fragte ich ihn.

»Ich werde eine Liste von Namen zusammenstellen und sie dir schicken. Aber bedenke, daß ich nicht alle kenne. Ich finde, du solltest die Sache auf sich beruhen lassen.«

»Es geht nicht nur um Diebstahl, Milo, es geht um Mord. Darüber kann ich nicht hinwegsehen.«

Er seufzte. »Wann hast du je einen guten Rat angenommen?« Er klopfte mir auf die Schulter. »Komm, laß uns über die anstehenden Kämpfe reden.« Und damit war der ernste Teil des Gespräches beendet.

Eine Stunde später waren Hermes und ich auf dem Rückweg in die Stadt. Als wir die Brücke überquerten, holte uns ein Bote vom Aeskulap-Tempel ein. »Ädile«, rief er, »der Arzt Harmodias schickt mich, um dir zu sagen, daß der Sklave aus der *insula* des Lucius Folius gestorben ist.«

Ich stieß einen phantasievollen, mehrsprachigen Fluch zur Erbauung aller in Hörweite Stehenden aus. »Hat er vorher noch gesprochen?«

»Harmodias hat mich beauftragt, dir zu sagen, daß er vor seinem Tod keine zusammenhängende Aussage mehr gemacht hat.«

Diese Formulierung erschien mir seltsam. »Wo ist die Leiche?«

»Man hat mich beauftragt, dir zu sagen, daß der Tempel sich um die Entsorgung kümmern wird.«

Das alles klang sehr merkwürdig, doch ich hatte nicht die Absicht, das mit einem Tempelsklaven zu erörtern. »Komm, Hermes, wir gehen noch einmal zur Insel.«

»Warum?« fragte er. »Er war der einzige Überlebende aus dem Erdgeschoß. Kein Wunder, daß er jetzt auch abgekratzt ist.«

»Es interessiert mich viel mehr, warum sie so darauf erpicht sind, sich selbst um die Leiche zu kümmern«, erwiderte ich.

Wir eilten zur Tiber-Insel. Es wurde schon spät, doch ich hatte noch keine Lust, Feierabend zu machen. Als Harmodias mich zurückkehren sah, riß er besorgt die Augen auf.

»Ädile, du beehrst uns erneut. Stimmt irgend etwas nicht?«

»Eine Reihe von Dingen. Zum einen habe ich der Aussage dieses Sklaven mit einiger Erwartung entgegen gesehen.«

»Leider gibt es manches, das außerhalb unserer Macht liegt«, seufzte er und spreizte die Finger. »Der Mann ist gestorben, ohne das Bewußtsein wiederzuerlangen. Er hat keine verständlichen Wörter von sich gegeben, nur das Gebrabbel des Todesdeliriums. Er ist vor etwa zwei Stunden gestorben.«

»Ich möchte die Leiche sehen«, sagte ich.

»Die Leiche eines Sklaven, der bei einem Unfall ums Leben gekommen ist? Warum?«

»Das ist meine Sache.«

»Ich fürchte«, gestand Harmodias stotternd, »sie wurde schon zur Bestattung abtransportiert.«

Ich hatte es geahnt. Irgend etwas stimmte hier nicht. »Ist es nicht üblich, eine Frist abzuwarten, in der jemand die Leiche beanspruchen kann?«

Er setzte ein förmliches Gesicht auf, wie man es von Ärzten erwartet. »Manchmal schon, aber nicht, wenn es sich um die Leiche eines unbedeutenden Sklaven handelt, der bei einer Katastrophe mit vielen anderen Opfern ums Leben gekommen ist. Soweit ich weiß, Ädile, hat es schon Schwierigkeiten gegeben, jemanden aufzutreiben, der die Leichen der Besitzer beansprucht. Wenn du gewollt hättest, daß wir die Leiche zurückhalten, hättest du vor deinem Aufbruch entsprechende Anweisungen geben müssen.«

Ich spürte, wie mir das Blut ins Gesicht schoß. »Genau das habe ich angeordnet, du Idiot!«

»Wenn ich mich recht an deine Worte erinnere, Ädile, sagtest du, daß ich ihm in dem Fall, daß er das Bewußtsein wiedererlangt, versichern sollte, daß du für ein anständiges Begräbnis sorgen würdest, weil ihn das möglicherweise gesprächsbereiter machen würde. Doch dazu ist es gar nicht mehr gekommen.«

Es war zwecklos. Der Mann war offensichtlich bestochen oder eingeschüchtert worden. »Wer hat die Leiche abgeholt?«

»Sie wurde dem Fuhrmann eines Leichenkarrens zur Bestattung am üblichen Ort übergeben.«

Als ich aus dem Tempel stolzierte, schien er nicht im geringsten verärgert, daß ihm die Gratifikation, mit der ich ihn für effizientere Dienste belohnt hätte, entgangen war. Damit war die Sache endgültig klar. Er *war* bestochen worden.

»Komm mit, Hermes«, sagte ich. »Er wurde zur Bestattung am ›üblichen Ort‹ gebracht. Ich will ihn mir ansehen. Wenn wir uns beeilen, schaffen wir es noch, bevor es zu dunkel ist.«

»Nein, nicht dorthin!« rief Hermes entsetzt.

»So schlimm ist es nun auch wieder nicht«, versicherte ich ihm. »Halt dir einfach die Nase zu.«

»Aber der Weg ist so weit!«

Damit hatte er zweifelsohne recht. Um vom Fluß zur Porta Esquilina zu gelangen, mußten wir die gesamte Breite der Stadt durchqueren. Innerhalb der Stadtmauern waren Bestattungen verboten. Die sterblichen Überreste der oberen Zehntausend wurden verbrannt und ihre Asche schicklich in einer der Grabstätten beigesetzt, die die Ausfallstraßen säumten. Für den Rest, Arme, niederste Sklaven, Ausländer, die keine anderen Vorkehrungen getroffen hatten, tote Tiere und was sonst einer Vergeudung von Feuerholz im Rahmen einer Kremation für unwürdig erachtet wurde, gab es eine feine alte römische Tradition mit dem wohlklingenden Namen ›die Stinkenden Gruben‹.

In diesen Gruben wurden die Leichen in ausgeschachtete Massengräber geworfen und mit Ätzkalk bestreut, der den Verwesungsprozeß beschleunigen sollte. An einem heißen Sommertag war der Gestank, der bei ungünstigem Wind über die Stadt wehen konnte, atemberaubend. Diese archaische Praxis war eine Schande für Rom, und jeder Römer schuldet jenem Maecenas Dank, der das Grundstück vor ein paar Jahren gekauft, die Gruben mit zahllosen Tonnen Humus bedeckt und die ganze Anlage in einen wunderschönen öffentlichen Park verwandelt hat. Jedesmal wenn ich dort flaniere, preise ich seinen Namen, auch wenn er einer der engsten Freunde des Ersten Bürgers ist.

Die Sonne stand schon tief am Himmel, als wir die Porta Esquilina durchquerten. Zu unserer Rechten lag die Necropolis mit den bescheidenen Grabmälern der ärmeren Leute, die hauptsächlich von den zahlreichen römischen Bestattungsvereinen errichtet und gepflegt wurden. Die meisten freien Arbeiter und viele Sklaven waren Mitglied solcher Gesellschaften. Sie alle zahlten jährlich einen kleinen Beitrag in einen allgemeinen Fonds, aus dem die Errichtung des Grabmals und die Verpflichtung professioneller Klageweiber bezahlt wurde. Und wenn ein Mitglied starb, kamen alle anderen zu seiner Bestattung, so daß selbst ein armer Mann sich eine anständige Beerdigung leisten konnte.

Doch nicht jeder konnte sich so glücklich schätzen. Bald hatten wir die Necropolis hinter uns gelassen und die letzte Ruhestätte der anderen erreicht, obwohl von Ruhe dort eigentlich nicht die Rede sein konnte. Hier lagen die Leichen von Menschen, die gesellschaftlich weit unter mir standen, dazu Tierkadaver jeder Art, darunter tote Pferde, Tiere, die wegen einer Krankheit für ungenießbar erklärt worden waren, Tiere, die geopfert worden waren und deren Leber oder andere Organe böse Omen offenbart hatten, in die Jahre gekommene Arbeitsochsen, die zu zäh und sehnig zum Verzehr waren, und Hunde. Katzen gab es damals in Rom noch fast gar keine.

Den Sklaven, die an diesem Ort schufteten, erging es nur unwesentlich besser als Charon in seiner Kloaken-Barke. Es war eine entschieden unappetitliche Arbeit, doch zur Entschädigung bekamen sie, was immer sie den Leichen abnehmen konnten. Dabei handelte es sich für gewöhnlich um die zerlumpten Klamotten der Toten, doch gelegentlich fanden sich auch Münzen oder sogar Juwelen in diversen Körperöffnungen. Und dann gab es natürlich noch den schwunghaften Handel mit verschiedenen Körperteilen, die vor allem von praktizierenden Magiern gekauft wurden.

Einen dieser Sklaven, einen Lümmel mit trübem Blick und schwarzer Tunika, Arme und Beine mit unbeschreibbarem Dreck verschmiert, sprach ich an. Ich hielt gebührenden Abstand, als ich ihn fragte, wo die letzte Ladung Leichen aus der Stadt angeliefert worden war. Er wies mit seiner geschwärzten Kralle nordostwärts.

»Die neuen Gruben liegen in dieser Richtung, Herr. Heute sind vielleicht so an die vierzig Karren entladen worden. Es sind bestimmt viele Arbeiter dort. Du kannst es gar nicht verfehlen.«

Diese Voraussage erwies sich als unbestreitbar richtig. Offenbar meinte das Attribut »neu«, daß hier erst seit gut einem Jahr Leichen gesammelt wurden. Die Ausschachtung war ein kreisrunder Krater, der jeden Vulkan mit Stolz erfüllt hätte. Die Sklaven schaufelten Ätzkalk auf die tägliche Ansammlung von Leichen, Zweibeiner und Vierbeiner. Als wir uns näherten, kam der Aufseher auf uns zugehumpelt. Man konnte ihn durch seinen relativen Mangel an Verschmutzung von den anderen unterscheiden. Doch mit seinem seltsam deformierten Kopf und seinem Klumpfuß war sein Anblick keineswegs erfreulicher.

»Kann ich dir helfen, Herr?«

»Ich bin der Ädile Metellus und muß die Leiche eines Sklaven sehen, die wahrscheinlich in den letzten zwei Stunden angeliefert wurde.«

»Das waren eine ganze Menge, bei der üblichen Todesrate plus dem Einsturz der *insula* gestern.«

»Er war ein großer Bursche mit schwarzem Bart, der vom Aeskulap-Tempel auf der Tiber-Insel hergebracht wurde.«

»Wahrscheinlich ist er noch warm«, fügte Hermes hilfreich hinzu, wobei seine Stimme merkwürdig klang, weil er sich die Nase zuhielt.

Der Aufseher kratzte seinen kahlrasierten, mißgeformten Kopf. »Die Lieferung in dem Viertel übernimmt normalerweise Vulpus. Sein Karren war vor kurzem noch hier. Da drüben, glaube ich –« Wir folgten ihm am Rand des Kraters entlang zu den nördlichen Quadranten der Ausschachtung. In der Grube bot sich uns ein noch gräßlicheres Bild dar; Leichen und Leichenteile in diversen Stadien der Aufdunsung und Verwesung. Einige waren vertrocknet wie ägyptische Mumien, andere aufgedunsen wie Schweineblasen, während wieder andere, erst kürzlich Verstorbene, aussahen, als könnten sie sich jeden Moment erheben und die Grube aus eigener Kraft verlassen. Die Gebeine toter Pferde ragten in den Himmel wie Schiffsmasten in einem Hafen.

Was das Ganze noch grausamer machte, wenn das überhaupt möglich war, war die Tatsache, daß das Gewicht der intakten Leichen von oben auf die halbflüssige Masse aus verwesendem Fleisch und Ätzkalk darunter drückte, so daß eine ekelerregende Verwesungspampe an die Oberfläche blubberte. Die Mischung aus schleimiger Flüssigkeit, erkennbaren menschlichen Einzelteilen und Fellstücken sah aus wie die Ursuppe, aus der alles Leben entstanden war.

Feiner, pulvriger Kalk hing in der Luft, so daß wir permanent husten mußten und kaum in der Lage waren, durch den Mund zu atmen. Wir konnten dem gräßlichen Gestank also nicht entgehen.

»Ist es immer so schlimm?« fragte ich, nur um irgend etwas zu sagen. Mein Verstand war vor Ekel ganz benebelt.

»Das ist ganz normal. Nach einer Weile fällt es einem gar nicht mehr auf. Du hättest direkt nach Pompeius' Bestattungsspielen herkommen sollen. Da hatten wir Elefanten in den Gruben.«

Hermes und ich machten einen unwillkürlichen Satz, als die relative Stille der häßlichen Szenerie jäh gestört wurde. Zuerst spürte ich ein leises Grollen, das seinen Ursprung unter unseren Füßen zu haben schien. Dann hörte man ein Tosen wie von einem kräftigen, unterirdischen Wind, bis sich mit einem Mal etwa hundert Schritte entfernt eine Spalte in der Erde auftat und eine Wolke aus Dreck und Kalkstaub gen Himmel schoß.

»Die Dämonen fliehen die Unterwelt!« rief ich, ob der infernalischen Umgebung mit den Nerven schon ziemlich am Ende.

»Das ist bloß Gas, das aus einer alten Grube entweicht«, versicherte mir der Aufseher, während der Gestank aus der Erdspalte alles in den Schatten stellte, was wir bisher gerochen hatten. »Die furzen noch jahrelang vor sich hin. Du mußt sie gar nicht beachten.«

Er rief eine kleine Gruppe von Grubensklaven zu sich und redete eine Weile in jenem verkürzten und vereinfachten Latein auf sie ein, das die Ärmsten der römischen Armen sprachen. Es klang ein wenig so wie die Laute, mit denen Hunde sich verständigen, und ist für die meisten von uns eine Fremdsprache. Vier der Sklaven stiegen in die Grube, während der Aufseher wieder zu uns kam.

»Sie glauben, daß sie noch an die Leichen von Vulpus' letzter Ladung herankommen. Sie werden deinen Mann wieder rausziehen. Aber natürlich«, er grinste verschlagen, »erwarten sie eine kleine Belohnung.«

»Hermes, eine Sesterze für jeden der Männer und einen Denar für unseren Freund hier.« Hermes kramte die Münzen aus meiner rapide schrumpfenden Börse und schnalzte ob meiner Extravaganz mißbilligend mit der Zunge. Ich persönlich hielt die Belohnung nicht für allzu opulent. Mich hätte man nicht für die gesamte Beute aus der Plünderung von Tigranocerta in diese Grube bekommen.

Wenig später kehrten die Männer mit einer schlaffen Leiche zurück, die so frisch war, daß die Leichenstarre noch nicht eingesetzt hatte. Selbst im schwächer werdenden Licht erkannte ich, daß sie den richtigen Mann gefunden hatten. Sie legten den kräftigen Körper vor unsere Füße, und ich kniete mich neben ihn. Er war leicht mit Kalk bestäubt, so daß er aussah wie eine Statue aus minderwertigem weißem Marmor. Direkt unterhalb seines Brustbeins entdeckte ich einen kleinen Fleck.

»Nun, was haben wir denn hier?« sinnierte ich. Ich packte eine Handvoll trockenes Gras, einen Moment überrascht, daß auf diesem verdorbenen Boden überhaupt etwas wuchs, und wischte die Stelle damit ab. Vor Ansteckung fürchtete ich mich nicht. Im Tempel würde man nach seinem Tod die entsprechenden Todesriten zelebriert haben, zumindest hoffte ich das. Nachdem ich das getrocknete Blut und den Kalk abgeschrubbt hatte, wurde ein sauberer kleiner Einstich sichtbar.

»Fachmännische Arbeit«, sagte ich. »Ein Dolchstoß unter das Brustbein ins Herz. Sofortiger Tod und nur innere Blutungen.« Ich richtete mich auf. »Ich habe genug gesehen. Vielen Dank, Aufseher.«

Er zuckte die Schultern. »Stets ein Vergnügen, dem Senat und dem Volk zu Diensten zu sein.« Dann wandte er sich seinen Männern zu und rief: »Werft die Leiche wieder rein.«

»Kannst du wegen diesem Ort nicht irgendwas unternehmen?« fragte Hermes, als wir zur Porta Esquilina zurückeilten.

»Zu meinem Glück«, erklärte ich ihm, »hat ein Ädile weder die Macht noch die Verantwortung für das, was jenseits der Stadtmauern geschieht. Wenigstens diese eine Sauerei fällt nicht unter die Zuständigkeit meines Amtes.«

VI

Fast taumelnd vor Erschöpfung erreichten wir die Schwelle meines Hauses. Julia eilte mir entgegen, um mich zu begrüßen, schreckte jedoch auf halbem Weg zurück.

»Decius, wo bist du gewesen?« Ihre Miene nahm einen Ausdruck beinahe komischen Entsetzens an.

»In den Stinkenden Gruben«, erklärte ich ihr. »Eigentlich sollte ich mich glücklich schätzen. Normalerweise führt für die, die dorthin gehen, kein Weg zurück.« Sie riß mir die Toga förmlich vom Leibe, warf sie dem Sklaven zu und sagte: »Bring diese Toga aufs Dach zum Lüften. Und du, Decius, zieh dir eine saubere Tunika an. Wir haben Gäste.«

»Gäste? Ich habe niemanden erwartet.« Sie scheuchte mich in unser Schlafzimmer, zerrte die Tunika über meinen Kopf, öffnete eine Truhe, holte eine frische heraus, schüttelte sie aus, zog sie mir über und gurtete sie, alles in atemberaubendem Tempo, während sie ununterbrochen auf mich einredete.

»Wie kannst du irgend etwas erwarten? Wenn du das Haus am Morgen verläßt, ist es noch dunkel, und bevor du nach Hause kommst, ist es schon wieder dunkel. Ich habe Sklaven losgeschickt, die dich den ganzen Abend gesucht haben, aber sie konnten dich nirgends finden.«

»Es war ein anstrengender Tag, wie alle Tage in letzter Zeit. Wer ist denn hier?«

»Zum einen dein Vater sowie einige andere sehr bedeutende Männer. Sie wollten gerade schlecht gelaunt aufbrechen, doch ich habe ihre Becher noch einmal gefüllt und sie überredet, noch ein klein wenig länger zu bleiben.«

»Das hat mir gerade noch gefehlt«, sagte ich. »Vater ist schon gutgelaunt alles andere als eine angenehme Gesellschaft. Wer sind die anderen?«

»Das wirst du schon sehen«, herrschte sie mich ungeduldig an. »Und jetzt verschwende nicht noch mehr Zeit.« Die Hand in meinem Rücken schob sie mich ins *triclinium,* wo mein Vater und die anderen, an ihrem Wein nippend, um einen Rost mit glühenden Kohlen saßen, der gegen die Kälte hereingebracht worden war. Auch wenn der Wind aus Afrika in den Bergen den Schnee schmelzen ließ, waren die Abende in Rom um diese Jahreszeit immer noch kühl. Neben meinem Vater waren zwei weitere Metelli anwesend, Scipio und Nepos sowie ein Mann, den ich von Senatssitzungen kannte, die er vor einigen Jahren geleitet hatte.

»Das wurde aber auch Zeit«, knurrte mein Vater. »Du hast dich doch nicht wie üblich nur rumgetrieben, oder?« Mein Vater, Decius Caecilius Metellus der Ältere, der inklusive des Censorats alle existierenden öffentlichen Ämter bekleidet hatte, behandelte mich noch immer wie ein Kind, obwohl ich längst selbst Amtsträger war. Dem Gesetz nach hatte er das Recht dazu, da er es nie für angebracht gehalten hatte, die Freilassungszeremonie zu vollziehen, die mir den Status eines vollwertigen Erwachsenen eingebracht hätte. Formal hatte ich nur mit seiner Zustimmung heiraten und Besitz bilden dürfen. Das war noch einer von diesen seltsamen alten Bräuchen, die mich immer wieder grübeln lassen, wie die Römer es je zu etwas gebracht haben in der Welt.

»Dein Sohn ist ein unglaublich beschäftigter Mann«, besänftigte ihn Marcus Valerius Messala Niger. »Vor allem weil er die Pflichten seines Amtes im Gegensatz zu den meisten anderen Ädilen so ungemein ernst nimmt.« Das sagte ein Mann, der, wie sich praktisch stündlich aufs neue bestätigte, seine eigenen Ämter nur dazu benutzt hatte, sich auf Kosten der Bürger zu bereichern. Wie er als Statthalter einer Provinz geherrscht haben mußte, wollte ich mir lieber gar nicht erst vorstellen. Er war ein stämmiger Mann mit Glatze, einem einnehmenden Lächeln und fröhlich funkelnden blauen Augen.

»Wir erinnern uns alle nur zu gut daran, was es heißt, Ädile zu sein«, meinte Nepos. Seine Anwesenheit war noch rätselhafter als die von Messala. Sein Leben lang war er ein Gefolgsmann von Pompeius gewesen, womit er das einzige prominente Mitglied unserer Familie war, das nicht zur Anti-Pompeius-Fraktion zählte. Offenbar ein weiteres Indiz für die neuen Neigungen meiner Familie.

Ich nahm einen Becher vom Tisch und versuchte, mir den Geschmack der Stinkenden Gruben aus dem Mund zu spülen. »Was verschafft mir die Ehre derart hohen Besuches zu solch später Stunde?« fragte ich. »Womit ich nicht sagen will, daß ihr mir nicht zu jeder Tages- und Nachtzeit willkommen wäret. Und dann noch in solch ungewohnter Zusammensetzung.«

»Eine Reihe von Dingen«, sagte Vater. »Du hast doch bestimmt nicht vergessen, daß wir drei«, er zeigte auf sich, Scipio und Nepos, »in beträchtlichem Umfang zu deinen Spielen beitragen?«

»Wie könnte ich das vergessen. Wo wir gerade davon sprechen –« Ich berichtete ihnen von Milos Lieblingsschlägern. Sie hörten sich die Liste der Namen aufmerksam an und nickten begeistert.

»Das sind ja großartige Neuigkeiten«, fand Scipio. »Ich habe alle diese Männer kämpfen sehen, und sie zählen zu den Besten der Besten. Celer wird die imposantesten Bestattungsspiele bekommen, die diese Stadt je gesehen hat.«

»Und dann noch für den Preis!« strahlte mein Vater.

»Clodius wird außer sich sein«, sagte Messala. »Er wird behaupten, es wären Milos Spiele.«

»Vergiß Clodius«, riet Nepos. »Er ist nur Caesars Wachhund, und Caesar beteiligt sich ebenfalls an Decius' *munera*, ein Hochzeitsgeschenk für seine Nichte. Aber wenn du mal etwas wirklich Ausgefallenes bieten willst, ich kenne zwei Senatoren, die sich wegen des gegenseitigen Vorwurfs der Bestechlichkeit bis aufs Blut zerstritten haben. Sie sind ganz erpicht darauf, die Sache in einem Kampf auszutragen, und haben mir gesagt, sie würden sich freiwillig für deine *munera* melden, Decius.«

Ich fand den Gedanken faszinierend. Männer von hohem Rang kämpften gelegentlich als Gladiatoren, um das Verbot von Duellen zu umgehen. Da die Kämpfe religiöse Riten, also gleichsam freiwillige Opfer waren, konnten die Duellanten anschließend nicht angeklagt werden.

»Ich verbiete es!« sagte Vater, jedes Wort mit einer schneidenden Bewegung seiner Hand unterstreichend. »Es ist empörend, daß sich Senatoren und *equites* in aller Öffentlichkeit so gebärden! Davon haben wir in letzter Zeit schon viel zu viel gesehen, und ich werde ein solch skandalöses Benehmen nicht auch noch unterstützen.« Was für ein Spielverderber!

»Als Scipio Africanus die Bestattungsspiele für seinen Vater und seinen Onkel zelebriert hat«, sagte Metellus Scipio beschwichtigend, »waren alle Kämpfer freie Männer, die sich freiwillig gemeldet hatten, um den Toten und Africanus selbst zu ehren, darunter auch Senatoren, Centurionen und andere hochrangige Soldaten sowie die Söhne und andere hochgeborene Krieger der verbündeten Häuptlinge.« Er nutzte wirklich jede sich bietende Gelegenheit, die Leute an seine ruhmreichen Vorfahren zu erinnern.

»Das war vor einhundertfünfzig Jahren«, wandte mein Vater ein, »bevor die jetzt gültigen Regeln der *munera* festgelegt wurden. Und diese Spiele wurden auch nicht in Rom, sondern in Karthago Nova zelebriert.«

Valerius Messala wirkte äußerst amüsiert. »Außerdem gibt es in dieser Generation von Römern keinen, der so herausragend wäre, daß man ihn dergestalt ehren müßte.« Ein subtiler Seitenhieb sowohl auf die Scipios als auch die Metelli. »Wie dem auch sei, ich kenne die beiden fraglichen Herren, und sie sind beide fett und unsportlich. Es wäre lächerlich, und wir dürfen doch nicht zulassen, daß die Bürger unsere Senatoren auslachen. Wir bieten ihnen ohnehin schon genug Anlaß zur Belustigung.«

Mein Vater schwieg mürrisch. Er haßte es, wenn jemand aus den falschen Gründen seiner Meinung war. Genau wie ich übrigens. Ich hatte nicht erwartet, daß Messala ein so sympathischer Zeitgenosse war. Mein diesbezüglicher Geschmack war zugegebenermaßen ein wenig seltsam. Ich hatte auch Catilina gemocht, und ich halte das nicht einmal für ein Fehlurteil. Die schlimmsten Männer sind häufig die nettesten, während die Aufrichtigen und Unbestechlichen auch die Widerwärtigsten sein können. Marcus Antonius und Cato waren zwei exzellente Beispiele für diese Theorie.

»So viel zu den Spielen«, meinte Vater schließlich. »Sie sollen gefeiert werden, und sie sollen ein Erfolg werden. Wie ich höre, hast du zwei wertvolle Tage damit vertan, den Einsturz einer einzigen, schlampig gebauten *insula* zu untersuchen, mein Junge.«

»Dein Junge«, informierte ich ihn sarkastisch, »hat den Vormittag in einer Kloake und den Abend in einer Leichengrube verbracht, Aktivitäten, denen ich, wie selbst du zugeben mußt, an normalen Tagen nur äußerst selten fröne. Mein Amt jedoch verlangt es von mir.«

»Dein Amt umfaßt die gesamte Stadt«, sagte Vater, »nicht bloß die Verfolgung eines einzelnen betrügerischen Bauunternehmers. Setze einen Klienten oder Freigelassenen auf die Sache an und kümmere dich um deine Arbeit!«

»Ich verfolge auch keinen einzelnen Bauunternehmer«, erwiderte ich, bemüht, mein Temperament zu zügeln. »Ich untersuche etwas, das aussieht wie eine Bestechungsaffäre, die die gesamte Bauwirtschaft Roms untergräbt.« Ich wollte vor einem Fremden nicht offen mit ihm streiten, doch er hatte das Thema angeschnitten, was außergewöhnlich taktlos von ihm war. Ich entschied, daß er nun langsam alt wurde.

»Der Erbauer dieser *insula* war der verstorbene Lucius Folius«, sagte Valerius Messala. »Das weiß ich, weil er seine Lizenz und seine Verträge während meines Censorats erhalten hat. Offenbar wurde er durch seine eigene Gier in den Tod gerissen wie eine Figur aus einer griechischen Tragödie.«

Ich hatte etwas in der Richtung erwartet. Den ermordeten Sklaven erwähnte ich vorsichtshalber erst gar nicht. »Manchmal lassen uns die Götter Gerechtigkeit widerfahren. Aber kein Bauunternehmer baut nur ein einziges Haus.« Ich dachte an den Stapel von Archiv-Unterlagen in meinem Arbeitszimmer und entschied, daß ich ihn diesen Dreien gegenüber besser nicht erwähnte. Aber wahrscheinlich wußte Messala bereits davon. »Ist sich irgend jemand außer mir und den Fährleuten der Tatsache bewußt, daß Rom unmittelbar vor einer Flutkatastrophe steht?« sagte ich, um das Thema zu wechseln.

»Ich habe entsprechende Gerüchte gehört«, sagte mein Vater. »Es passiert alle paar Jahre, und man kann nicht viel dagegen tun.«

»In diesem Jahr wird es schlimmer als sonst«, informierte ich sie, »weil sämtliche Abflüsse verstopft sind und damit nutzlos sein werden. Sie sind seit Jahren nicht gereinigt worden, so daß das Wasser in den tiefergelegenen Stadtteilen monatelang stehen könnte, und dann kriegen wir neben allem anderen auch noch die Pest an den Hals.« Als ich das sagte, sah ich Messala an, der meinen Blick nichtssagend erwiderte.

»Bloß keine Panikmache. Selbst wenn es eine Zeitlang Beeinträchtigungen geben sollte, ist das doch noch keine Katastrophe«, widersprach Nepos. »Die Foren lassen sich leicht evakuieren. Die Tempel und Basiliken stehen sicher auf ihren Sockeln, und in den tiefergelegenen Vierteln wohnen nur die Armen. Spendier ihnen prachtvolle Spiele, wenn alles vorbei ist, und sie werden all ihre Sorgen vergessen. Darauf solltest du dich konzentrieren.«

Beim Tor vor meinem Haus gab es einen kleinen Aufruhr, doch ich ignorierte ihn. Zweifelsohne irgendein Bittsteller, dachte ich. Der Mangel an Privatsphäre, den ein Ädile ertragen mußte, war nicht so extrem wie bei einem Volkstribun. Wir durften wenigstens unsere Türen schließen. Aber bei einem Amt, das das öffentliche Wohl betraf, war die Öffentlichkeit alles andere als schüchtern, ihre Bedürfnisse zu artikulieren.

»Es wird spät«, sagte Messala, »und wir wollen den Ädilen nicht aufhalten. Er hat Arbeit zu erledigen.«

»Richtig, richtig«, sagte Vater, wie aus einer mürrischen Träumerei erwacht. »Decius, es gibt etwas, was du wissen solltest, da es sowohl die Familie als auch deine Amtszeit betrifft.«

Endlich kamen sie zur Sache. »Ich muß gestehen, daß mich die Anwesenheit einer so erlesenen Gesellschaft überrascht hat. Niemand Geringeres als zwei ehemalige Censoren und ein Pontifex. Darf ich annehmen, daß unsere Zusammenkunft etwas damit zu tun hat, daß unsere Familie beginnt, sich für Pompeius zu erwärmen?«

»Sei nicht so vorlaut!« bellte mein Vater. »Erst einmal müssen wir dieses schreckliche Jahr überstehen.«

»Und das große Problem dieses Jahres«, schaltete Messala sich aalglatt ein, »ist die Tatsache, daß die Skandale um die letzten Wahlen noch immer nicht bis ins letzte aufgeklärt sind. Wir waren gezwungen, einen *interrex* zu ernennen«, er nickte Scipio zu, »und es sieht so aus, als ob sein *interregnum* noch eine geraume Zeit andauern müßte.«

»Ist ein *interregnum* von der Verfassung her zeitlich begrenzt?« fragte ich. »Ich muß gestehen, daß ich dieser Frage nie nachgegangen bin.«

»Cicero und Hortalus haben diese Frage untersucht, und es scheint so, als ob es keine ausdrückliche Begrenzung gibt.«

»Die eigentliche Grenze«, sagte Scipio, »liegt in der Tatsache, daß es ein so unangenehmes Amt ist. Natürlich genießt es hohes Ansehen, da der Senat einen *interrex* nur aus den Reihen seiner vornehmsten Mitglieder ernennt, doch«, er erhob angewidert die Hände, »man hat alle Pflichten und die Verantwortlichkeiten von zwei Konsuln ohne *imperium* und ohne daß man hinterher eine Provinz bekommt. Es ist eine große Last.«

Als die Republik gegründet wurde, haben wir unsere Könige vertrieben und sind dem Konzept der Monarchie gegenüber seither äußerst feindselig eingestellt gewesen. Nur zwei uralte Ämter mit dem Titel *»rex«* haben überlebt: das des *interrex*, eines »vorübergehenden Königs« also, und das des *rex sacrorum*, des »Königs der Opfer«. Keiner von beiden ist mit irgendwelchen ernstzunehmenden Machtbefugnissen ausgestattet aus dem sehr einleuchtenden Grunde, daß kein Römer jemals die Autorität eines wie auch immer gearteten Königs anerkennen würde.

»Aus diesem Grund«, fuhr Scipio fort, »werde ich Ende nächsten Monats zurücktreten.«

»Werden die Konsuln zu diesem Zeitpunkt soweit sein, ihr Amt anzutreten?« fragte ich.

»Nicht, ohne daß es dabei zu Gewalttätigkeiten kommen würde«, sagte Vater. »Valerius wird das *interregnum* übernehmen. Natürlich muß es dazu noch eine Abstimmung im Senat geben, doch deren Ausgang steht fest. In einer derart unübersichtlichen Situation will niemand sonst das Amt übernehmen.«

Messala lächelte. »Man tut, was im Dienst für den Senat und das Volk getan werden muß.«

»Wenn die Konsuln schließlich ihr Amt antreten«, fuhr mein Vater fort, »wird ihnen kaum noch eine halbe Amtszeit bleiben. Vergiß sie. Sie sind Niemande. Entscheidend ist, daß wir auf das kommende Jahr vorbereitet sind.«

»Scipio deutete gestern schon so etwas an«, sagte ich.

»Genau.« Vater rieb sich über die große Narbe, die sein Gesicht praktisch halbierte. »Die Stadt befindet sich in einem chaotischen Zustand, und bevor die Ordnung nicht wiederhergestellt ist, kann das bürgerliche Leben nicht zur Normalität zurückkehren. Dieses Chaos zerreißt noch das Imperium. Es gibt nur einen Mann, der sowohl den militärischen Ruf als auch die Popularität genießt, diese Aufgabe zu bewältigen, und das ist Pompeius.«

»Du willst doch nicht etwa eine Diktatur vorschlagen!« protestierte ich. »Nach all dem Widerstand, den unsere Familie gegen Pompeius geleistet hat!«

Vater gönnte uns ein überaus seltenes Lächeln von der Art, zu der er sich nur hinreißen ließ, wenn ihm ein extrem gerissener politischer Winkelzug gelungen war. Es war ein gespenstischer Anblick. »Nicht direkt. Wir werden Pompeius im nächsten Jahr zum alleinigen Konsul machen. Mit vollem *imperium,* aber ohne Kollegen, der seine Gesetzgebung rückgängig machen oder ihn sonstwie behindern könnte.«

Ich ließ die politischen Implikationen auf mich wirken, ohne etwas zu sagen. Pompeius würde im kommenden Jahr praktisch Diktator sein, mit einer ungeheuer wichtigen Einschränkung: Ein Diktator mußte sich für seine Amtsführung nicht rechtfertigen. Er hatte nicht nur das volle *imperium,* sondern konnte nach Niederlegung seines Amtes auch nicht für seine Handlungen zur Verantwortung gezogen werden. Als alleiniger Konsul hätte Pompeius freie Hand, nach Gutdünken Maßnahmen zu ergreifen, doch er konnte sein Amt nicht mißbrauchen, weil er hinterher wieder ein gewöhnlicher Bürger sein würde, den jeder andere Bürger für seine Taten anklagen konnte. Das heißt, Pompeius würde nur die notwendigen Maßnahmen ergreifen, weil er ein wahrhaft begnadeter Administrator sein konnte, wenn er nicht gerade von militärischem Ruhm benebelt war.

»Brillant«, sagte ich schließlich. »Es ist ein beseelter Kompromiß.« Barbaren mit ihren Traditionen von Monarchie oder Stammeskämpfen werden nie begreifen, daß die Größe unserer Republik nicht in der strikten Befolgung von Prinzipien, sondern in unserer Fähigkeit zum Kompromiß lag.

Vater nickte. »Ich wußte, daß du es rasch begreifen würdest. Du bist wider allem Anschein eben doch ein echter Caecilius Metellus.«

»Pompeius hat eingewilligt, einen Kollegen zu ernennen,

sobald der Frieden wiederhergestellt ist«, sagte Nepos. »Sein Kollege wird unser amtierender *interrex* Quintus Caecilius Metellus Pius Scipio Nasica sein.« Er machte eine ausladende Geste, während er sich den imposanten Namen über die Zunge rollen ließ. Scipio verbeugte sich bescheiden.

»Es ist eine perfekte Wahl«, bemerkte Messala. »Pompeius ist der ruhmreichste Soldat seiner Zeit und ungeheuer populär bei den Massen, aber er entstammt einer vollkommen unbedeutenden Familie, und ihr wißt ja, wie Leute bei Namen sind. Wenn er die Ordnung wiederhergestellt hat, wird er einen Kollegen bekommen, der zwei der größten Namen in sich vereinigt. Die Sippschaft der Caecilii Metelli ist bekannt für ihre moderate Gesinnung und ihre Opposition gegen Pompeius, so daß alle Ängste vor einer drohenden Tyrannei zerstreut werden. Der Name Scipio ist ein Synonym für ›Retter des Staates‹. Pompeius wird sich sogar aufs Land zurückziehen und Metellus Scipio die weitere Amtsführung überlassen. Ich denke, wir können uns auf ein glücklicheres und geordneteres Rom freuen.«

»Ich bin ganz eurer Meinung«, erklärte ich nickend, und wartete darauf, daß die Axt auf mich niedersauste.

»Wenn wieder Ordnung in der Stadt herrscht, gibt es viel zu tun«, sagte Vater. »Wir haben entschieden, die Plebejische Versammlung zu bitten, deine Amtszeit zu verlängern.«

Die Klauen des kalten Entsetzens umkrallten mein Herz. »Das ist nicht euer Ernst, ihr könnt doch nicht von mir verlangen, daß ich *noch ein Jahr* als Ädile amtiere! Ich bin erst drei Monate im Amt und schon fast so weit, mich in mein Schwert zu stürzen!«

»Oh, es wird sehr viel angenehmer sein als deine diesjährige Amtszeit«, sagte Messala lächelnd. »Du mußt nicht noch einmal Spiele inszenieren, das kannst du den anderen Ädilen überlassen. Pompeius hat versprochen, dir einen Stab aus seinen Freigelassenen zur Verfügung zu stellen. Das sind extrem fähige Verwaltungsfachleute. In den vergangenen zwei Jahren haben sie die verworrenen Verhältnisse bei der Getreideverteilung geordnet.«

»Bedenke, wie populär dich das machen wird«, sagte mein Vater. »Jeder wird um das Opfer wissen, das du bringst. Damit ist dir ein Posten als Quaestor so gut wie sicher.«

»Und außerdem«, warf Nepos ein, »wird es ein weiteres Jahr sein, das du nicht mit Caesar in Gallien verbringen mußt.«

Das ließ mich innehalten. Daran hatte ich noch gar nicht gedacht. Vielleicht wäre ein weiteres Jahr im Amt doch nicht so schlimm. Natürlich stellten die drei sich vor, daß ich das Amt nach ihren Vorstellungen verwaltete, doch das würde man sehen, wenn es soweit war.

»Es lohnt sich, darüber nachzudenken«, räumte ich ein. »Ich habe keine Einwände gegen eine Zusammenarbeit mit Pompeius, solange seine Macht verfassungsmäßig begrenzt bleibt. Bei einer Diktatur würde ich nicht mitmachen.«

»Benutze doch mal deinen Verstand«, erwiderte mein Vater verärgert. »Wozu würde er dich oder sonst jemanden brauchen, wenn er Diktator wäre? Er könnte anordnen, was immer er wollte, und keiner von uns wäre in der Lage, etwas dagegen zu tun. Auf diese Art wahren wir unsere Autorität und unseren Einfluß auf Pompeius' Handlungen, und das ist wichtig. Denn so prachtvoll er als Soldat und Statthalter auch sein mag, als Politiker ist er ein Schwachkopf. Er braucht uns mehr als wir ihn.«

Ich sah Valerius Messala an. »Und was springt für dich dabei heraus?«

Er zog die Augenbrauen hoch. »Nun, die Befriedigung, Rom einen bescheidenen Dienst erweisen zu dürfen.«

Ich nickte. »Du bist also Pompeius' Mittelsmann, was? Der eine Caecilius Metellus-Pompeius-Koalition schmiedet, die die römische Politik beherrscht?« Ich warf Nepos einen Seitenblick zu. Messala hatte die Familie ohne Frage über das einzige Mitglied angesprochen, das in Pompeius' Lager stand.

»Weil Rom diese Koalition braucht«, sagte er unbeeindruckt. »Deine Familie bildet den wichtigsten Block im Senat. Außerdem habt ihr immensen Einfluß auf die Centurianische Versammlung. Genau wie Pompeius, der zudem noch der Liebling der Plebejischen Versammlung ist. Es wäre eine unschlagbare Verbindung.«

»Auch Caesar genießt große Unterstützung in allen drei Gremien«, bemerkte ich.

»Caesar wird noch für Jahre in Gallien gebunden sein«, erwiderte Nepos. »Ihm kann dort alles mögliche widerfahren. Er könnte sterben. Und wenn er nur eine Schlacht verliert, ist seine Popularität dahin. In der Zwischenzeit werden wir die Geschicke Roms lenken.«

»Bitte«, sagte Messala, »ihr sprecht von Caesar und Pompeius wie von zwei Rivalen. Sie sind enge Freunde. Das sagen sie selbst immer wieder, auch öffentlich.«

»Spar dir das für die *rostra*«, riet ich ihm. »Wir wissen alle, daß die beiden sich bald mit gezückter Klinge gegenüberstehen werden. Für zwei solche Männer ist selbst Rom viel zu klein.«

»Das wird die Zukunft zeigen«, meinte mein Vater. »Unsere Sorge gilt dem Ziel, daß Rom dieses Jahr und das nächste übersteht.« Er stand abrupt auf. »Wir müssen weiter. Auch wenn du dich selbst für ungeheuer wichtig halten magst, wir haben weitere Besuche zu erledigen. Einen schönen Abend noch.«

Ich begleitete sie zur Tür und fand Julia im Atrium, mit Asklepiodes in ein angeregtes Gespräch vertieft. Als die bedeutenden Männer herauskamen, erhoben sich beide und verneigten sich förmlich. Sie nahmen Julia nur flüchtig zur Kenntnis und verließen das Haus, um ihre Überredungsmission fortzusetzen, die zweifelsohne noch die ganze Nacht weitergehen würde.

»Ich hatte nicht erwartet, dich noch heute abend zu sehen«, sagte ich zu Asklepiodes, als sie gegangen waren. »Tut mir leid, daß ich dich habe warten lassen.«

»Deine anmutige Gattin war reizend und aufmerksam«, versicherte er mir.

»Darf ich dir wenigstens ein spätes Abendessen anbieten? Ich für meinen Teil sterbe vor Hunger.«

»Ich habe bereits entsprechende Anweisungen gegeben«, sagte Julia. »Im *triclinium?*«

»In meinem Arbeitszimmer«, erklärte ich.

Wir zogen uns in den kleinen Raum mit Blick auf den Hof und seinen winzigen Teich und Brunnen zurück. Neben meinem Schreibtisch lag ein Beutel aus Ziegenfell mit den Unterlagen aus dem Archiv. Kurz darauf trugen meine Sklaven kaltes Huhn, gekochte Eier, Obst, Brot, Schälchen mit Öl und Honig sowie zwei Becher mit behutsam gewürztem und erwärmtem gewässertem Wein auf.

»Ein wenig spartanisch«, entschuldigte ich mich, »aber im Moment esse ich, wenn ich die Gelegenheit dazu finde. Für ein anständiges Abendessen habe ich nie Zeit.«

»Es ist köstlich«, versicherte er mir. »Mir ist es allemal lieber, dir zu helfen und einen improvisierten Imbiß zu mir zu nehmen, als einen normalen Arbeitstag hinter mich zu bringen und anschließend zu einem üppigen Bankett eingeladen zu sein. Du hast ja keine Vorstellung, wie langweilig das sein kann.« Er aß und sprach schnell, wobei er seine Sätze kurz unterbrach, um sich kleine Häppchen in den Mund zu schieben und an seinem Wein zu nippen. Für einen Philosophen war er ein sehr erregbarer kleiner Mann.

»Du hast etwas in Erfahrung gebracht!« sagte ich. »Wiesen die Leichen Spuren eines Verbrechens auf?«

»Das kann ich dir nicht sagen«, erwiderte er und tunkte ein Stück Brot in das Knoblauchöl. »Ich habe sie nicht gesehen.«

»Hä?«

»Offenbar gibt es gar keine Leichen.«

»Moment mal«, sagte ich. »Ich kann mich deutlich an die beiden Leichen erinnern. Lucius Folius und seine Frau. Ein Irrtum ist vollkommen ausgeschlossen.«

»Oh, natürlich *gab* es Leichen, kein Zweifel.« Wie gewöhnlich genoß er meine Verwirrung sehr.

»Am besten du berichtest mir chronologisch und in allen Einzelheiten von deiner Mission.«

»Ausgezeichnete Idee«, meinte er. »Nun, von der *ludus* bin ich zum Büro des Bestatters beim Tempel der Libitina gegangen. Nach einer Weile hatte ich mich zum Unternehmen eines gewissen Sextus Volturnus durchgefragt, zu dem man die Leichen aus der zerstörten *insula* gebracht hatte. Auf Befragung erklärte mir der Besitzer, daß die fraglichen Leichen bereits abgeholt worden seien.«

»Von wem?« fragte ich.

»Von einem Erben, einem gewissen Caius Folius aus Bovillae.«

»Der junge Antonius hat mir erzählt, daß Folius aus Bovillae stammte«, erinnerte ich mich.

»Offenbar hatte dieser Erbe es recht eilig, die Leichen für die Bestattung in der Heimatstadt abzutransportieren.«

»Hat er auch die Leichen von irgendwelchen Haussklaven beansprucht?«

»Das habe ich vergessen zu fragen«, gestand er. »Hervorragender Wein übrigens. Mit Julia hat sich dein Weinkeller merklich gebessert.«

»Hat dieser Caius Folius irgendwelche Beweise für seine Identität vorgelegt?«

Er zog die Brauen hoch. »Das zu fragen ist mir auch nicht eingefallen. Ist das üblich?« Er kaute auf einer Olive herum und spuckte den Kern in eine Schüssel, die sich rasch mit Obstschalen und Käserinden füllte. »Mein alter Freund, du hast mich dorthin geschickt, um die Leichen zu untersuchen, nicht, um für dich als staatlicher Freigelassener zu fungieren.«

»Wie dem auch sei«, sagte ich. Man mußte Asklepiodes die Dinge auf seine Weise machen lassen. Er konnte launisch sein wie ein griechischer Tragödien-Schauspieler. »Es ist bedauerlich, daß du keine Gelegenheit hattest, sie anzusehen.«

»Trotzdem war mein Besuch nicht völlig unfruchtbar«, erwiderte er mit listigem Lächeln.

»Inwiefern?« fragte ich ungeduldig.

»Ich habe mit den Gehilfen des Bestatters gesprochen, den Männern, die die Leichen waschen, frisieren, schminken, ihre Wunden verdecken und so weiter, um sie für die Bestattung zu verschönern. Es sind überaus versierte Männer, die auf ihre Weise fast genauso viel über Verletzungen wissen wie Chirurgen und Ärzte. Ich habe sie nach dem Zustand der Leichen von Lucius Folius und seiner Frau gefragt.«

»Und?«

»Die Leichenwäscher haben mir berichtet, daß die Körper keinerlei Platzwunden oder schwere Hautabschürfungen aufwiesen. Sie hätten durchaus an Erstickung sterben können wie viele andere Opfer, nur daß sie keinerlei Zeichen von Kampf aufwiesen.«

»Kampf?« fragte ich.

»Ja. Menschen, die ersticken, wehren sich, sofern sie nicht bewußtlos sind, panisch gegen den Erstickungstod, und schlagen und treten auf alles ein, was ihnen im Weg ist. Wenn es sich dabei um relativ unnachgiebige Baumaterialien wie Holz, Stein oder Backstein handelt, führt das häufig zu tiefen Schürfwunden an Händen, Füßen, Ellenbogen und Knien.«

»Das klingt logisch.« Der Gedanke an ein derart entsetzliches Sterben ließ mich erschaudern. Im Vergleich dazu erschien mir der Tod durch einen gallischen Speer beinahe angenehm.

»Der Friseur hat mir gesagt, daß sie keinerlei Schürfwunden am Kopf hatten und daß die Schädelplatte unter der Haut nicht geborsten war. Wären die Leichen in den Keller gestürzt und so heftig auf dem Kopf aufgeschlagen, daß ihr Hals gebrochen wurde, wäre eine tiefe Schädelfraktur die logische Folge.«

»Das heißt«, sagte ich, »ihr Hals wurde gebrochen, bevor sie in den Keller gestürzt sind.«

»Exakt. Was durch ein weiteres seltsames Indiz bestätigt wird.« Der Wein hatte ihn aufgetaut, und er verfiel unwillkürlich in seinen enthusiastischen Gelehrtenton.

»Du mußt wissen, daß ich mich hier zu einem Gebiet äußere, das nicht in meinen konkreten Erfahrungsbereich fällt. Als Arzt für Gladiatoren habe ich es in aller Regel mit ganz frischen Wunden zu tun. Trotzdem habe ich mich natürlich mit den Schriften von Gelehrten befaßt, die jeden Aspekt der Medizin berühren, habe Vorlesungen bei den bedeutendsten Ärzten gehört und mit vielen von ihnen lange und ausführliche Diskussionen geführt, so daß mir die Disziplin der forensischen Pathologie nicht völlig unvertraut ist.«

»Was ist denn das?« fragte ich.

»Die Untersuchung von Veränderungen, die nach dem Tod in einem Körper vonstatten gehen. Es gibt nur wenige Experten auf dem Gebiet.«

»Das kann ich mir lebhaft vorstellen«, sagte ich. »Die meisten Leute bezahlen einen Arzt, damit er sie wieder gesund macht, nicht dafür, daß er ihre Verwesung überwacht.«

»Es ist ein verbreiteter Irrglaube, daß Leichen unmittelbar nach ihrem Tod lediglich verwesen«, belehrte er mich.

Ich dachte an die Stinkenden Gruben. »Aus meiner jüngsten Erfahrung kann ich dir versichern, daß sie tatsächlich verwesen.« Ich goß meinen Becher noch einmal voll.

»Das tun sie in der Tat, und aus diesem Grund pflegen wir nur ein oder zwei Tage nach dem Tod verstreichen zu lassen, bis wir die Leichen verbrennen. Doch es gibt eine durchaus regelmäßige und vorhersagbare Abfolge von Zuständen, die eine Leiche im Zuge ihrer stofflichen Auflösung durchläuft und anhand derer sich interessante Schlüsse ziehen lassen. Die Gehilfen des Bestatters haben mir beispielsweise berichtet, daß die Leichen von Lucius Folius und seiner Frau an der Rückenpartie verfärbt waren. Will sagen, der Rücken, der Hintern, die Rückseite der Oberschenkel und so weiter waren dunkelblau angelaufen wie bei einer Prellung. Dieser Zustand post mortem ist ein verbreitetes Phänomen, das man Totenflecken nennt. Der Gelehrte Simonides von Antiochia hat zahlreiche Publikationen zu diesem Zustand verfaßt, mit dem es offenbar folgende Bewandtnis hat: Zu Lebzeiten wird das Blut einigermaßen gleichmäßig durch Körperorgane und -gewebe verteilt. Dabei steht es unter einem gewissen Druck. Wir wissen alle, daß Blut aus einer kleinen Schnittwunde nur tropft, aus einer größeren Ader regelrecht fließt und bei Durchtrennung einer Arterie sogar etliche Meter weit spritzen kann. Der genaue Mechanismus, durch den dies geschieht, ist Gegenstand eines größeren philosophischen Disputs.«

Ich war für eine medizinische Vorlesung vielleicht nicht mehr ganz so aufgeschlossen, wie ich das ausgeruhteren Verstandes gewesen wäre, doch ich gab mir redliche Mühe Asklepiodes' Ausführungen weiter zu folgen.

»Wenn das Leben endet, hört auch dieser Druck und die Verteilung des Blutes im Körper auf, und das Blut lagert sich in dem am tiefsten gelegenen Körperteil ab. Bei einem liegenden Individuum wäre das wie im Fall des verstorbenen Paares die Rückenpartie. Lebendes Blut ist hellrot. Doch abgestorbenes Blut nimmt sehr rasch die Farbe von Rost an, später wird es dunkelbraun bis schwarz, was auch zu der Hautverfärbung bei Prellungen führt.«

»Ich weiß, was du meinst«, sagte ich. »Ich habe einmal einen Trupp Soldaten befehligt, der zwei Tage nach der Schlacht die römischen Toten vom Schlachtfeld einsammeln mußte. Wenn ein Mann auf der Seite liegend gestorben war, war diese

Seite dunkel und die andere blaß. Einmal hab' ich die Leiche eines Mannes gesehen, der kopfüber in einen Brunnen gestürzt und ertrunken war. Sein Kopf und seine Schultern waren fast schwarz.«

»Genau dieses Phänomen meine ich. Simonides hat recht detailliert über das Fortschreiten dieses Zustands geschrieben, natürlich unter Berücksichtigung der jeweiligen Jahreszeit, weil die körperliche Verwesung bei heißem Wetter ungleich schneller fortschreitet als bei Kälte. Die Art und Ausprägung der Totenflecken kann einem erfahrenen Beobachter mitteilen, wie lange der Tote schon tot in derselben Lage gelegen hat.«

»Und was schließt du?« drängte ich auf die Essenz seiner Betrachtungen.

Er hob mahnend den Finger. »Gedulde dich noch einen Moment und folge mir weiter. Die Leichenwäscher haben mir berichtet, daß die Hälse der beiden sauber gebrochen waren, die Durchtrennung eines Halswirbels ist typisch für eine ruckhafte Drehbewegung. Ein Schlag zertrümmert die Knochen, Tod durch Erhängen reißt sie auseinander. Um sich den Hals dergestalt zu verrenken, müßte man schon einen sehr abstrusen Unfall erleiden. Ich habe es einmal gesehen, als ein Wagenlenker kopfüber in die Speichen eines gegnerischen Wagens gestürzt ist. Da die Opfer ansonsten keinerlei Kopfverletzung aufwiesen, kann ich nur schließen, daß jemand sie an Kinn und Hinterkopf gepackt und den Schädel ruckartig und gewaltsam verdreht hat.«

»Würde so etwas große Muskelkraft erfordern?« fragte ich. Genau diesen Gedankengang hatte mein Ringkampf mit Antonius ausgelöst.

»Wenn die Opfer fest geschlafen haben, so daß all ihre Muskeln völlig entspannt waren, hätte es jeder einigermaßen kräftige Mensch bewerkstelligen können, vorausgesetzt, man hätte ihm die richtige Technik beigebracht.«

»Es gibt eine spezielle Technik?« fragte ich fasziniert.

»Wenn du erlaubst, werde ich es demonstrieren.« Er stand auf und dehnte die Finger.

»Schön vorsichtig«, mahnte ich ihn. »Du hast schon ein wenig getrunken und vielleicht nicht mehr ganz die wünschenswerte Kontrolle über das, was du tust.« Asklepiodes liebte es, exotische und obskure Mordtechniken zu demonstrieren. Dabei hatte er mir mehr als einmal kleinere Verletzungen zugefügt.

»Ich werde mit äußerster Vorsicht zu Werke gehen«, versicherte er mir. »Ein unerfahrener Täter, der einem Opfer den Hals brechen will, würde den Kopf so packen.« Er legte seine linke Hand auf meinen Hinterkopf, packte mit der rechten Hand meinen Unterkiefer. »Wenn man jetzt Druck ausübt –« Er begann zu drehen, und mein Unterkiefer rutschte zur Seite, bis er knackte.

»Autsch«, rief ich, da ich jene stoische Haltung, die meine Zeitgenossen so bewundern, nie ganz verinnerlicht habe.

»Siehst du? Auf diese Art kann der Unterkiefer verrutschen, bevor der Druck stark genug ist, um den Halswirbel auszurenken. Es ist viel besser, den Kopf so zu packen.« Er ließ seine linke Hand, wo sie war, verschob seine rechte jedoch so, daß der Handballen quer auf dem Oberkiefer lag, während sein Daumen sich um meinen Wangenknochen legte. Als er diesmal zu drehen begann, bewegte sich mein Unterkiefer kaum, und ich spürte rasch den Druck auf meinen Hals. Ich klopfte auf den Tisch, unter Ringern das Zeichen der Aufgabe, und er ließ mich los.

»Siehst du?«

»Ganz deutlich«, sagte ich. »Glaubst du, daß es so gemacht wurde?«

»Wenn ich Gelegenheit gehabt hätte, die Leichen persönlich zu untersuchen, hätte ich es mit Sicherheit feststellen können, doch die Beschreibung der Gehilfen des Bestatters verleiten mich zu dieser Vermutung. Mit der Einschränkung, daß ich nur Berichte aus zweiter Hand kenne, die allerdings aus berufenem Munde stammen, komme ich zu folgendem Schluß: Folius und seine Frau wurden in ihren Betten im Schlaf ermordet von einer Person, die ganz offensichtlich die Technik beherrscht, einen Hals schnell und lautlos zu brechen. Sie haben sich nicht länger als vier Stunden tot in dieser Lage befunden, bevor das Haus einstürzte und sie in den Keller fielen.«

»Wunderbar!« lobte ich ihn. »Das ist genau die Information, die ich mir erhofft hatte. Würdest du das vor Gericht beeiden?«

»Mit den schon erwähnten Einschränkungen, natürlich. Aber dir ist doch sicherlich klar, daß du jetzt keine Beweise mehr in der Hand hast. Die Leichen und sogar das Haus selbst, alles ist verschwunden.«

»Vor Gericht zählen Beweise nicht allzu viel«, versicherte ich ihm. »Eine laute Stimme etwa ist auch sehr hilfreich. Und eine mit Nachdruck vorgetragene Behauptung wiegt mehr als stille Beweise.« Dann erzählte ich ihm, daß man die von mir sichergestellten Bauhölzer ausgetauscht und den großen Sklaven ermordet hatte.

»Hört sich so an, als ob jemand hinter sich aufräumt«, meinte er fröhlich. »Obwohl dieser Sklave geradezu als Prachtkandidat für die Rolle des Hauptverdächtigen für den Mord an seinem Herren und seiner Herrin erscheint.«

Ich nickte, obwohl ich daran große Zweifel hegte. »Der Gedanke ist mir auch schon gekommen, aber vieles an diesem Haushalt läßt mich stutzen. Ich muß dir etwas berichten, was der junge Antonius mir erzählt hat.« Ich schilderte ihm den Vorfall mit dem unglücklichen Koch und erwähnte auch die Halsringe und Striemen der Sklaven am Unglücksort.

Asklepiodes schüttelte den Kopf und schnalzte mißbilligend mit der Zunge. »Wie geschmacklos. Natürlich bin ich als Grieche jederzeit bereit, Römern praktisch jede Untat zuzutrauen, aber das ist nun wirklich der Inbegriff der Geschmacklosigkeit.«

»Ich kann mich des Eindrucks nicht erwehren«, sinnierte ich, »daß ich nie zum Grund dieser Sache vordringen werde, solange ich nicht eine Ahnung davon bekomme, warum wer in diesem Haus was getan hat. Und irgend jemand hat es sich ganz offensichtlich zur Aufgabe gemacht zu verhindern, daß ich etwas erfahre. Doch wie dem auch sei, deine Hilfe war wie immer von unschätzbarem Wert.«

»Dann«, sagte er, stand auf, strich sich über den Bauch und rülpste zufrieden, »werde ich mich jetzt verabschieden. Meine Empfehlung an die Frau Gemahlin und richte ihr bitte aus, daß es mir leid tut, daß ich ihr bei ihrem Problem nicht weiter behilflich sein konnte.« Mit dieser kryptischen Äußerung verließ er mein Arbeitszimmer. Ich brachte ihn noch bis ans Tor, wo seine Sklaven geduldig neben seiner Sänfte warteten.

Ich wollte unbedingt noch die Unterlagen einsehen, die aus dem Archiv geschickt worden waren, doch meine schmerzenden Augen hätten das düstere Lampenlicht nicht mehr vertragen, und eine schreckliche Müdigkeit lag bleischwer auf allen meinen Gliedern. Als ich ins Schlafzimmer kam, wartete Julia auf mich. Ich zog mich aus und legte mich neben sie.

»Was ist los?« wollte sie wissen.

Also erzählte ich ihr die Ereignisse meines langen, langen Tages. Sie lachte, als ich ihr meine Bootspartie durch die Kloaken schilderte, verzog angewidert das Gesicht, als ich die Stinkenden Gruben beschrieb, und spitzte aufmerksam die Ohren, als ich von der Besprechung mit den Familienältesten und Messala berichtete.

»Dann stimmt es also?« sagte sie. »Deine Familie wechselt in Pompeius' Lager über?«

»Sie haben einen vernünftigen Kompromiß ausgetüftelt«, erwiderte ich. »Kein Grund, der Sache eine zu extreme Bedeutung beizumesen.«

»Das hört sich für mich aber ganz anders an. Es klingt vielmehr so, als habe es einen entscheidenden und irreversiblen politischen Schwenk gegeben.«

»So etwas wie einen irreversiblen politischen Schwenk gibt es gar nicht«, widersprach ich ihr. »Jedenfalls nicht in der römischen Politik. Und sie haben ja recht. Wir brauchen eine Zeitlang eine starke Zentralgewalt, um die Ordnung in der Stadt wiederherzustellen, und diese Aufgabe kann nur Pompeius bewältigen. Das sehe ich ein, und du weißt besser als irgend jemand sonst, wie sehr ich den Mann verabscheue.«

»In der Tat. Deswegen sind das ja auch ganz neue Töne von dir«, sagte sie argwöhnisch. »Wie kommt es zu diesem abrupten Ende deiner Feindseligkeit gegenüber Pompeius?«

Ich verschränkte die Hände hinter dem Kopf und ordnete meine Gedanken, Gedanken, die seit meiner Zeit in Gallien in meinem Kopf vor sich hin gegoren hatten. Das matte Flakkern der winzigen Nachttischlampe tanzte über die neuen Fresken, die Julia in Auftrag gegeben hatte: verspielte längliche Pflanzenornamente, wie sie neuerdings modern waren.

»Pompeius ist erledigt«, sagte ich. »Das kann ich jetzt deutlich erkennen. Jahrelang habe ich mir Sorgen gemacht wegen ihm und Crassus. Ich dachte, eines Tages würde es zum Bürgerkrieg zwischen den beiden kommen. Jetzt ist Crassus ein seniler alter Narr, der seinem Tod in Parthien entgegenzieht, wenn er überhaupt so weit kommt. Und Pompeius wird auch nicht jünger, genausowenig wie seine Soldaten. Sie haben seit Jahren keinen anständigen Krieg mehr geführt. Wenn er sie ruft, werden sie sich um ihn scharen, aber sie sind auf den Gütern in Campanien und Etrurien, die er ihnen zugeschanzt hat, fett und träge geworden. Er ist nicht mehr die Bedrohung, für die ich ihn einst gehalten habe. Seit seinem letzten Konsulat hat er die Getreideversorgung kontrolliert und dabei geleistet, was alle für unmöglich gehalten hatten. Er hat die Bestechung ausgerottet und das ganze System auf eine effiziente Grundlage gestellt. Er verfügt über die richtige Mischung aus Begabung, Ansehen und Beliebtheit, um die Ordnung in der Stadt wiederherzustellen.«

»Irgendwie machst du nicht den Eindruck«, sagte sie und sah mich nachdenklich an, »als ob du die Zukunft Roms und des Imperiums besonders rosig siehst, mit oder ohne Pompeius.«

»Caesar befehligt mittlerweile die größte römische Armee, seit Marius und Sulla vor dreißig Jahren um die Macht in der Stadt gekämpft haben. Wenn es in Gallien gut für ihn läuft, wird er reich, ruhmvoll und mit einer erfahrenen und siegreichen Armee heimkehren. Eine gefährliche Kombination. Das Volk liebt Caesar, aber der Senat ist besorgt. Wenn ihre Angst groß genug ist, werden sie Pompeius gegen Caesar unterstützen, und damit werden sie wie so oft in der Vergangenheit auf den Verlierer setzen.«

»Caesar würde nie die Waffen gegen Rom erheben!« entgegnete sie empört.

»Niemand erhebt je die Waffen gegen Rom«, bemerkte ich verbittert. »Jeder Möchtegern-Alexander behauptet, der Retter der Republik zu sein, während sein Gegner sich natürlich zum Tyrannen aufschwingen will, das weißt du genausogut wie ich. Nun, wir werden es früh genug erfahren.«

»Wenn Pompeius mit harter Hand regiert«, sagte sie, »könnte das das Ende für deinen Freund Milo bedeuten.«

Daran hatte ich auch schon gedacht. »Ja, aber dann muß er auch Clodius' und die anderen Banden zerschlagen. Milo ist mein Freund, aber diese Bandenkriege, die Rom zerreißen, müssen ein Ende haben. Ich hoffe, Milo wird ein ehrenvolles Exil akzeptieren und es nicht bis zum bitteren Ende auskämpfen.«

Ihre Stimme wurde weicher. »Du hast deine Meinung geändert, nicht wahr? Auf wessen Seite wirst du dich schlagen, wenn es soweit ist?«

»Das kommt auf die Umstände an«, erklärte ich ihr, »und die ändern sich schnell. Es ist unmöglich, schon jetzt eine Entscheidung zu treffen, aber ich werde sie mir nicht von meiner Familie diktieren lassen. Nepos ist auch immer eigene Wege gegangen und dabei nicht schlecht gefahren.«

»Genau«, pflichtete Julia mir bei. »Und wie kommt es überhaupt, daß Valerius Messala die Familienpolitik der Metelli bestimmt?«

»Darüber grüble ich auch schon die ganze Zeit nach«, sagte ich. »Die Valerii sind eine bedeutende, uralte Familie, Patrizier so adlig wie jeder Cornelier oder Julier, aber der Mann ist ein Intrigant. Ich glaube, er spürt die Schwäche meiner Familie und will sie sich zunutze machen.«

»Schwäche?« wiederholte sie erstaunt. »Deine Familie ist die mächtigste Plebejerfamilie in der Geschichte Roms!«

»Rein zahlenmäßig schon. Im Senat und in den Volksversammlungen, und was Amtsträger und Klientschaft angeht, sind wir sehr mächtig. Doch die Führung wird schwächer. Celer und Pius sind tot, Nepos ist Pompeius' Mann, und Scipio ist adoptiert und scheint seinen alten Namen dem vorzuziehen, den Pius ihm gegeben hat. Und ich fürchte, Vater baut ab.«

»Inwiefern?« fragte Julia.

»Heute abend war er gar nicht er selbst. Er hat innerfamiliären Streit zugelassen, während wir sonst vor Fremden immer Einheit demonstriert haben. Ich glaube, das Alter hat ihn schließlich doch eingeholt.«

»Das geht jedem so, der lange genug lebt«, tröstete sie mich. »Es wird Zeit, daß du deinen Platz im Familienrat beanspruchst. Sag ihnen, daß das der Preis dafür ist, daß du ein weiteres Jahr als Ädile dienst.« Julia war eine unbedingt praktische Natur.

»Ich werde es mir überlegen«, versprach ich ihr. »Was hattest du übrigens mit Asklepiodes zu besprechen?«

Kalt erwischt stotterte sie: »Ich … ich …« Schließlich beruhigte sie sich und antwortete: »Ich habe nach einer speziellen Rezeptur gefragt, die meine Großtante Aurelia mir empfohlen hat: frischer Honig und Fenchelsamen, gemischt mit der geriebenen Schale eines Euleneis.«

Das war es also. Ich hätte es wissen müssen. Wir waren noch nicht einmal zwei Jahre verheiratet, doch schon jetzt wurde Julia von einer alten Familienangst geplagt: die berühmte Unfruchtbarkeit der Julier. Männer und Frauen dieses Geschlechts hatten stets nur wenige Kinder gehabt, und von denen hatte vielleicht eines von dreien das fünfte Lebensjahr erreicht. Julia hatte bereits eine Fehlgeburt hinter sich und war sich nun sicher, daß der Familienfluch auch auf ihr lag. Sie war das einzige überlebende Kind ihres Vaters. Und auch Julius Caesar hatte damals aus seinen zahlreichen Ehen nur eine einzige Tochter.

»Julia, Asklepiodes ist spezialisiert auf Verletzungen von Männern, deren Beruf es ist, sich gegenseitig derartige Verletzungen zuzufügen. Die besonderen Umstände der weiblichen Fruchtbarkeit sind die Domäne von Hexen und Ammen, nicht die von Ärzten und Chirurgen.«

»Das weiß ich«, sagte sie. »Daran solltest du erkennen, wie verzweifelt ich bin. Ich habe vor allem deshalb mit ihm gesprochen, weil er so ein reizender und ermutigender Mensch ist, was, wie du richtig angemerkt hast, auch nicht sein Beruf ist. Er hat mir erklärt, die beste Medizin wäre die Zeit, aber er hat mir auch eine Frau aus Alexandria namens Demetria empfohlen –« Ich wollte gerade etwas einwenden, aber sie machte mir ein Zeichen zu schweigen. »Nein, nein, nicht irgendeine weise Alte vom Lande. Er hat mir versichert, daß sie eine hochgebildete Ärztin und Philosophin ist, die am *Museion* studiert hat. In dieser Hinsicht sind die Alexandriner sehr viel liberaler als wir. Ich habe vor, sie morgen aufzusuchen.«

»Nun«, sagte ich widerwillig, »wenn Asklepiodes sie empfohlen hat, muß sie akzeptabel sein. Such sie auf, wenn du willst, aber ich glaube, er hatte mit seinem ersten Rat recht. Wir müssen nur ein wenig mehr Geduld haben, du wirst schon sehen. Vergiß nicht, in was für eine Familie du eingeheiratet hast. Wir Caecilii sind so mächtig geworden, weil wir einfach mehr waren als alle anderen.«

Sie drehte sich zu mir und legte ihren Kopf auf meine Brust. »Also gut«, sagte sie schläfrig. »Ich verspreche dir, mir eine Zeitlang keine Sorgen mehr zu machen. Aber ich werde morgen trotzdem zu Demetria gehen.«

Wenn sie sonst noch etwas sagte, erinnere ich mich nicht mehr daran, denn im nächsten Augenblick war ich tief und fest eingeschlafen.

VII

Am nächsten Morgen kam ich nicht einmal bis zum Ceres-Tempel.

»Ädile!« Ich erkannte den Rufer als einen Freigelassenen aus dem Stab des Publius Syrus, dem berühmten Schauspieler und Dramatiker. »Bitte, komm sofort zum Theater! Mein Patron sagt, es handelt sich um einen Notfall!« Der Mann machte einen ziemlich aufgeregten Eindruck, er war allerdings auch Grieche, sein Herr von griechisch-syrischer Herkunft, und die Griechen sind ein leicht erregbares Volk. Sie haben die Philosophie nur erfunden, um sich selbst unter Kontrolle zu halten.

Ich hatte Syrus im vergangenen Jahr unter Vertrag genommen, um die Theateraufführungen für meine bevorstehenden

Spiele zu organisieren. Die ältesten im Festtagskalender verzeichneten Spiele waren die Ludi Megalenses, die im nächsten Monat zelebriert werden sollten. Was Ausstattung und Rahmen anging, waren sie nicht mit den großen Festen im Herbst zu vergleichen, den Ludi Romani und den Ludi Plebeii, doch ich war entschlossen, die ersten öffentlichen Darbietungen unter meiner Verantwortung zu einem möglichst prachtvollen Spektakel zu machen, um einen bestimmten Grundtenor für meine Amtszeit zu schaffen.

»Wo liegt das Problem?« fragte ich. »Ich habe viele Pflichten zu er –«

»Es duldet keinen Aufschub!« unterbrach er mich kreischend. »Du mußt auf der Stelle kommen!«

»So spricht man nicht mit einem Ädilen, du Emporkömmling von einem ausländischen Lustknaben!« brüllte Hermes ihn an.

»Laß gut sein, Hermes«, besänftigte ich ihn, »wir sollten uns die Sache besser ansehen. Ich kann nicht riskieren, daß mir irgendwas meine Inszenierung verdirbt.«

Also folgten wir dem Mann zur Pons Sublicius. Unweit der Brücke erhob sich das gigantische Theater, das Aemilius Scaurus vor einigen Jahren als Ädile errichtet hatte. Damals gab es in Rom zwei Theater, die diese Bezeichnung verdienten: Das Aemilius-Theater und das Pompeius-Theater. Das von Pompeius war auf dem Campus Martius errichtet worden und aus Stein, das des Aemilius war aus Holz.

Ich hatte mich aus mehreren Gründen für letzteren Veranstaltungsort entschieden. Pompeius' Theater war während seiner eigenen Triumphspiele beschädigt worden, als eine Herde Elefanten ausgebrochen war und das Proszenium Feuer gefangen hatte, als auf der Bühne die Brandschatzung einer Stadt nachgestellt wurde. Der Schaden war noch nicht wieder behoben. Außerdem lag das Theater weit außerhalb der Stadt und bot lediglich 40 000 Zuschauern Platz. Das

Aemilius-Theater war für die meisten Bürger zu Fuß sehr viel besser erreichbar, faßte 80 000 Menschen und war vor allem nicht von Pompeius erbaut worden. Ich wollte nicht, daß die Leute sich *meine* Spiele ansahen und an Pompeius dachten.

Und bloß weil es aus Holz statt aus Marmor war, bedeutete das nicht, daß es weniger prachtvoll war. Das gewaltige, halbkreisförmige Bauwerk glänzte von oben bis unten mit Farbe und Vergoldungen, die ich hatte erneuern lassen. Mosaike aus Bernstein und Schildpatt zierten das Gebäude, in jedem Rundbogen der oberen Ränge stand eine Statue. Riesige Planen schützten die Zuschauer vor der Sonne, und ein Brunnensystem konnte das Publikum bei heißem Wetter mit einem feinen, mit Duftölen versetzten Dunst benetzen. Beides würde ich für die Ludi Megalenses nicht brauchen, ganz bestimmt jedoch für die Ludi Apollinares, die an den heißesten Tagen des Sommers begangen werden.

Als wir das labyrinthartige Gebäude betraten, schlug uns der stechende Geruch von frischer Farbe, Terpentin, Pech und frisch geschlagenem Holz entgegen. Wie alle großen Holzbauten unter freiem Himmel mußte das Theater permanent instand gehalten werden. Und wie alle anderen seiner Art gab es ständig Geräusche von sich, ein beinahe musikalischer Chor aus Stöhnen, Ächzen und Quietschen, wenn ein Temperaturumschwung oder eine Windböe das gesamte Gebäude erzittern ließ, Holz an Holz drückte, bis Planken sich dehnten und an den Nägeln zerrten und die riesigen Masten, die die Plane stützten, hin und her schwankten, als wollten sie wie andere Masten auch aufs offene Meer hinaus.

Publius Syrus übte auf der Bühne mit seinen Schauspielern und dem Chor, seinen Assistenten und all den anderen Völkerscharen, die er benötigte, um eine ganze Serie von Theateraufführungen zu inszenieren. Wer wie die meisten von uns nur die Vorstellung mit einer Handvoll Darsteller auf der

Bühne sieht, ahnt nicht, welche Menschenmassen eine einzige Theateraufführung in Wahrheit erfordert.

»Ah, Ädile!« rief Syrus, als er mich erblickte. »Du bist gekommen!« Als ob mir das einer zu sagen brauchte. Aber Künstler wie Syrus mußte man behutsam behandeln.

»Ich habe wie stets alles stehen und liegen lassen, um mich mit meinem obersten Intendanten zu treffen«, flötete ich. »Gibt es irgendein Problem mit den Stücken?«

»Mit den Stücken?« fragte er entgeistert. »Natürlich nicht! Sie werden exzellent sein!« Diese Ansicht trug er mit ausladender Geste vor, bevor er leiser hinzufügte: »Das heißt, wenn es dann noch ein Theater gibt, um sie aufzuführen.«

»Hä? Wovon redest du?«

»Folge mir, Ädile.« Er warf einen Blick zur Bühne. »Ihr andern, übt weiter! Ihr habt nur noch wenige Tage, um eure Rollen einzustudieren!«

»Sind die Sitzkissen gekommen?« fragte ich und ließ den Blick über die Bankreihen schweifen. »Ich habe Sitzkissen bestellt, edle Ware aus ägyptischem Leinen, ausgestopft mit ungesponnener Wolle. Kein Gras oder Heu! Nein, frisch geschorene Schafswolle.«

»Dafür ist es noch viel zu früh, Ädile«, warnte mich Syrus. »Sie würden bloß naß werden. Die Lieferung der Kissen sollte ein oder zwei Tage vor dem Fest eintreffen.«

»Nun, wenn sie bei der ersten Aufführung nicht da sind, werden Köpfe rollen.« Ich war wild entschlossen, diese Kissen zu haben, weil jeder sie für unglaublich extravagant halten würde. In Wahrheit handelte einer meiner Klienten mit Wolle und Tuch, und wenn die Vorstellung zu Ende war, konnte er die Kissen wieder in ihre Einzelteile zerlegen und mir wenigstens drei Viertel meiner Auslagen zurückerstatten. Und das beste war, daß die Kissen Cato erzürnen würden. Er schäumte jedesmal vor Wut, wenn eine Neuerung auftauchte, die den Menschen das Leben bequemer machte.

Wir kamen in einen Gang unter der Bühne, während Syrus sich und seine Arbeit lobte. »Ädile, ich habe die Szene umgeschrieben, in der König Ptollmaios versucht, in Crassus' Haus einzudringen. Er überrascht jetzt nicht mehr Crassus im Bett mit Caesars, sondern General Gabinius im Bett mit Crassus' Frau!«

Ich nickte. »Nach allem, was man aus Ägypten hört, ist Gabinius ungemein erfolgreich. Höchste Zeit für ein wenig Verleumdung, Hohn und Spott.«

Syrus strahlte zufrieden. »Genau das dachte ich auch. Zu viel Lob weckt die Eifersucht der Götter, also tun wir ihm im Grunde einen Gefallen.« Syrus war der bedeutendste Vertreter eine neuen Ausprägung der politischen Satire. Sie galt als skandalös, und diverse Senatoren hatten bereits versucht, sie verbieten zu lassen, doch beim Plebs war sie ungeheuer beliebt, so daß die Tribunen darauf achteten, daß entsprechende Gesetze nicht verabschiedet wurden. Wer konnte, engagierte Syrus, um seine politischen Gegner und Feinde verunglimpfen und erniedrigen zu lassen. Früher oder später würde irgend jemand ihn dafür bezahlen, mich zum Objekt seiner Betrachtung zu machen, und das war etwas, worauf ich mich gar nicht freute.

»Wie kommen die Proben für *Agamemnon* voran?« fragte ich ihn.

Syrus verzog das Gesicht, als hätte er in etwas Saures gebissen. »Es ist nicht der *Agamemnon* von Aischylos, sondern die *Antigone* von Sophokles, wie du dich erinnern wirst.«

»Ach ja, ich verwechsel' die alten Knacker jedesmal. Für mich hören sie sich alle gleich an, aber meine Frau ist ganz verrückt nach ihnen. Die Proben laufen doch gut, oder?«

Er schloß die Augen. »Ganz wunderbar, Ädile. Tränen, Mitleid und Entsetzen werden an der Tagesordnung sein.«

Ich konnte nicht erkennen, warum das von Belang war, sondern fragte nur aus Höflichkeit. Die Tragödie wollte sowieso keiner sehen, mit Ausnahme von ein paar Gelehrten wie Cicero vielleicht, einigen hochgeborenen Damen sowie den widerstrebenden Gatten, die sich hatten mitschleifen lassen. Der Plebs liebte die Komödien und Satyrspiele, den Mimus und die Volkspossen der Fabula Atella, und ich hatte vor, sie ihnen in reichem Maße zu präsentieren. So radikal wie Pompeius wollte ich dabei allerdings nicht sein. Er hatte auf der Bühne große Tiere und Armeen in nachgestellten Schlachten aufeinanderprallen lassen. So etwas war gefährlich, und die Idee hatte sich ohnehin als Reinfall erwiesen. Derlei Aktivitäten gehörten anständigerweise in die Arena, nicht ins Theater, und was das anging, war die römische Öffentlichkeit extrem konservativ.

Wir errcichten eine Außengalerie, die die Kulissenschieber des Theaters benutzten. Sie verlief entlang der geraden Seite des Halbkreises und war mit Taurollen, Farbeimern, Teilen eines Kranes, mit dem man Götter auf die Szenerie herablassen konnte, und dergleichen vollgestopft. Auf mich wirkte das Ganze wie das reinste Chaos, aber für die Leute, die etwas davon verstanden, war es so ordentlich wie die Anordnung auf einem in See stechenden Schiff.

»Sieh mal dort hinunter, Ädile«, sagte Syrus, beugte sich über das Geländer und wies mit dem Finger nach unten.

Das tat ich, ebenso wie Hermes. Die Rückseite des Theaters grenzte fast unmittelbar an den Fluß, und die Galerie, auf der wir standen, ragte über das schlammige Ufer wie ein Balkon. Unter uns stützte ein Trupp von Arbeitern das Gebäude mit schweren Holzträgern ab. Die schlammigen, trüben Fluten des Tibers waren nur noch wenige Schritte von ihren Füßen entfernt.

»Sie sind bei Tagesanbruch hier aufgekreuzt, gesandt von Aemilius Scaurus. Offenbar droht eine Überflutung des Theaters. Was soll ich machen?«

»Na, weiterproben, natürlich! In den letzten Jahren hat das

Theater das Hochwasser immer überstanden. Vielleicht übersteht es auch dieses.«

»Und wenn nicht?« rief er erregt. »Alles wäre ruiniert! Was sollen wir dann machen?«

Ich faßte seinen Arm. »Mein guter Publius Syrus, überlaß die Kleinigkeiten einfach mir. Wenn dieses Theater zerstört wird, können wir immer noch in Pompeius' Theater umziehen, so sehr mir das auch zuwider wäre.« Ich geleitete ihn zurück in den Tunnel, der zur Bühne führte. »Mach du einfach weiter und drill deine Truppe. Was immer in den nächsten Tagen auch passieren mag, bis zu den Ludi Megalenses wird der Pegel in jedem Fall wieder gesunken sein. Ich werde mich um alles kümmern.«

Murmelnd, kopfschüttelnd und die Hände ringend zog er sich ins Innere des Theaters zurück. Als ob ich nicht schon genug um die Ohren hätte, mußte ich jetzt auch noch exaltierte Künstler bei Laune halten.

»Laß uns mit den Männern da unten reden«, sagte ich zu Hermes. Von der Galerie führte eine wacklige Treppe hinunter zum schlammigen Ufer. Flußabwärts zu unserer Linken lag die Pons Sublicius. Der Fluß vor uns hatte eine alarmierende Breite und Strömung angenommen. Auf der Brücke standen genau wie auf der Pons Aemilius ein Stück flußaufwärts (erbaut von einem Vorfahren des Aemilius, der das Theater hatte errichten lassen) zahlreiche Schaulustige, die auf das Wasser zeigten, gestikulierten und zweifelsohne verkündeten, daß sie die drohende Katastrophe persönlich vorausgesagt hatten. So was tun die Leute immer.

Die meisten der Arbeiter waren offenbar Sklaven, allerdings keine ungelernten Ausländer wie die Truppe, die die Trümmer der *insula* geräumt hatte. Diese Männer verstanden ihr Geschäft und waren damit beschäftigt, aus schweren, vertikal und diagonal auf gemeißelten Felsbrocken ruhenden Holzpfeilern eine massive Verstrebung unter dem Überhang des riesigen Theaters zu errichten. Auf mein ungeübtes Auge machte das Ganze einen sehr stabilen Eindruck. Was mich beunruhigte, war die Tatsache, daß mein Auge in der Tat äußerst ungeübt war.

Ein Mann, der besser gekleidet war als die übrigen Arbeiter, gab die Anweisungen. Sein Haar und seine Gesichtsfarbe waren ein wenig dunkler als die des typischen Römers, obwohl er den Ring eines Bürgers trug.

»Ich bin der plebejische Ädile Metellus«, erklärte ich ihm. »Wie wahrscheinlich ist es, daß eure Befestigungsarbeiten das Gebäude bei einer schweren Flut retten können?«

Er verbeugte sich knapp. »Ich bin Manius Florus, Freigelassener des Manius Florus. Die Firma meines Patrons wurde vom Prokonsul Aemilius Scaurus beauftragt, das Theater gegen das drohende Hochwasser zu befestigen. Um deine Frage zu beantworten, Ädile, das hängt ganz von der Flut selbst ab. Wenn die Strömung sehr stark wird, könnte das Ufer so weit abgetragen und weggespült werden, daß das ganze Bauwerk in den Fluß stürzt. Da es jedoch zwischen den beiden prächtigen, festen Brücken steht«, fuhr er mit einer ausladenden Armbewegung in Richtung beider Brücken fort, »habe ich die Hoffnung, daß uns das erspart bleibt. Nach meiner Erfahrung müßte die Brücke flußaufwärts«, er wies auf die Pons Aemilius, »die Strömung in dieser Biegung des Flusses stark abschwächen und sie in die Mitte des Stromes lenken, wo sie nur geringen Schaden anrichten kann. Diese Brücke hat im Laufe der Jahrhunderte viele, viele Fluten überstanden.«

»Ich hoffe inständig, daß du recht hast«, erwiderte ich.

Hermes trat auf mich zu. »Ich glaube, das solltest du dir besser mal ansehen«, murmelte er. Es war ansonsten gar nicht seine Art zu murmeln. Ich folgte ihm zu der schweren Holzverstrebung. »Sieh dir das an.« In das Holz war in großen ungeschlachten Lettern der Name »Hermes« geritzt.

»Du wolltest, daß ich mir das ansehe?« fragte ich. »Ich weiß, daß du deinen Namen schreiben kannst.«

Er verdrehte verzweifelt die Augen. »Aber ich habe ihn nicht heute morgen dort hineingeritzt.«

»Hä?« Mein Verstand arbeitete noch nicht mit voller Kraft.

»Sieh mal.« Er kratzte mit dem Fingernagel einen Tropfen Harz ab, der aus der Einkerbung gesickert war. Es hatte sich eine kleine Kruste gebildet, doch darunter war das Holz weich. »Dies ist einer der Pfeiler, in die ich vorgestern meinen Namen geritzt habe. Sie wurden auf den Karren des Abbruchunternehmers abtransportiert. Ist das nicht illegal?«

Ich fluchte blumig, etwas, was ich sehr gut beherrschte. »Das ist empörend! Bei Bau- oder Schiffskonstruktionsarbeiten ist die Wiederverwendung von Holz aus Abbruchhäusern per Gesetz ausdrücklich verboten. Es darf nur als Brennholz und für Scheiterhaufen benutzt werden!«

»Daß die Leute Gesetze mißachten, sollte dich doch mittlerweile nicht mehr überraschen«, bemerkte Hermes.

»Nein, aber diesmal geht es um ein Gebäude, das ich für meine Spiele brauche! Manius Florus!« bellte ich.

Der Gerufene kam überrascht herbeigeeilt. »Ädile? Irgend etwas nicht in Ordnung?«

»Etwas ist in der Tat ganz und gar nicht in Ordnung.« Ich wies auf den inkriminierten Balken. »Woher stammt dieses Holz?«

»Mein Patron hat mir aufgetragen, dieses Holz in einem Lager für Bergungsgut beim Circus Flaminius abzuholen. Dort bekommen wir normalerweise immer unser Holz für Befestigungen, Gerüste, Überdachungen für Zuschauertribünen und dergleichen, alles, was nicht Teil eines feststehenden Gebäudes ist.«

»Dieser Balken«, sagte ich, »war bis vor zwei Nächten Teil einer *insula,* die eingestürzt ist. Sämtliche Materialien wurden auf meine Anweisung hin beschlagnahmt.«

Er machte keinen besonders schockierten Eindruck. »Nun, es ist absolut stabiles Holz, das kann ich dir versichern. Für die Verwendung in einer *insula* natürlich viel zu frisch, aber perfekt geeignet für unsere Zwecke.«

»Wer ist der Besitzer des Hofes für Bergungsgüter?« wollte ich wissen.

»Ein Mann namens Justus. Er ist ein Freigelassener, aber ich habe keine Ahnung, wer sein Patron sein könnte.«

»Nun gut, zurück an die Arbeit. Ich will nicht, daß dieses Theater wegschwimmt.« Ich stieg die Treppe wieder hinauf. »Komm mit, Hermes. Es gibt ein paar Leute, die wir dringend aufsuchen müssen.«

Als wir durch das Theater zurückgingen, rissen Hermes' aufdringliche Worte mich aus meinen Gedanken.

»Wäre es nicht ulkig«, meinte er, »wenn der ganze Klotz –«, er klopfte an die vermeintlich soliden Wände des Ganges, »– von demselben Mann errichtet worden wäre, der auch diese *insula* gebaut hat?«

Kaltes Grausen packte mein Herz, als wir die riesige *cavea* betraten und ich meinen Blick über die Sitze wandern ließ, die sich Reihe für Reihe bis in luftigste Höhen erstreckten wie eine Treppe in einem Palast der Götter. Über ihnen reckten sich die Masten der Plane im Halbkreis himmelwärts wie Speere, deren vergoldete Spitzen in der Morgensonne glänzten. Reisende konnten das Theater schon Meilen vor der Stadt sehen. Jetzt betrachtete ich es mit anderen Augen, stellte mir vor, wie die Reihen bis auf den letzten Platz mit Zuschauern gefüllt waren, malte mir aus, wie sie sich zum förmlichen Gruß erhoben, während ich als Veranstalter der Spiele das Theater betrat und meinen Platz einnahm, stellte mir vor, wie ...

»Mögen die versammelten Götter mich schützen!« rief ich. »Was, wenn der ganze klapprige Holzbau, vollbesetzt mit 80 000 Römern, zusammenkracht? Während *meiner* Spiele!

Solange Rom steht, wird der Name Decius Caecilius Metellus des Jüngeren einen übleren Anruch haben als eine wochenalte Makrele! Ich werde in einer Reihe mit Tarpeia, Brennus und Hannibal stehen, wenn die Leute Verwünschungen gegen die niederträchtigsten Feinde und Verräter Roms ausstoßen! Wenn ich es nicht vorher schaffe, mir die Pulsadern zu öffnen, werde ich auf einen Haken gesteckt, durch die Straßen geschleift und jenseits der Porta Capena gekreuzigt werden!«

»Senatoren werden nicht gekreuzigt«, wandte Hermes ein. »Das macht man nur mit Sklaven und Ausländern.«

»Sie werden ein Sondergesetz speziell für mich verabschieden! Die Volkstribunen werden es fordern!«

»Mach dir keine Sorgen«, meinte Hermes beklommen. »Es steht jetzt schon seit fünf Jahren, und es wird auch noch ein weiteres stehen bleiben. Ich wünschte, ich hätte nichts gesagt.«

Das wünschte ich auch.

Marcus Aemilius Scaurus war meiner Erinnerung nach ein Ädile vom Schlage Caesars gewesen, der immense Summen für öffentliche Bauten verschwendet hatte, um sich die Gunst der Massen zu erkaufen. Das prachtvolle Theater war nur ein Projekt unter vielen gewesen. Er hatte der Stadt auch ein luxuriöses Badehaus vermacht, das erste von Roms wirklich großen *balnea,* in dem die Bürger ein Jahr lang freien Eintritt hatten, inklusive Badeöl und Handtüchern. Er veranstaltete riesige öffentliche Bankette und bezahlte den ärmsten Bürgern der Stadt regelmäßige Zuteilungen an Brot und Olivenöl, auch wenn er nicht so weit ging wie Caesar, der allen für ein ganzes Jahr die Miete bezahlt hatte.

Es erübrigt sich zu erwähnen, daß der Mann eine immens populäre Amtszeit absolviert und anschließend das städtische Praetorenamt praktisch ohne Kandidatur erhalten hatte. Nachdem er seinen kurulischen Stuhl wieder geräumt hatte, überließ man ihm die Provinz Sardinien zur Verwaltung. Sardinien war an sich eine prokonsularische Provinz, doch Aemilius Scaurus hatte sie bekommen, ohne vorher Konsul gewesen zu sein.

Es war üblich, daß Politiker, die sich durch die Kosten ihres öffentlichen Amtes ruiniert und hoch verschuldet hatten, ihre Provinzen ausquetschten, was auch Scaurus getan hatte, und zwar so nachhaltig, daß er unmittelbar nach seiner Rückkehr nach Rom wegen Korruption und Wucher angeklagt worden war. Fett von frisch erplünderten Reichtümern hatte er keine Probleme, die Geschworenen dazu zu bewegen, die Dinge ein wenig verständnisvoller zu betrachten, so daß er unlängst freigesprochen wurde. Das war in jenen Tagen eine recht typische Karriere. Es bedurfte schon eines Mannes wie Cicero, um vor einem römischen Geschworenengericht einen Schuldspruch gegen einen römischen Magistraten und zugunsten der Bevölkerung einer Provinz zu erwirken.

Wir neigten dazu, diese kleinen Eskapaden von Seiten unserer Promagistraten mit einem Augenzwinkern zu übergehen. Man mußte schon einen Krieg im Ausland verlieren, damit sich die Bürger dafür interessierten,was man tat, während man nicht in der Stadt war. Leider fußte diese verbreitete Haltung auf der ganz und gar irrigen Annahme, daß ein Mann, der sich in der Fremde aufführen konnte wie ein habgieriger, unbelehrbarer Verbrecher, sich anschließend daheim wieder wie ein ehrbarer Bürger gebärden würde. Irgendwie funktionierte das scheinbar nicht.

Zu meinem Glück lag das Haus des Aemilius Scaurus nicht weit vom Theater entfernt an der alten Stadtmauer unweit der Porta Flumentata. Es war ein recht imposantes Gebäude, das in den Tagen erbaut worden war, als es in Rom noch keine bevorzugten Lagen gab. Wie viele dieser älteren Stadthäuser war es von Läden und Elendsquartieren umgeben, an seine Rückseite grenzte ein kleiner Markt, der sich auf frischen und eingelegten Knoblauch spezialisiert hatte.

Der *janitor* ließ mich herein, und wenig später erschien ein beleibter Mann, der kurz die Augen aufriß, als er mich sah. Seine Nasenspitze wurde von einer großen, purpurfarbenen Warze geziert.

»Willkommen, Ädile! Welch unerwarteter Besuch. Ich bin Juventius, der Verwalter des städtischen Besitzes meines Patrons. Ich hoffe, beim Theater ist alles in bester Ordnung?«

»So weit schon«, sagte ich. Ich hatte den Mann nie persönlich getroffen, weil einer meiner Klienten die Absprachen über die Anmietung des Theaters getroffen hatte. Offenbar war dies der Mann, mit dem er zu tun gehabt hatte. »Die Arbeiter verstärken in diesem Moment die Befestigung, doch der Rest bleibt dem Fluß überlassen.«

»Ich habe Vater Tiber bereits ein Opfer dargebracht«, sagte er. »Wollen wir hoffen, daß er es annimmt.«

»Du hast das Opfer dargebracht?« fragte ich. Üblicherweise wurden religiöse Riten vom Haushaltsvorstand persönlich zelebriert, nicht von einem Untergebenen.

»Ja, der Prokonsul hat die Stadt gestern verlassen, um ein wenig Zeit auf einem seiner Landgüter zu verbringen.«

»Hat er das? Wollte wohl in sichere Höhen, was? Oder versteckt er sich vor sardinischen Attentätern?«

Das servile Lächeln des Mannes verblaßte. »Wie meinen, Herr?«

»Ich muß deinen Herrn sprechen und stelle fest, daß er aus der Stadt geflohen ist. Die meisten von uns ziehen sich im Hochsommer auf ihre Landgüter zurück. Warum diese Hast, die Stadt zu verlassen?« Natürlich hatte ich nicht die Befugnis, Erklärungen über die Handlungen eines Mannes von seinem Rang zu verlangen, aber als Amtsträger konnte man durch bloße Penetranz und Widerwärtigkeit vieles erreichen. Lakaien wie dieser Verwalter haben die angeborene Neigung, vor jeglicher Autorität zu kriechen.

»Aber, Ädile, ich ... ich ...« stotterte er, bis er sich schließlich gefaßt hatte und sagte: »Soweit ich weiß, wollte er die Bepflanzung eines neuen Weinbergs überwachen. Ja, das war es, ein Weinberg. Das konnte wohl schlecht bis zum Sommer warten.« Wahrscheinlich hatte der Mann in seinem Leben noch keinen Schritt aus der Stadt getan, und ich bezweifelte, daß er einen Weinberg von einem Fischteich unterscheiden konnte.

»Hat er die Anweisung hinterlassen, die Firma von Manius Florus zu beauftragen, das Theater gegen das drohende Hochwasser abzusichern?«

»O ja, Herr«, versicherte der Verwalter eilig. »Die Familie des Manius Florus gehört zur Klientschaft meines Patrons. Er hat ihnen im Zuge seiner umfangreichen öffentlichen Bautätigkeit viele Aufträge gegeben.«

»Dann muß ich in Abwesenheit deines Herrn wohl mit Manius Florus reden«, sagte ich knapp und wandte mich zum Gehen.

»Aber Herr, ist irgendwas nicht in Ordnung?« Ich hatte den alten Narren tüchtig durcheinander gebracht.

»Nichts, worum du dich kümmern müßtest.« Dann fiel mir etwas ein, und ich drehte mich noch einmal um. »Auf welches Anwesen hat er sich zurückgezogen?«

»Auf sein Landgut in der Nähe von Bovillae, Herr. Soll ich ihm eine Nachricht übermitteln, daß du ihn zu sprechen wünschst, Ädile?«

»Mach dir keine Umstände«, sagte ich und verließ das Haus.

Wieder Bovillae. Lucius Folius und seine Frau stammten aus Bovillae. Und ein vermeintlicher Erbe war mitsamt ihren Leichen zur Bestattung nach Bovillae verschwunden. Ich glaube nun mal nicht an Zufälle.

Wir durchquerten die Porta Flumentata und betraten das weitläufige Viertel um den Circus Flaminius. Wie der Trans-Tiber- war auch der Flaminius-Distrikt nicht so beengt wie die Stadt selbst. Von keinerlei Mauern begrenzt, konnten sich Häuser und Firmen auf großen Grundstücken ausbreiten, so daß man hier vornehmlich Unternehmen antraf, die viel Platz brauchten, wie etwa das Lager für Bergungsgüter, nach dem wir suchten, aber auch solche, die gefährlichen Umgang mit Feuer pflegten, wie etwa die Öfen der Ton- und Ziegelbrennereien.

Wir fragten uns bei einigen Holzhändlern bis zu dem Bergungsunternehmen durch, das von dem Freigelassenen namens Justus betrieben wurde. Die Firma bestand aus einem winzigen Schuppen in einer Ecke eines riesigen Lagerhofes, auf dem sich Haufen von Rohholz sowie bearbeiteten Stützpfeilern und Planken in doppelter Mannshöhe stapelten, von einer einfachen, von Holzmasten gestützten Plane notdürftig vor den Elementen geschützt. Sklaventrupps in schmutzigen, braunen Tuniken, ihr Haar bleich von Sägemehl, entluden die Karren von Abbruch-Firmen und beluden die Karren von Bauunternehmern mit Holz.

Ich fand Justus schwitzend inmitten seiner Arbeiter, die einen Wagen entluden, auf dem sich Holz stapelte, daß scheinbar so morsch war, daß man es nur noch als Brennholz verwenden konnte. Der Mann unterschied sich nur durch seinen schlichten eisernen Bürgerring von seinen Sklaven. Als er mich sah, winkte ich ihn mit dem Finger zu mir, und er kam, den Dreck von seinen Händen klopfend, herbeigeeilt.

»Du bist der Ädile Metellus, nicht wahr?« sagte er.

Im Gegensatz zu einem kurulischen Ädilen verfügte der plebejische Ädile über keinerlei Amtsinsignien, keinen Liktor mit *fasces,* keinen kurulischen Stuhl, keinen purpurnen Streifen auf der Toga. »Hast du mich schon einmal gesehen?«

»Bei den Wahlen. Irgend jemand meinte, der Haufen um dich herum wäre die größte Ansammlung von ehemaligen Praetoren, Konsuln und Censoren gewesen, die Rom je gesehen hat.«

»Für den kleinen Schub an den Urnen geht nichts über eine vornehme Familie«, erwiderte ich.

»Womit kann ich dienen, Ädile?« Die Augen des Mannes waren offen und klar; er wirkte nicht im geringsten nervös oder schuldig, obwohl er mit einem Mann sprach, der ihn für einen Verstoß gegen die geltenden Bestimmungen hart bestrafen lassen konnte.

»Ich versuche mehrere Ladungen Bauholz aufzuspüren. Sie wurden gestern und vorgestern aus den Trümmern einer *insula* geborgen, die in der Nacht zuvor eingestürzt war. Der Unternehmer, der den Transport besorgt hat, war ein gewisser Marcus Caninus.«

»Oh ja, Herr. Die wurden hierher geliefert.« Er sah sich um. »Sieht so aus, als ob das meiste noch hier wäre.«

»Dieses Bauholz wurde beschlagnahmt«, erklärte ich ihm. »Ich dachte, Bauschutt wird komplett zu den Deponien gekarrt.«

»Das trifft für Ziegel, Mörtel und Fliesen auch zu«, belehrte er mich, »aber anständiges Holz wird zur weiteren Verwendung geborgen, ebenso wie gut erhaltene Quader, wenn das Gebäude nicht abgebrannt ist.«

»Steht das im Einklang mit den Bauvorschriften?« fragte ich ihn.

Er zuckte die Schultern. »Das weiß ich nicht. Ich habe sie nie gelesen. Aber es war schon immer so, daß wir bei einem Gebäude, daß nicht niedergebrannt oder wegen Verwendung minderwertigen Materials eingestürzt ist, die Steine zur Wiederverwendung bergen dürfen. Nach einem ausführlichen Erdbeben ist unser Steinlager auf Jahre gefüllt. Wenn dann ein wirklich großes Bauprojekt wie Pompeius' Theater ansteht, kannst du darauf wetten, daß man, wo es nur geht, Trümmersteine verwendet. Nur die Steine der Außenfassaden wurden speziell für das Bauwerk gehauen.«

Für einen Mann wie ihn war eine uralte Sitte weit bedeutender als jedes in einem Buch aufgeschriebene Gesetz, das er ohnehin nie zu Gesicht bekommen hatte.

»Aber dieses Gebäude ist eingestürzt, weil bei seiner Errichtung die Bauvorschriften nicht eingehalten worden sind«, sagte ich, »und ich habe dieses Material persönlich beschlagnahmt. Wie, frage ich mich, konnte der Bauunternehmer Manius Florus Teile eben dieses Materials heute morgen bei der Sicherung der Uferseite des Aemilius-Theaters verwenden?«

»Oh, das. Nun, das Holz wird nicht zur Errichtung eines dauerhaften Gebäudes verwendet, verstehst du. Für provisorische Bauwerke wie Gerüste und dergleichen kann man dieses Holz ruhig benutzen. Außerdem ist es absolut gutes Holz, vielleicht ein wenig frisch.«

Ich rieb mir die Stirn, weil ich langsam Kopfschmerzen bekam. Erneut mußte ich mir eine freie Auslegung des Gesetzes anhören. Ich entschied, daß ich all diese Gesetze und Bauvorschriften heraussuchen und in Stein meißeln lassen würde, um sie an einem öffentlichen Ort auszustellen. Eine weitere Ausgabe, die ich mir kaum leisten konnte.

Justus kratzte seinen Lockenkopf, was einen mittleren Niederschlag von Sägespänen auslöste. »Woher wußtest du, daß das Holz aus dieser *insula* stammt, wenn ich fragen darf?«

»Ich nehme meine Pflichten als Ädile sehr ernst«, erklärte ich ihm. »Ich habe das Holz heimlich markiert, um all jene zu überlisten, die die Gesetze der Republik mißachten.«

Er nickte bewundernd. »Sehr schlau.«

»Hier liegt noch mehr!« rief Hermes. Er war zwischen den Holzstapeln umhergeschlendert und trat jetzt gegen ein paar schwere Balken. Ich ging zu ihm, Justus eilte mir nach.

»Das sind die Träger, die wir in dem Keller gesehen haben«, sagte Hermes. »Siehst du, hier ist eines der Spechtlöcher.« Er stieß mit dem Zeh gegen einen der schweren Balken.

»Ja, das stammt von der *insula*«, bestätigte Justus stirnrunzelnd. »Caninus hat es gekauft und hier abgeladen. Dann wollte er ein paar schwache, morsche alte Balken in derselben Größe. Die werden normalerweise für Scheiterhaufen verwendet. Warum soll man gutes Holz nehmen, wenn man es bloß verbrennen will? Außerdem ist in letzter Zeit niemand Wichtiges gestorben, also hatte ich vorrätig, was er suchte. Ich fragte ihn, wofür er es brauchte, aber er meinte nur, daß Männer, die keine dummen Fragen stellen, auch nicht Gefahr laufen, daß ihnen die Zunge abgeschnitten wird. Und ich weiß eine Anspielung zu deuten.«

»Ich weiß, wo dieses Holz gelandet ist«, sagte ich und dachte an den Hof vor dem Ceres-Tempel.

Justus ging in die Hocke und betrachtete das von Hermes bezeichnete Loch. Er steckte einen Finger hinein, zog ihn wieder heraus und untersuchte seine Fingerspitze. »Das ist kein Spechtloch«, verkündete er.

»Dann vielleicht von einem Eichhörnchen?« fragte Hermes.

Justus lachte. »Ihr wißt wohl nicht viel über Holz, was?«

»Kläre uns auf«, bat ich ihn.

»Nun, Herr, dieses Loch stammt von Menschenhand, vorgebohrt, wie man es tut, wenn man zwei Balken mit einem schweren Bolzen verbindet.«

Hermes und ich sahen uns an. »Erinnerst du dich noch an die Werkzeuge, die wir im Keller gefunden haben?« sagte der Junge.

»Justus, ich möchte dieses Holz genau untersuchen«, ordnete ich an.

Er steckte zwei Finger in den Mund und pfiff. Die Sklaven kamen gelaufen, und er gab gellend Befehle. Binnen weniger Minuten waren alle Balken ordentlich im hellen Licht ausgebreitet, so daß wir sie von allen Seiten betrachten konnten. Die Sklaven standen bereit, um die Balken auf meine Anweisung hin umzudrehen.

»Noch mehr Löcher«, sagte Hermes und zeigte auf zwei, die kaum zwei Fingerbreit voneinander entfernt waren.

»Sieh dir das hier mal an«, sagte Justus. Er hockte am Ende eines geborstenen Balkens. Das zerklüftete Ende wies drei parallele Furchen auf. »An dieser Stelle wurde durchgebohrt. Deswegen ist es an dieser Stelle eingeknickt. Diese *insula* ist nicht einfach so eingestürzt, Ädile. Sie wurde vorsätzlich zum Einsturz gebracht.«

Hermes hatte sein Messer gezückt, während er mit der anderen Hand an einer Stelle über das Holz strich, wo er einen kreisrunden Abdruck entdeckt hatte. Er stach mit der Spitze des Messers in den Kreis und zog damit vorsichtig einen langen, weißen Zylinder heraus. Triumphierend präsentierte er auf seiner Klinge eine knapp fünfzehn Zentimeter lange Kerze, die unten mit Ruß oder einer anderen dunklen Substanz eingerieben worden war, um sie im Holz zu tarnen.

»Erinnerst du dich noch an all die Kerzen, die auf dem im Keller stehenden Wasser geschwommen sind?« fragte Hermes.

»Justus«, sagte ich, »du bist ein Holzfachmann. Was sagt dir das über den Mann, der es getan hat?«

»Abgesehen davon, daß er ein kaltblütiger Mörder ist, meinst du? Nun, er wußte nicht viel über Holz und Statik. Die Bohrlöcher sind ziemlich wahllos. Wenn er etwas über Statik gewußt hätte und darüber, wo die Hauptbelastungspunkte liegen, hätte er das ganze Bauwerk mit nicht mehr als einem Dutzend Löcher, drei oder vier dicht nebeneinander an den richtigen Stellen in den richtigen Balken, zum Einsturz bringen können.«

»Hätte er selbst noch rechtzeitig entkommen können?« fragte ich.

»Höchstwahrscheinlich. Schwere Balken wie diese geben nicht einfach lautlos nach. Wenn der Täter wußte, auf welche Geräusche er achten mußte, hätte er noch ein paar Augenblicke gehabt, sich in Sicherheit zu bringen. Es sieht so aus«, fuhr er mit einer Geste auf das ausgebreitete Holz fort, »als ob es an sechs oder sieben Stellen gleichzeitig nachgegeben hat, so daß die ganze *insula* in den Keller gekracht ist.«

»Justus«, sagte ich ernst. »Ich möchte, daß du dieses Holz versteckst. Bedecke es mit Schutt oder irgendwas. Ich möchte es als Beweismittel vor Gericht verwenden.«

Ein Anflug von Besorgnis huschte über sein Gesicht.

»Keine Angst«, beruhigte ich ihn, »mir ist völlig klar, daß du dich keines Vergehens schuldig gemacht hast.«

»Um ehrlich zu sein, sind es nicht die Gerichte, die mir angst machen.«

»Ich habe die Absicht, Marcus Caninus auf der Stelle zu verhaften«, versicherte ich ihm. »Und sei es nur wegen der Manipulation von Beweismaterial.«

»Wie du befiehlst, Ädile.«

Mir kam ein weiterer Gedanke. »War Justus dein Sklavenname?«

»Ja, Herr. Ich wurde zur Feier der Geburt des ersten Enkels meines Patrons zusammen mit fünfzig anderen Sklaven freigelassen.«

»Und du hast nicht den Namen deines früheren Herrn angenommen?« fragte ich ihn, weil das an sich so Sitte war.

»Nun, Herr, das habe ich schon, aber ich benutze ihn nie. Ich weiß, es ist der Name, der auf meinem Grabstein stehen wird, aber Justus ist kein ausländischer Name, und ich habe ihn mein ganzes Leben lang getragen. Außerdem«, er senkte schüchtern den Kopf, »bin ich bloß ein einfacher Arbeiter, der dieselbe Arbeit verrichtet, die er schon als Sklave verrichtet hat. Ich käme mir albern vor, wenn ich als Marcus Valerius Messala Niger herumlaufen würde.«

Justus hielt die Augen niedergeschlagen, so daß er meinen überraschten Blick wohl gar nicht bemerkte. Doch als ich seinen Hof verließ, hatte ich viel Stoff zum Nachdenken.

VIII

In der Nähe des Tores machten wir Rast in einer kleinen Taverne. Ich brauchte eine Pause zum Nachdenken, und es wurde Zeit, etwas zu trinken und zu essen. Wer konnte wissen, wann sich dafür erneut die Gelegenheit bot? Wir fanden einen Tisch unter einer Laube, die um diese Jahreszeit noch praktisch kahl war, so daß das Licht in Rhomben herabfiel und Tisch, Boden und uns selbst wie Bilder eines Mosaiks aussehen ließ. Ich bestellte einen nur sehr leicht gewässerten Wein, mit dem wir das in Öl getunkte Brot und die Oliven hinunterspülten. Eine Weile aßen wir schweigend.

»Es war der große Sklave, stimmt's?« sagte Hermes schließlich, das Schweigen brechend.

»So muß es gewesen sein«, stimmte ich zu. »Deswegen war er angezogen und wurde im Stehen eingequetscht. Ich weiß nicht, warum mir der Gedanke nicht vorher gekommen ist. Die Vorstellung, daß er aufrecht stehend in den Keller gestürzt ist und an die Wand gedrückt wurde, war ziemlich weit hergeholt. Er hat ein Loch zu viel gebohrt, und das Gebäude ist zur Unzeit über ihm zusammengebrochen.«

»Aber warum hat er das getan?« fragte sich Hermes. »Nur um seinen Herrn und seine Herrin zu töten? Das kann ich gut verstehen. Du hast ja gesehen, wie die Leute ihre Sklaven behandelt haben. Aber warum sollte er mehr als zweihundert Menschen umbringen, nur um die beiden loszuwerden?«

»Ich vermute, daß er sie wirklich persönlich ermordet hat«, sagte ich. »Es war kein Problem für ihn, ihnen den Hals zu brechen, in den Keller zu gehen und die letzten paar Löcher zu bohren, um den Mord als Unfall zu tarnen. Aber er war nicht flink genug.«

Hermes schüttelte den Kopf. »Das ergibt trotzdem keinen Sinn.«

»Nein, das tut es nicht. Rache ist ein hinreichendes Motiv für einen Sklaven, aber es erklärt nicht das Verhalten diverser anderer Personen seit dem Unfall. Der Sklave hatte wohl einen persönlichen Grund, die Welt von seinen beiden Peinigern zu befreien, aber irgend jemand muß ihn zu der anderen Tat angestiftet haben.«

Ich vergoß ein wenig Wein, malte mit der Fingerspitze einen Kreis und strich ihn durch. Erst nach einer Weile wurde mir bewußt, was ich gezeichnet hatte: den griechischen Buchstaben Theta. In der Kurzschrift der Circusspiele steht er für *thanatos:* tot. Nach einer *munera* werden die Namen der getöteten Gladiatoren in die Wände geritzt und mit diesem Zeichen versehen.

»Zwei Namen tauchen immer wieder auf«, sagte ich. »Marcus Valerius Messala Niger und Marcus Aemilius Scaurus.«

»Das sind zwei sehr bedeutende Namen«, bemerkte Hermes.

»Richtig, und Valerius Messala steht im Begriff, sich in die politischen Angelegenheiten meiner Familie einzuschmeicheln. Die Familie hat mir massiv angedeutet, ich solle die Untersuchung fallenlassen.«

»Vielleicht solltest du das wirklich tun.«

»Damit irgend jemand mit der Ermordung einer ganzen *insula* voller Menschen, Freie und Sklaven gleichermaßen, ungeschoren davonkommt?« empörte ich mich.

Hermes spreizte die Hände. »Ich bin nur ein Sklave. Ich tue, was man mir sagt. Aber wenn deine Familie dagegen ist, daß du die Verantwortlichen zur Rechenschaft ziehst, wird es verdammt schwierig werden, irgendwas zu erreichen.«

»In letzter Zeit haben sie eine Reihe von Dingen unternommen, die ich nicht gutheißen kann«, sinnierte ich laut, mehr für mich selbst. »Weißt du, warum meine Familie so bedeutend ist, Hermes?«

Er sah mich verblüfft an. »Nun, ihr seid eine der ältesten der vornehmen Familien –«

»Sicher. Aber die Julier sind noch älter und haben trotzdem seit Jahrhunderten keine Rolle mehr gespielt. Gajus Julius Caesar ist seit den Tagen der Könige der erste, der sich einen Namen gemacht hat. Nein, wir Metelli versorgen Rom schon länger mit Praetoren, Konsuln und Censoren, als es schriftliche Dokumente gibt, aber wir haben die römische Politik der letzten Jahre vor allem aus einem Grund dominiert: Wir haben Sulla gegen Marius unterstützt. Als Sulla Diktator wurde, waren die Männer, die jetzt die Familienältesten oder sogar schon tot sind, seine mächtigsten Anhänger: Celer, Pius, Creticus, der alte Numidicus und mein Vater.«

Hermes rutschte verlegen auf seinem Stuhl hin und her. »Ich interessiere mich nicht besonders für Politik oder Geschichte. Das ist etwas, was Sklaven nicht betrifft.«

»Was für ein Lügner du bist und noch ein schlechter dazu! Deine großen Schlappohren kriegen doch sonst alles mit, was dir irgendwie nutzen könnte. Und als mein persönlicher Sklave mußt du mehr über Politik wissen als die meisten Senatoren. Aber nur zu, stell dich dumm. Vielleicht lebst du dann länger.«

Einigen mag es seltsam vorkommen, daß ich so offen mit einem Sklaven sprach. Aber es ist eine Tatsache, daß der Status eines Sklaven in Rom nicht notwendigerweise ein lebenslängliches Schicksal war. Ein fähiger Sklave wie Justus konnte darauf hoffen, freigelassen zu werden und es in der Welt zu etwas zu bringen. Nach ein oder zwei Generationen war der Makel vergessen. Ich saß im Senat neben Männern, deren Großväter noch Sklaven gewesen waren. Und gelegentlich wurde sogar eine Generation übersprungen. Nicht wenige Freigeborene ohne männliche Nachfahren adoptierten besonders geschätzte Freigelassene, auf daß jene den Namen ihrer Familie mit allen damit verbundenen Privilegien weitertrugen, als wären sie damit geboren worden.

Sobald Hermes die geringsten Anzeichen von Verantwortungsgefühl erkennen ließ, hatte ich fest vor, ihn freizulassen. Als mein Freigelassener würde er durch das Patronat weiter an mich gebunden bleiben, doch er würde ein freier Mann sein, der in den Volksversammlungen wählen, eigenen Besitz bilden und nach Belieben heiraten durfte. Ihn für diese zukünftige Rolle zu erziehen, hatte mich einige Mühe gekostet. Seine kriminellen Neigungen erwähnte ich bereits, doch so, wie es damals in Rom aussah, war es nicht schlecht, wenn man ein wenig von einem Verbrecher und Rüpel in sich hatte. Natürlich, Rom hat sich verändert. Seit den Reformen des Ersten Bürgers sind eher die Tugenden von Kriechern, Speichelleckern und Spitzeln erwünscht.

»Es ist klar, daß ich mit großer Vorsicht zu Werke gehen muß. Vielleicht muß ich mich wieder bewaffnen. Von jetzt an sollten wir auf einen Angriff vorbereitet sein. In normalen Zeiten schrecken selbst die Banden vor Gewalt gegen einen Magistraten im Dienst zurück, aber die Zeiten sind nicht normal, und ich bin auch kein Praetor oder Konsul. So bedeutend ist ein plebejischer Ädile nun auch wieder nicht.« In der Vergangenheit habe ich innerhalb der Stadt normalerweise Waffen getragen, womit ich zum Schutze meiner eigenen Haut das Gesetz wissentlich gebrochen hatte. Ich hatte aufrichtig gehofft, daß mein Amt mir eine gewisse Immunität verleihen würde, doch diese Hoffnung verblaßte ziemlich rasch.

Hermes zappelte ungeduldig auf seinem Stuhl herum.

»Du willst etwas sagen?« fragte ich.

»Warum mußt du immer davon ausgehen, daß du auf dich gestellt bist? Du hast Freunde, Verbündete, sogar politische Gegner, die bereit wären, dir zu helfen.«

Ich dachte darüber nach. »In der Vergangenheit habe ich mich häufig auf Milos Hilfe verlassen, aber das würde zur Zeit keinen guten Eindruck machen. Er ist für einen Gutteil des Blutvergießens auf den Straßen verantwortlich und möchte im nächsten Jahr Konsul werden. Im Augenblick gibt es ein zu großes Gerangel zwischen Konsuln, Prokonsuln und Kandidaten, als daß man von dieser Seite viel Hilfe erwarten könnte, und es sieht ganz so aus, als ob Messala in Kürze *interrex* werden wird. Es ist, als würde man versuchen, kämpfende Elefanten zu trennen: Ich würde zu Tode getrampelt werden. Außerdem war Milo einer der ersten, die mich bezüglich dieser Ermittlung gewarnt haben. Einflußreiche Klienten von ihm sind besorgt.«

»Was ist mit Cicero? Er führt gern die Anklage, und er hat dich immer gemocht.«

»Sympathie ist ein flüchtiges Gut«, bemerkte ich. »Ich verehre und bewundere Cicero, aber seine Opposition gegen Caesar ist mittlerweile fast zwanghaft geworden. Und er weiß, daß Caesar mich, aus welchem verrückten Grund auch immer, sehr schätzt. Außerdem bin ich mit Caesars Nichte verheiratet. Im Moment wiegen diese beiden Tatsachen sicher schwerer als alle schlummernde Zuneigung, die er vielleicht für mich empfindet. Wenn ich ihn in dieser Sache anspreche, würde er argwöhnen, daß Caesar irgendein subtiles Spiel treibt, bei dem ich als sein Vasall fungiere.«

»Und was ist mit Cato?« meinte Hermes verzweifelt.

»Cato?« knurrte ich. »Ich verachte Cato!«

»Na und? Du brauchst Hilfe, keine Liebe. Er war ein großartiger Volkstribun, das Volk lobt ihn bis heute als aufrechten und unbestechlichen Feind jeder Korruption und Unfrömmigkeit, und vor allem gilt er als absolut furchtlos! Er hat sich bei mehr als einer Gelegenheit gegen den gesamten Senat gestellt, sich auf Ciceros Seite geschlagen, als die Leute dessen Exilierung oder sogar Hinrichtung verlangten, und er hat Schmiergelder zurückgewiesen, die selbst einen Pharao in Versuchung geführt hätten. Außerdem weiß er nicht, daß du ihn verachtest, weil er ein viel zu dickes Fell hat, um deine Beleidigungen überhaupt mitzubekommen!«

So viel zu Hermes' politischer Ignoranz. Der Gedanke, Cato um Hilfe zu bitten, gefiel mir nicht, andererseits gefiel es mir auch nicht, zu Caesars Lager zu gehören, aber genau dort stand ich. Alles, was Hermes über den Mann gesagt hatte, stimmte. Zahllose römische Politiker haben sich öffentlich ihrer antiquierten Tugenden, ihrer Unbestechlichkeit und ihrer Verachtung für Gier und fremden Luxus gerühmt, aber mit Ausnahme von Cato waren sie alle Lügner und Heuchler. Er meinte jedes Wort, das er sagte, und hielt sich auch selbst an das, was er predigte. Das machte ihn mir allerdings kein bißchen sympathischer. Maßvolle moralische Liberalität und eine angenehme Persönlichkeit waren stets mehr nach meinem Geschmack.

»Laß mich darüber nachdenken«, sagte ich. »Zunächst müssen wir den Bestatter verhören. Danach bringe ich es vielleicht über mich, bei dem ruhmreichen Marcus Porcius Cato vorzusprechen.«

Die Bestatter Roms hatten ihr Viertel rund um den Tempel der Venus Libitina. Wir identifizieren unsere Venus mit der griechischen Aphrodite, aber der hübschen, schelmischen Gottheit der Griechen fehlt die dunkle Seite der Todesgöttin. Unsere Libitina ist anders, weil wir Römer keinen Widerspruch darin sehen, daß ein und dieselbe Göttin sowohl über die Kopulation als auch über den Tod wacht, da man im Grunde das eine nicht ohne das andere haben kann.

Auch sind die Bestatter und ihre Firmen nicht besonders düster, weil wir Beerdigungen lieben. Wir denken uns, daß man im Leben bloß eine Bestattung bekommt, und sie ist das letzte, woran sich die Mitmenschen erinnern, also soll sie ein möglichst farbenprächtiges Spektakel sein. Die *libitinarii* in ihrer bizarren etruskischen Aufmachung sind zwar furchterregende Gestalten, aber das liegt vor allem daran, daß sie mit den Leichen kürzlich Verstorbener umgeben, die sich noch in einem gefährlichen Zwischenstadium befinden. Die Römer fürchten weder den Tod noch die Toten besonders, aber wir haben panische Angst vor der rituellen *Verseuchung* durch den Tod. Sobald die *libitinarii* ihr *lustrum* zelebriert haben, das den Leichnam reinigt, sehen wir die ganze Angelegenheit viel entspannter.

Die Niederlassungen der Bestatter in diesem Viertel der Stadt waren nicht wie Läden oder Manufakturen, sondern eher wie Häuser angelegt, mit den für ihre Zwecke angemessenen kleinen Veränderungen versteht sich. Ich fragte mich zum Unternehmen des Sextus Volturnus durch. Bestatter bevorzugen etruskische Namen, selbst wenn sie selbst nicht dieser Abstammung sind. Wir haben die Etrusker schon immer mit den Gottheiten der Unterwelt assoziiert, weil sie sie so gerne mochten.

Das Haus unterschied sich nicht wesentlich von meinem eigenen, wenn man von dem zur Straße liegenden Doppeltor absah, das sehr viel größer war als das bei mir zu Hause, damit die Träger eine Leiche auf einer Bahre problemlos hindurchtragen konnten. Es war fast zweimal mannshoch, da es Leute gab, die es nach wie vor bevorzugten, sich auf einem Stuhl sitzend zum Scheiterhaufen tragen zu lassen. Das Atrium des Hauses war riesig mit Rücksicht auf all jene Kunden, die sich lieber an Ort und Stelle als bei sich zu Hause aufbahren lassen wollten, weil hier weit mehr Trauergäste unterzubringen waren als in den meisten Privathäusern. Alles war in bunten Farben gehalten, Blumenmuster und Fresken offener Landschaften zierten die Wände, nichts erinnerte an den Tod oder die Unterwelt.

Der Mann, der auf mich zukam, als ich das geräumige Atrium betrat, trug das einzige weit und breit sichtbare Symbol seiner Zunft, eine schwarze Toga. Es handelte sich nicht um die übliche schmuddelige, braune Toga, die die meisten von uns als Trauerkleid trugen, sondern um eine pechschwarze Version, was sie in der fröhlichen Umgebung noch bedrohlicher erscheinen ließ. Als er mich sah, verzog er das Gesicht zu einer tieftraurigen Miene.

»Ein großer Römer ist tot!« klagte er. »Welch ein Jammer!«

»Wie?« sagte ich. »Also, ich bin der Ädile Metellus –«

Er schlug die Hände zusammen, wobei er fast das Blut aus ihnen zu pressen schien. »Die Götter mögen uns bewahren! Dein Vater, der große Censor, hat uns verlassen! Ganz Rom wird weinen! Herr, wenn du alle Vorkehrungen nur mir überlassen willst, würde ich mich geehrt fühlen, dir –«

»Nichts dergleichen!« unterbrach ich ihn. »Niemand ist gestorben. Jedenfalls nicht in meiner Familie. Ich bin vielmehr dienstlich gezwungen, der Entsorgung einiger Leichen nachzugehen, die ich gestern morgen hierher geschickt habe.«

»Oh.« Er ließ die Hände sinken, und in seinem Gesicht stand bittere Enttäuschung geschrieben. »Du meinst Lucius Folius und seine Frau.«

»So ist es.« Ich begann mich zu fragen, ob die Frau einen Namen gehabt hatte. »Ich habe einen Arzt geschickt, um sie auf Spuren eines Verbrechens zu untersuchen, und er hat mir berichtet, daß sie abgeholt worden sind.«

»Genau. Sofern keine gegenteiligen Anweisungen vorliegen, ist es üblich, den Leichnam des Verstorbenen dem Erben zu übergeben, der ihn zwecks Kremation und Bestattung abholt. Da die Riten in ihrer Heimatstadt Bovillae stattfinden sollten, gab es keine Veranlassung, sie hier zu belassen.«

»Und der Erbe war ein gewisser Caius Folius?«

»Das hat er gesagt.«

»Hat er irgendeinen Beweis für seine Identität vorgelegt?« fragte ich.

Der Mann sah mich vollkommen verwirrt an. »Ist das gesetzlich vorgeschrieben? Ich habe jedenfalls bestimmt noch nie davon gehört. Beweis der Identität? Was sollte das sein? Und wer sollte ohne Grund einen Leichnam beanspruchen? Sie waren schließlich nicht wie die Mumien der Pharaonen mit Gold und Juwelen geschmückt. Es waren bloß zwei Leichen, die mit der Zeit auch nicht wohlriechender wurden.« Der Mann machte einen richtig empörten Eindruck.

»Ich verstehe, was du sagen willst«, meinte ich und hob besänftigend eine Hand. »Hat dieser Caius Folius behauptet, er wäre der Sohn des verstorbenen Paares?«

»Unwahrscheinlich. Er sah älter aus als die beiden. Ich habe ihn für einen Bruder, Vetter oder etwas in der Richtung gehalten.«

»Wie sah er aus?«

»Hohe Stirn, korpulent, trug viele Ringe. Alles in allem sah er ziemlich durchschnittlich aus«, er überlegte kurz, »bis auf seine Nase.«

»Was war denn so einzigartig an seiner Nase?« verlangte ich zu wissen.

»Er hatte eine große weinfarbene Warze auf der Nase. Wenn ich ihn für den Scheiterhaufen präparieren würde, würde ich sie überpudern, damit sie nicht so ins Auge sticht.«

»Vielen Dank, Sextus Volturnus«, sagte ich, seine beiden feuchten Hände umklammernd. »Du warst mir eine große Hilfe!«

»Wenn du es sagst. Vergiß mich nicht für den Fall, daß einer deiner berühmten Verwandten abtritt.«

Wir verließen das Bestattungsunternehmen und lenkten unsere Schritte in Richtung Forum. Also hatte Juventius, der Verwalter von Aemilius Scaurus, die Leichen der verstorbenen Folii reklamiert, die jetzt aller Wahrscheinlichkeit nach mit Aemilius höchstselbst nach Bovillae unterwegs waren. Aber warum? Diese Frage galt es zusammen mit vielen anderen zu beantworten.

Cato war nicht schwer zu finden. Das war er nie.

Marcus Porcius Cato war ein Feind alles Modernen und Fremden. Darunter fiel auch, lange zu schlafen, gut zu essen, heiß zu baden und irgend etwas Schönes zu genießen. Er studierte Philosophie und verfaßte sogar philosophische Traktate, und natürlich fühlte er sich zu den Stoikern hingezogen, da sie die unangenehmsten aller Griechen waren. Er glaubte ernsthaft, daß sämtliche Tugenden in den Sitten unserer Vorfahren begründet lagen und daß der einzige Pfad zur Größe die strikte Befolgung dieser Sitten war. Vor allen anderen verehrte er seinen eigenen Vorfahren, den Censor Cato, den widerwärtigsten Mann unter den vielen ekelerregenden Persönlichkeiten Roms, von denen die meisten sich zumindest damit beschieden, zu ihrem eigenen Nutzen grausam und gemein zu sein, während Cato der Censor wollte, daß jeder so bösartig wurde wie er.

An jenem Morgen wurde in der Basilika Opimia ein Prozeß abgehalten, und ich war sicher, daß Cato daran teilnehmen würde, da es sich um ein Kapitalverbrechen handelte und er in letzter Zeit darüber geklagt hatte, daß römische Geschworenengerichte keine hinreichend drakonischen Urteile mehr fällten. Er würde zugegen sein, um die brutalste Strafe zu fordern, die die von ihm so verehrten Vorfahren vorgesehen hatten.

Und tatsächlich saß er auf einer Bank, umgeben von seinen Hofschranzen, von denen viele seine »antike Schlichtheit« imitierten. Trotz der Kälte hatte er auf eine Tunika verzichtet und trug lediglich eine primitive, eckig geschnittene Toga, die ihn nicht nur unvorteilhaft kleidete, sondern auch seinen halben Oberkörper unbedeckt ließ. Und anstatt sich das Haar von einem Barbier schneiden oder legen zu lassen, rasierte er sich ungefähr einmal im Monat den Kopf kahl, so daß nur unregelmäßige Stoppeln seinen Schädel bedeckten.

Als er meiner ansichtig wurde, sprang er auf seine nackten Füße – Sandalen hielt er für weibischen Luxus und unserer barfüßigen Vorfahren unwürdig; er selbst trug nur auf Feldzügen mit der Legion Schuhwerk. Er war kein großer oder imposanter Mann, auch nicht besonders kräftig, aber er weigerte sich standhaft, eigene Schwächen zu akzeptieren, so daß er durch schiere Sturheit zu außergewöhnlichen Leistungen an Kraft und Ausdauer imstande war.

»Heil, Ädile!« rief er wie ein Soldat, der seinen General als *imperator* grüßt.

»Und dir einen guten Morgen, Marcus Porcius Cato«, sagte ich. »Hast du den Übeltäter mit einer Säge zweiteilen oder von Mollossischen Hunden in Stücke reißen lassen oder was immer die Strafe war?«

»Es war eine Frau, die ihren Ehemann vergiftet hat, und die Geschworenen haben sie zum Exil verurteilt, bloß weil der Mann sie regelmäßig geschlagen hat.« Ich wußte nicht, ob seine angewiderte Miene dem milden Urteil oder meiner Lockerheit galt, die er wie so vieles andere ablehnte. Er war bar jeden Sinns für Humor.

»Nun, dann wünsch' ich dir beim nächsten Mal mehr Glück«, sagte ich aufmunternd. »Es könnte sein, daß ich schon bald deine Hilfe in einer Angelegenheit im Zusammenhang mit meiner Tätigkeit als Ädile erbitten muß, Marcus Porcius.«

Die Furchen auf seiner fortwährend gerunzelten Stirn vertieften sich. »Du hast in der Vergangenheit nur recht selten um meine Hilfe nachgesucht«, sagte er. »Wenn ich es recht überlege, noch nie. Warum also jetzt?«

»Weil mir die Leute, auf die ich mich üblicherweise stütze, den Rücken gekehrt haben und weil ich denke, daß du mit dem, was ich tue, ausnahmsweise einmal einverstanden sein wirst.«

»Das wäre in der Tat ein Wunder«, erwiderte er mit seinem gewohnt subtilen Sarkasmus. »Ich höre.«

Also berichtete ich ihm von meiner Ermittlung und wohin sie mich geführt hatte. Er hörte meinem Vortrag mit unbeweglicher Miene zu, doch ich wußte, daß er jedes Wort in sich aufnehmen und noch in zehn Jahren wortwörtlich zitieren können würde. Er besitzt eine seltene, zielstrebige Konzentration. Als ich fertig war, nickte er knapp.

»Das ist überaus würdig«, lobte er mich. »Du verfügst über ein ehrliches und hingebungsvolles Pflichtgefühl, Decius Caecilius, trotz deiner beklagenswerten Frivolität. Vor allem das Übergewicht von Theateraufführungen bei deinen anstehenden Spielen mißbillige ich zutiefst. Solche fremdländischen Darbietungen machen die Menschen schwach und passiv. Was du brauchst, sind mehr Kämpfe, Tierjagden und Hinrichtungen. Das sind die Dinge, die die Bürger stärken und abhärten. Und Planen sind selbstredend ein vollkommen unnötiger Luxus. Sollen sie doch die paar Stunden Sonne ertragen, es wird ihnen guttun. Und noch etwas –« Und so weiter und so weiter. Wenn man Catos Hilfe wollte, mußte man sich diesen Kram eben anhören. Warte, dachte ich, bis er von meinen Sitzkissen erfährt. Schließlich kam er wieder zum Thema.

«Ich denke, es ist schon viel zu lange her, daß jemand gegen dieses ganze Pack von gierigen, Geld scheffelnden Bauunternehmern vorgegangen ist. Seit Sulla hat es meiner Erinnerung nach nie mehr eine ernsthafte Kampagne gegen sie gegeben. Sulla hat ihnen noch Bußgelder aufgebrummt, sie aus der Stadt vertrieben und ein paar von ihnen hingerichtet, um ein Exempel zu statuieren. Und genau das brauchen wir jetzt auch wieder.«

»Ich bin absolut deiner Meinung«, sagte ich. »Aber dir ist doch bewußt, daß man sich dafür mit einigen der wichtigsten Senatoren und der reichsten *equites* anlegen muß?«

»Na und?« schnarrte er. »Jeder, der seinen persönlichen Reichtum über das Allgemeinwohl stellt, sollte ungeachtet seines Ranges oder seiner Macht vom Tarpeiischen Felsen gestoßen, dann auf einen Haken gespießt, durch die Straßen bis hinunter zum Tiber geschleift und in den Fluß geworfen werden, vorzugsweise bei noch lebendigem Leibe. So sind wir früher mit Verrätern verfahren! Und es sind Verräter, Decius! Es ist schlimm genug, daß die wohlhabenden Freigelassenen so viel Macht gewonnen haben, aber jetzt haben sie auch noch Menschen edlerer Herkunft und Gesinnung korrumpiert. Seit den frühesten Tagen Roms war dem Adel der schmutzige Handel verboten. Mit Geld Geld zu machen, ist verabscheuungswürdig! Irgendein habgieriger Sophist hat den Ausweg ersonnen, daß Stein, Ton und Holz auch Produkte des Landes sind, weshalb die Eigentümer von Grundstücken sie als Produkte tugendhafter Landwirtschaft legal verkaufen dürfen.«

Das war typisch für Cato. Wie üblich machte er Ausländer und die unteren Schichten für die Korruption verantwortlich. Seine eigene Klasse hatte rein und unberührt über den Dingen geschwebt, bis sie von denen, die nicht im gleichen Maße in der Gunst der Götter standen, in Versuchung geführt worden war.

Meine Lesart unserer Sozialgeschichte unterschied sich ein wenig von Catos. Wenn man von gefälligen Mythen wie der Geschichte von Aeneas und seinem Sohn Julus absieht, geht sie ungefähr so:

Vor ungefähr 700 Jahren traf ein Haufen Banditen in Mittelitalien ein, der von zwei Brüdern namens Romulus und Remus angeführt wurde. Sie raubten den benachbarten Völkern Land und Frauen und gründeten ihren eigenen kleinen Banditenstaat. Irgendwann begründete Romulus eine gute alte römische Tradition, indem er seinen Bruder ermordete. Wäre es andersherum gekommen, würden wir heute vermutlich in einer Stadt namens Rem leben.

Nachdem einige Zeitlang Könige geherrscht hatten, manche von ihnen Etrusker, haben unsere Vorfahren die Republik gegründet. Das Rudel Familien, das alles kontrollierte, nannte sich selbst Patrizier und besaß alles Land von irgendwelchem Wert. Da sie im Grunde nichts anderes waren als wohlhabende Bauern, legten sie fest, daß nur wohlhabende Bauern

Anspruch auf Ruhm und Würde hätten. Geld, das aus einer anderen Quelle als der Landwirtschaft stammte, galt uns unrein, weil es Geld war, das sie nicht bekamen.

Die geringeren Menschen waren die Plebejer, die ein bißchen zu spät gekommen waren, um das beste Land für sich zu beanspruchen, weil das schon an den ersten Trupp Banditen gegangen und an ihre Nachkommen weitervererbt worden war. Doch die Plebejer verfügten über die Eigenschaft, zahlreich zu sein, und die Patrizier brauchten sie, wenn es so etwas wie eine Armee geben sollte. Der Rest der römischen Geschichte war nichts weiter als der Kampf dieser beiden Klassen um die Macht. Die Plebejer wollten auch Land besitzen und ehrbar sein, was einigen, darunter meiner Familie, auch tatsächlich gelang. Da das gute Land in der Regel jedoch schon vergeben war, blieb nur die Möglichkeit, es jemand anderem wegzunehmen, und so machten wir uns auf den Weg, ein Imperium zu erobern.

Es gab nur eine Ausnahme von der Regel Reichtum-aus-Landbesitz-gleich-Ehre: Im Krieg erplünderte Beute galt ebenfalls als ehrenhaft, und Beute war alles, was die Leute, die man umbrachte, herumliegen ließen sowie die Leute selbst, sofern die noch atmeten und arbeitsfähig waren. Wenn man reiche Gefangene machte, konnte man sie an ihre Familien zurückverkaufen. Grob ausgedrückt waren die einzigen ehrbaren Methoden, Geld außerhalb der Landwirtschaft zu verdienen, Diebstahl, Sklavenhandel und Lösegelderpressung.

Damit keine Mißverständnisse aufkommen, die Barbaren sind für gewöhnlich noch schlimmer als wir und meistens widerwärtig, wenn nicht lächerlich. Im Gegensatz zu Cato kann ich nur keine besondere immanente Tugend im Status der *nobilitas* erkennen. Wenn mein langes Leben mich eines gelehrt hat, dann, daß der einzig wirklich entscheidende Faktor das Glück ist. Einige haben es und andere nicht, und das hat nichts mit Charakter oder angeborener Tugend zu tun.

Wir können opfern, alle vorgeschriebenen Riten zelebrieren oder die für den jeweiligen Lebensaspekt zuständige Gottheit bestechen, am Ende kommt es doch nur auf Fortuna an, und es gibt nichts, was wir tun können, um sie zu beeinflussen.

Was mich am wütendsten machte, war die Tatsache, daß ich Cato recht geben mußte, zumindest in der Analyse des Problems und dessen, was getan werden mußte. Ich habe häufig die Erfahrung gemacht, daß es weniger schlimm ist, wenn die Menschen anderer Meinung sind als man selbst, als wenn sie einem aus den falschen Gründen zustimmen. Es sah so aus, als ob Cato und ich in dieser Angelegenheit Verbündete werden sollten, obwohl ich den Mann verachtete. Seine stierköpfige Sturheit, seine bösartige, selbstgerechte Grausamkeit, sein völliger Mangel an Verhältnismäßigkeit, sein selbstgefälliger Stolz auf seine Herkunft und eine Reihe anderer Wesenszüge waren mir zutiefst zuwider.

»Zunächst einmal«, meinte Cato, »brauchen wir Namen. Wenn wir Namen haben, können wir vor dem Gericht des *praetor urbanus* Anklage erheben. Bis jetzt haben wir nur Aemilius Scaurus und diesen verachtenswerten Bauunternehmer Caninus. Ersterer stand in jüngster Zeit schon des öfteren vor Gericht, während letzterer nicht viel mehr ist als ein glorifizierter Müllkutscher. Wir brauchen weitere Namen, viele Namen und vor allem: prominente Namen. Wenn wir bloß die beiden anklagen, werden wir kaum Aufmerksamkeit erregen.«

»Daran arbeite ich bereits«, erklärte ich ihm, »aber es könnte Probleme geben.«

»Wie? Was für Probleme?«

»Nun, wenn man meine, wie du weißt, umfangreiche Erfahrung mit dieser Art von Ermittlung als Maßstab nehmen kann, wird man in Kürze damit anfangen zu versuchen, mich umzubringen.«

»Na und?« knurrte er. »Du bist ein erwachsener Mann. Du

solltest in der Lage sein, auf dich aufzupassen. Ich selbst habe nie vor einem Kampf zurückgeschreckt, sei es in fremden Ländern oder gleich hier auf dem Forum. Wenn jemand dich angreift, mußt du ihn eben zuerst umbringen. Das mache ich auch immer so.«

»Ein weiser Rat wie immer«, gab ich zurück. »Trotzdem könnten meine Feinde dieses Mal ein wenig zahlreicher sein. Vielleicht sind sie sogar erfolgreich.«

»Dann werde ich eben ohne dich weitermachen müssen. Sei versichert, daß ich die Angelegenheit verfolgen werde, bis der letzte Übeltäter der Gerechtigkeit überantwortet ist. Für Korruption gibt es in den Büchern noch ein paar prachtvolle alte Strafen. Ich werde sie nachschlagen.«

»Gewiß, Marcus Porcius. Es ist mir ein großer Trost, das zu wissen«, versicherte ich ihm.

»Wozu braucht ein wahrer Römer Trost?« fuhr er mich an. Er redete wirklich so.

Ungemein erleichtert, daß ich eine Weile nicht mehr mit ihm reden mußte, verließ ich ihn. So unangenehm unsere Konferenz auch gewesen war, ich wußte, daß er unermüdlich an dem Fall arbeiten würde und ich bald Fortschritte erwarten durfte. So schrecklich er war, es war gut, diesen Mann auf meiner Seite zu wissen.

Zugunsten von Marcus Porcius Cato kann ich nur dies sagen: Er starb Jahre später ruhmreich in Utica.

Mit einiger Verspätung machten Hermes und ich uns auf den Weg zum Ceres-Tempel, während ich mir meine nächsten Schritte überlegte. Als ich das alte Holz auf dem Hof liegen sah, kam mir ein Gedanke.

»Hermes, finde einen diesem Amt zugeteilten Boten und beauftrage ihn, Marcus Caninus aufzuspüren und unverzüglich herzuzitieren.«

Hermes trottete los, während ich mich eine Weile meinen Klienten und Bittstellern widmete. Dabei zwang ich die ganze Gesellschaft, mich auf meinem kurzen Weg zum Fluß hinunter zu begleiten. Bei den Kais war das Wasser knöcheltief über die Ufer getreten, und eine kurze Inspektion ergab, daß es den Pegel der Abflußkanäle fast erreicht hatte. Bald würde es sich zurückstauen, und so verstopft wie die Seitenkanäle waren, würde das Wasser noch wochenlang, nachdem der Fluß wieder in sein Bett zurückgekehrt war, in der Stadt stehen.

Ich schickte ein paar Klienten los, um die Lage in den tiefergelegenen Stadtteilen zu kontrollieren und mir über die Vorkehrungen und Aussichten zu berichten, die kommende Flut zu überstehen.

Ich erinnerte mich daran, wie die Menschen sich während des letzten Hochwassers in Tempel, Basiliken und Säulenhallen geflüchtet hatten oder wo immer sie sonst ein Dach über dem Kopf fanden. Die meisten jedoch hatten sich einfach elend auf den Anhöhen des Marsfeldes und den Hügeln jenseits der Stadtmauern zusammengekauert. Die Fluten waren von schweren Regenfällen begleitet gewesen, so daß Krankheiten wüteten, und viele Leute starben.

Mir kam der Gedanke, daß wir eine Art System zur Gewährung von Soforthilfen bei Naturkatastrophen haben müßten. Wir hatten zwar die alte Regelung der Getreideverteilung, doch die galt nur für den Fall der Belagerung, der in den letzten Jahrhunderten eher selten eingetreten war. Ein Lagerhaus, das Zelte oder transportable Baracken vorrätig hätte, würde sehr viel bewirken. Aber wer sollte das bezahlen und sich anschließend um die Instandhaltung kümmern? Ach ja. Ein weiteres Problem, über das ich grübeln konnte.

Am Nachmittag erschien Marcus Caninus, aber er kam nicht allein. Die fünf Männer in seiner Begleitung waren rauh aussehende Burschen wie er selbst, alle trugen grüne Tuniken, die Uniform der Anhänger von Plautius Hypsaeus, Bandenführer und Kandidat für das Praetorat im kommenden Jahr.

Natürlich konnten sie auch Mitarbeiter der grünen Rennfraktion vom Circus sein oder zufällig an jenem Tag alle grün tragen, aber ich glaube, wie gesagt, eigentlich nicht an die Macht des Zufalls.

»Du hast mich herzitieren lassen, Ädile, und hier bin ich«, sagte Caninus. Seine vorherige kriecherische Unterwürfigkeit war einem unverschämten Tonfall gewichen. »Und was willst du nun?« Mein Status war in den zwei Tagen, die seit unserem letzten Gespräch vergangen waren, ganz offensichtlich signifikant gesunken.

»Du mußt dieses Holz abtransportieren«, sagte ich und wies mit der Hand auf die morschen Balken im Hof.

»Ich habe es doch erst gestern morgen angeliefert«, sagte er, »wohin willst du es denn jetzt haben?«

»Zunächst einmal will ich wissen, warum du das Holz aus der eingestürzten *insula*, das zwar fest, wenn auch ein wenig frisch, vor allem aber vorsätzlich beschädigt war, gegen diesen morschen Haufen ausgetauscht hast?«

»Ausgetauscht?« fragte er. »Dies ist das Holz, das ich aus dem Keller dieser *insula* geholt habe, und jeder, der etwas anderes sagt, ist ein Lügner.«

»Hüte deine Zunge«, riet ich ihm, »du sprichst mit einem amtierenden Magistraten.«

»Die Zeiten sind nicht mehr, was sie einmal waren, Ädile. Von euch Senatoren erwartet das Volk keine Führerschaft mehr. Und ein Ädile hat nicht einmal das *imperium.* Du hast keine Liktoren und stehst auch nicht unter dem besonderen Schutz, den ein Volkstribun genießt.«

Das hörte sich verdächtig danach an, als hätte jemand ihn in den Feinheiten des Beamtenrechts beraten. Die meisten Bürger waren in diesen Fragen beklagenswert ignorant und gingen davon aus, daß jedes Amt über die Macht und Immunität der höchsten Ämter verfügte. Tatsache war jedoch, daß wir nicht viel mehr als Staatsfunktionäre ohne besonderen

Schutz und Privilegien waren. Die Ausstattung der Ämter, die über das *imperium* verfügten, die Liktoren, kurulischen Stühle und purpurnen Streifen auf den Togen, drückten weit mehr aus als bloße Würde. Sie hoben den Amtsträger als einen Menschen mit besonderer Macht hervor, und wenn man sich mit einem von ihnen anlegte, konnte es einen den Kopf kosten. Doch als schlichter plebejischer Ädile verfügte ich über nichts von alledem.

Die grüngekleideten Schläger hinter Caninus grinsten. Solche Männer genießen es stets, wenn einer ihrer Anführer sich der Autorität widersetzt. Ich kannte Männer wie Caninus aus langer bitterer Erfahrung. Sie waren wie zu groß geratene Straßenköter, die ein Rudel Hunde anführten, und wenn man ihnen gegenüber das geringste Anzeichen von Schwäche zeigte, war man erledigt. Ich trat auf ihn zu, bis unsere Gesichter nur noch Zentimeter voneinander entfernt waren, und setzte jene kalte, gebieterische Miene auf, für die römische Beamte in der ganzen Welt berühmt sind. Darin war ich sehr gut, denn ich übte es oft im stillen.

»Publicanus«, fuhr ich ihn in meinem vernichtendsten Ton an, »nur der Respekt vor den Gesetzen der Republik läßt mich deine Unverschämtheit tolerieren. Aber noch ein Ton, und ich werde dich vor den Gerichtshof des *praetor urbanus* zerren und dich der *maiestas* anklagen. Dieses Vergehen ist dir doch ein Begriff?« Ich hatte meine Anrede mit Bedacht gewählt. Für die meisten Menschen hatte die Bezeichnung *publicanus* einen verächtlichen und geringschätzigen Klang, da die einzigen *publicani*, denen sie im Normalfall begegneten, Steuereintreiber waren, die niemand leiden konnte.

Sein Blick flackerte kurz auf, sein Selbstbewußtsein war durch meine Arroganz offenbar erschüttert. »Ich habe das Wort schon mal gehört. Was ist damit?«

»Es bedeutet eine massive Beleidigung der Majestät des

römischen Volkes und seines heiligen Staates. Es wird genauso bestraft wie Verrat.«

»Das ist doch lächerlich! Bloß weil ich –«

»Als Beamter des Staates«, fuhr ich fort, um ihm keine Gelegenheit zu lassen, seine trägen Gedanken wieder zu ordnen, »verkörpere ich die kollektive Dignität des römischen Volkes! Wenn du deine Hand auch nur gegen den geringsten Quaestor erhebst, machst du dich zu einem Feind des Staates.«

»Wer erhebt denn hier die Hand gegen irgend jemanden?« platzte er los. »Ich habe meine Meinung vertreten, sonst nichts.«

Ich musterte ihn so verächtlich, wie es sonst wohl nur Cato konnte. »Eine Verbalinjurie oder eine despektierliche Haltung sind das gleiche wie körperliche Gewalt. Hier kannst du nicht im Schutze des Pöbels anonyme Verleumdungen gegen einen Redner auf der Tribüne ausstoßen, Caninus. Hier stehst du allein und vor Zeugen. Dies ist das geweihte Gelände des Tempels der Ceres, seit der Gründung der Republik Heimstatt der plebejischen Ädilen. Mach nicht alles noch schlimmer, indem du deinem Vergehen auch noch einen Frevel hinzufügst!«

Das war natürlich nichts weiter als eindrucksvolles Gepolter. Soweit ich unterrichtet war, konnte er seine Tunika lüften und dem ganzen Ädilen-Kollegium seinen nackten Hintern präsentieren, ohne daß ihm etwas geschah, vermutlich inklusive der Hohen Priesterin der Ceres. Aber Körpergröße und Prahlerei eines Straßenschlägers können es nicht mit der *gravitas* eines hochgeborenen römischen Beamten aufnehmen, der von Geburt an dazu erzogen wird, Recht zu sprechen und Legionen zu befehligen. Doch mit der Staatsmacht im Rükken eine Gestalt wie Caninus in die Schranken zu weisen, war etwas ganz anderes, als einen Trupp Sklaven zu scheuchen.

»Nun sei so gut«, fuhr ich ein wenig verbindlicher fort, »und erkläre mir, warum du dieses Holz gegen das ausgetauscht hast, das du aus den Trümmern der *insula* abtransportiert hast. Und überlege es dir gut, bevor du mich noch einmal einen Lügner nennst.«

Er wirkte eingeschüchtert, aber ich war mir nicht sicher, wie lange das vorhalten würde. Die Männer hinter ihm sahen schmerzlich enttäuscht aus. Sein Groll darüber, vor seinesgleichen das Gesicht verloren zu haben, konnte seine angeborene Unterwerfung unter jede Autorität leicht überwiegen.

Er dachte nach, für ihn ganz offensichtlich eine ungewohnte Aktivität. »Da ist das Holz. Das habe ich bei der *insula* abgeholt. Du hast keinen Beweis für etwas anderes.«

»Du willst also juristische Spitzfindigkeiten mit mir austauschen? Glaubst du, daß du das Zeug dazu hast? Ich habe schon zahlreiche Anklagen geführt, Caninus.«

»Und ich habe mir schon viele Prozesse angesehen, Ädile«, gab er zurück. »Ich weiß, daß eine bloße Beschuldigung ohne Beweise wenig zählt.«

Er hatte mich in der Klemme. Ich hatte keine verläßlichen Zeugen, die bestätigen konnten, was wir in dem Keller gefunden hatten, mit Ausnahme von Hermes natürlich, und der konnte als Sklave nur unter der Folter aussagen. Selbst wenn das nur pro forma geschah, indem man dem Armen etwa Wasser in die Nase goß, war es doch eine demütigende Tortur, und einem Sklaven glaubte ohnehin kein Mensch. Wenn ich Caninus berichtete, was ich von Justus erfahren hatte, würde der Mann am nächsten Morgen tot sein. Ich entschied, mir den Freigelassenen in der Hinterhand zu behalten.

»Marcus Caninus, es ist ganz offensichtlich, daß du Teil einer kriminellen Verschwörung bist, einer Verschwörung zur Unterschlagung von Beweismaterial im Zusammenhang mit meiner Ermittlung von betrügerischen Praktiken. Wenn du mir nicht enthüllst, was du in dieser Angelegenheit weißt, werde ich nicht zögern, weiter gegen dich vorzugehen und die härteste Strafe zu fordern.«

Er trat verlegen von einem Fuß auf den anderen und blickte in Richtung der Männer in Grün. Offenbar bereute er inzwischen, daß er sie mitgebracht hatte. »Du wirst es mit Männern zu tun bekommen, die weit wichtiger sind als ich, Ädile.«

»Genau. Solche Männer pflegen, wenn sie Teil einer kriminellen Verschwörung sind, ihr niederrangigstes Mitglied zu opfern, um ihre eigene Haut zu retten. Und dieser Mann wärst du, Marcus Caninus.«

Seine Gesichtszüge verhärteten sich. »Dann würde ich von größeren Männern betrogen. Es wäre nicht das erste Mal.«

»Es besteht kein Grund, daß du alleine leidest«, erklärte ich ihm. »Genaugenommen ist es gar nicht notwendig, daß es überhaupt zu einer Anklage kommt. Ich habe kein Interesse daran, einen kleinen *publicanus* vor Gericht zu zerren. Nenn mir die Namen der Beteiligten an diesen illegalen Transaktionen, die zahlreiche Bürger das Leben gekostet haben, und halte dich bereit, deine Aussage vor Gericht zu beeiden, dann wird dir nichts Schlimmeres passieren als eine Kündigung deines öffentlichen Auftrags und die Verhängung eines nominellen Bußgeldes.«

»Ich bin kein Spitzel«, sagte er und richtete sich wieder zu seiner vollen beeindruckenden Größe auf.

»Selbstverständlich nicht«, sagte ich. »Du bist ein loyaler Diener des Senates und des Volkes. Denk darüber nach. Du weißt, wo du mich findest. Und nun kannst du gehen.«

Ich drehte mich lässig um und ging weg, die Nackenmuskeln in Erwartung eines möglichen Dolchwurfes angespannt. Langsam wandte ich mich noch einmal um und sah, wie er sich, dicht gefolgt von seinen Wachhunden, entfernte. »Oh, Marcus Caninus?«

Er drehte sich überrascht um. »Ädile?«

»Vergiß nicht, das Holz abzutransportieren. Die Hohe Priesterin besteht ausdrücklich darauf.«

IX

»Das war keine schlechte Vorstellung«, sagte Hermes. »Aber wie lange wird es vorhalten? Er wird sich wieder fangen, feststellen, daß seine Bulldoggen denken, er hätte einem Schwächeren nachgegeben, und dir nachsetzen.«

»Aber waren das wirklich seine Männer?« wandte ich ein. »Als ich vor zwei Tagen mit ihm gesprochen habe, hatte ich den Eindruck, er wäre ein vielbeschäftigter Mann. Er hat ein Unternehmen zu führen. Zugegeben eines, das den losen Umgang mit der Peitsche erfordert, vielleicht tötet er auch hin und wieder den einen oder anderen Sklaven, um für die anderen ein Exempel zu statuieren, aber als Staatspächter muß er von Sonnenaufgang bis Sonnenuntergang beschäftigt sein. Wann hat so jemand noch Zeit, Schlägertrupps durch die Straßen zu führen?«

Neue Häuser zu errichten und alte einzureißen, war in Rom eine Dauertätigkeit. Als Caesar in späteren Jahren die vorübergehenden Bestimmungen diverser Tribunen zum permanenten Gesetz erklärte und jeglichen Verkehr auf Rädern tagsüber aus der Stadt verbannte, erließ er eine ausdrückliche Sondergenehmigung für Karren, die Baumaterial an- oder Bauschutt abtransportierten.

»Daran hatte ich nicht gedacht«, gab Hermes zu. »Es waren Hypsaeus' Männer. Glaubst du, man hat sie mitgeschickt, um Caninus im Auge zu behalten und sicherzugehen, daß er nichts Falsches sagt?«

»Eine Vermutung, die ebenso plausibel ist wie andere auch. Außerdem wollten sie mich wissen lassen, daß ich Feinde habe, die nicht zögern, Leute umzubringen, die ihnen in die Quere kommen. Offenbar hat sich die Nachricht verbreitet, daß ich in dieser speziellen Angelegenheit nicht auf Milos Hilfe bauen kann.«

Wir hasteten durch die Straßen in Richtung Subura. Ich wollte nach Hause. Es war noch früh am Tag, aber ich wollte die Unterlagen aus dem Archiv einsehen. Die Straßen waren noch verstopfter als üblich, weil die Leute aus den überflutungsgefährdeten Vierteln in höhere Lagen umzogen, bepackt mit so viel Hausrat, wie sie eben tragen konnten, darunter auch Hunde, Vögel, Hühner und anderer Viehbestand, der einen derartigen Radau machte, daß Hermes und ich schreien mußten, um uns zu verständigen.

»Du hast immer noch Caesar auf deiner Seite«, rief Hermes.

»Caesar ist weit, weit weg«, meinte ich. »Und wenn ich in einer politischen und pekuniären Angelegenheit umgebracht werde, wird er sich gewiß verständnisvoll zeigen. Es wird lediglich bedeuten, daß der Verantwortliche Caesar einen großen Gefallen schuldet.«

Wir kamen in eine Straße, in der sämtlicher Verkehr zum Erliegen gekommen war, weil ein Gruppe von Männern Truhen und andere Möbel auf das Dach einer *insula* wuchteten. Gegenstände, die man nicht bei sich tragen konnte, wurden in höhere Stockwerke oder sogar aufs Dach geschafft, aber vieles war zu groß, um es durch die engen Treppenhäuser zu tragen, so daß es mit Seilen von der Straße nach oben gezogen werden mußte. Da jedoch nur wenige römische Straßen so breit waren, daß zwei Menschen bequem aneinander vorbeigehen konnten, ohne sich seitwärts zu wenden, waren die Auswirkungen auf die Verkehrslage natürlich chaotisch.

»Was ist mit deinen Nachbarn?« fragte Hermes. »Sie haben sich doch schon früher zusammengetan, um dir zu helfen.«

»Hermes«, sagte ich leicht ungeduldig, »ich habe den deutlichen Eindruck, daß du mich nicht für kompetent hältst, die Situation aus eigener Kraft zu bewältigen.«

»Ich habe mich jedenfalls sicherer gefühlt, als wir Gefangene der Germanen waren«, erwiderte er kleinlaut.

Endlich schwebte das Bündel Hausrat quietschend himmelwärts, und wir gingen darunter hindurch, wobei mir nicht besonders behaglich zumute war. In allen Tälern zwischen den Hügeln waren die Menschen mit derlei Sicherungsarbeiten beschäftigt, hin und wieder hörte man das Knacken reißender Seile, gefolgt vom Geschepper zerberstender Möbel und gelegentlichen Schreien von Menschen, die nicht beherzt genug zur Seite getreten waren.

»Ich möchte nur meine Waffe holen«, erklärte ich entschlossen, »dann bin ich bereit, es mit dem ganzen Haufen aufzunehmen!« Der Blick, mit dem Hermes meine Prahlerei quittierte, war zu beredt, um ihn hier zu beschreiben.

Schließlich erreichten wir mein Zuhause. Obwohl die Subura sich hauptsächlich in dem Tal zwischen Quirinal und Esquilin erstreckte, war sie ein gutes Stück vom Fluß entfernt, und nur ein kleiner Teil lag so tief, daß er überflutungsgefährdet war. Das Viertel war schon in guten Zeiten vollkommen überbevölkert, und jetzt hatte sich die Zahl der Menschen verdoppelt, weil Leute, die am Fluß wohnten, Zuflucht bei Freunden und Verwandten in höher gelegenen Stadtvierteln gesucht hatten, selbst wenn das bedeutete, daß sie auf dem Dach einer Mietskaserne in der Subura ihr Lager aufschlagen mußten.

Die Kakophonie der Geräusche war um so farbenprächtiger, als von überallher in einer Vielzahl von Sprachen gerufen wurde. Etwa die Hälfte meiner Nachbarn waren gebürtige Römer, die ihren eigenen Subura-Dialekt des Lateinischen sprachen. Der Rest waren Ausländer, entweder Einwanderer und hier seßhafte Fremde oder freigelassene Sklaven, die in Scharen in die Subura strömten, weil die Mieten hier innerhalb der Stadt am günstigsten waren. Es gab fast schwarze Numidier, Gallier mit blonden Schnauzbärten und geflochtenen Halsringen, Ägypter mit Perücken, Syrer mit geölten Locken, zahlreiche Juden mit spitzen Hüten und gestreiften

Roben und die üblichen griechisch aussehenden Griechen. Wenn letztere aufgeregt waren, vergaßen sie ihr grauenhaft akzentuiertes, bruchstückhaftes Latein und verfielen wieder in die wilden, bellenden Töne ihrer Muttersprache.

Julia stand in der Säulenhalle um das *impluvium* und war offenbar damit beschäftigt, das Hauspersonal auf Vordermann zu bringen. Als sie mich sah, riß sie überrascht die Augen auf.

»Die Sonne steht noch hoch am Himmel, und du bist schon zu Hause. Ist irgend etwas nicht in Ordnung?«

»Vater Tiber steht im Begriff einen seiner gelegentlichen Anfälle zu bekommen, außerdem ist es nicht unwahrscheinlich, daß ich in Bälde von bewaffneten Männern angegriffen werde«, berichtete ich.

»Wenn du nicht sofort angegriffen wirst, kannst du mir vielleicht einen Vorschlag machen, wohin wir das hier stellen sollen«, erwiderte sie unbeeindruckt.

Sie trat zur Seite, um mir zu zeigen, womit die Sklaven beschäftigt gewesen waren. Sie stemmten eine fast mannsgroße Kiste hoch. Drei Bretter hatten sie bereits herausgebrochen, Stroh war auf die Marmorfliesen gerieselt und hatte den Blick auf eine anmutige Statue aus poliertem weißem Marmor freigegeben. Es war ein Standbild der Venus oder, genauer gesagt, der griechischen Aphrodite.

»Sie ist wunderschön«, sagte ich, meine Sorgen im Angesicht solcher Erhabenheit für einen Augenblick vergessend. Die Göttin war vollkommen nackt bis auf ihre Sandalen, deren eine sie, auf eine kleinere Pan-Statue gestützt, gerade zuband. Das ist in der bildenden Kunst eine durchaus konventionelle Pose der Göttin, und es bedarf eines wirklich meisterlichen Bildhauers, um sie anmutig darzustellen. Der Schöpfer dieser Skulptur hatte perfekte Arbeit geleistet. Der weiße Marmor war so hauchzart getönt, daß man schon sehr genau hinsehen mußte, um die Tönung überhaupt zu erkennen. Die Statue wirkte wie ein echter menschlicher Körper aus einer reinen, unstofflichen Substanz wie Wolken. Brustwarzen, Lippen und Haare waren vergoldet, was an den meisten Statuen einfach nur abscheulich aussieht, hier jedoch einen atemberaubenden Effekt hatte. Später stellte ich fest, daß der darunterliegende Marmor erst dunkel gefärbt und dann mit einer feinen Schicht Goldblatt überzogen worden war.

»Ich habe schon Kopien dieser Statue gesehen«, sagte Julia, »aber sie waren nicht so schön wie diese.«

»Das kann nicht die Arbeit eines römischen Ateliers sein«, pflichtete ich ihr bei. Wir hatten uns längst sämtliche der besten Kunstwerke Griechenlands angeeignet, und trotzdem gab es nie genug, um die Nachfrage der wachsenden wohlhabenden Schichten des Imperiums zu befriedigen. Also gab es zahlreiche Ateliers, die Kopien der seltenen Originale produzierten, von denen sich einige fast mit den Originalen messen konnten, auch wenn die meisten minderwertige Arbeiten waren. Schließlich erwachte ich aus dem Zauber dieses edlen Kunstwerkes und fragte mich, was es gekostet haben möge.

»Julia, hast du uns mit dem Kauf dieses Dings ruiniert?«

»Ich habe es nicht gekauft«, sagte sie. »Ein Trupp Männer hat die Statue heute morgen angeliefert. Gut, daß es in diesem Viertel so viele Schmiede gibt. Wir mußten ein Stemmeisen ausleihen, um die Kiste zu öffnen.«

»Aber wer hat sie geschickt?« Noch während ich fragte, spürte ich die Erleichterung darüber, daß Julia sich die Mühe gemacht hatte, ein Stemmeisen holen zu lassen, anstatt auf ihre üblichen Notbehelfe zurückzugreifen wie etwa eines meiner Schwerter.

»Die Transporteure sagten, ein Mann namens Farbus hätte sie angeheuert, die Plastik in einem Lagerhaus neben dem Forum abzuholen und hier anzuliefern. Meine Großmutter hat einen Verwalter namens Farbus. Vielleicht ist es ein Geschenk von ihr.« Sie meinte Aurelia, die Mutter von Julius Caesar.

Der alte Drachen konnte mich nicht ausstehen, aber sie vergötterte Julia.

»Das könnte sein«, räumte ich ein. »Caesar hat mehrere Häuser voller Kunstwerke hinterlassen, als er das Haus des Pontifex Maximus und das der Vestalinnen renovieren ließ. Sie weiß, wie viele Gesellschaften wir geben müssen, wenn ich als Praetor kandidiere, und möchte vielleicht unser Haus verschönern.« Es sah ihr ähnlich, mich wissen zu lassen, wie wenig sie von meinem persönlichen Geschmack hielt.

Julia riß mich aus der Bewunderung dieser wunderschönen Statue. »Hast du das mit den persönlichen Angriffen ernst gemeint?«

»Ich scherze selten über persönliche Gefahren. Ich werde das Tor doppelt verriegeln und einen Posten auf dem Dach stationieren.«

»Dann meinst du es wirklich ernst. Wirst du solange zu Hause bleiben?«

»Ich werde nicht zulassen, daß mich ein Haufen Schläger zum Gefangenen in meinem eigenen Haus macht. Das sind nur Maßnahmen zur Sicherung der nicht kämpfenden Truppen, also du und das Hauspersonal. Ich habe noch etwas zu erledigen, aber anschließend werde ich das Haus sofort wieder verlassen.«

Sie verdrehte die Augen. »Du willst wieder den Helden spielen! Bitte, verschone mich!«

Ich packte sie und drückte ihr einen dicken Kuß auf die Lippen. »Ich bin kein Held. Aber im Moment sind die Straßen so verstopft, daß ich jedem möglichen Verfolger mit Leichtigkeit entwische. Das habe ich mein ganzes Leben lang getan. Vertrau mir, meine Liebe.«

»Das letzte Mal, als ich dir vertraut habe, bist du bei dieser germanischen Prinzessin gelandet«, entgegnete Julia.

Ich zuckte zusammen. Ich hatte inständig gehofft, daß Julia nichts davon erfahren würde, aber solches Glück war mir offenbar nicht beschieden. »Damals waren wir noch nicht verheiratet. Außerdem hat die Frau versucht, mich umzubringen.«

Sie schüttelte angewidert den Kopf. »Was Männer bloß so attraktiv an Barbaren-Frauen finden? Geh und spiel mit deinen Waffen. Ich werde das Personal anweisen, keinem Fremden die Tür zu öffnen.«

Ich suchte Zuflucht in meinem Arbeitszimmer, wo Hermes bereits meine Waffentruhe geöffnet und ihren Inhalt ausgebreitet hatte. Das Gesetz, das das Tragen von Waffen innerhalb des *pomerium* verbot, stand im Begriff, eine weitere großzügige Auslegung zu erfahren.

»Zunächst einmal solltest du anfangen, das hier zu tragen«, sagte Hermes und hielt eine ärmellose, hüftlange Kettenweste hoch. Es war eine von zwanzig solcher Schutzwesten, die Caesar von einem gallischen Häuptling bekommen und anschließend zum Teil unter seinen bevorzugten Offizieren verteilt hatte. Die Gallier haben den Kettenpanzer erfunden, jene geniale Rüstung aus miteinander verbundenen Eisenringen, die flexibler als Leder und kräftiger als Bronzeplatten sind. Mein übliches Kettenhemd aus der Legion war knielang mit kurzen Ärmeln und Schulterriemen, was einem an den verwundbaren Stellen doppelten Schutz bot, dafür allerdings auch mehr als dreißig Pfund wog. Die Glieder, aus denen die gallische Weste gemacht war, waren fünfmal kleiner als die einer Legionärsrüstung, und das ganze Kleidungsstück wog weniger als fünf Pfund.

Ein wuchtig geschleuderter Speer würde die Weste glatt durchdringen, aber um einen Dolchstoß auf der Straße abzuwehren, war sie bestens geeignet. Selbst der Stoß eines kurzen Schwertes würde abgeblockt werden, wenn der Angreifer nicht sein volles Gewicht hineinlegen konnte. Die Weste war versilbert, was ebenso praktisch wie dekorativ war. Sie mußte nicht geölt werden und würde meine Kleidung auch nicht mit

Rost und der unvermeidlichen Rüstungsschmiere verdrekken, die stets an Eisenrüstungen haftet.

»Ich weiß nicht«, sagte ich zweifelnd. »Ich habe es stets vermieden, durch die Straßen zu gehen, als hätte ich Angst vor meinen Mitbürgern.«

»Aber genau die könnten dich umbringen wollen«, bemerkte er. »Sei vernünftig. Trag sie unter deiner Tunika, dann wird niemand erfahren, daß du sie anhast, es sei denn du wirst ermordet, und dann kann es dir sowieso egal sein.«

»Du hast mich überzeugt.« Ich zog mich aus, legte eine dünne Tunika an, wie ich sie gewöhnlich zum Sport trug, und zog die Weste über meinen Kopf. Sie war exquisit gearbeitet und über den Hüften tailliert, so daß sie glatt auf meinen Beckenknochen auflag und sich dadurch noch leichter anfühlte. Dann streifte ich meine gewohnte Tunika darüber, und die Rüstung war unsichtbar. Ich gurtete sie mehrfach mit dünnen Lederbändern, die ich im Stil der Wagenlenker durch die schweren Messingringe fädelte. Damit hatte ich einen sicheren Platz, wo ich meinen Dolch in der Scheide und mein *caestus* verstauen konnte, den mit Dornen besetzten Schlagring aus Bronze, wie ihn Faustkämpfer tragen, nur ohne das komplizierte Riemengeflecht.

»Möchtest du auch ein Schwert einstecken?« fragte Hermes und hielt das leichte gekerbte Arenaschwert hoch, das ich manchmal dem breiten schweren *gladius* vorzog.

»Nein, das wäre zu auffällig, während man diese Waffen gar nicht sieht. Ein Schwert könnte selbst ein Blinder nicht übersehen. Und suche meine älteste Toga raus. Sie macht zwar keinen besonders würdigen Eindruck, aber ich werde sie im Zweifelsfall auch nicht vermissen.« Für einen Mann auf der Flucht ist eine Toga nichts als ein Hindernis. Falls ich also davonrennen mußte, würde ich sie zurücklassen, und meine übliche Amtstracht war viel zu teuer, um sie wegzuwerfen.

Ich nahm einen fünf Fuß hohen Lederköcher, der etwa ein

halbes Dutzend leichte Wurfspeere enthielt, und gab ihn Hermes. »Hier. Bring das aufs Dach und halte ein Auge auf jeden, der sich dem Tor nähert. Wenn er so aussieht, als wollte er es aufbrechen, verpaß ihm ein oder zwei.«

Er nahm den Köcher und hängte ihn sich über die Schulter. »Wie du mir dauernd unter die Nase reibst, könnte ich gekreuzigt werden, wenn ich innerhalb der Stadtmauern eine Waffe anfasse.«

»Wenn du es niemandem sagst, werde ich es auch nicht verraten. Außerdem darf ein Sklave zur Waffe greifen, um das Haus seines Herren zu verteidigen. Auf der Straße ist das etwas anderes. Und jetzt hoch mit dir. Melde mir, wenn jemand aufkreuzt, auch wenn er freundlich aussieht.«

Ich setzte mich an meinen Schreibtisch und begann, die Wachstäfelchen und Schriftrollen durchzugehen. Es handelte sich hauptsächlich um Kopien von Pachtverträgen, die der Censor mit diversen *publicanii* abgeschlossen hatte, zum größten Teil über Arbeiten, von denen ich nicht einmal gewußt hatte, daß sie in die Zuständigkeit dieses Amtes fielen. Es gab beispielsweise Unternehmer, die die toten Pferde und Ochsen auf den Straßen und Plätzen der Stadt abtransportierten, oder Parfümeure, die eine hübsche Summe dafür kassierten, daß sie nach einem Feiertag die Blumenblüten zusammenfegten. Die Walker wiederum waren lizensiert, die öffentlichen Pißtöpfe zu leeren. Ich wollte mir lieber nicht ausmalen, was diese Leute meinen Togen mit dem Zeug antaten.

Mein Blick fiel auf eine kleine Schriftrolle mit einer unbeholfenen Handschrift. Ich wollte sie gerade beiseite legen, als mir ein unerwarteter Name ins Auge stach. Bevor ich Gelegenheit hatte, ihn näher zu untersuchen, erschien Hermes in der Tür.

»Ein Haufen von Milos Leuten ist an der Tür«, verkündete er.

Einen Moment lang verspürte ich ein Stechen ob seines vermeintlichen Verrats. Gewiß konnte Milo sich nicht gegen mich gewendet haben! »Wie viele sind es, und was wollen sie?«

»Zehn, aber es sieht so aus, als ob sie bloß den Weg für Fausta freigemacht haben.«

»Ach so, na dann wieder ab aufs Dach.« Er trottete von dannen, und ich legte die kleine Schriftrolle zur späteren Begutachtung beiseite.

Milos Burschen hatten es sich in ihren neuen, weißen Tuniken im Atrium bequem gemacht. Sie machten sich mittlerweile nicht einmal mehr die Mühe, ihren Beruf zu verbergen. Jeder von ihnen hatte ein mit Dornen besetztes Lederband um den Unterarm gewickelt, dazu trugen sie Militärstiefel und Kappen aus Eisen, Bronze oder hartem Leder und in den knorrigen Händen fünf Fuß lange Eichenstäbe. Einige hatten auch mit Dornen besetzte *caesti.* Es sah aus, als würden sich Milos Männer jetzt in offenem Kriegszustand wähnen, es sei denn, dies war eine Spezialeskorte, auf der Fausta bestanden hatte. Wenn sie in ihrer überdimensionierten Sänfte durch die Straßen von Rom getragen wurde, fühlte man sich unwillkürlich an ein angriffsbereites Schlachtschiff erinnert. Entweder man machte Platz, oder man wurde gerammt.

Ich fand Julia und Fausta am Teich, in den Anblick der Statue vertieft. Fausta hockte mit ob ihres hochgerutschten Gewandes weitgehend entblößten Schenkeln am Boden.

»Das ist keine Kopie«, befand sie. »Es ist ein Original aus Aphrodisias, mindestens zweihundert Jahre alt.« In dieser griechischen Kolonie in Asien wurden die prächtigsten zeitgenössischen Skulpturen hergestellt. »Das kann man an den Feinheiten erkennen. Ich habe raffinierte Griechen gekannt, die diese Politur hinbekommen, und auch die hauchzarte Vergoldung ist etwas, was ich bei Kopien von hoher Qualität schon gesehen habe, aber schau mal hier.« Julia ging ebenfalls in die Hocke, um das von Fausta hervorgehobene Detail näher zu begutachten. »Sieh dir Pans Hodensack an, jedes kleine Fältchen ist kunstvoll gemeißelt. Nur ein wahrer Meister verwendet so viel Sorgfalt auf Feinheiten an Stellen, wo normalerweise niemand hinguckt.« Typisch Fausta, so etwas zu bemerken.

»Und die Zehennägel sind nicht aus Marmor, sondern aus nachträglich aufgetragenem Alabaster.« Sie erhob sich. »Wenn ich mich nicht irre, handelt es sich um das Original von *Aphrodite gurtet ihre Sandale* von Aristobulus dem Zweiten. Soweit ich mich erinnere, wurde sie von einem der seleukidischen Monarchen in Auftrag gegeben, Antiochus Epiphanes oder einer von denen.«

»Wie ist sie hier gelandet?« fragte ich. So leichtgläubig wollte ich ihre Einschätzung nicht akzeptieren. Fausta gab gerne an und tat so, als ob ihr Wissen über Kultur umfassend war. Sie hätte sich die ganze Geschichte genausogut ausdenken können.

»Wenn man bedenkt, aus welchem Teil der Welt diese Statue kommt, könnte sie sich zuletzt im Besitz des alten Mithridates befunden haben, und ein Großteil dessen Besitzes hat Lucullus mit nach Rom gebracht. Aber seit der Eroberung Griechenlands ist der Orient schon seit etlichen Jahren unsere größte Quelle griechischer Kunst. Vielleicht hat Gabinius sie erbeutet oder auch Pompeius. Mein Vater kann es nicht gewesen sein. Er hätte sie behalten. Aber vielleicht hat einer unserer Statthalter die Statue einer Provinz abgepreßt, oder sie wurde einem Prokonsul als Bestechung übergeben. Wer weiß? Vielleicht hat sie auch ein fahrender Kaufmann als Spekulationsobjekt gekauft.« Eine schlichte kommerzielle Transaktion fiel einer Tochter Sullas natürlich als letztes ein.

»Ich muß Aurelia benachrichtigen«, sagte Julia. »Sie kann das wahrscheinlich erklären.«

Fausta musterte mich mit tausend Jahren von patrizischem

Zynismus im Blick. »Ach, ich weiß nicht. Ein Ädile ist in einer Position, in der er eine Reihe solcher Geschenke erwarten kann.«

Ich ließ diese Beleidigung unbeantwortet, weil sie in meinem Hinterkopf ein Kribbeln ausgelöst hatte und ich nicht wollte, daß meine Antipathie gegen diese Frau mich ablenkte. Trotz Faustas Verachtung für mich war sie eng mit Julia befreundet. Julia konnte wiederum meinen langjährigen Freund Milo nicht ausstehen, so daß sich am Ende alles wieder ausglich.

»Aber wohin sollen wir sie stellen?« fragte Julia, während sie sich aufrichtete und ein paar Blätter von ihren Händen klopfte.

»Ich würde sie nicht bewegen, bis ich sie unter verschiedenen Lichtverhältnissen betrachtet habe«, riet Fausta. »Dann mußt du sie dort aufstellen, wo das günstigste Licht auf sie fällt, aber auf jeden Fall unter einem Dach, um die Politur nicht zu zerstören. Derartig exquisite Kunstwerke waren nie zur Aufstellung unter freiem Himmel gedacht.« Das klang absolut vernünftig.

»Ich finde, wir sollten sie gar nicht in diesem Haus aufstellen«, sagte Julia. »Wir sollten sie zu dem Landgut bei Fidenae bringen und einen kleinen Tempel bauen; vielleicht einen runden im italienischen Stil mit schlanken ionischen Säulen und einem Kreis von Pappeln darum.« Sie wandte sich mir zu. »Wenn wir es noch in diesem Sommer anlegen, werden die Pappeln hoch gewachsen sein, bis du das Anwesen erbst.«

»Das klingt gut«, meinte ich. »Ich werde mit meinem alten Herrn darüber reden, ich bin sicher, daß er keine Einwände hat.« Doch ich selbst hatte ob seiner trüben Herkunft bereits Vorbehalte gegen dieses wunderschöne Kunstwerk. Ich war mir ganz und gar nicht sicher, daß es mir als eine freundliche Geste übersandt worden war.

Ich kehrte in mein Arbeitszimmer zurück; neue Verdächtigungen bedrängten mein ohnehin überlastetes Hirn. Ich habe Männer gekannt, die von ihrem Argwohn so abgelenkt waren und überall Intrigen und Verschwörungen witterten, daß sie handlungsunfähig wurden. Zum ersten Mal in meinem Leben spürte ich, daß ich mich diesem lähmenden Zustand näherte. Um mich zu beruhigen, nahm ich die beiseite gelegte Schriftrolle wieder zur Hand und studierte sie sorgfältig.

Sie war in der krakeligen Handschrift eines Beamten verfaßt, der diese Aufgabe ganz offensichtlich selbst erledigt hatte, anstatt sie an einen Sekretär zu deligieren. Junge Römer, denen eine öffentliche Karriere vorherbestimmt ist, werden zwar in Rhetorik unterwiesen, nicht jedoch im Schönschreiben. Das überlassen wir normalerweise den Experten. Trotzdem gelang es mir, mich durch die ungeschlachten Buchstaben und unbeholfenen Formulierungen zu kämpfen.

Der Brief war von dem plebejischen Ädilen Aulus Lucilius, einem mir vollkommen unbekannten Mann, an die Censoren Vatia Isauricus und Messala Niger adressiert. Thema des Schreibens war der Zustand des Theaters von Aemilius Scaurus. In knapper, schonungsloser Prosa berichtete er von den Ergebnissen seiner Untersuchung: Das praktisch neue Theater war unter seiner einzigartigen Verzierung vollständig aus Holz erbaut, daß entweder zu frisch, morsch, termitenzerfressen oder anderweitig ungeeignet für jedwedes Gebäude war, ganz zu schweigen von einem Bauwerk, in dem an Feiertagen ein sehr großer Anteil der Bevölkerung unter Lebensgefahr Platz nehmen würde.

In für ein so kurzes Dokument erstaunlicher Ausführlichkeit wurde aufgelistet, daß die Ziegel für das Fundament auf der dem Land zugekehrten Seite aus minderwertigem und zudem schlecht gebranntem Ton waren, so daß sie in der Hand eines kräftigen Mannes leicht zerbröselten. Er hatte an verschiedenen Stellen Pfähle in die Erde getrieben und unter dem Fundament nichts als Flußschlamm gefunden, so daß das gesamte Gewicht des Theaters entweder auf weiteren minderwertigen Ziegeln oder noch schlimmer auf im Wasser stehenden Pfählen ruhte, die Tag für Tag weiterfaulten.

Es sei ein Wunder, daß das Bauwerk die von Scaurus im Jahr seiner Erbauung veranstalteten Spiele überstanden hatte, schloß Lucilius seinen Bericht, dem er eine Liste der ihm in dieser Angelegenheit bekannten Übeltäter angefügt hatte, mit der Empfehlung, daß die Ergebnisse seiner Ermittlung zur Anklageerhebung an den *praetor urbanus* weitergeleitet wurden. Die Namen waren: Marcus Aemilius Scaurus, Bauherr: Lucius Folius, Baustoffhändler und – Ein Gewicht lag mir plötzlich bleischwer im Magen, und meine Nakkenhaare sträubten sich: zutiefst desorientierende Symptome. – Quintus Caecilius Metellus Pius Scipio Nasica, Besitzer des Holzhofes und der Ziegelbrennereien, die fast alle Baumaterialien zur Errichtung des Theaters geliefert hatten.

Am unteren Rand der Schriftrolle war in einer anderen Handschrift eine Notiz beigefügt: *»Von dem Censor M. Valerius Messala Niger an den praetor urbanus. Dieser Mann ist ein notorischer politischer Gegner von Scaurus und Pompeius. Wir können diese verleumderische Politik gefahrlos ignorieren.«*

Ich schob die Schriftrolle beiseite und vergrub mein Gesicht in den Händen. Die Welt um mich herum brach zusammen. Meine lange geplanten Spiele sollten in einem Bauwerk abgehalten werden, das eine Todesfalle für das Publikum war. Wenn ich diesen Umstand öffentlich machen würde, was eindeutig meine Pflicht war, würde ich unaussprechliche Schande über meine Familie bringen, und das zu einem Zeitpunkt, wo sie gerade einen politischen Kompromiß in die Wege leitete, der die Stadt vielleicht vor dem Chaos und das Imperium vor einem Bürgerkrieg bewahren konnte.

Das erklärte vieles, vor allem Scipios plötzlichen Meinungsumschwung, was die Strafverfolgung von betrügerischen Bauunternehmern und die vehementen Einwände meiner Familie anging. Scipio war zwar per Adoption ein Caecilius Metellus geworden, aber unter den großen Familien war eine Adoption ein ebenso festes Band wie das Blut. Er trug den Namen, und der Name war alles. Er war von dem großen Metellus Pius adoptiert worden, der vor Caesar Pontifex Maximus gewesen war und für die römische Urtugend der *pietas* verehrt wurde.

Als der Dockmeister Ogulnius davon gesprochen hatte, daß Folius' Kähne Baumaterialien aus Quellen entlang des Flusses transportiert hatten, war mir nie in den Sinn gekommen, daß meine Familie in die Sache verwickelt sein könnte, weil wir in der Gegend kein Land besaßen. Ich hatte vergessen, daß die Scipios ausgedehnte Ländereien zwischen Rom und Ostia hatten.

Doch das Beklagen dieser unwillkommenen Wendung der Ereignisse half mir auch nicht weiter. Wie üblich brauchte ich vor allem weitere Informationen.

Julia und Fausta bewunderten noch immer die Statue. Sie hatten die Verpackung vollständig entfernen lassen, und die Sklaven drehten und wendeten die Skulptur, damit die Frauen beobachten konnten, wie das Licht aus verschiedenen Richtungen darauffiel.

»Kennt einer von euch beiden einen Senator namens Aulus Lucilius? Er war vor ein paar Jahren plebejischer Ädile, als ich noch in Gallien war«, störte ich die beiden bei ihren kunstsinnigen Betrachtungen.

»Der Name kommt mir bekannt vor«, sagte Julia und dann an Fausta gewandt: »Gab es da nicht irgendeinen Skandal?«

»Gibt es den nicht immer«, erwiderte Fausta abschätzig. »Ja, der Mann ist tot. Er wurde in einem *lupanar* bei den Werften ermordet, ein wirklich heruntergekommener Schuppen, der von Fährleuten frequentiert wird. Weißt du, ich wollte schon immer mal sehen, wie so ein Laden von innen aussieht. Könntest du das nicht arrangieren, Decius? Ihr Ädilen seit doch, soweit ich weiß, für die Bordelle zuständig.«

»War er zum Zeitpunkt seiner Ermordung noch Ädile?« fragte ich, ohne auf ihr Ansinnen einzugehen.

»Laß mich nachdenken«, überlegte sie, »es war nach dem Ersten des Jahres, wenn ich mich recht erinnere, also muß er sein Amt gerade niedergelegt haben. Wenn ein Amtsinhaber ermordet wird, gibt es normalerweise größeres Aufsehen. Dem Klatsch zufolge wurde er mit durchschnittener Kehle in einer Kammer gefunden; das Mädchen war geflohen.« Sie strich sich mit dem Finger über das Kinn. »Ich bin zumindest davon ausgegangen, daß es ein Mädchen war. Aber wenn ich es mir recht überlege, hätte es auch ein Junge sein können. So etwas wird selbst in angeseheneren Kreisen immer beliebter.«

»Hat er eine Familie hinterlassen?« fragte ich.

»Warum interessierst du dich so für ihn?« verlangte Julia zu wissen.

»Vielleicht ist es relevant für eine Ermittlung, an der ich gerade arbeite«, erklärte ich steif. Ich wollte nicht, daß Fausta zu intensiv über die Sache nachdachte. Vielleicht erwähnte sie die Angelegenheit später im Kreis von Milos Freunden, und dann würde sich die Sache in der ganzen Stadt verbreiten, bevor ich weitergekommen war.

»Seine Frau war eine Schwester von Curio«, sagte Fausta. »Das Haus, in dem sie gelebt haben, gehörte ihr, und soweit ich weiß, lebt sie noch immer dort und hat nicht wieder geheiratet. Es ist ganz in der Nähe, auf dem Esquilin gegenüber dem alten Herkules-Tempel – dem mit der Myron-Skulptur von dem Säugling Herkules im Kampf mit den Schlangen.«

Ich wußte, welchen Tempel sie meinte. »Ich komme heute später nach Hause«, sagte ich zu Julia und ließ die beiden ohne ein weiteres Wort stehen.

»Warte!« rief sie und lief mir nach. Im Atrium hatte sie

mich eingeholt und stellte sich mir in den Weg. »Wohin gehst du? Du hast selbst gesagt, daß du auf den Straßen nicht sicher bist.«

»So ist es, aber ich muß jemanden befragen.« Ich wollte um sie herumgehen, doch ihre ausgebreiteten Arme hielten mich auf.

»Nicht so schnell. Du bist ein Beamter, nicht irgendein unterrangiger Lakai. Schick einen deiner Klienten, dafür sind sie schließlich da. Du hast Dutzende von fähigen Männern, die sich um alles in der Welt deine Dankbarkeit verdienen möchten, also setze sie ein!«

»Es gibt Dinge, die ich selbst tun muß, meine Liebe. Hab keine Angst, ich bin vollkommen sicher. Ich werde Hermes mitnehmen.« Ich ging in mein Arbeitszimmer und versteckte meine Waffen unter der Toga.

»Vollkommen sicher?« wiederholte sie. »Trägst du deswegen diese alte, stinkende Tunika?«

»Es wird bald dunkel. Man ruiniert sich leicht eine gute Toga, wenn man im Finstern in schmutzigen Gassen herumstolpert.« Ich küßte sie, schob mich an ihr vorbei und rief Hermes.

»Nimm wenigstens einen von Faustas Schlägern mit!« rief sie mir nach, doch ich war schon aus der Tür, dicht gefolgt von Hermes.

»Wohin jetzt?« fragte er. Er trug einen zwei Fuß langen Stock aus Olivenholz mit einer Spitze aus Bronze an beiden Enden und in Abständen mit Metall umwickelt. Das war absolut legal, und er konnte fürchterliche Verheerungen damit anrichten.

»Wir werden einer Witwe einen Besuch abstatten«, informierte ich ihn.

Die Straßen waren noch immer chaotisch, und das besserte sich auch nicht, als wir den Esquilin hinaufstapften. Die oberen Hänge waren von vielen prachtvollen Villen gesäumt, und die Menschen, die Schutz vor der kommenen Flut suchten, drängten sich auf der Suche nach wohlhabenden Patronen, die sie aufnehmen konnten, oder den vereinzelten guten Plätzen in öffentlichen Gärten den Berg hinauf.

Der Zufall wollte es, daß ich Curio, den Bruder der Witwe kannte. Er war einer der skandalöseren Vertreter des jungen Adels, ein enger Freund von Antonius und für seinen lockeren Lebensstil, seine exorbitanten Schulden und seine zahlreichen Liebschaften bekannt. Es erübrigt sich zu sagen, daß er ein höchst angenehmer Zeitgenosse war und ein Mann, in dem ich stets einen seelenverwandten Zechkumpan gefunden hatte. Sein Vater hatte ihn enterbt, so daß er einen Großteil seiner Zeit damit verbrachte, Mahlzeiten und Unterkunft von seinen Freunden zu erbitten, eine Tätigkeit, in deren Verlauf er seinen Arm mehr als einmal auch um meine Schulter gelegt hatte. Erstaunlicherweise war er gleichzeitig auch ein dynamischer und erfolgreicher Senator, der sich unlängst Caesar angeschlossen hatte. Gerüchten zufolge hatte Caesar alle seine Schulden getilgt.

Das Haus des verstorbenen Aulus Lucilius war leicht zu finden. Es lag dem alten verfallenen Herkules-Tempel gegenüber. Das Tor stand weit offen, und eine kleine Menschenmenge drängte sich im Atrium und auf dem Hof. Offenbar hatten zahlreiche Klienten und ärmere Verwandte aus tiefergelegenen Stadtteilen die Witwe für die Dauer der Flut um Unterschlupf gebeten.

Ich ließ Hermes im Atrium zurück und traf die Dame des Hauses im Hof an, wo sie Bittstellern Plätze zuwies und mit dem Verwalter über die Vorräte im Haus diskutierte. Das tat sie so ungemein effizient, daß ich das Gefühl hatte, sie habe so etwas schon viele Male getan. Ich trat auf sie zu und wartete, bis sie in meine Richtung sah.

»Habe ich die Ehre, mit der Witwe des Ädilen Aulus Lucilius zu sprechen?« fragte ich höflich.

Der Verwalter musterte mich abschätzig, wobei er meiner schäbigen Toga ungebührlich viel Aufmerksamkeit widmete. »Ich kann mir vorstellen, was für eine Ehre das für dich sein muß«, knurrte er.

»Still, Priam«, schalt die Frau ihn sanft. »Dies ist ein Senator, und er sieht aus wie ein Freund meines Bruders, also sollten wir nicht zu streng mit ihm sein. Wenn du nach einem trockenen Plätzchen suchst, um die nächsten Tage auszusitzen, finde ich vielleicht noch ein Eckchen auf meinem Dach für dich, obwohl die Speisekammer schon arg strapaziert ist.«

»Das ist überaus großzügig, und ich danke recht herzlich«, sagte ich, weil man mir in meinem anrüchigen Leben schon Schlimmeres an den Kopf geworfen hatte. »Zufälligerweise habe ich ein Dach, das mich schützt. Ich bin der plebejische Ädile Decius Caecilius Metellus.«

Sie riß überrascht die Augen auf. Es waren sehr attraktive Augen. »Du bist ein amtierender Magistrat? Man könnte meinen, du trägst Trauer, aber du siehst so aus, als hättest du dich heute morgen rasiert.«

»Der Dienst an Senat und Volk haben mich zum Bettler gemacht«, entschuldigte ich mich. »Und es tut mir leid, dich in derart turbulenten Zeiten zu behelligen. Zufälligerweise bin ich tatsächlich ein Freund deines Bruders.«

Sie verzog den Mund zu der Andeutung eines Lächelns. »Nun, letzteres ist nicht unbedingt eine Empfehlung. Was könnte ein Ädile mit mir zu besprechen haben?«

»Ich muß dir einige Fragen bezüglich deines verstorbenen Gatten stellen«, erklärte ich ihr.

Ihr Lächeln erstarb, bevor es richtig erblüht war. »Offizielles Interesse nach all der Zeit? Das finde ich seltsam. Als er ermordet wurde, konnte ich jedenfalls ganz bestimmt niemanden bewegen, Maßnahmen zu ergreifen oder auch nur Interesse zu zeigen.«

»Das tut mir leid. Ich war bei der Legion, als es passiert ist.

Ich habe in jüngster Zeit einige ernste Gesetzesverstöße untersucht. Ich vermute, daß Aulus Lucilius in derselben Sache ermittelt hat und deswegen ermordet wurde.«

»Priam, kümmere dich um diese Leute«, befahl sie ihrem Verwalter. »Wir können höchstens noch drei oder vier Erwachsene aufnehmen, danach schließe das Tor. Ich werde mich mit dem Ädilen Metellus in den grünen Salon zurückziehen.«

»Es ist überaus großzügig von dir, so vielen deiner Klienten Schutz zu gewähren«, lobte ich sie, als ich ihr über den bevölkerten Hof folgte.

»Man darf sich seinen Verpflichtungen nicht entziehen«, sagte sie. »Und der Zustand der Stadt ist eine Schande. Bei einer Naturkatastrophe sind die Menschen hilflos.«

»Ganz meine Meinung«, bestätigte ich. Sie führte mich in einen blaßgrün getünchten Raum, dessen Wände mit sich rankenden Reben in einem dunkleren Grün verziert waren. Er war mit zwei Stühlen, einem kleinen Tisch, einem Schreibtisch und einem Wandschrank mit Dutzenden von Schriftrollen möbliert.

Die Frau winkte eine Sklavin herbei. »Thisbe, bring uns Wein und –«

»Nein«, sagte ich und hob die Hand. »Es wäre geradezu ein Verbrechen, zum jetzigen Zeitpunkt deine Vorräte in Anspruch zu nehmen.«

Sie nickte. »Das ist sehr aufmerksam. Wie kann ich dir helfen?«

Ich zog die kleine Schriftrolle hervor und gab sie ihr. »Lies das.«

Sie nahm sie entgegen und wurde blaß, als sie die Handschrift ihres verstorbenen Gatten erkannte. Sie las das Dokument durch und legte es auf den Tisch.

»Ich kann mich an diese Untersuchung erinnern. Es ist eine von vielen, die er in jenem Jahr durchgeführt hat. Er hat mir viele Male erklärt, daß das Theater des Aemilius Scaurus die größte Bedrohung der Öffentlichkeit seit Catilinas Brandstiftern sei und Scaurus ein Dieb mit Ambitionen zum Massenmörder.«

»Was ist mit der hinzugefügten Bemerkung des Censors? War dein Mann ein politischer Feind von Scaurus und Pompeius?«

»Er war der Feind all jener, die das Gemeinwohl aus privatem Gewinnstreben ganz unverhohlen gefährden, und dazu zählt Scaurus mit Sicherheit. Ich habe gehört, auch die Sardinier hätten allen Grund zu dieser Ansicht. Was Pompeius angeht, ergibt die Bemerkung keinen Sinn. Er hat im Senat normalerweise mit Pompeius' Lager gestimmt.«

»Hat er spezielle Drohungen von Bauunternehmern oder Baustoffhändlern erwähnt?«

Ihre schönen Augen verdunkelten sich. »Eine ganze Reihe. Es verlief nach dem üblichen Muster in solchen Fällen: zuerst Ausflüchte, dann Bestechungsangebote und verschleierte Drohungen, zuletzt offene Gewaltandrohung. Mein Gatte war ein stolzer Mann. Alle haben angenommen, daß er bereitwillig die Gelegenheit ergreifen würde, sich zu bereichern, da sein Amt sehr kostspielig war.«

»Das mußt du mir nicht erklären«, seufzte ich.

»Wohl nicht. Wie dem auch sei, er hatte Jahre finanzieller Bedrängnis vor sich, doch Bestechungsangebote lehnte er konsequent ab. Er hat sogar versucht, Anklage gegen die Männer zu erheben, die ihn beeinflussen wollten.«

»Das ist nicht leicht«, erkärte ich ihr. »Von allen Magistraten, die ich kenne, ist es nur Cato gelungen, in solchen Fällen auch tatsächlich Verurteilungen zu erwirken.«

Sie nickte traurig. »Die Erfahrung haben wir auch gemacht. Die Censoren, Konsuln und seine Mitaedilen haben ihn jedenfalls zunehmend angewidert. Er beschloß, direkt vor die plebejische Versammlung zu treten. Er war sich sicher, daß mindestens zwei oder drei der Tribunen bereit sein würden, eine Reform der Gesetze und Sondergerichte zur Strafverfolgung von Bauunternehmern zu verlangen.«

»Dann hatte er mehr Vertrauen in diese Demagogen als ich«, bemerkte ich. »Was ist passiert?«

»Er hat keine Gelegenheit mehr bekommen, diese Pläne in die Tat umzusetzen. Am Abend, bevor er im Circus Flaminius vor dem Kollegium der Tribunen sprechen sollte, wurde er ermordet.« Sie sagte das ohne Tränen in den Augen, wie man es von einer römischen Adeligen erwarten konnte, doch meine lebenslange Erfahrung im Umgang mit Vertretern meiner Klasse hatte mich gelehrt, Gesten und Mimik, Tonfall und Sprachmelodie zu deuten, mit denen wir die Gefühle ausdrücken, die vor Fremden offen zu zeigen wir für unschicklich halten. Diese Frau trauerte noch immer um ihren Mann, und die Wut auf seine Mörder loderte weiter.

»Und ...« setzte ich an, während ich mich fragte, wie ich die Angelegenheit taktvoll zur Sprache bringen konnte. »Kannst du mir vielleicht berichten, wie es dazu kam, daß er –«

»In einem Bordell ermordet wurde?« fragte sie geradeheraus. »Wie du zweifelsohne weißt, fällt die Oberaufsicht über diese Lokalitäten unter die Kompetenz der plebejischen Ädilen.«

»Die Leute lassen keine Gelegenheit aus, mich daran zu erinnern«, bestätigte ich.

Sie bedachte mich mit einem noch verhalteneren Lächeln als zuvor. »Darüber hat Aulus auch immer geklagt. Nun, die Sache hatte nichts mit seinen Dienstpflichten zu tun. Er hatte sein Amt ohnehin gerade niedergelegt und hoffte, daß die Tribunen des neuen Jahres seine Sache aufgreifen würden, bevor es mittels Korruption vereitelt wurde.«

Ich gab zustimmende Laute von mir, obwohl mir nur schwer begreiflich war, daß ein Mann so viele Jahre in der Politik zugebracht haben konnte, ohne zu erkennen, daß die meisten Beamten die fettesten Bestechungen schon kassiert hatten, *bevor* sie ihr Amt überhaupt antraten. Zweifelsohne hatte er die Sache um seiner Frau willen ein wenig rosiger dargestellt, denn zu diesem Zeitpunkt mußte er schon recht entmutigt gewesen sein.

»An dem Abend, als er seinen Vortrag vor dem Tribunat vorbereitete«, fuhr sie fort, »kam ein Bote. Mein Mann empfing ihn und erklärte mir kurz darauf, daß er noch einmal ausgehen und sich mit einem Mann treffen müsse, der ihm wichtiges und für seinen Fall entscheidendes Beweismaterial präsentieren wolle. Ich drängte ihn, ein paar Sklaven als Eskorte mitzunehmen, weil es bald dunkel werden würde. Er sagte, er würde sich für den Heimweg einen Fackelträger mieten, obwohl sich die Sache auch leicht bis zum Morgengrauen hinziehen könnte. Das war das letzte Mal, daß ich ihn gesehen habe.«

»Hat er dir gesagt, wer diese Person sein könnte?« fragte ich.

»Nein, nur daß die Sache wichtig wäre und keinen Aufschub duldete.«

Das war frustrierend, obwohl mir klar war, daß ich schon unwahrscheinliches Glück gehabt hatte, überhaupt so viel von ihr zu erfahren. Die meisten römischen Beamten erzählen ihren Frauen rein gar nichts über ihre Amtsgeschäfte. Die offizielle Erklärung lautet, daß es sich für eine Frau nicht ziemt, sich für derlei Dinge zu interessieren und sie sich statt dessen auf das Aufziehen der Kinder und die Führung des Haushaltes konzentrieren sollte. Die Wahrheit jedoch ist, daß die meisten Beamten ihren Frauen nicht trauen, und das aus gutem Grunde. Einer der Gründe für Caesars großen Erfolg war die Tatsache, daß er kontinuierlich Affären mit den Frauen seiner Rivalen pflegte und deshalb stets über deren nächste Schritte unterrichtet war, so daß er vorbeugende Maßnahmen ergreifen konnte.

»Und in welchem, ähm ... in welchem Lokal wurde er gefunden?«

Sie ließ die Augenlider sinken und verzog angewidert das Gesicht. »Es heißt *Labyrinth.*«

»Was, in *dem* Schuppen wurde er gefunden?« platzte es aus mir heraus, bevor ich mich bremsen konnte.

Sie sah ernsthaft gekränkt aus. »Man hat mir angedeutet, daß es eine recht berüchtigte Lokalität ist.«

»Das ist grob untertrieben«, murmelte ich und versuchte meinen Schnitzer zu überspielen, indem ich hastig fragte: »Hat er zufälligerweise die Rede hinterlassen, die er vor den Tribunen halten wollte?«

»Nur ein paar Notizen. Er hatte die Angewohnheit, auf diese Art seine Gedanken zu ordnen, bevor er die Rede gehalten und sie anschließend mit Hilfe seines Sekretärs schriftlich festgehalten und veröffentlicht hat.«

Das war damals unter römischen Anwalten die übliche Praxis. Cicero hatte sogar so etwas wie eine literarische Form daraus gemacht. Anstatt einen vorbereiteten Text vorzutragen (und es gab Anwälte der alten Schule, die es sogar für unangemessen hielten, Notizen zu verwenden), sprach der Redner, gestützt auf seine Notizen, frei und nahm die rhetorische Feinabstimmung spontan und nach Publikumsreaktion vor, bevor er die Rede anschließend korrigiert und vollendet ausformuliert veröffentlichte, wobei die schriftliche Fassung nicht selten stark vom gesprochenen Wort abwich.

»Dürfte ich seine Notizen einsehen?« fragte ich.

Sie erhob sich und ging zu dem Schreibtisch mit seinen Fächern für Schriftrollen. Sie kramte eine Weile herum, rollte eine Schriftrolle aus und entnahm einige darin versteckte lose Blätter, die sie mir gab. Ich entdeckte auf den ersten Blick ein paar vertraute Namen inmitten von ausladendem Wortgedrechsel, das mir verriet, daß er geplant hatte, seine Rede im blumigen asiatischen Stil zu halten, der damals zwar langsam aus der Mode kam, aber nach wie vor praktiziert wurde. Das würde einige Arbeit erfordern.

»Darf ich die mitnehmen?« fragte ich sie. »Ich werde sie so bald wie möglich zurückbringen. Ich bin sicher, du möchtest die Unterlagen deines Mannes für deine Söhne aufbewahren.«

»Ich habe keine Söhne«, sagte sie und stand abrupt auf. Unser Gespräch war offensichtlich beendet. »Wenn du die Mörder meines Mannes zur Verantwortung ziehst, kannst du meinetwegen seine ganze Bibliothek auf ihrem Scheiterhaufen verbrennen.«

Sie begleitete mich durch die Menge der Obdachsuchenden zur Tür, und ich verabschiedete mich eilig. Es war schon fast dunkel, als Hermes und ich wieder auf der verstopften Straße standen.

»Zurück nach Hause?« fragte Hermes.

»Noch nicht.« Als er das Gesicht zu einer Miene maßlos übertriebener Erschöpfung verzog, erklärte ich ihm: »Unser nächster Besuch wird dir gefallen.«

»Wohin gehen wir denn?« fragte er skeptisch.

»Ins Bordell.«

Ein breites Grinsen brach sich auf seinem Gesicht Bahn. »Das wurde auch langsam Zeit!«

X

Es wurde Zeit für einen weiteren langen Marsch, und da es schon spät und das Wetter erbärmlich war, hätten es genausogut die Saturnalien sein können. Der Drang zu den höher gelegenen Plätzen war in vollem Gange, obgleich keine Panik entstand – da es noch ganz anderes als eine simple Flut braucht, um Römer in Panik zu versetzen. Selbst ein vorrükkender Feind macht sie bestenfalls ein wenig nervös. Ein Großbrand oder ein Erdbeben kann sie vollkommen aus der Fassung bringen, aber sonst kaum etwas. Hin und wieder proben sie aus schierer Wut den Aufstand. Zumindest haben sie das früher getan, bevor der Erste Bürger alles gezähmt hat.

Doch diesmal herrschte eine seltsame, fast feiertägliche Stimmung unter der entwurzelten Bevölkerung. Welche Schäden und Verheerungen auch drohen mochten, es war eine Abwechslung von der üblichen Alltagsroutine, und das macht die Menschen leichtfertig. Die Männer wußten, daß sie morgen nicht zur Arbeit gehen mußten, wenn sie überhaupt welche hatten. Ihre Frauen wußten, daß sie morgen nicht den langen Weg zum Brunnen laufen, Wasser holen und den schweren Krug dann die steilen Treppen der *insula* hochschleppen mußten. Und die Kinder wußten, daß sie am nächsten Tag keinen Schulmeister ertragen mußten.

Vielleicht hatten sie, wenn sie heimkehrten, kein Zuhause mehr, aber darüber konnte man sich später noch genug Sorgen machen. Für den Augenblick taten sie einfach nur etwas anderes als sonst, trafen Freunde und Verwandte, die sie eine Weile nicht gesehen hatten, teilten vielleicht ein paar Tage lang einen Garten oder ein Dach mit Fremden. Man würde spielen und sich Geschichten erzählen, um die Zeit totzuschlagen. Vielleicht würden die Männer zu Arbeitsgruppen eingezogen werden, die Schaden eindämmen oder Schutt abtransportieren mußten. Aber es war eine Abwechslung in ihrem ansonsten öden Leben.

Das beste an einer Flut war, daß sie, im Gegensatz zu einem Feuer oder Erdbeben, nur wenige Menschen sofort das Leben kostete. Es ist nicht schwer, einem Hochwasser auszuweichen. Todesopfer würden sich erst später einstellen, durch Unterkühlung, Krankheit oder verseuchtes Wasser, was zur Zeit meine größte Sorge war. Die verstopften und vollgelaufenen Abflüsse würden den Dreck in der ganzen Stadt verbreiten. Jeder, der je eine Belagerung mitgemacht hat, weiß, daß in Schmutz und Unrat Seuchen gedeihen. Sei es, weil, wie manche glauben, Übelriechendes von bösen Geistern bewohnt wird, sei es, weil Unreinlichkeiten die Götter erzürnt, oder aus einem anderen Grund ohne jeden Bezug zum Übernatürlichen – es ist jedenfalls unvermeidbar. Es war nur gerecht, daß die Menschen sich amüsierten, dachte ich, weil viele von ihnen in den kommenden Wochen und Monaten sterben würden.

Als wir das Forum überquerten, wurde die Menschenmenge kleiner. Das Forum war, wie erwähnt, früher ein Sumpf gewesen, und ich bemerkte schon von weitem, daß aus den Gullis schmutzig braunes Wasser quoll und ein übler Gestank über dem prachtvollen Platz hing. Ich fragte mich im Vorübergehen, was wohl aus dem alten Charon und seinem Boot geworden war. Er hatte bestimmt einen Zufluchtsort, dachte ich. In seinen langen Jahren in den unterirdischen Gefilden der Stadt mußte er schon manche Flut überstanden haben.

Der Viehmarkt und die Gegend um den Circus Maximus waren schon entschieden feucht, und ich war froh, als ich die Uferböschung erklimmen und die Pons Sublicius betreten konnte, die auch bei einem Hochwasser nicht überschwemmt werden würde. Die Brücke war von Gaffern gesäumt, die den Fortgang von Vater Tibers Raubzug beobachteten und gewichtig kommentierten.

Die ganze Szenerie hatte etwas Irreales, und das lag nicht nur an der unangemessenen festlichen Stimmung meiner Mitbürger. Ich schrieb es der Kombination aus steigendem Wasserpegel, klarem Himmel und dem für die Jahreszeit ungewöhnlich warmen Wetter zu. Wir assoziieren eine Flut immer mit starkem Regen. Es war nur schwer vorstellbar, daß all das das Ergebnis eines warmen Windes aus Afrika und der Schneeschmelze im weit entfernten Gebirge war.

»Wenn wir den Fluß überqueren«, sagte Hermes ängstlich,

»können wir vielleicht tagelang nicht in die Stadt zurückkehren.«

»Das *Labyrinth* liegt im Trans-Tiber-Distrikt, und dort müssen wir nichtsdestoweniger hin«, versicherte ich ihm. »Mach dir keine Sorgen. Die Brücke wird über Wasser bleiben. Wenn der Fluß sein künstliches Bett verläßt, bleibt das Wasser in den tiefer gelegenen Gebieten zwar stehen, an manchen Stellen sogar ziemlich hoch, aber es gibt kaum eine Strömung. Sieh mal.« Ich zeigte auf das Ufer, wo Männer bereits kleine, aus Holzresten zusammengezimmerte Boote und Kähne hinter sich herzogen. »Die Flußfischer und andere unternehmungslustige Geister bereiten sich bereits darauf vor, sich ein bißchen Geld zu verdienen, indem sie die Leute durch die überfluteten Viertel schiffen. Vielleicht müssen wir ein Boot nach Hause nehmen, aber nach Hause kommen wir bestimmt.«

Während ich diese beruhigenden Worte sprach, betrachtete ich das Theater des Aemilius Scaurus ein Stück flußaufwärts. Der Pegel hatte die Abstützung längst überstiegen, deren Errichtung wir am Morgen beobachtet hatten, was mir jetzt Ewigkeiten her zu sein schien. Der Gedanke an die verstrichene Zeit ließ meinen Magen knurren, was mich daran erinnerte, daß wir seit der kurzen Pause in der Taverna nach unserem Besuch von Justus' Holzlager nichts mehr gegessen hatten.

»Komm«, sagte ich zu Hermes. »Genug gegafft. Wir haben wichtige Amtsgeschäfte, um die wir uns kümmern müssen.«

»In einem Bordell«, meinte er.

»Zufälligerweise, ja.«

Der Trans-Tiber-Distrikt lag jenseits der Stadtmauern und damit außerhalb der eigentlichen Stadt, doch die Autorität der Ädilen erstreckte sich bis zu dem ersten Meilenstein an jeder der großen Ausfallstraßen, und die standen schon mitten auf dem Land. Verglichen mit der gewaltigen Ausdehnung von Städten wie Alexandria oder Antiochia war Rom eine recht kompakte Stadt, allerdings auch unangenehm voll.

Unterwegs berichtete ich Hermes, was ich im Haus der Witwe erfahren hatte. »Was grinst du so?« fuhr ich ihn an.

»Nun, ich hatte heute morgen recht! Das Theater ist tatsächlich aus schlechtem Holz gebaut, und zwar von denselben Leuten, die auch die *insula* errichtet haben!«

»Du könntest dich bemühen, deine Genugtuung darüber ein wenig besser zu verbergen. Jetzt bin ich zwischen zwei Mühlsteine geraten. Entweder könnten meine Spiele in einer nie dagewesenen Katastrophe enden, oder meine Familie könnte mich verstoßen. Eine wirklich unanangehme Wahl.«

»Schade, daß wir den Laden nicht einfach abfackeln können«, meinte Hermes.

»Dir fällt natürlich wieder nur eine kriminelle Lösung für das Problem ein. Brandstiftung ist nicht nur das abscheulichste Verbrechen, das unsere Gesetzbücher kennen, das Theater würde auch ein noch größeres und verheerendes Feuer abgeben als der Circus Maximus und die halbe Stadt niederbrennen.«

»Es war lediglich eine müßige Spekulation«, erwiderte er, der intrigante kleine Flegel.

Der noch vergleichsweise neue Trans-Tiber-Distrikt war ein lebendiges Viertel. Jahrhundertelang hatten Censoren und Ädilen versucht, jene Elemente aus der Stadt zu vertreiben, die man für Parasiten oder verderbliche Einflüsse hielt. Als solche galten vor allem Schauspieler und Gladiatoren, Huren, Schwindler, Wahrsagerinnen und Vertreter fremdländischer Kulte, kurzum die interessantesten und unterhaltsamsten Menschen.

Als Resultat dieser Säuberungsbemühungen war der Trans-Tiber-Distrikt das wildeste Viertel der Stadt geworden, in dem sich sämtliche Vergnügungsstätten ballten. Außerdem wohnten die meisten Fährleute in der Gegend oder hielten sich zumindest hier auf, wenn sie in Rom weilten. Dem Viertel ging die Ballung von Reichtum, Macht und Politik ab, wie man sie um das Forum herum antraf, außerdem verfügte es über keine wichtigen Tempel oder andere geweihte Stätten, aber die Bewohner vermißten diese Dinge offenbar auch nicht besonders. Das Viertel war nicht so überbevölkert, dafür jedoch um so lebhafter.

Zum Glück für mein Vorhaben lag der Trans-Tiber-Distrikt zum größten Teil höher als das Ostufer und hatte außerdem nicht noch zusätzlich mit dem Problem verstopfter Kloaken und Abflüsse zu kämpfen.

Von allen *lupanar* in Rom, diesseits und jenseits der Stadtmauern, war das *Labyrinth* das berühmtest. Es war das größte, hatte die meisten Huren, bot die größte Bandbreite von Zerstreuungen und Perversionen (was natürlich von der jeweiligen Deutung dieses Wortes abhängt) und erfreute sich deshalb auch der größten und gemischtesten Kundschaft. In Alexandria, Antiochia und, soweit ich weiß, auch in Indien oder Babylon, gab es nichts Vergleichbares. Wären Bordelle Tempel, das *Labyrinth* wäre der Tempel des Jupiter Optimus Maximus.

Es lag in der Mitte eines weitläufigen Platzes, der anstelle der Häufung von Denkmälern, die jeden öffentlichen Platz innerhalb der Stadtmauern beengten, von Obstbäumen in riesigen dekorativen Kübeln gesäumt war. Das Gebäude war vier Stockwerke hoch und grellrot gestrichen. Die meisten umliegenden Häuser beherbergten kleine Tavernen und Gasthäuser für Fährleute sowie ausländische Besucher, die vor den hohen Preisen und dem allgemeinen Elend auf dem gegenüberliegenden Ufer geflüchtet waren.

Das Zeichen, an dem man erkannte, daß man den richtigen Ort gefunden hatte, war auf der ganzen Welt berüchtigt. Das *Labyrinth* war nach dem Irrgarten unter dem Palast des Minos benannt, das Zeichen selbst war eine Statue der verrufenen Königin jenes Palastes, der unersättlichen Pasiphae. Die meisten werden sich erinnern, daß diese Königin auf Betreiben Poseidons eine unschickliche Leidenschaft für einen außergewöhnlich schönen Bullen entwickelte, den ihr Mann Minos den Göttern als Opfer verweigert hatte. Pasiphae ersuchte Daedalus um Hilfe beim Vollzug dieser schwierigen Lust, was jener dadurch bewerkstelligte, daß er eine lebensgroße Kuh aus Holz konstruierte, in der sich die Königin verbarg. Der Bulle wurde getäuscht, die Königin vermutlich befriedigt, das Resultat war jedenfalls die Geburt des bullenhäuptigen Minotaurus.

Die Skulptur bildete diese bizarre Kopulation ab, wobei die künstliche Kuh mit zwei an der Stirn der Königin befestigten Hörnern und gespaltetenen Hufen, die ihre Hände und Füße bedeckten, nur symbolisch dargestellt war. Ansonsten war die sinnliche Königin nackt und der Bulle mehr als realistisch gehalten. Beide Figuren waren lebensgroß, die Skulptur bis ins feinste Detail ausgearbeitet. Mein Tag entwickelte sich zu einer ausgedehnten Kunstlektion.

»Kommt rein, meine Lieben, kommt rein!« säuselte eine Frau mit blonder Perücke und flammend rotem Gewand. In dem gedämpften Licht brauchte ich einen Augenblick, um zu erkennen, daß sie in Wirklichkeit ein Mann war. »Das *Labyrinth* hat etwas für jeden Geschmack!« Wie die Person selbst aufs anschaulichste verdeutlichte. Wir folgten einer gemischten Gruppe in das Gebäude. Hier drinnen machte sich niemand Sorgen wegen einer albernen kleinen Flut.

Wir kamen durch einen von Nischen gesäumten Tunnel. In jeder Nische brannten Kerzen, die kleine Skulpturen von Paaren und Gruppen in den verschiedensten Stellungen ekstatischer Kopulation beleuchteten. Über der Nische stand in lateinischer und griechischer Schrift der Name der jeweiligen Variante. So konnte man seine Wahl treffen und seine Leidenschaft benennen, wenn man mit der Geschäftsführung dieses freizügigen Unternehmens verhandelte.

Der Tunnel führte auf einen riesigen Hof mit Tischen, umgeben von den Galerien der drei oberen Stockwerke. Zwischen dem Hof und den oberen Etagen herrschten ein reges Kommen und Gehen. Huren beiderlei Geschlechts führten ihre Freier, ebenfalls beiderlei Geschlechts, vor allem jedoch Männer, in die Kammern, die die Geschäftsleitung umsichtigerweise zur Verfügung stellte.

Überall brannten Fackeln in Wandleuchtern, Laternen auf Ständern und Hunderte von Kerzen. Dies war ein Ort, an dem die in Rom ansonsten eher seltenen Kerzen geradezu verschwenderisch benutzt wurden. In ihrem Licht sah ich, daß auch die Innendekoration wie die Statue vor der Tür den Mythos von Theseus und dem Minotaurus in gewisser Weise wieder aufnahm. Die Legende berichtet, daß die Athener ihm jedes Jahr einen Tribut entrichten mußten: Sieben Knaben und sieben Mädchen wurden dem Minotaurus ausgeliefert. Die Legende geht nicht näher darauf ein, was der Minotaurus mit diesen Knaben und Mädchen angestellt hat, doch die Wandgemälde ließen daran keinen Zweifel. Obwohl von menschlicher Gestalt hatte der Minotaurus offenbar nicht nur den Kopf seines Vaters geerbt.

»Wie dürfen wir euch unterhalten?« Eine junge Hure war auf uns zugetreten, die außer ihrem reizenden Lächeln kaum etwas trug.

»Wenn wir noch irgendwas bewerkstelligen wollen«, sagte ich, »müssen wir zunächst etwas essen. Danach können wir über kräftezehrendere Unterhaltungsvarianten reden.«

»Hier entlang.« Wir folgten ihrem glänzenden weißen Po zu einem kleinen Tisch in einer Ecke. Auf dem Weg dorthin ließ ich den Blick über die zwar ziemlich laute, ansonsten aber recht geordnete Gästeschar schweifen. Neben den Professionellen sah ich nicht nur Fährleute und ausländische Besucher, sondern auch einige Senatorenkollegen, die sich nicht die geringste Mühe machten, ihre Identität zu verbergen.

Ich nahm an dem zugewiesenen Tisch Platz, und Hermes setzte sich, ohne daß ich es ihm extra sagen mußte, auf einen Hocker hinter mir. Da ich in offizieller Funktion hier war, kam es nicht in Frage, daß wir uns wie beim Mittagessen zusammensetzten. Was diese Dinge angeht, gibt es ein unausgesprochenes Protokoll. Sofort trugen Sklaven Speisen und Wein auf.

»Sei so gut und schicke die Besitzerin zu mir«, trug ich der Hure auf, die uns an den Tisch geführt hatte.

Sie musterte mich skeptisch. »Und wer, soll ich ihr ausrichten, bittet darum? Es ist absolut unüblich.« Sie sprach den Akzent einer gebürtigen Zypriotin, der melodischer ist als die meisten anderen ausländischen Akzente.

»Der plebejische Ädile Metellus«, erklärte ich ihr. Ihre flügelartigen falschen Augenbrauen schwangen sich ein wenig nach oben, aber sie widersprach mir nicht. Ich dachte, daß die schmuddelige Toga vielleicht doch keine so gute Idee gewesen war.

Speisen und Wein waren gleichermaßen ausgezeichnet. Es gab Schellfisch in Knoblauchsauce, mit Fenchelsamen gebackenes Brot, eine Käseauswahl und Dörrobst, also hauptsächlich Speisen, denen nachgesagt wurde, die fleischlichen Gelüste zu steigern. Bei dem korsischen Wein hielt ich mich ausnahmsweise einmal zurück.

Ich schob gerade die Teller beiseite, als ich eine Frau über den Hof auf mich zukommen sah. Hin und wieder blieb sie stehen, um mit den Kunden an einem Tisch zu plaudern, zu lächeln, hier eine Schulter und dort eine Glatze zu tätscheln, ganz die Herrin des Hauses, die sich vergewisserte, daß ihre Gäste glücklich und gut versorgt waren. Weil sie aus einiger Entfernung und zwischen sitzenden Kunden hindurch auf mich zukam, erkannte ich erst, als sie nur noch wenige Schritte von meinem Tisch entfernt war, wie groß sie war.

Andromeda, die berühmte Inhaberin des *Labyrinth*, war

größer als fast alle Männer in Rom, einen Kopf größer auch als ich, und ich galt nicht gerade als klein. Ihre ohnehin imposante Größe wurde noch betont durch eine faszinierende Perücke, die aus dem Haar mehrerer germanischer und gallischer Frauen zu goldenen, flachsfarbenen und roten Locken geflochten war, die sich auf ihrem Kopf türmten. Sie trug nicht das Peplos einer ehrbaren Frau, sondern eine Art feminine Toga, wie sie römische Prostituierte nach dem Gesetz tragen müssen. Im Gegensatz zu der schlichten Bürgertoga war ihre von einem leuchtenden Aquamarin mit einer aufgestickten, goldenen griechischen Borte am Saum. Der Gegenwert ihres üppigen Schmucks entsprach vermutlich dem einer geräumigen Landvilla.

Sie blieb an meinem Tisch stehen, legte die Hände aneinander und verbeugte sich elegant. »Ädile, du erweist uns eine unerwartete Ehre.«

»Ich bin in einer offiziellen Dienstangelegenheit hier«, beeilte ich mich zu versichern. »Bitte, nimm Platz.« Sie drapierte ihre lange Gestalt auf einem Stuhl, beugte sich vor und tätschelte mich. Ich hielt das für eine nette Geste des Hauses, doch dann schob sie ihre Finger an meine Hüfte, zog sie wieder weg und lehnte sich mit ernster Miene zurück.

»Du kommst gerüstet wie zu einem Kampf«, sagte sie. »Die *ludus* ist drei Straßen weiter. Dies ist ein Ort der Freude, wo man die alltäglichen Sorgen hinter sich läßt. Doch du kommst mit Waffen unter dem Gürtel, einer Rüstung unter deiner Tunika und einer Toga, die selbst der ärmste Freigelassene wegwerfen würde.«

Ich tastete über die grobe Wolle. »Ach, komm schon, so schlimm ist sie nun auch wieder nicht. Aber ich will keine Ausflüchte machen. Wir leben in gefährlichen Zeiten, und wie jede öffentliche Person heutzutage habe ich Feinde. Es könnte sein, daß ich kämpfen oder fliehen muß.«

Sie nickte. »Das ist verständlich. Aber ich dulde keine Unordnung in meinem Lokal.« Sie wies mit dem Kopf auf eine Nische in der bemalten Wand. Es gab mehrere solcher Nischen, und in jeder stand ein Riese mit einem schweren Knüppel an seinem breiten, mit Nägeln beschlagenen Gürtel. Es waren Gladiatoren aus der nahe gelegenen *ludus,* die sich ein Taschengeld als Rausschmeißer verdienten. »Ich bestehe auf gutes Benehmen, und bei dem geringsten Anzeichen von Ärger lasse ich den Unruhestifter hinauswerfen, egal ob er Matrose oder Senator ist. Meine Mädchen sind sauber, mein Wein ist nicht gepanscht, und ich halte für den Brandfall jede Menge Eimer mit Sand und Wasser bereit, mehr als es das Gesetz vorschreibt. Ich bezahle alle meine Gebühren pünktlich, und wenn deine Kollegen meinen, ich sollte ihnen ein wenig mehr geben, fange ich deswegen keinen Streit an.« Sie sah mich trotzig an. Offenbar hatte sie eine falsche Vorstellung davon, warum ich gekommen war.

»Nach allem, was ich höre, geht es hier nicht immer so friedlich zu«, entgegnete ich.

Sie schien überrascht. »Aber ich sagte doch gerade – oh, vor einer Weile gab es hier einen Mord, aber das war lediglich ein Mord in den sechs Jahren, seit ich im Geschäft bin. Ansonsten hatten wir schlimmstenfalls mal eine blutige Nase oder ein blaues Auge, vielleicht auch eine eingeschlagene Glatze, wenn einer der Jungs etwas rauh zugepackt hat, aber nichts Schlimmeres.«

»Es gab zahlreiche Senatorenvillen, die sich nicht eines so sauberen Rufes rühmen können«, versicherte ich ihr, »aber es ist eben jener eine Mord, der mich hierher führt. Ein Ädile namens –«

Sie hob die Hand und gebot mir zu schweigen. »Nein! Ein Privatmann namens Aulus Lucilius wurde in diesen Räumen tot aufgefunden. Wenn er zuvor Ädile war, hat das nichts zu bedeuten, weil er nicht mehr im Amt war, und das weißt du ganz genau.«

»Da magst du recht haben. Wie dem auch sei, ich möchte etwas über die Umstände hören, die den Tod dieses Herren begleitet haben. Sei so gut, und kläre mich auf.«

»Aber ein Vertreter des *praetor urbanus* hat mich schon vor geraumer Zeit in dieser Sache befragt«, protestierte Andromeda. »Warum liest du nicht einfach seinen Bericht.«

»Ich traue den Berichten anderer Leute nicht«, erklärte ich ihr. »Zunächst einmal stellen sie nicht die richtigen Fragen, und dann machen sie noch Fehler bei der Aufzeichnung der Antworten. Anschließend wird der Bericht dann häufig genug falsch abgelegt oder zerstört oder geht ganz verloren. Warum erzählst du mir also nicht einfach, was passiert ist?«

Sie lächelte und blinzelte mir mit ihren vergoldeten Augenlidern zu. »In deinem Geschäft geht es offenbar sehr viel ungeordnet er zu als in meinem, Ädile. Nun denn, am Tag der Tat kam Lucilius kurz nach Sonnenuntergang zu uns. Es war bereits dunkel, und die Lampen brannten, genau wie jetzt. Er hatte seine Toga über den Kopf gezogen, aber ich erkannte ihn aus dem Vorjahr, als er mein Lokal zweimal inspiziert hatte.«

»Als Freier ist er nie hier gewesen?« wollte ich wissen.

»Meines Wissens nicht, aber sieh dich um. An einem ruhigen Abend haben wir Hunderte von Gästen, an den großen Feiertagen tausend oder mehr. Ich versuche jedem von ihnen ein wenig persönliche Aufmerksamkeit zu widmen, aber das ist völlig aussichtslos. Diejenigen, die ich vom Sehen kenne, sind Stammgäste.«

»Ich verstehe. Bitte sprich weiter.«

»Nun, ein Mädchen namens Galatea empfing ihn an der Tür und führte ihn zu dem Tisch dort drüben in der Ecke«, sagte sie und wies auf den Tisch gegenüber von unserem. »Dort wurde er von einem Mann mit einem Kapuzenumhang erwartet.«

»Ist es üblich, daß deine Kunden ihre Identität mit Togen

und Umhängen verbergen?« warf ich ein. »Das hätte doch deinen Verdacht wecken müssen.«

»Wohl kaum. Bedenke, daß das Ganze zwischen den Nonen und den Iden des Dezember geschah. Jedermann war ziemlich eingepackt, weil es einer der kältesten Winter seit Menschengedenken war. Ich weiß noch, daß Galatea ein Wollkleid trug. Bis zum Frühling laufen die Mädchen normalerweise nicht nackt herum. In den letzten paar Nächten haben sie ihre Kleider nur abgelegt, weil der afrikanische Wind die Luft so erwärmt hat.«

»Nun gut, das Mädchen Galatea führte Lucilius also an den Tisch des Mannes mit dem Umhang. Was geschah dann?«

Wie in einer Vision erschien auf der Bühne in der Mitte des Hofes – unter einem riesigen Kandelaber in Form einer Hydra mit zahllosen Kerzen auf jedem ihrer vielen Köpfe – plötzlich eine Gruppe iberischer Tänzerinnen und begann den berühmten Tanz von Gades vorzuführen, begleitet von wilder Flötenmusik und dem Rhythmus der kleinen hölzernen Klappern, die sie in der Hand hielten. Wie die meisten Bewohner von Gades waren diese Frauen von griechisch-phoenizischer Herkunft und verbanden die aufreizendsten Eigenschaften beider Nationen.

Die Mädchen aus den Tänzerfamilien wurden von Geburt an dazu erzogen, in der Öffentlichkeit aufzutreten, und ihre Tänze waren die weltweit schlüpfrigsten ihren Art. Tatsächlich zelebrierten sie auch heilige Tänze mit perfektem Anstand, aber selbstredend nicht im *Labyrinth.* Jede der Frauen war nicht nur eine Tänzerin, sondern auch eine Akrobatin und Verrenkungskünstlerin, eine Kombination, die mir schon immer gefallen hat.

»Ädile, hörst du mir zu?« Andromeda schwenkte ihre Finger vor meinen Augen.

»Hä? Natürlich. Ich war nur ein wenig abgelenkt, das ist alles.«

Sie lachte. »Sie sind in der Tat ein ablenkender Anblick. Das ist die Truppe von Eschmoun, die älteste aller Tanztruppen aus Gades. Sie sind unterwegs zu einem Auftritt bei den großen Dionysia in Athen, anschließend werden sie am Hofe des Ptolemaois gastieren und dann nach Iberien zurückkehren. Die Schönheit, die jetzt zuoberst liegt, heißt Yeroshabel und gilt als beste Tänzerin der Welt.«

»Das glaube ich gern«, sagte ich. Meine Kehle war eigenartig trocken, und ich trank einen großen Schluck Wein, um sie zu befeuchten. Ich hielt mich für weltgewandter als die meisten Zeitgenossen, und ich hatte auch schon einmal Tänzerinnen aus Gades gesehen, aber diese Frauen veranstalteten die schockierendsten orgiastischen Verrenkungen, derer ich je ansichtig wurde. Das Seltsame war, daß dieses pantomimisch dargeboten wurde, allerdings ohne die breiten, übertriebenen Gesten, die man sieht, wenn Römer dieser Kunst frönen. Die Gesichter der Frauen blieben erhaben wie die Antlitze in Stein gehauener Musen, ihre Bewegungen hatten eine schwanenartige Grazie, und bei all dem passierte im Grunde gar nichts, wenn man genau genug hinsah (was ich tat). Sie ließen einen einfach nur mit dem Eindruck zurück, man habe einen Blick auf etwas getan, was sonst nur Götter betrachten sollten, ohne mit Blindheit geschlagen zu werden.

Als der Auftritt beendet war, sprang ich auf und applaudierte so stürmisch wie alle anderen. Selbst die hartgesottensten Huren waren starr vor Bewunderung, und ich trug Hermes auf, ein paar Münzen auf die Bühne zu werfen, was er mit großem Eifer ausführte, bevor die Tänzerinnen entschwinden konnten.

Ich nahm wieder Platz. »Nun, wo waren wir stehengeblieben?«

»Möchtest du Yeroshabel kennenlernen? Ich könnte das arrangieren«, sagte Andromeda.

»Das verbietet mir leider die Pflicht, von meiner Frau ganz zu schweigen.«

»Das tun die meisten Männer nicht«, sagte sie.

»Was tun sie nicht?« fragte ich, von dem Spektakel noch immer leicht verwirrt. Der Wein konnte es jedenfalls nicht gewesen sein. »Ihre Frauen erwähnen, meinst du? Vermutlich nicht. Nun, meine Frau ist eine Nichte Caesars, und sie teilt viele seiner Eigenschaften.«

Sie pfiff leise. »Bei so einer Frau wäre ich ebenfalls vorsichtig. Caesar ist auch schon mein Gast gewesen. Einer der besten sogar.«

»Das kann ich mir vorstellen«, versicherte ich ihr, inzwischen vollkommen entspannt in Gegenwart dieser Frau. Aber ich nehme an, es war ihr Beruf, eine angenehme Gesellschafterin zu sein.

»Er kam in der Regel hierher, wenn er wichtige ausländische Gäste hatte. Meistens in größeren Gruppen. Er sorgte dafür, daß sie sich amüsierten, aber seine eigene Leistung konnte sich nicht mit dem Ruf messen, der ihm vorauseilt, wenn du weißt, was ich meine.«

»Oh, vermutlich hatte er nach der übermäßigen Inanspruchnahme durch all die Senatorengattinen nicht mehr allzuviel Kraft übrig.« Irgendwie hatte ich das Gefühl, ihn verteidigen zu müssen.

»Ich glaube, ihn erregt nur die Macht«, entgegnete Andromeda. »Er macht sich nichts aus Speisen, Wein oder Bequemlichkeit, mußt du wissen, trotz seines Rufes als Lebemann.«

»Ich kenne ihn besser als die meisten«, bestätigte ich verdrießlich. »Ich war mit ihm in Gallien.«

»Mit Frauen und Knaben ist es dasselbe«, fuhr sie fort. »Er macht zwar aus Höflichkeit mit, aber ich habe immer das Gefühl, daß er dabei an die anstehende Wahl denkt oder seinen nächsten Feldzug plant.«

»Du hast ein gutes Auge für Männer, Andromeda.« Auch

ich war ständig auf der Suche nach nützlichen Kontakten. Mir kam der Gedanke, daß diese Frau in einer einzigartigen Position war, Vertrauliches über heimische oder in der Stadt zu Gast weilende bedeutende Männer zu erfahren. Manche Menschen meinen, daß Informationen aus derartigen Quellen unter der Würde eines römischen Beamten sind, aber ich habe das nie so gesehen.

»Wie lange würde ich mich wohl halten, wenn ich das nicht hätte?« Sie schien genauso zu denken wie ich. Nun, wir waren beide auf der Höhe unserer Profession. »Ein Mann, der wie du auf dem Weg nach oben ist, sollte solche Dinge wissen. Du begreifst sicher, daß ich bei gewissen Gästen diskret sein muß, Stammkunden und solche, die mir ernsthaften Schaden zufügen könnten.«

»Aber einen Freund und Beschützer kannst du doch gewiß immer brauchen, oder nicht?«

»Davon kann man nie genug haben. Aber ich bin eine Professionelle und daran gewöhnt, mir meine Dienste bezahlen zu lassen.«

»Ich verstehe. Ich habe nie etwas dagegen, für gute Ware zu zahlen«, versicherte ich ihr. »Aber die Angelegenheit, über die wir eben gesprochen haben, fällt leider unter die Rubrik offizielle Ermittlung.«

Sie seufzte. »Ich sage das auch nur, damit du nicht die Angewohnheit entwickelst, kostenlose Informationen zu erwarten. Wie dem auch sei, die beiden Männer haben eine Weile miteinander geredet. Irgendwann sind sie in Streit geraten, und ein Rausschmeißer mußte mit dem Stock auf ihren Tisch klopfen. Danach haben sie sich wieder beruhigt, und das war es dann.«

»Schick mir den Rausschmeißer«, bat ich. »Vielleicht hat er etwas gehört.«

Sie überlegte kurz. »Da hast du leider Pech. Es war Astyanax, und der wurde bei den vier Monate zurückliegenden Beerdigungsspielen für Terentius Lucanus in Capua getötet.«

»Warum mußte es nur ein ungeschickter Schwertkämpfer sein?« knurrte ich. »Nun, da kann man nichts machen.«

»Kurz darauf ist der Mann mit dem Kapuzenumhang aufgestanden und gegangen.«

»Er ist gegangen?« fragte ich überrascht.

»Er ist direkt durch den Vordereingang hinausmarschiert. Lucilius ist mit Galatea nach oben gegangen –«

»Moment mal. War Galatea die ganze Zeit bei ihnen?«

Sie dachte darüber nach. »Nein, sie hat Lucilius an den Tisch des Mannes mit dem Kapuzenumhang geführt und ist dann gegangen. Sie muß entweder kurz vor oder kurz nach dem Aufbruch des Kapuzenmannes zurückgekommen sein. Ich habe das Ganze nicht genau beobachtet, mußt du wissen. Ich hatte noch zahlreiche andere Gäste, um die ich mich kümmern mußte, selbst zu dieser Jahreszeit.«

»Also gut. Sie ist mit Lucilius nach oben gegangen. Hat sie ihn ermordet?«

Andromeda zuckte mit ihren blanken Schultern. »Ich habe keine Ahnung, ich war nicht dabei. Am späteren Abend gab es einen Aufruhr. Eines der Mädchen brachte einen Freier nach oben, klopfte an die Tür, bekam keine Antwort und ging hinein. Lucilius lag auf dem Boden, allein und aus einer Stichwunde blutend.«

»Wo war das Mädchen Galatea?«

»Nirgends zu finden, weder in dem Moment noch später.«

»Und du hast sie nicht gehen sehen?« fragte ich.

»Das ist hier kein Gefängnis, Ädile. Jeder kann ohne Probleme verschwinden. Sie hätte sich einfach eine *palla* überwerfen und hinausspazieren können.«

»In den meisten *lupanar* werden die Mädchen eingeschlossen, wenn sie nicht im Dienst sind, und die Türen werden bewacht«, sagte ich.

Sie schnaubte verächtlich. »Und du hast die verängstigten, geschlagenen und ausgebrannten Arbeitstiere gesehen, die man dort hält?« erwiderte sie temperamentvoll. »Meine Gäste kommen hierher, um sich in ansprechender Gesellschaft zu amüsieren, und die biete ich ihnen. Sie zahlen hier mehr als irgendwo sonst, aber die Mädchen und Knaben sind versiert, attraktiv und willig. Mit Männern, die zum Sex in ein Gefängnis gehen, stimmt irgendwas nicht.«

»Da werde ich dir nicht widersprechen«, versicherte ich ihr. »Er lebte also noch, als ihr ihn gefunden habt?«

»Kaum, aber er atmete noch. Ich habe nach dem Arzt geschickt, und er hat sein möglichstes getan, aber es war zu spät. Der Mann hat noch ein wenig wirres Zeug gebrabbelt, das ich nicht verstanden habe, und ist dann gestorben.«

»Wer war der Arzt?«

»Der von der *ludus,* Asklepiodes.«

»Wenn du nach ihm geschickt hast, muß Lucilius noch länger als nur ein paar Minuten gelebt haben.«

»Oh, da mußte ich nicht weit schicken«, sagte sie. »Asklepiodes war gleich unten im Hof wie an den meisten Abenden.«

»Asklepiodes ist ein Stammkunde?« fragte ich erstaunt.

»Das sollte er zumindest sein. Er ist der einzige Mann in Rom, dem alle Dienste des Hauses kostenlos zur Verfügung stehen. Wir haben eine Abmachung. Ein Haus wie dieses braucht eine regelmäßige medizinische Betreuung.«

Asklepiodes hatte also eine Sondervereinbarung mit Andromeda, sieh mal einer an. »Ist er heute abend hier?«

»Er war jedenfalls hier. Ich werde ihn für dich finden, wenn er noch da ist.« Sie legte eine Hand an ihren Hinterkopf, und ein Mann tauchte an ihrer Seite auf. Offenbar hatte sie ein System geheimer Signale. Der Mann war gut gebaut und trug einen Vollbart und ein Frauenkleid. »Finde den griechischen Arzt und schicke ihn zu mir«, sagte sie, und die seltsame Gestalt verschwand wieder.

»Was hast du unternommen, nachdem er gestorben war?« fragte ich.

»Ich habe ihn, wie gesagt, erkannt und einen Jungen zu seinem Haus geschickt, um seine Familie oder wen auch immer zu benachrichtigen, aber er ist die ganze Nacht suchend umhergeirrt. Hast du je versucht, in der Dunkelheit ein unvertrautes Haus zu finden? Nun, vor Tagesanbruch konnte man sowieso nicht viel tun. Danach kamen die Männer des Bestatters und dann der Gesandte des Praetors, um meine Aussage aufzunehmen.«

Kurz darauf erschien ein strahlender Asklepiodes. Er verbeugte sich vor Andromeda. »Meine bezaubernde Gastgeberin«, sagte er und dann, an mich gewandt: »Erhabener Ädile, wie kann ich euch dienen?« Die implizite Rangfolge unserer relativen Bedeutung entging mir nicht.

»Setz dich, alter Freund«, sagte ich. »Wir haben gerade über einen Mord gesprochen.«

»Du sprichst doch fast nie über etwas anderes«, sagte er.

»Ihr beiden kennt euch«, stellte Andromeda fest.

»Seit vielen Jahren«, erklärte ich ihr, »aber ich stelle mit Genugtuung fest, daß er hier nicht mit unserer Freundschaft geprahlt hat, um sein Ansehen zu mehren.«

»In dieser Nachbarschaft genieße ich weit größeres Ansehen für meinen vertrauten Umgang mit den großen Meistern der Arena als für meine Freundschaft mit einer Reihe von Senatoren«, erwiderte er vollkommen unverfroren. »Untersuchst du noch immer dieselben Morde wie gestern?«

»Er interessiert sich für den Tod des ehemaligen Ädilen«, informierte Andromeda ihn.

»Es scheint ganz so, zumindest bin ich dieser Meinung, als gäbe es einen Zusammenhang zwischen dem Tod dieses Mannes und der Ermordung von Lucius Folius und seiner Frau –«

»Folius!« fauchte Andromeda und spuckte auf die bunten Fliesen. »Der Tag, an dem dieses Schwein gestorben ist, sollte zum Feiertag erklärt werden mit allen heiligen Opfern und Jubelchören!«

»Du kanntest Folius?« fragte ich verblüfft.

»Ha! Wer nicht?« Sie lachte freudlos. »Als er nach Rom kam aus irgendeiner Stadt, die ihn rausgeworfen haben muß –«

»Bovillae, soweit ich weiß«, warf ich ein.

»Meinetwegen Bovillae. Eine glückliche Stadt ohne dieses Paar. Wie dem auch sei, als er mit all seinem Geld und seiner Lust auf Blut und Quälereien nach Rom kam, fing er an, sich durch alle *lupanar* Roms zu arbeiten, angefangen mit meinem.«

»Gerüchten zufolge bedienst du jede nur denkbare Vorliebe«, sagte ich.

»Nicht *jede*«, verbesserte sie mich. »Denk doch mal nach: Wenn du Pferde verleihen würdest, würdest du sie einem Mann überlassen, der sie bis zum Zusammenbruch schlagen und treiben und sie dir anschließend halbtot zurückgeben würde?«

»Diese Mädchen und Knaben im letzten Jahr«, fragte Asklepiodes. »War das Folius?«

»Er und die Frau«, bestätigte sie nickend. »Sie dachten, sie könnten mich mit ein paar Münzen abspeisen und für weitere Vergnügungen derselben Art wiederkommen. Ich habe ihnen erklärt, ich würde das Personal anweisen, ihnen den Schädel einzuschlagen und sie in den Fluß zu werfen, wenn sie sich noch einmal hier blicken ließen. Ich könnte kein einziges Mädchen unangekettet bei mir halten, wenn ich zulassen würde, daß sie so behandelt werden. Gegen ein bißchen Schauspielerei habe ich ja nichts, für so etwas habe ich besonders ausgebildete Leute. Aber die beiden wollten es echt.«

»Ich habe gesehen, wie ihre Haussklaven behandelt wurden«, räumte ich ein. »Es sollte wirklich Vorkehrungen im römischen Recht geben, um derartige Dinge zu verhindern.«

»Später hörte ich, daß sie Einrichtungen gefunden haben, die sie bedienten«, fuhr sie mit finsterer Miene fort. »Sklaven sterben dauernd. Niemand kümmert sich darum.«

Mir kam der Gedanke, daß ich den keineswegs zu frühen Tod von zwei Menschen untersuchte, die zu Roms berühmtesten Massenmördern hätten aufsteigen können. Sie achteten lediglich darauf, wen sie töteten, und erledigten nie jemanden von Rang. Es war selten, daß sich reiche *equites* in so kurzer Zeit bei so vielen Menschen so nachhaltig unbeliebt gemacht hatten. Bei allen, vom Prokonsul Antonius Hybrida bis zur Madame Andromeda, und doch hatten ihre Nachbarn kaum gewußt, wer sie waren!

»Ich möchte das Zimmer sehen, in dem Lucilius ermordet wurde«, erklärte ich.

»Wozu denn das?« fragte sie.

»Man weiß nie, was einem ein solcher Ort mitteilt«, antwortete ich.

»Mein Freund hat einen neuen Zweig der Philosophie begründet«, versicherte Asklepiodes ihr. »Vielleicht auch eine Variante der Totenbeschwörung. Manchmal ist es, als ob die Seelen der Ermordeten zu ihm sprechen.«

Andromeda rieb einen Elfenbeinring an ihrem Zeigefinger und küßte ihn. »Ich will mit den Toten hier nichts zu tun haben, aber ich zeige dir den Raum.« Sie erhob sich zu ihrer vollen, erstaunlichen Größe, und ich folgte ihr, begleitet von Asklepiodes, während Hermes hinter uns hertrottete. Ich beschloß, nach unserer Heimkehr das Geld zu zählen, um sicherzugehen, daß der Junge sich während unseres Gespräches nicht mit einem der Mädchen verdrückt hatte.

Die Treppen zu den oberen Galerien waren paarweise angelegt, die zum Hof liegende für den Aufwärts-, die zur Wand liegende für den Abwärtsverkehr. Alles perfekt organisiert, fast wie in einem Theater. Einige der Kammern, an denen wir vorbeikamen, waren erleuchtet, andere dunkel, aus einigen hörte man Musik und die Schreie der Leidenschaft, aus anderen Laute, die sich jeder Definition entzogen. Es wäre als intellektuelle Übung möglicherweise recht interessant gewesen, stehenzubleiben und sie zu deuten, aber die Pflicht rief.

Andromeda führte uns zu einer Kammer und klopfte an. Als sie keine Antwort erhielt, öffente sie die Tür, und das Licht aus einer Stehlampe mit vier Dochten schlug uns entgegen. Der Raum war nicht größer, als es die darin stattfindenden Aktivitäten erforderten. Neben der Lampe gab es einen kleinen Tisch mit einer Schüssel, einem Krug und Waschzeug, einen Bronzerost, auf dem an diesem Abend keine Kohlen lagen, sowie ein recht geräumiges Sofa mit reichlich Kissen und einer Rückenlehne.

»Die größeren Zimmer sind im Erdgeschoß«, sagte Andromeda. »Einige sind für Gruppen eingerichtet und speziell ausgestattet. Hier oben gibt es nur die Grundausstattung.«

Ich trat an das einzelne Fenster. Der Rahmen war aus aromatischem Zedernholz, ein Hauch von Luxus. Auch die Fensterläden innen waren aus Zedernholz und mit einem raffinierten Muster aus Schlitzen versehen, um Licht und Luft hereinzulassen. Die soliden Außenläden waren aus lackiertem Kiefernholz. Ich öffnete beide Läden und blickte hinaus. Die Wand fiel steil zu dem gepflasterten Platz ab, und ich konnte nichts erkennen, woran man bequem ein Seil hätte befestigen können. Der oder die Mörder mußten den Raum durch die Tür verlassen haben.

»Bist du sicher, daß es diese Kammer war?« fragte ich. »Bis auf die Zimmer im Erdgeschoß müssen sie doch alle ziemlich gleich aussehen.«

Andromeda wies auf die rot gestrichene und mit einer stilisierten Lyra verzierte Tür. »Die meisten der Mädchen und die Sklaven können nicht lesen, also benutze ich keine Nummern. Jedes der drei oberen Stockwerke hat eine andere Farbe: Blau für das erste, gelb für das zweite und rot für dieses. Jede Tür hat ein Symbol, das für einen der allgemein bekannten Götter steht, also ein Blitz für Jupiter, ein Mond für Venus, ein Speer für Mars, eine Schlange, die sich um einen Stab windet, für Aeskulap und so weiter. Wenn ich einem Sklaven sage: ›Geh zum gelben Herkules‹, weiß er, daß er in den zweiten Stock gehen und die Tür mit dem Knüppel finden muß.« Sie klopfte an die Tür. »Lucilius wurde im roten Apollo umgebracht, so was würde ich nicht vergessen.«

»Ein überaus logisches System«, lobte ich und betrachtete den Kohlenrost. »Hat an dem Abend ein Feuer gebrannt?«

»Sicher. Es war, wie gesagt, kalt. Aber du hast ja die Löscheimer vor den Türen gesehen. Ich sorge immer dafür –«

»Bitte«, sagte ich und gebot ihr zu schweigen. »Ich habe dir doch erklärt, daß ich nicht zur Kontrolle der Einhaltung der Brandschutzbestimmungen hier bin. Deine Vorsichtsmaßnahmen sind beispielhaft. Wie hast du das Opfer angetroffen, Asklepiodes?«

»Er tat gerade seinen letzten Atemzug. Das Messer war auf der linken Seite unterhalb des Brustkorbs in den Körper eingedrungen, was für einen rechtshändigen Angreifer spricht. Soweit ich es bei Kerzenlicht erkennen konnte, war die Tatwaffe ein zweischneidiger Dolch. Die Wunde war etwa zehn Zentimeter lang und leicht gebogen, da die Klinge der Kontur des Brustkorbs gefolgt ist. Eingeweide, ebenfalls verletzt, quollen aus der Wunde, der sichere Tod für jeden Mann.«

»Aber nicht unmittelbar«, bemerkte ich.

»Nein, mit einer solchen Wunde kann man noch tagelang weitersiechen, je nachdem wie viele innere Blutgefäße zerstört worden sind. Ich erkannte sofort, daß er heftig blutete. Seine Toga war durchweicht –«

»Er hatte seine Toga noch an?« fragte ich überrascht.

»Ja, er war vollkommen bekleidet.«

Ich betrachtete erneut die Tür und ließ sie ein paarmal auf

und zu schwingen. Sie befand sich fast in der Mitte der Wand, zu beiden Seiten waren etwa drei Fuß Platz. Einen Zugang zum Außenbalkon hatte das Zimmer nicht. Ich entschied, daß mir die Kammer alles gesagt hatte, was es zu offenbaren gab.

»Laßt uns gehen«, sagte ich. Als wir wieder in den Hof hinabstiegen, fragte ich: »Erinnerst du dich, ob ihr an jenem Abend irgendwelche anderen vornehmen Gäste hattet?«

Andromeda schüttelte den Kopf. »Der Mord hat so ziemlich alle anderen Erinnerungen an jenen Abend verblassen lassen.«

»Und was ist mit dir?« fragte ich Asklepiodes.

»Ich hatte einige Freunde aus dem Museion in Alexandria zu Gast. Sie weilten als Gäste der ägyptischen Botschaft in Rom. Wenn irgendwelche bedeutenden Römer zugegen gewesen wären, hätte ich meine Kollegen bestimmt darauf aufmerksam gemacht.«

»Nun gut, das wäre das«, seufzte ich leicht entmutigt. »Kannst du mir Galatea genauer beschreiben, Andromeda.«

»Sie war ein hübsches Mädchen, aber das sind meine Mädchen alle. Ungefähr sechzehn, dunkles Haar, braune Augen. Sie war erst seit ein paar Tagen bei mir. Sie stammte nicht aus Rom, ihrem Akzent nach zu urteilen kam sie jedoch aus der näheren Umgebung. Ein Kleinstadtmädchen. Von denen habe ich viele.«

»Gab es um die Zeit noch andere Vermißte?«

»Wie meinst du das?« fragte Andromeda.

»War noch ein anderes Mitglied deines Personals an jenem Abend hier, das du danach nie mehr wiedergesehen hast?«

Sie sah Asklepiodes an. »Worauf will dein Freund hinaus?«

Er strahlte. »Folge ihm einfach. Oft ergibt es erst nach einer Weile Sinn. Wie Sokrates nähert er sich der Wahrheit durch Fragen, anstatt Feststellungen zu treffen.«

»Wie du willst. Wenn ich es mir recht überlege, habe ich

etwa zur selben Zeit, als ich Galatea aufnahm, einen Rausschmeißer angeheuert. Er behauptete, er hieße Antaeus, würde aus dem Süden stammen und wäre nach Rom gekommen, um bei den Großen Spielen zu kämpfen. Er war ein grobschlächtiger Riese wie die meisten von ihnen und trug einen dichten Vollbart, wie es Bürger fast nie tun.«

»Und er ist nach dem Mord ebenfalls verschwunden?« fragte ich.

»Genau. Für die Gladiatoren ist das hier immer eine Nebenbeschäftigung. Daß er weg war, ist mir nur aufgefallen, weil er nicht gekommen ist, um sich seinen Lohn abzuholen. Aber das habe ich nie mit dem Mord in Verbindung gebracht. Tagsüber arbeiten die Jungs meistens als Schläger für einen der Bandenführer, so daß sie häufig getötet oder schwer verletzt werden, ohne daß ich es mitbekommen würde.«

Wir hatten den zum Hof gelegenen Eingang des Tunnels erreicht. »Andromeda«, erklärte ich, »du warst mir eine große Hilfe, und ich hoffe, daß wir uns in Zukunft häufiger sehen.«

Sie lächelte gewinnend, und das tat sie sehr überzeugend. Schließlich verdiente sie damit ihren Lebensunterhalt. »Ädile, du bist im *Labyrinth* stets willkommen, ob im Dienst oder als Privatmann.«

Sie verließ uns, und auch Asklepiodes wollte gerade gehen, doch ich legte meine Hand auf seine Schulter. »Nur noch einen Moment deiner kostbaren Zeit, mein Freund.«

»Aber gewiß, soviel du möchtest.«

Wir schlenderten durch den Tunnel, dicht gefolgt von Hermes. »Es gibt noch eine Reihe von Dingen, die unsere Gastgeberin nicht unbedingt hören muß. Sie erwähnte, daß Lucilius irgend etwas gebrabbelt hätte, was sie nicht verstehen konnte. Hast du irgendwas mitbekommen?«

Asklepiodes überlegte. »Sicher bin ich mir nicht. Er schien in einer Art Delirium, wie es dem Tod häufig vorausgeht, und seine Stimme war schwach. Für mich hörte es sich so an, als würde er sagen ›dreckiger Hund, dreckiger Hund‹. Er hatte die Zähne fest aufeinandergebissen, aber so viel konnte ich verstehen.«

»Bist du sicher, daß er die männliche Form benutzt hat?« fragte ich, weil ich dachte, daß der Mann die verräterische Hure vielleicht eine Hündin geschimpft hatte.

»Ja, es war ganz bestimmt die männliche Form.«

»Und die von dir beschriebene Verletzung: Der Dolch mußte nicht nur eine schwere Wolltoga und ein oder zwei Schichten Kleidung darunter durchdringen, er wurde nach dem Einstich auch noch ein gutes Stück nach oben gezogen. Das erfordert einen kräftigen Mann.«

»Ja, das nehme ich auch an«, stimmte er mir nickend zu.

»Und es ist dir damals nicht in den Sinn gekommen, auf diesen Umstand hinzuweisen?« fragte ich verzweifelt. »Eine Hure kann einen Mann leicht umbringen, aber zunächst einmal sorgt sie dafür, daß er seine Kleider ablegt, sich entspannt und keinen Verdacht hegt. Dann kann sie ein winziges Messer in seine Jugularvene stechen oder ein Stilett in sein Herz stoßen, und er stirbt, praktisch ohne es zu merken!«

»Ja, das klingt vernünftig. Aber mein alter Freund, ich wurde gerufen, um dem Mann meine Hilfe zu gewähren, aber ich konnte nicht mehr viel für ihn tun. Ich bin nie von einem Ermittler befragt worden.« Und damit war der Fall für Asklepiodes erledigt.

Ich seufzte. Manchmal fragte ich mich, ob ich der einzige Mensch auf der Welt war, der so dachte wie ich. »Nun, du hast deine Pflicht gewissenhaft, wenn auch ein wenig verspätet, erledigt. Danke. Ich danke dir.«

»Es ist mir stets ein Vergnügen, dem Senat und dem Volk behilflich zu sein«, versicherte er mir und zog los, um zu seiner nächtlichen Begleitung zurückzukehren, wahrscheinlich irgendein hübscher geschminkter Knabe. Er war schließlich Grieche.

»Ich hoffe, du hast fleißig die Ohren offengehalten«, sagte ich zu Hermes. Er kaufte gerade bei einem Händler ein kleines Bündel Fackeln.

»Ja, obwohl diese Tänzerinnen meine Augen sehr angestrengt haben.« Er entzündete eine der Fackeln an einem Wandleuchter und ging in Richtung Brücke voran. »Die Beschreibung dieser Hure Galatea paßt auf das arme, ausgepeitschte Mädchen, das wir in der *insula* gesehen haben.«

»Der Gedanke war mir auch schon gekommen. Andromeda hat gesagt, sie hätte einen hiesigen, aber keinen römischen Akzent gehabt. Bovillae liegt etwa dreißig Meilen die Via Appia hinunter, und die Leute dort sprechen fast wie Römer. Und dieser Rausschmeißer Antaeus –«

»War der große Sklave«, nahm Hermes den Faden wieder auf. »Er hat sich hinter der Tür versteckt. Dort war genug Platz, und es gab kein Fenster zur Hofseite, durch das jemand hätte beobachten können, was in der Kammer vor sich ging.«

»Du hast tatsächlich von mir gelernt, Hermes!« lobte ich. Manchmal war der Junge doch wert, was er aß, trank und stahl. »Lucilius muß direkt nach seinem Eintreten angegriffen und niedergestochen worden sein. Dann haben der große Sklave und das Mädchen die Kammer getrennt und in einigem Abstand verlassen. Bei all dem Kommen und Gehen dort wäre das niemandem aufgefallen.«

»Deswegen haben sie ein paar Tage vor dem Mord angefangen, dort zu arbeiten!« rief Hermes aufgeregt. »Sie mußten schon lange genug dort sein, damit sie niemandem auffielen, und sie mußten einen geeigneten Raum für die Tat auswählen. Sie haben sich für einen im obersten Stockwerk entschieden, mit reichlich Platz hinter der Tür und ohne Fenster in der Vorderwand! Der große Mann ist schon früher hinaufgegangen, damit er, wenn jemand klopfte, von drinnen rufen konnte, daß der Raum besetzt war.«

»Du lernst zu denken wie ein Verbrecher, Hermes, aber das

liegt dir vermutlich im Blut. Jetzt frage ich mich, wer der Mann in dem Umhang gewesen sein könnte und warum Lucilius mit Galatea nach oben gegangen ist.«

»Der Mann mit der Kapuze war wahrscheinlich Folius«, sagte Hermes. »Das Mädchen und der große Sklave gehörten ihm. Und was die Frage angeht, warum er mit Galatea nach oben gegangen ist, ich weiß jedenfalls, warum ich mit ihr nach oben gegangen wäre.«

»Das bezweifle ich nicht. Aber du solltest dich nicht immer auf die naheliegendste Lösung stürzen«, ermahnte ich ihn. »In diese Sache sind zu viele Leute verwickelt.«

»Was dann?«

»Ich dachte gerade an die letzten Worte des sterbenden Lucilius.« Vor uns sah ich auf der Brüstung der Pons Sublicius Fackeln brennen, die Leute beobachteten noch immer den bedrohlichen Anstieg des Flusses.

»›Dreckiger Hund‹, meinst du? Was ... ach so, ich verstehe ...«

Der Junge hatte noch viel zu lernen. Erst jetzt war ihm aufgegangen, was mir schon in dem Augenblick klargeworden war, als Asklepiodes es gesagt hatte. Der griechische Arzt, dessen Ohr bezüglich der lateinischen Sprache nicht so perfekt geübt war, wie er es selbst gerne darstellte, hatte die zwischen zusammengebissenen Zähnen herausgestoßenen letzten Worte des sterbenden Lucilius falsch verstanden.

Nicht *canis* hatte er gesagt, sondern Caninus.

XI

»Warte«, sagte ich, als Hermes seinen Fuß auf die Brücke setzen wollte.

Er drehte sich um. »Was?«

»Halt dich weiter flußaufwärts. Wir nehmen die Pons Cestius.«

»Wir wollen auf die Tiberinsel?« fragte er überrascht.

»Nun, ich nehme an, wir könnten auch in den Fluß springen, aber für gewöhnlich landet man auf der Insel, wenn man die Pons Cestius überquert.« Der lange, verwirrende und ermüdende Tag ließ mich zu lauem Zynismus greifen.

»Was immer du befiehlst.« Hermes drehte sich um und ging am Ufer voran, das auf dieser Seite des Flusses noch deutlich oberhalb des Pegels lag. Wie Ogulnius mir erklärt hatte, war die Strömung hier an der inneren Biegung des Tibers ungleich langsamer und weniger zerstörerisch als am gegenüberliegenden Ufer. Ich weiß nicht, warum das so ist, aber vielleicht ist es so ähnlich wie bei den Rennwagen im Circus, wo es auch immer so aussieht, als würde sich die Nabe des Rades sehr viel langsamer drehen als der Rand desselben Rades, der wie wild zu kreisen scheint. Ich beschloß, irgendwann einen Philosophen zu fragen.

Aus welchem Grund auch immer, das Wasser zu unseren Füßen wirkte fast friedlich, während es in der Mitte des Stroms aufgewühlt war. Im Licht des Mondes und der Fackeln auf den Brücken konnte man jede Menge Trümmer von den Überflutungen stromaufwärts erkennen. Ausgewachsene Bäume sah ich nicht, aber nicht wenige Sträucher und offenbar auch ertrunkene Tiere. Einmal trieb sogar eine auf dem Kopf stehende Strohhütte, wie sie Hirten benutzten, vorbei wie ein bizarres Boot.

Man hätte erwarten sollen, daß das Spektakel von einer Menge Lärm begleitet würde, doch dem war nicht so. Vater Tiber arbeitete recht still an der Erfüllung seines rätselhaften Zwecks. Man hörte lediglich das leise Murmeln des fließenden Wassers an den Wellenbrechern, die die stromaufwärts gewandten Seiten der Brücken schützten, sowie ein gelegentliches Kratzen oder Schaben, wenn ein auf dem Wasser treibender Balken gegen eine Brücke oder eine Uferbefestigung stieß. Ansonsten war es beinahe so ruhig wie an einem normalen Abend.

Für die Strecke von der Pons Sublicius bis zur Pons Aemilius brauchten wir nur ein paar Minuten, wobei wir die ganze Zeit an Schaulustigen und Fischern vorbeikamen, die noch immer dabei waren, ihre Boote in Sicherheit zu bringen. Üblicherweise ging der Großteil der Bevölkerung gleich nach Einbruch der Dunkelheit zu Bett, aber nicht in jener Nacht.

Hinter der Pons Aemilius machte der Fluß eine scharfe Linksbiegung Richtung Westen. Hier kamen die beiden Tiberarme wieder zusammen, nachdem sie sich vor der Insel getrennt hatten. Der Weg über die Pons Cestius, die die Insel mit dem Westufer verband, war etwas länger als der über die neue Pons Fabricius vom Ostufer. Dieser Abschnitt war einsamer; zu unserer Linken erstreckten sich offene Wiesen, da die Gegend damals noch nicht erschlossen war und Bauern noch immer ihre Felder bestellten, um den Ertrag auf den Märkten der Stadt zu verkaufen.

Die dem Gott der Heilkunst geweihte Insel schien wie ein riesiges Schiff inmitten der Fluten zu treiben, und das ist nicht nur ein wohlklingendes Bild. Die gewaltigen Schutzmauern und Wellenbrecher an den Landspitzen des elliptischen Eilands hatten die Form einer Galeere, deren Bug stromaufwärts zeigte. Jetzt wo der Tiber ihre riesige, marmorne Ramme überflutet hatte, entstand der fantastische Eindruck, als würde die Insel mit großer Geschwindigkeit davonschwimmen.

Der unheimliche Anblick erfüllte Hermes offenbar mit abergläubischer Furcht. »Da sollen wir rüber?«

»Es ist nur eine optische Täuschung«, versicherte ich ihm, selbst ein wenig beunruhigt. »Die Insel schwimmt nirgendwohin. Sie war schon an genau derselben Stelle, als Romulus hier aufgekreuzt ist. Natürlich ohne all die dekorativen Maurerarbeiten. Wenn sie sich wirklich bewegen würde, würde sie doch an den Brücken zerren, oder nicht?« Fast ebenso sehr zu meiner wie zu seiner Beruhigung klopfte ich auf die Brüstung. »Siehst du? Vollkommen solide. Und jetzt komm.«

»Ich habe nicht wirklich gedacht, daß sie sich bewegt«, murmelte er.

Als wir die Stufen des Tempels erklommen, bewunderte ich die Feuer, die in der neuen, großen Bronzerosten vor den Portalen loderten. An der Helligkeit der Flammen und der nur dünnen Rauchfahne erkannte ich, daß hochwertiges Holz verbrannt wurde. Als wir an den Rosten vorbeikamen, warf ein älterer Sklave gerade einen neuen Scheit ins Feuer, und eine Säule glitzernder Funken stob himmelwärts.

Im Innern des Tempels wachte die Statue des gütigen Gottes Aeskulapius über eine kleine Schar von Leidenden. Die meisten lagen auf Bahren, die man auf der Erde ausgebreitet hatte, obwohl einige wohlhabendere Patienten ihre eigenen Betten mitgebracht hatten und von Sklaven umsorgt wurden. Andere, die nicht schlafen konnten, hockten wie Häuflein elender Not auf ihren Decken. All diese unglückseligen Menschen würden vor dem Gott schlafen in der Hoffnung, daß er ihnen einen Traum schickte, in dem er ein Heilmittel für ihre Beschwerden andeutete. Die Priester galten als Experten in der Deutung dieser Träume.

Ich traf den Hohen Priester Gavius vor der Statue in einer Beratung mit einigen anderen Priestern vertieft. Sie trugen alle ihr volles Ornat wie zu einer nächtlichen Zeremonie. Aeskulapius war ein Gott, der durch seinen Vater Apollo sowohl mit der Oberwelt als durch seine Schutzpatronin, die Schlange, auch mit der Unterwelt in Verbindung gebracht wurde, so daß man ihm sowohl bei Tage als auch in der Nacht huldigte und ihm weiße und schwarze Tiere opferte, meistens Hähne. An den Wänden hingen Tonmodelle von Händen, Füßen, Augen und anderen Gliedmaßen und Organen. Sie waren dem Gott zugeeignet aus Dank für eine Heilung der dargestellten Körperteile. Alle paar Jahre mußte der Plunder weggeräumt und in eine speziell geweihte Grube gekippt werden.

»Ädile!« sagte Gavius, als er mich erblickte. »Wir haben dich zu dieser späten Stunde nicht erwartet.« Er war ein sehr würdevoller alter Mann, dessen obskure patrizische Familie schon seit Gründung des Tempels Priester stellte. Selbst bevor Aeskulapius nach Italien gekommen war, waren sie schon Priester eines früheren Heilgottes gewesen. »Wir haben gerade beraten, welche Maßnahmen wir ergreifen sollen, falls der Fluß so weit ansteigt, daß er die Insel überflutet.«

»Ist das je zuvor geschehen?« fragte ich ihn.

»Nein, aber wer sind wir, daß wir Vater Tiber sagen, wie hoch er steigen darf?«

»Das ist in der Tat wahr«, stimmte ich zu.

Er schüttelte bekümmert den Kopf. »Viele von uns haben das Gefühl, daß eine Strafe der Götter überfällig ist, bei all dem Frevel und der Unreinheit in der Stadt. Und welcher Gott steht Rom näher als Tiberinus? Er war schon uralt, als Romulus hier die ersten Mauern errichtete. Andere Götter haben viele Verehrer in ganz Italien und überall auf der Welt, aber Vater Tiber gehört uns Römern allein.«

»Ein sehr relevanter Hinweis«, sagte ich. »Ich bin eigentlich gekommen, um mit dem Priestersklaven Harmodias zu sprechen.« Er winkte einen Lakaien heran und flüsterte ihm etwas ins Ohr. Der Junge sauste auf seinen nackten Füßen lautlos davon. »Darf ich fragen, worum es geht?«

»Ich habe einen Sklaven in seiner Obhut gelassen«, erklärte ich ihm. »Der Mann war ein Überlebender aus dem Einsturz der *insula* vor drei Nächten.«

»O ja, ich habe davon gehört. Der arme Bursche ist gestorben und wurde abgeholt, soweit ich weiß.«

»Genau. Ich muß Einzelheiten über die genauen Umstände seines Todes wissen.«

Wir mußten eine Weile warten, und etwas, was der pflichtergebene alte Priester gesagt hatte, begann in meinem Kopf Blüten zu treiben. »Hochverehrter Gavius, du hast eben von der rituellen Verunreinigung der Stadt gesprochen.«

»O ja, eine überaus ernste Angelegenheit.«

»Ich bin ganz deiner Meinung und finde, daß etwas dagegen unternommen werden sollte. Wenn ich vor den Senat treten und einen Sondergerichtshof für all jene verlangen würde, die für den schrecklichen Zustand des Gemeinwesens verantwortlich sind, wärst du zusammen mit den anderen Hohen Priestern und *flamines* bereit, mir in dieser Sache den Rücken zu stärken?«

»Das ist eine großartige Idee«, antwortete er begeistert. »Der *pontifex maximus* weilt zur Zeit nicht in Rom –«

»Ich denke, Julius Caesar, übrigens ein angeheirateter Onkel von mir«, fügte ich um des Effekts willen hinzu, »wird einverstanden sein. Ich werde im ersten Morgengrauen einen Boten zu ihm schicken.«

»Dann werde ich, sobald der Zustand der Stadt es erlaubt, ein Treffen der Priesterschaften einberufen, um die Angelegenheit zu erörtern. Es ist ohnehin üblich, daß das Gremium nach einer Katastrophe zusammentritt, um zu ergründen, wie wir die Götter beleidigt haben.«

»Hochverehrter Gavius, mein Bericht wird in allen Einzelheiten auflisten, wie wir Vater Tiber im einzelnen erzürnt haben.«

Der Junge kehrte zurück, Gavius beugte sich zu ihm herab, und der Lakai flüsterte ihm etwas ins Ohr. In diesem Tempel sprachen alle leise. Der alte Mann richtete sich wieder auf. »Das ist seltsam. Man berichtet mir, daß Harmodias zu den Feldern am Westufer des Tiber aufgebrochen ist, um dringend benötigte Heilkräuter zu sammeln. Seither wurde er nicht mehr gesehen.«

»Wann war das?«

»Gestern nachmittag.«

»Das ist in der Tat merkwürdig«, sagte ich und dachte, daß es überhaupt nicht merkwürdig war. Er war direkt nach unserem Gespräch geflohen, weil er Angst hatte, daß seine Mittäterschaft bei der Ermordung des Sklaven entlarvt werden würde. Ich verabschiedete mich von dem alten Mann und verließ den Tempel durch das breite Portal.

Eine Weile stand ich müßig auf dem Absatz der Treppe. Es gab Zeiten, in denen ich es schwierig fand, an die Götter zu glauben, weil sie mir vorkamen wie die kindischen Schöpfungen ängstlicher Bauern, die verzweifelt versuchten, Kräfte zu beherrschen, die sie nicht verstanden. Dann wieder schienen mir die Götter ganz nah. Und der Zustand des Flusses ließ sie fürwahr besonders nah erscheinen.

Ich fragte mich, was die Götter von uns wollten und ob sie wirklich zufrieden waren mit den Bestechungsgaben, die wir ihn darboten; all die Bullen und Eber, die Schafböcke, Pferde und Vögel, gelegentlich sogar einen Hund. Fanden sie das wirklich erbaulich, oder war es für sie bloß Blut, Federn und Qualm?

Jedes Jahr im Mai warfen die Vestalinnen als Opfer für Tiberinus 24 Strohpuppen von der Pons Sublicius und flehten ihn an, nicht über seine Ufer zu treten. In früheren Zeiten waren es Menschenopfer gewesen, und ich dachte, daß wir vielleicht zu der ursprünglichen Praxis zurückkehren sollten. Ein paar Kandidaten für die ersten 24 Opfer wußte ich schon.

Ein plötzlicher Lärm schreckte mich aus meinen Träumereien. Der alte Sklave hatte einen weiteren Scheit auf einen der bronzenen Roste geworfen. Wieder stob eine Funkenwolke gen Himmel.

»Warum verbrennst du so viel teures Holz, alter Mann?« fragte Hermes ihn. »Es ist doch sowieso kaum einer hier, der es sieht.«

»Der Mann, der den Tempel restauriert und diese feinen

Roste hier gespendet hat, hat dafür bezahlt, daß darin fünf Jahre lang Nacht für Nacht erstklassiges Brennholz verfeuert wird.«

»Das ist mehr als großzügig«, bemerkte ich. »Ist es zu Ehren des Gottes? Wurde der Mann hier geheilt?«

Der alte Sklave warf mir ein zahnlückiges Lächeln zu, das abgrundtief zynische Grinsen eines wahren Römers. »Wenn du mich fragst, wollte der reiche Knacker nur sicherstellen, daß jeder seinen Namen lesen kann, egal, wie spät es ist.«

Er wies mit dem Daumen nach oben, und unsere Blicke folgten ihm. Auf dem breiten flachen Giebeldreieck prangte, umrankt von dekorativen Ornamenten und kleineren Inschriften, durch die Flammen wunderbar erleuchtet, ein Name, und zwar in riesigen Buchstaben, wie es das Recht eines Mannes war, der ein öffentliches Gebäude restauriert hatte:

M. VAL. MESSALA.

Das erklärte einiges. Messala, der große Wohltäter des Tempels, würde den Laden eine Weile geleitet haben, so daß es nicht schwierig für ihn gewesen sein konnte, so viele niederrangige Priester zu bestechen, wie man brauchte, um einen Mord im Tempel zu begehen und anschließend die Leiche loszuwerden.

Auf der Inselseite der Pons Fabricius blieben wir stehen.

»Was war das eben von wegen Sondergerichtshof?« wollte Hermes wissen.

»Wenn ich sie nicht vor dem Gerichtshof des Praetors anklangen kann, wenn die Korruption schon so weite Kreise zieht, daß ich vor einem Geschworenengericht keinen Schuldspruch erwirken kann, werde ich sie eben vor einem religiösen Gericht anklagen. Die Urteile sind so bindend wie die jeder zivilen Kammer, und die Strafen sind viel schlimmer, keine Bußgelder von der Durchschlagskraft eines Klaps auf die Finger oder vorübergehendes Exil. Für Vergehen, die die Götter gegen das ganze römische Volk aufbringen könnten, haben Catos geliebte Vorfahren ein paar wahrhaft barbarische Strafen festgelegt.

Die Flut wird katastrophale Ausmaße annehmen, und die Versammlungen werden als Tribut für ihre Not Blut sehen wollen«, machte ich mir selbst Mut.

»Das wird aber ein paar Reden nach dem Geschmack der Massen erfordern«, meinte Hermes skeptisch. »Caesar ist gut in so was. Genau wie Clodius. Aber dein Stil ist es nicht.«

»Cato war ein sehr populärer Volkstribun, und als Demagoge steht er den anderen in nichts nach. Er wird mich unterstützen. Er liebt so etwas.«

Hermes nickte und entzündete eine neue Fackel an der Glut der erlöschenden. »Das könnte funktionieren. Da mußt du vorher nur noch eins schaffen.«

»Und das wäre?«

»Lange genug leben, um das Ganze auch in die Wege leiten zu können.«

»Dieses kleine Problem wäre in der Tat noch zu lösen«, räumte ich ein.

»Vielleicht sollten wir heute nacht nicht zu deinem Haus zurückkehren. Jetzt werden sie es garantiert auf dich abgesehen haben. Der beste Platz, dich zu überfallen, ist die Gasse vor deiner Haustür.«

Er sprach mit einiger Autorität. Gemeinsam hatten wir schon mehr als einen solchen Hinterhalt überstanden. »Vielleicht hast du recht«, gab ich zu. »Mal sehen, wie es auf der anderen Seite der Brücke aussieht, vielleicht können wir einen Freund bitten, uns ein Lager für die Nacht zu geben. Jemand, dem ich nicht allzuviel Geld schulde.«

»Das schränkt die Liste erheblich ein«, meinte er, und ich konnte das schadenfrohe Grinsen in seiner Stimme förmlich hören.

»Paß auf, was du sagst«, fuhr ich ihn an. »Ich habe dich in letzter Zeit offenbar in zu viele vertrauliche Dinge eingeweiht. Es wird Zeit, daß ich dich wieder an die kurze Leine nehme.« Er verkniff sich eine schlaue Erwiderung, ein Zeichen dafür, daß er tatsächlich Fortschritte machte.

Die Krone der Uferböschung auf der Ostseite des Flusses war noch trocken, doch ein paar Schritte landeinwärts stand das Wasser. Entweder hatte der Strom die Böschung ein Stück flußaufwärts, vielleicht am Campus Martius, übertreten, oder, was ich für wahrscheinlich hielt, sämtliche Abwasserkanäle waren vollgelaufen, und das Wasser quoll aus den Abflüssen.

»Braucht ihr eine Fähre, Nachbarn?« sprach uns ein Schiffer an, der seinen kleinen Nachen mit einer Stange auf uns zu navigierte. Am Bug seines Bootes erhob sich ein langer Pfahl mit einer brennenden Fackel, die den Mann als Nachtfischer kennzeichnete. Normalerweise würde er zu dieser Stunde auf dem Fluß sein, wo die Fackel die Fische an die Wasseroberfläche locken würde, so daß er sie mit seinem Wurfnetz fangen konnte.

»Ja, aber wir wissen noch nicht genau, wohin wir wollen«, erklärte ich ihm. »Welche Stadtteile liegen noch über Wasser?«

»Der ganze Viehmarkt ist überschwemmt«, antwortete er, »genau wie das Tal der Murcia.« Das war der alte Name für die Senke, in der der Circus Maximus lag. »Das Forum ist zwar schon naß, aber eben stand das Wasser noch höchstens knöcheltief. Vielleicht ist es mittlerweise auch schlimmer.« Die Gegend um das Forum war dicht bevölkert, wenn auch nicht so dicht wie die Subura, wo ich wohnte.

Ich blickte nach links, wo sich der Capitol in seiner ganzen Pracht erhob, gekrönt vom großen Jupitertempel. Zu unserer Rechten, am unteren Hang des Aventin, stand der Ceres-Tempel, wo ich über Unterstände verfügte, die wir zum

Hohn als mein Hauptquartier als Ädile bezeichnet wurden. Ich wies in die Richtung.

»Wir könnten dort hoch gehen. Ich habe das Recht, die Räumlichkeiten zu jeder Tages- und Nachtzeit zu nutzen. Die Sklaven werden schon ein Sofa für uns finden. Dort werden auch Feste gefeiert, also muß es irgendwelche Möbel geben.«

»Aber wahrscheinlich nichts zu essen oder sonstigen Komfort«, meinte Hermes. »Du hast doch Freunde oben auf dem Palatin.« Er wies auf den Hügel, der sich im Osten hinter dem Circus Maximus erhob. »Es ist gar nicht weit.«

»Das Problem ist«, sagte ich leise, »daß ich nicht mehr weiß, wer meine Freunde sind.«

Ich verhandelte mit dem Bootsmann, bis wir uns auf ein Fahrgeld geeinigt hatten, und wir gingen an Bord.

Es war eine seltsame, traumartige Erfahrung, langsam gen Süden zu treiben über Plätze, die ich mein Leben lang zu Fuß überquert hatte. Wir kamen an Gebäuden vorbei, die wie ausgestorben dalagen, nur die aus ihren Kellerlöchern gespülten Ratten tummelten sich im Wasser. Wir begegneten anderen Booten und Barken, in denen Leute hin und her geschifft wurden. Die Fährleute verständigten sich durch Zurufe in der merkwürdigen Geheimsprache ihrer Zunft. Der helle Mond tauchte die seltsame Szenerie in ein silbriges Licht. Es hätte fast romantisch oder ergreifend sein können, wenn da nicht eines gestört hätte.

»Was für ein Gestank!« bemerkte Hermes unter Würgen. Wie durch ein listiges Spiel der Luft war der Geruch von der Krone der Uferböschung aus praktisch nicht wahrnehmbar gewesen, aber nur wenige Schritte entfernt war der üble Gestank fast mit Händen zu greifen und ließ meine Augen tränen. Ich hatte recht gehabt. Die Abwässerkanäle waren vollgelaufen und schwemmten den Dreck jahrelanger Korruption direkt in die Stadt zurück.

»Ziemlich reif«, stimmte der Fährmann zu, wobei ihn weder der Gestank noch die allgemeine Lage besonders zu beunruhigen schienen. »Ich wünschte, man könnte Geld machen mit dem Fischen von Ratten. Ich würde meine Netze aufspannen und wäre bei Sonnenaufgang ein reicher Mann. Heute nacht kann man im Fluß jedenfalls nicht fischen und wahrscheinlich auch noch für etliche weitere nicht.« Er schüttelte ein paar Ratten von seinem Stab, um seinen Standpunkt zu unterstreichen. Als er ihn wieder ins Wasser stakste, erkannte ich, daß es nur knietief war, doch was mich betraf, hätte es ebensogut tiefer als der *okeanos* sein können. Es kam überhaupt nicht in Frage, daß ich durch *diese* Brühe waten würde.

Wir schipperten über den Viehmarkt, der jetzt so menschenleer dalag wie vor der Ankunft der Ureinwohner, und glitten vorbei an dem hoch aufragenden Wagentor des Circus. Mir war klar, daß noch einige Arbeit erforderlich war, bevor ich dort meine Rennen abhalten konnte. Nach dem Hochwasser würde sich die Bahn in einem grauenvollen Zustand befinden.

Schließlich landeten wir am Fuß des Aventin. Noch bevor Hermes und ich aussteigen konnten, kam ein Paar den sanften Abhang hinuntergelaufen und rief dem Bootsmann zu, er solle warten. Auch ohne das Geld aus dem Rattenfang hatte er eine geschäftige und profitable Nacht vor sich.

»Bring uns sofort zum Palatin!« gebot eine hochmütige, eigenartig vertraute Frauenstimme. Ich trat unhöflich nahe an die Person heran, bückte mich und spähte auf die patrizischen Gesichtszüge, die unter dem Tuch verborgen waren, das den Kopf der Frau bedeckte. Der Schein der Bootsbeleuchtung und der sehr viel kleineren Fackel, die Hermes in der Hand hielt, enthüllte ein unverkennbares Gesicht, das mich anstarrte wie eine Gorgone.

»Sieh da, verehrte Dame Cornelia! Ich hatte kaum erwartet, dich noch so spät hier anzutreffen.«

»Was willst du hier, Ädile Metellus?« fauchte sie. »Zweifelsohne wie üblich auf einer deiner Zechtouren unterwegs, während die Stadt sich im Notstand befindet!«

»Meine Sorge gilt der ganzen Stadt«, erwiderte ich höflich, »und im Dienst für den Senat und das Volk gönne ich mir keinen Augenblick Ruhe. Ich wollte gerade dem Tempel einen Besuch abstatten, und wen treffe ich: die Dame, die an Rang und Ehre nur der Frau des *flamen dialis* und der *virgo maxima* nachsteht, begleitet von einem ihrer Eunuchen.« Doch in Wirklichkeit konnte ich den kantigen, kahlrasierten Kopf ihres Begleiters mit dem wütenden Gesicht sofort einordnen. »Oh, ich bitte um Verzeihung, Marcus Porcius, ich dachte, du wärst eine der Tempeldrohnen! Das trifft sich gut! Du bist genau der Mann, mit dem ich reden muß.«

»Metellus«, knurrte Cato, »wenn du den Ehrgeiz hast, den Sonnenaufgang zu erleben, solltest du dich in acht nehmen!« Cornelia legte ihre Hand auf seinen Arm, und er beruhigte sich wie ein aufsässiger Hund bei der Berührung seines Herrn. Es war fürwahr eine Nacht der Enthüllungen.

»Decius Caecilius«, säuselte Cornelia in völlig neuem Ton, »wie kann ich dir helfen?«

»Oh, die Sache ist die: Ich kann heute nacht nicht nach Hause gehen, und ich bin sicher, daß meine Freunde schon Klienten aus den tiefer gelegenen Stadtteilen beherbergen, also dachte ich, ich gehe einfach in das Büro der plebejischen Ädilen und rolle mich in einer Ecke zusammen.«

»Kommt gar nicht in Frage«, sagte sie. »Sag den Sklaven einfach, sie sollen dich in die Gästequartiere führen. Sie sind recht gut ausgestattet. Sag den Sklaven, sie sollen dir jeden erdenklichen Dienst erweisen, wenn sie nicht mein Mißfallen heraufbeschwören wollen.«

»Das ist sehr liebenswürdig, meine Dame«, bedankte ich mich artig, bevor ich an Cato gewandt sagte: »Mit dir muß ich im ersten Morgengrauen konferieren.«

Er kniff die Augen zusammen. »Du hast etwas erfahren, wie?«

»Eine ganze Menge sogar. Es wird dir gefallen. Und vielleicht kommt es schon bald zu Gewalttätigkeiten.«

Sein bulliger Schädel schnellte in einem emphatischen Nikken nach vorn. »Ich bin dabei, und wenn ich schwimmen muß!«

»Du warst noch nicht auf dem Wasser«, bremste ich ihn. »Mach keine Versprechungen, die du nicht halten kannst.«

Ich half Cornelia an Bord. »Decius«, flüsterte sie, »du hast den Ruf eines Mannes, der Dinge für sich behalten kann. Man sagt, das sei der Grund, warum Caesar dir in wichtigen Fragen vertraut. Darf auch ich mich auf deine Diskretion verlassen?«

Ich legte eine Hand auf mein Herz. »Bis ins Grab, ehrwürdige Cornelia.«

Der Fährmann paddelte Richtung Palatin davon, und ich lachte herzlich, während ich mit Hermes zu dem anmutigen Tempel hinaufschlenderte. »Cato und Cornelia! Wer hätte das gedacht? Der reptilienartigste Senator mit dem furchterregendsten Drachen diesseits von Caesars Mutter! Cato hat also doch eine Schwäche!«

»Es ist nicht seine einzige«, bemerkte Hermes. »Er trinkt auch zu viel, wie jeder weiß.«

»Das ist keine Schwäche«, widersprach ich. »Es ist ein Zeichen von Charakter. Nun, ich glaube nicht, daß er mir dadurch sympathischer wird, aber vielleicht verachte ich ihn ein kleines bißchen weniger.« Mit Daumen und Zeigefinger deutete ich Hermes an, wie klein das Bißchen war. Wir erklommen die Stufen zum Tempel. »Wir haben Glück, Hermes! Ich hatte keine Ahnung, daß der Ceres-Tempel *überhaupt* Gastquartiere hat!«

Wie sich herausstellte, hatte der Tempel sogar höchst luxuriöse Gästezimmer, und nachdem ich die Sklaven aus ihrer

Nachtruhe geweckt und ihnen Cornelias Zorn angedroht hatte, führten sie uns dorthin und kümmerten sich um unser Wohl.

»O ja, Herr!« zwitscherte der Obereunuche, als er stolz die Zimmerflucht präsentierte, die hinter dem prachtvollen Hauptschiff des Tempels lag. »Wir haben häufig Hohe Priesterinnen und Kammerherrn der großen Tempel in Griechenland und Magna Graecia zu Gast, wo Ceres als Demeter verehrt wird.«

Ich besichtigte die komfortablen Räume. »Und das behalten sie alles für sich, was? Während wir armen Ädilen in den winzigen Büros im Keller schwitzen müssen! Nun, damit ist jetzt Schluß! Bringt uns, was immer ihr an Speisen vorrätig habt, und einen anständigen Wein. Nein, den besten Wein!«

Der entmannte Mann verneigte sich gehorsam. »Sofort, Ädile!«

Wenige Minuten später machten wir uns über einige der besten kalten Speisen her, die man in Rom in jener Nacht kriegen konnte. Wir hatten zwar schon am früheren Abend gegessen, aber wir futterten trotzdem wie Verhungernde. Ein Soldat weiß, daß er sich den Magen vollschlagen muß, wenn er Gelegenheit dazu hat, weil die nächste Mahlzeit Tage entfernt sein kann und er in der Zwischenzeit vielleicht kräftezehrende Kämpfe zu bestehen hat. Ich hatte das starke Gefühl, daß die Dinge sehr schnell und recht bald eskalieren würden, so daß ich gut daran tat, mich zu stärken.

Ich nahm mir die Zeit, darüber zu grübeln, ob wir die Überreste eines Abendessens zu uns nahmen, das für das unpassende Paar bereitet worden war, und hätte mich fast an meinem Wein verschluckt.

Bald war ich gesättigt, und Hermes sah aus wie ein Kalb, das vom Hammer des Schlachters schon halb benommen auf der Stelle taumelt. Es war bereits spät, aber mir war noch nicht nach Schlafen auf dem üppig gepolsterten Sofa zumute.

»Komm, Hermes«, sagte ich und erhob mich. »Laß uns noch ein wenig frische Luft schnappen, bevor wir uns aufs Ohr legen.«

»Wenn du meinst«, sagte er und kämpfte sich von seinem Sofa hoch. Wir durchschritten das Hauptschiff des Tempels, vorbei an der Statue der würdevoll thronenden Göttin. Ein einzelner Sklave wachte über die Lampen, die vor der Göttin und entlang der Wände brannten, das übrige Personal war wieder zu Bett gegangen. Wir traten auf die Veranda und sahen auf die Stadt hinab. Im hellen Mondschein war es ein atemberaubender Anblick, weil heute Wasser schimmerte, wo sonst nur trübe Dunkelheit herrschte. Auch auf den Hügeln brannten weit mehr Fackeln als gewöhnlich, weil sich die Menschen auf Freiflächen und Dächern versammelt hatten. Und nach Westen hin schien der Fluß von unfaßbarer Breite.

»Glaubst du, du kommst aus dieser Sache heil wieder raus?« fragte Hermes, als wir uns auf die oberste Stufe gesetzt hatten. Er stellte einen Krug und zwei Becher zwischen uns.

»Ich muß«, erklärte ich ihm. »Nicht nur, weil es wünschenswert ist, am Leben zu bleiben, sondern weil ich diese Sache rasch aus dem Weg räumen will. Ich habe viel zu viel zu tun, und sie nimmt meine ganze Aufmerksamkeit in Anspruch. Ich möchte, daß du morgen in der ersten Dämmerung mit einer Nachricht für Julia nach Hause läufst.«

»Ich bin sicher, sie macht sich schon Sorgen um dich.«

»Ja, das auch, aber dies ist wirklich dringend. Ich will, daß sie die Statue unverzüglich einpackt und aus der Stadt schafft. Sie soll einen Wagen mieten und sie zu unserem Landgut schicken. Dort werde ich sie verstecken müssen, bis Gras über die Sache gewachsen ist.«

»Verstecken?« fragte er. »Die Venus? Warum?«

»Weil sie eine Bestechungsgabe ist.«

»Und eine so prächtige noch dazu. Was sollst du denn dafür tun?«

»Nichts, du Idiot«, fuhr ich ihn an. »Ich habe in meinem ganzen Leben noch keine Schmiergelder angenommen! Jedenfalls keine nennenswerten und für nichts Wichtiges.«

Er stierte auf den Grund seines Bechers. »Der Wein muß meine Gedanken träge gemacht haben. Wovon redest du überhaupt?«

»Ich hätte es sofort erkennen müssen, aber diese Sache mit der *insula* hat mich zu stark abgelenkt. Ich habe dir doch erklärt, wie ein Staatsamt funktioniert, Hermes: Solange ich im Amt bin, kann ich nicht bestraft oder vor Gericht angeklagt werden, richtig?«

»So viel habe ich begriffen.«

»Aber in dem Moment, in dem ich mein Amt niederlege, kann man Anklage gegen mich erheben. Das ist praktisch so üblich. Ein politischer Gegner, persönlicher Feind oder ehrgeiziger junger Anwalt klagt einen irgendeines Vergehens an, und man muß sich verteidigen. Meistens lauten die Vorwürfe Bestechlichkeit oder Wucher, aber es kann praktisch alles sein. Caesar hat zu Beginn seiner Karriere den alten Rubirius angeklagt. Für einen fünfundzwanzig Jahre zurückliegenden Mord!« Ich hielt ihm meinen Becher hin, und er goß ihn noch einmal voll. »Dabei kann die Anklage an den Haaren herbeigezogen sein. Es kommt nur darauf an, wie gerissen und hartnäckig die Anwälte sind. Beweise sind zweitrangig. Nun stell dir mal vor: Plötzlich bin ich im Besitz eines großen Meisterwerkes, einer Original-Venus von wem auch immer, ein Schatz, den ich mir selbst nie hätte leisten können, selbst wenn man Julias Mitgift hinzunimmt. Wo kommt das Ding her? Ich könnte wetten, von Messala oder Scaurus. Sie sind beide reich und waren Statthalter von Provinzen, wo man solche Gegenstände den Einheimischen abpressen kann.«

»Warum eine Statue?« wollte Hermes wissen. »Warum kein Geld?«

»Geld kann man leichter verstecken, seine Herkunft leichter erklären, weil es anonym ist. Aber du hast ja gesehen, was für ein Getue Julia und Fausta – nein, da warst du ja auf dem Dach, oder? Jedenfalls haben sie sich aufgeführt, als würden sie ein Gespann erstklassiger Rennpferde bewundern. Wer immer die Statue geschickt hat, wußte, daß wir sie allen Bekannten zeigen würden. Wenn die Flut nicht dazwischen gekommen wäre, hätte Julia schon jeden, der in Rom etwas zählt, zu einem großen Bankett eingeladen, damit er das Kunstwerk bestaunen kann! Man wird mir vorwerfen, daß ich mein Amt verkauft habe, und es wird glaubwürdig klingen. Ich weiß, daß ich Probleme bekommen würde, die Herkunft der Statue zu erklären.«

»Vielleicht sollten wir sie einfach zertrümmern und die Einzelteile verstecken«, schlug Hermes vor.

»Nein, das würde Julia mir nie vergeben. Außerdem ist sie viel zu wertvoll. Wir werden sie einfach auf unser Landgut schicken und sie in einer Hirtenhütte oder dergleichen verstecken.«

»Dann willst du sie also behalten?«

»Natürlich will ich sie behalten!« beschied ich dem Trottel. »Meinst du, ich bin blöd? In zwei oder drei Jahren können wir sie rausholen und in dem Schrein aufstellen, den Julia bauen will. Bis dahin ist all das längst vergessen; es wird neue Skandale und Verbrechen geben, die die allgemeine Aufmerksamkeit in Beschlag nehmen. Es ist schließlich nicht unehrenhaft, eine Bestechungsgabe anzunehmen, die dem Absender nichts erkauft hat.«

»Steht das so im Gesetz?« fragte Hermes skeptisch.

»Ich glaube schon. Ich werde es nachschlagen. Und jetzt ab ins Bett. Beim ersten Morgengrauen möchte ich meine Schreibutensilien parat haben, weil ich einen Brief an Caesar schreiben muß. Und finde heraus, welcher der aedilischen Boten der beste Reiter ist.«

Er stand auf. »Wird erledigt. Du solltest auch ein wenig

schlafen. Wenn der Tag morgen so lang und aufregend wird wie die letzten, brauchst du eine Pause.«

»Ich komme gleich nach«, erklärte ich ihm. Er nickte und verschwand im Tempel. Er gedieh wirklich prächtig und zeigte vielversprechende Ansätze, vor allem für einen verschlagenen jungen Dieb.

Ich brauchte ein wenig Zeit für mich, um meine Gedanken zu ordnen. Er hatte recht, wenn er sagte, daß ich morgen einem randvollen Tag entgegensah. Ich hatte mich bemüht, es auf die leichte Schulter zu nehmen, doch ich erwartete fest, daß man mir am nächsten Tag mindestens einmal, vielleicht sogar mehrere Male nach dem Leben trachten würde, und vielleicht war ja einer der Versuche erfolgreich.

Mir kam es so vor, als hätte ich mich nie zuvor einem Problem stellen müssen, daß so plötzlich aufgetreten war; ich sah mich konfrontiert mit Dingen, von denen ich keine Ahnung hatte, und Personen, die ich überhaupt nicht kannte. Ich war es gewohnt, daß mein Leben von politischen Machenschaften, Geldsorgen oder Frauengeschichten bedroht wurde. Aber ich hätte nie damit gerechnet, daß ich einmal wegen Bauholz um meine Haut kämpfen muß. Doch diese scheinbar triviale Angelegenheit hatte Hunderte von Römern das Leben gekostet, genauso gewißlich, als wären sie von einer feindlichen Armee niedergemacht worden. Ich war plebejischer Ädile, und es war meine Pflicht, für Gerechtigkeit zu sorgen, eine Pflicht, der ich mich nicht entziehen konnte.

Zufrieden stand ich auf und folgte Hermes in den Tempel. Ceres sah nicht so aus, als würde sie sich um meine Probleme scheren, aber sie war ja auch keine römische Göttin. Ich hätte mich an Juno oder Minerva wenden können, Ceres stammte aus Griechenland.

Immerhin schlief ich in ihren Gastgemächern sehr gut.

XII

Am nächsten Morgen herrschte schon vor Sonnenaufgang hektische Aktivität.

Einigermaßen überrascht stellte ich fest, daß auch die anderen Ädilen im ersten Morgengrauen eintrafen, begleitet von ihren Sklaven und Heerscharen von Klienten. Es war zu hören, daß alle Teile Roms bequem erreichbar waren, wenn man nichts dagegen hatte, einen Umweg einzuschlagen oder ein Boot zu nehmen. Als sie sich versammelten, saß ich schon an einem Tisch vor dem Tempel und schrieb im Licht mehrerer Lampen, die ich nach draußen geholt hatte, eine Botschaft an Caesar.

Da ich Caesar in seiner Funktion als *pontifex maximus* schrieb, Gebieter über alle Fragen der religiösen Praxis in Rom, und weil ich vorhatte, diesen Brief vor dem Senat und den diversen priesterlichen Kollegien verlesen zu lassen, befleißigte ich mich eines weit formaleren Stils, als ich das üblicherweise tat, und es fiel mir nicht leicht, mich all der obskuren Fälle und Zeiten des archaischen Lateins zu erinnern, das nur noch in religiösen Zusammenhängen und bestimmten Formen der Lyrik verwendet wurde.

Als ich das meines Erachtens durchaus anerkennenswerte Dokument beendet hatte, gab ich es einem Stab von Sekretären und befahl ihnen, Kopien anzufertigen, bis ich mich eines Besseren besann und die angeordnete Abschriftsaktion wieder abblies. Die Sekretäre waren gerade erst eingetroffen und räkelten sich noch gähnend und kratzend.

»Jupiter, beschütze uns!« klagte eine Stimme aus dem Dunkel. »Metellus schuftet im Licht einer Lampe! Das muß ein Omen der Götter sein!« Diese launige Bemerkung erntete lautes Gelächter. Gemacht hatte sie Marcus Aemilius Lepidus, der kurulische Ädile. Er trat, gefolgt von einer Horde seiner Lakaien, an meinen Schreibtisch.

»Ach, du bist's, Lepidus. Ohne deinen fetten Hintern in einem Klappstuhl habe ich dich gar nicht erkannt«, gab ich zurück.

»Heute finden keine Märkte statt«, sagte er strahlend. »Also habe ich beschlossen, euch armen, im Schweiße eures Angesichts schuftenden Knechten ein wenig zur Hand zu gehen. Du mußt mich doch erwartet haben.«

»Warum?«

»Hat dich der Senatsbote gestern abend nicht angetroffen?« fragte er überrascht.

»Ich war die ganze Nacht hier.«

»Decius! Deine Pflichtergebenheit ist erstaunlich! Wie dem auch sei, der *interrex* hat eine Notstandssitzung des Senats einberufen, die vor Sonnenuntergang im Tempel des Jupiters abgehalten werden soll. Sämtliche Ädilen sollen sich ein Bild vom Zustand der Stadt machen und Bericht erstatten.«

»Prima Idee«, sagte ich, »obwohl man vor hier oben praktisch alles sehen kann.« Eine Senatssitzung war genau das, was ich brauchte.

»Merkwürdig diese Flut, nicht wahr?« sagte Lepidus. Das dämmernde Licht ließ das Spektakel sichtbar werden. »Überall steht das Wasser, aber es erinnert eher an einen See als an einen reißenden Fluß. Ich habe schon Hochwasser gesehen, die ganze Gebäude aus ihren Fundamenten gerissen haben. Ich glaube nicht, daß es diesmal so schlimm kommt. Vielleicht wird das Wasser einfach wieder abfließen, und wir müssen nur ein bißchen aufwischen und abschöpfen.«

»Diese Flut hat den tiefer gelegenen Teil Roms in einen einzigen riesigen Nachttopf verwandelt«, erklärte ich ihm. »Und das Wasser wird dort stehen bleiben, bis Helios es getrocknet hat.«

»Ist das wahr? Nun, mein Haus liegt weit weg von all dem auf der Kuppe des Quirinal.«

»Lepidus, römische Bürgertugend wie deine hat Rom zur größten Macht der Erde werden lassen.«

»Da kommt Cato«, meinte er, ohne auf meine Bemerkung einzugehen. »Das könnte ulkig werden. Was der hier wohl will?«

»Er ist gekommen, um sich mit mir zu beraten«, informierte ich ihn.

Wieder starrte er mich mit großen runden Augen voller Erstaunen an. »Cato berät sich mit dir? Heute ist wahrhaftig ein Tag der Wunder! Möge es kein böses Omen sein!« Er begleitete die alte Floskel gegen das Böse mit einer komplizierten traditionellen Geste, die seine Handlanger mit weiterem Gelächter quittierten.

Cato war tatsächlich eingetroffen, und er war nicht allein. Er hatte mindestens zwanzig Männer bei sich, die meisten von ihnen junge *equites* oder jüngere Senatoren. Ich erkannte nur wenige vom Sehen wieder, weil sie nicht zu der von mir frequentierten Szene gehörten. Es waren allesamt Männer mit ernsten Mienen und Stoppelfrisuren oder kahlgeschorenen Häuptern. Verehrer der Vorfahren bis auf den letzten Mann, dachte ich, Stoiker und Verteidiger alter römischer Tugend. Ihre mürrischen Gesichter waren von Narben, ihre Zahnreihen von Lücken geziert, ihre Fingerknöchel waren geschwollen oder gebrochen. Es waren Männer, die auf dem Marsfeld eifrig trainierten und sich auf den Straßen heftig prügelten. Vielleicht würde ich sie nicht zu meinen Abendgesellschaften einladen, aber an diesem Tag waren sie genau die Art Männer, die ich in meinem Rücken wissen wollte.

»Heil, Ädile!« rief Cato und drängte Lepidus aus dem Weg. Lepidus und seine Lakaien trollten sich grinsend und an die Stirn tippend, um anzudeuten, wie sie Catos Geisteszustand einschätzten.

»Diese Nachricht muß ich unbedingt gleich loswerden, Cato«, platzte ich heraus. »Sag mir, was du davon hältst.« In krassen Worten schilderte ich ihm den Zustand der Kloaken und erläuterte, wie ich ihren himmelschreienden Zustand zum Anlaß nehmen wollte, eine religiöse Kammer einzuberufen.

»Ungeweihte Leichen in den Abwässerkanälen! Empörend!« brüllte Cato. »Kein Wunder, daß die Götter uns verlassen haben!« Dann fuhr er mit leiserer Stimme fort: »Du willst sie also des Frevels anklagen, wenn du sie wegen Bestechlichkeit nicht drankriegst. Das ist genial, Decius Caecilius.«

»Hin und wieder gelingt auch mir etwas«, erwiderte ich bescheiden. »Was hältst du von diesem Brief?« Ich gab ihm meine Kopie, und er fing an zu murmeln, während er sich die Worte selbst vorlas. Nachdem er den Brief halb durchgelesen hatte, warf er ihn wütend zu Boden. »Du Schwachkopf! Haben dir deine Lehrer denn gar nichts über Stil und Komposition beigebracht?«

»Bedeutendere Männer als du haben meinen Prosastil schon sehr gelobt!« erwiderte ich gekränkt.

»Hier geht es auch nicht um ein triviales, schwatzhaftes Schreiben voller Klatsch und Politik! Dies ist ein Dokument, das an priesterliche Angelegenheiten rührt und an den *pontifex maximus* adressiert ist! Ich muß dir wohl einmal zeigen, wie man so etwas macht.« Er schlug mit seiner schwieligen Hand auf den Tisch, ein Geräusch wie der zufallende Deckel einer schweren Truhe. Cato trainierte fast täglich hart mit Schwert, Schild und Speer. »Hört zu!« herrschte er die Schreiber an. »Schreibt das genauso auf, wie ich es diktiere, oder ich ziehe euch das Fell über die Ohren!« Sie sprangen wie angestochen auf, griffen sich frische Bögen, tauchten ihre Federn in Tinte und sahen ihn gebannt und voller bewundernder Aufmerksamkeit an. So benahmen sie sich mir gegenüber nie.

Mit träger, sonorer Stimme begann Cato, meinen Brief in das von ihm so verehrte alte Latein zu übersetzen. Er verwendete Formen, die schon in den Tagen von Numa Pompilius archaisch gewesen waren, und die rollenden Vokale und knarrenden Konsonanten klangen wie eine Schlachthymne. Die vor dem Tempel versammelte Menschenmenge verstummte ob dieser Darbietung, sogar jene, die nicht wußten, worum es ging, und kaum eines der uralten Wörter verstanden. Der Vortrag war es fast wert gewesen, so früh aufzustehen, und als er geendet hatte, erhielt Cato freundlichen Beifall.

Wir überflogen die Abschriften auf Fehler, dann versiegelte ich die gelungenste Kopie, steckte sie in den dafür vorgesehenen Messingbehälter und gab sie einem Boten zu Pferde, den ich bat, wie der Wind in Caesars Winterlager in Gallien zu reiten, wo jener sich mit seiner Armee noch schätzungsweise zehn Tage aufhalten würde, wie ich das gallische Wetter kannte. Mit ein wenig Glück, halbwegs vernünftigen Straßenverhältnissen und schnellen, gutgenährten Pferden konnte er in acht Tagen mit Caesars Antwort zurück sein. Caesars System von über das Land verteilten Streckenposten war unglaublich schnell und effizient, wobei es ihm weniger darum ging, im direkten Kontakt mit dem von ihm verachteten und ignorierten Senat zu bleiben, als vielmehr darum, seine jüngsten Siege möglichst unverzüglich auf dem Forum verkünden zu lassen.

Anschließend schickten wir weitere Boten zu den Vorsitzenden der diversen priesterlichen Kollegien, den Volkstribunen und einen zum *interrex.* Ich hätte viel darum gegeben, Scipios Gesicht zu sehen, wenn er die Botschaft las.

»Jetzt lies das«, erklärte ich Cato. »Ich habe es zwischen den Unterlagen gefunden, die ich vor zwei Tagen aus dem Archiv geholt habe. Ich bin erst gestern nachmittag darauf gestoßen und habe seither noch einige weitere Entdeckungen gemacht. Erinnerst du dich an einen Ädilen namens Lucilius?«

Er nahm die Papyrusrolle. »Recht gut sogar. Ich hielt den Mann für sehr vielversprechend, die Art gewissenhafter Beamter, wie man sie heute kaum noch antrifft. Er ist recht armselig gestorben.« Er fing an, laut zu lesen, senkte jedoch die Stimme, als seine übliche Verdrießlichkeit der Verblüffung wich. Schließlich gab er mir das Dokument zurück. »Also gut. Berichte mir davon.«

Und dann fingen Cato und ich ernsthaft an, Pläne zu schmieden. Ich gab ihm einen kurzen Abriß über meine Entdeckungen der vergangenen Tage. Solange ich sprach, sagte er nichts, aber an seinem heftigen Nicken und Knurren bei gewissen Namen und Ereignissen erkannte ich, daß er mir aufmerksam zuhörte und zumindest von manchem, was ich ihm offenbarte, tief bewegt war.

»Vielleicht war es doch keine so brillante Idee, Metellus Scipio eine Abschrift des Briefes zukommen zu lassen«, meinte er, als ich fertig war. »Er wird durch dieses Dokument nicht nur direkt beschuldigt, er ist auch noch *interrex.* Die Machtbefugnisse dieses Amtes sind nicht vollkommen klar. Sie entsprechen gewiß nicht denen eines Diktators, er hat kein *imperium,* kann keine Armeen befehligen und wird auch nicht die Statthalterschaft einer Provinz antreten, aber in zivilen Angelegenheiten ist er allemal in einer besseren Position als einer von zwei Konsuln. Er hat keinen Kollegen, der ihn behindert, und es gibt Kapazitäten, die der Meinung sind, ein *interrex* dürfe sogar ein Veto der Tribunen überstimmen. Er könnte Maßnahmen gegen dich ergreifen.«

»Das glaube ich nicht«, erklärte ich gelassen.

»Verlaß dich nicht auf die Familienloyalität«, warnte mich Cato. »Er ist nur per Adoption ein Meteller, nicht durch Geburt.«

»Das ist mir vollkommen klar. Ich denke, er wird aus drei Gründen einwilligen: Erstens ist er auf seine Abstammung als Scipio ungleich stolzer als auf seine Adoption zum Caecilius –«

»Vollkommen verständlich«, warf Cato ein.

»Und von einem Scipio erwartet jeder, daß er als Retter der Republik handelt. Zweitens wird er das Amt in Kürze ohnehin niederlegen, und es ist unwahrscheinlich, daß er seine Machtbefugnisse noch zu einem so späten Zeitpunkt mißbraucht. Und drittens glaube ich, daß er ohnehin nicht persönlich in die Sache verwickelt war.«

»Das höre ich gern, aber warum meinst du, daß er nicht zu den Verschwörern gehört? Lucilius schien der Ansicht zu sein.«

»Am Morgen nach dem Einsturz der *insula* kam Scipio vorbei, um sich ein Bild von dem Schaden zu machen. Damals war er sehr daran interessiert, daß ich die Bauunternehmer zur Verantwortung ziehe. Er meinte, es wäre vielleicht sogar ein guter Fall für seinen Sohn, der versucht, sich einen Ruf als Anwalt zu erwerben. Erst am nächsten Tag, nachdem Messala ihn bearbeitet hatte, kam er zu mir und versuchte mir die Untersuchung auszureden. Ich vermute, daß er nicht wußte, daß auf seinem Anwesen flußabwärts minderwertige Materialien verkauft und hier in Rom illegal verbaut wurden. Es wird so oder so peinlich für ihn, aber ihm bleibt immer noch der Ausweg, einen intriganten Verwalter zu präsentieren, der die Waren verkauft und die Profite eingestrichen hat, und den Mann öffentlich hinrichten zu lassen.«

»Das wäre vielleicht eine gute Vorabendunterhaltung bei deinen Spielen«, bemerkte Cato.

»Daran hatte ich noch gar nicht gedacht. Vielleicht könnten wir so all die Verbrecher auf einen Schlag loswerden: Wir errichten in der Arena den Nachbau einer *insula* ohne Wände, damit man die Übeltäter auch sehen kann, und lassen sie dann über ihnen einstürzen, eine geradezu poetische Variante der Gerechtigkeit. Das Publikum würde es lieben.«

»Das klingt durchaus vielversprechend«, meinte Cato. »Aber würden sie nicht zu schnell sterben? Sie verdienen einen langsameren Tod.«

»Ich bin nicht so traditionell wie du, Cato. Mir reicht es, die Schuldigen zu finden, ihnen den Prozeß zu machen und sie hinzurichten. Außerdem müssen wir sie erst mal verhaften, bevor wir Strafen verhängen können, also halten wir uns daran. Wir müssen schnell handeln, wenn wir sie schnappen wollen. Ich möchte, daß du dir den Freigelassenen Justus nimmst und in deinem Haus versteckst. Er ist unser bei weitem wichtigster Zeuge, und ich kann nur hoffen, daß er noch nicht ermordet wurde. Es wird ihm vielleicht nicht gefallen, gegen seinen Patron auszusagen, aber um einer Hinrichtung zu entgehen, wird er es tun.«

»Wird erledigt.« Cato winkte zwei seiner hochgeborenen Schläger zu sich, und ich setzte ihnen auseinander, wie sie den Hof mit dem Bergungsgut finden konnten.

»Er sollte ein gutes Stück über dem Wasserpegel liegen«, erklärte ich ihnen, »und Justus müßte fast sicher auch dort sein, weil die Leute jetzt Holz kaufen, um sich Kähne zu bauen oder gefährdete Gebäude abzustützten. Wenn nicht, wohnt er garantiert irgendwo in der Nähe. Spürt ihn auf und verhaftet ihn in meinem Namen. Er weiß schon, daß ich seine Zeugenaussage will.«

»Bringt ihn zu meinem Haus«, trug Cato ihnen auf, »und bleibt mit dem Schwert in der Hand neben ihm sitzen, bis ich euch entlasse. Laßt ihn nicht entkommen und niemanden in seine Nähe.« Sie salutierten und rannten los.

»Ich möchte, daß der Trans-Tiber-Distrikt und das angrenzende westliche Gebiet nach dem Priestersklaven Harmodias abgesucht werden. Er kann die Mörder des großen Sklaven identifizieren, den ich seiner Pflege überlassen habe, und er kann die Verbindung zu Messala herstellen.«

Cato schnaubte verächtlich. »Du weißt doch genau, daß Messala sich nicht selbst die Hände schmutzig gemacht hat.«

»Wenn ich genug seiner Freunde, Sklaven und Freigelassenen eine Mitschuld nachweisen kann, wird es ihm schwerfallen, sich da wieder rauszuwinden. Aber du hast in der Tat die schwierigste Aufgabe beim Namen genannt, nämlich Urteile gegen Aristokraten wie Valerius Messala Niger und Aemilius Scaurus zu erwirken.«

»Scaurus!« sagte Cato abfällig. »Als ich vor zwei Jahren Praetor war, wurde er vor meinem Gericht wegen massiver Korruption bei seiner Verwaltung Sardiniens angeklagt, aber natürlich freigesprochen, weil er die Geschworenen bestochen hatte, obwohl seine Schuld außer Frage stand. Er hat unverhältnismäßig hohe Steuern erhoben, für all seine Urteile vor Gericht Bestechungsgelder kassiert, wohlhabende Männer hingerichtet, nur um an ihre prachtvollen Kunstschätze zu kommen! Ich kann mich noch an einen speziellen Fall erinnern, ein Bursche, den Scaurus des Verrats anklagte und ohne viel Federlesens hinrichten ließ, nur weil jener eine berühmte Venus-Statue besaß, die ihre Sanda –«

»Da er dieser Vergehen bereits freigesprochen wurde«, unterbrach ich ihn, um ihn von diesem speziellen Thema abzubringen, »sollten wir uns auf seine Todesfalle von einem Theater konzentrieren.«

»Das ist noch so etwas!« schnaubte Cato, der sich gerade so richtig in den angemessenen Grad selbstgerechter Empörung hineinsteigerte. »Dieses Theater ist eine Schande für Rom!« Er wies auf das gewaltige Gebäude, das von unserem Standort aus deutlich zu sehen war. »Zum einen hätten Theater in Rom ganz generell nie erlaubt werden dürfen! Sie sind eine unfromme, degenerierte ausländische Institution, die die Jugend von Rom schwächt und korrumpiert. Und wenn ihre Errichtung für ganz bestimmte Spiele wirklich notwendig ist, sollten sie anschließend umgehend wieder abgerissen werden. Aber da steht es, das Theater des Aemilius Scaurus, Jahre nach seiner Erbauung, und all das, damit der gierige Schurke es um des schmutzigen Profits willen vermieten kann!« Er hatte zu einer ausgewachsenen Tirade angesetzt.

»In meinem Jahr als Praetor habe ich persönlich bei den Censoren gegen diese Ungeheuerlichkeit protestiert –«

»Von denen einer Valerius Messala war«, bemerkte ich.

»Ja, da hast du recht.« Er strich sich mit der Hand über das Gesicht. »Die Götter werden Rom verwüsten, und wir haben es verdient.«

»Laß uns zu unserem Fall zurückkehren«, sagte ich. »Es sieht so aus, als sollte es kein Problem sein, über den Fluß zu kommen, wenn man sich bis zur Pons Sublicius auf dieser Seite hält und den Fluß dort überquert. Eine Truppe von Männern zu Fuß und zu Pferde sollte in der Lage sein, Harmodias zu finden. Vermutlich geht er wie alle anderen davon aus, das für die Dauer der Flut alles zum Erliegen kommt.«

»Ich werde mich darum kümmern.« Das war das Gute an Cato. Er ließ Dinge prompt erledigen, ohne groß Zeit mit unsinnigen Einwänden zu vergeuden. Seine Sturheit bewahrte er sich für öffentliche Debatten auf.

»Unser ärgster und gefährlichster Feind wird Messala sein. Er ist reich und einflußreich, ein enger Gefolgsmann von Pompeius. Die Zeugenaussage von so geringen Männern wie Justus und Harmodias wird gegen einen solchen Mann nicht viel ausrichten können, aber als Censor hätte er *publicani* zur Säuberung der Kloaken und Abwasserkanäle einsetzen müssen. Das hat er nicht getan, und ich werde ihn deswegen des Frevels anklagen.«

»Exzellent.«

»Als ich Caninus zum letzten Mal gesehen habe, und das war direkt hier in diesem Gebäude«, sagte ich, »war er in Begleitung einer Horde von Hypsaeus' Männern. Hypsaeus war im selben Jahr Praetor wie du, oder nicht?«

»Nein, im Jahr davor«, korrigierte mich Cato. »Er war der Praetor für die Ausländer und nie in der Stadt. Zweifelsohne ständig unterwegs, um Bestechungsgelder von Barbaren zu kassieren. Er ist ganz dicke mit Scaurus.«

»Sogar noch dicker«, sagte ich. »Das hier habe ich von Lucilius Witwe bekommen. Schau dir das an.« Ich gab ihm die Notizen, die die Frau mir überlassen hatte. Er runzelte die Stirn und murmelte vor sich hin, während er sich durch das Wortgedrechsel und die unbeholfene Handschrift kämpfte.

»Asiatischer Stil. Ich verabscheue ihn. Nun, die Rede selbst wäre vielleicht ganz passabel geworden, aber die Liste mit Namen ist von unschätzbarem Wert. Da sehe ich ja auch unseren Freund Hypsaeus. Wußte gar nicht, daß er eine Ziegelbrennerei besitzt, aber das sollte mich eigentlich nicht überraschen. Wie viele Senatoren verdienen ihr Geld heutzutage überhaupt noch ehrenhaft mit den Früchten ihrer Felder und Mieten?«

»Leider zu wenige«, seufzte ich. »Hypsaeus wird von seiner Bande beschützt, aber wir können ihn kriegen. Er bekleidet zur Zeit kein Amt, und seine Mietlinge werden sich verziehen, wenn wir ihn unter Druck setzen. Bei den übrigen Namen handelt es sich in der Hauptsache um Bauunternehmer, Staatspächter und so weiter, niederrangige Leute, mit denen man leicht fertig wird.«

»Dein Freund Milo wird froh sein«, bemerkte Cato. »Sein eigener Name steht nicht auf der Liste, und Hypsaeus ist sein Rivale für das Amt des Konsuls im nächsten Jahr.«

Ich blickte auf. »Ich fürchte, sie werden beide enttäuscht sein.«

»Was?« Er warf mir einen argwöhnischen Blick zu. »Was meinst du? Weißt du irgendwas?«

»Sagen wir, ich habe bloß eine Vorahnung, wer im nächsten Jahr Konsul sein wird.«

»Ihr Metelli glaubt, ihr wärt die heimlichen Herrscher Roms«, knurrte er.

»Laß uns an die Arbeit gehen«, sagte ich. »Die Sonne steht schon am Himmel. Wenn wir schnell sind, können wir den Fall schon heute abend vor dem versammelten Senat präsentieren. Es wird einen Tumult geben, aber bei der Flut werden die Herren Senatoren Angst davor haben, wie die Bevölkerung reagiert, wenn sie herausfindet, daß nur geringer Sachschaden entstanden wäre, wenn der Senat oder einzelne Senatoren ihre Pflichten nicht vernachlässigt hätten.«

»Sie werden jedenfalls in der Stimmung sein, einige ihrer Kollegen den Wölfen vorzuwerfen«, stimmte er mir zu.

»Sämtliche Tribunen werden anwesend sein. Ich möchte, daß du mit ihnen sprichst und sie dazu überredest, die plebejische Volksversammlung einzuberufen. Ich möchte, daß du die Versammlung bearbeitest, mich mit den Vollmachten auszustatten, sämtliche Arbeitskräfte, Materialien und Mittel einzuziehen, die ich brauche, um jeden Zentimeter unseres Abwassersystems gründlich zu reinigen. Und ich will, daß diese Arbeiten aus dem Staatsschatz bezahlt werden. Darüber hinaus verlange ich die Einsetzung einer Kommission zur unmittelbaren Katastrophenhilfe, welche die Mittel bereithält, Obdachlose vorübergehend unterzubringen und zu versorgen.« Mein Kopf summte auf einmal nur so vor Ideen. »Das könnte eines der priesterlichen Kollegien oder eine der Bruderschaften übernehmen. Politiker und Magistraten kommen und gehen im Jahresrhythmus, aber die Priesterschaften bleiben ewig.«

»Das werde ich tun.« Er sah mich mit einem Ausdruck an, den ich auf seinem Gesicht nie erwartet hätte: Respekt. »Decius Caecilius, du wirst die ereignisreichste Amtszeit seit Menschengedenken erleben, wenn du sie überlebst.« Mit diesen Worten drehte er sich um und schritt davon, seinen Anhängern Befehle zurufend wie ein General, der in die Schlacht zieht. Und in gewisser Weise tat er genau das.

Eine Weile drängten sich die anderen Ädilen um mich und wollten wissen, was los war. Plötzlich und unerwartet schienen sie von mir Führerschaft zu erwarten. Ich ließ die Gelegenheit nicht ungenutzt. Ich schnappte mir von einem Schreiber ein Stück Papyrus und skizzierte einen groben Plan unserer schönen, geliebten, schrecklichen alten Stadt, unterteilte sie in Sektoren und wies jedem Ädilen einen zu, auf daß er ihn unter seinen Gehilfen aufteilte. Ich sah Acilius mit seinen Helfern und befahl ihnen, bis zum Nachmittag einen detaillierten Bericht über den Zustand jeder *cloaca* sowie jedes Zu- und Abflusses der Stadt zu erstellen.

Der staatliche Freigelassene lächelte und machte einem seiner Sklaven ein Zeichen, woraufhin jener eine dicke Schriftrolle aus seinem Beutel zog, die Acilius mir übergab. »Was glaubst du, was ich in den letzten zwei Jahren gemacht habe?«

»Seht ihr?« rief ich so laut wie Cato. »Es gibt doch noch Menschen, die ihre Pflicht tun! Ich fordere euch alle auf, loszugehen und dasselbe zu tun! Wir treffen uns eine Stunde vor Sonnenuntergang auf der Terrasse des Jupitertempels wieder, und dann will ich eure Berichte hören!«

»Sofort, Ädile!« riefen sie im Chor und stürzten los, um zur Abwechslung einmal etwas Nützliches zu tun, anstatt endlos über Schauspieler, Wagenrennen und öffentliche Bankette zu tratschen.

Ich stand eine Weile da und genoß den Augenblick. Ich fühlte mich wie ein General mit sechs siegreichen Legionen, die für ihn auszogen, um die Barbaren zu töten.

Ein paar Minuten später traf Hermes ein, nach Luft hechelnd und schwitzend wie ein olympischer Läufer.

»Wir haben sie eingepackt«, keuchte er atemlos. »Der alte Burrus begleitet sie auf das Landgut und sagt, er würde dafür sorgen, daß sie so verstaut wird, daß niemand sie zu sehen bekommt.«

Er setzte sich, und während er wieder zu Atem kam, erklärte ich ihm, was es mit der Statue auf sich hatte. »Es war Scaurus' Sicherheitsvorkehrung«, sagte ich. »Er wollte, daß ich dastehe wie ein Gauner, der einen anderen anklagt. Und das hätte auch funktioniert.«

»Erkläre mir noch etwas«, sagte Hermes. »Warum haben sie Folius und seine Frau umgebracht? Sie steckten doch alle zusammen drin, oder nicht? Sie haben in der Schatztruhe des jeweils anderen gehaust, Handel mit minderwertigen Baustoffen getrieben und sich gegenseitig noch reicher gemacht, als sie ohnehin schon waren – aber wer hat sich gegen Folius gewendet und warum? Damit hat für uns doch alles erst angefangen, mit dem Einsturz dieser *insula* und der Entdekkung der beiden unter den Trümmern. Es lief doch alles so gut. Warum haben sie sich zerstritten?«

Die Tempelsklaven servierten unaufgefordert ein Frühstück aus Brot, Honig, Obst und gewässertem Wein. Ich setzte mich und machte Hermes ein Zeichen, neben mir Platz zu nehmen.

»Das ist eine sehr scharfsinnige Frage.« Irgendwie wußte ich plötzlich, daß dies der passende Moment war, das heikelste Thema anzusprechen, das zwischen uns stand. »Hermes, irgendwann in näherer Zukunft werde ich dir deine Freiheit gewähren. Wir werden dann nicht mehr Herr und Sklave, sondern Patron und Klient sein. Dann hast du alle Bürgerrechte und -privilegien mit Ausnahme der Wählbarkeit in ein Amt.«

Er verbarg sein Erstaunen, indem er einen Schluck Wein nahm und einen Kuchen mit Honig bestrich.

»In den letzten paar Tagen hatte ich viel Freude an dir. Ich habe vor, dich auch in zukünftigen Jahren eng an mich zu binden, wenn ich im Amt aufsteige. Wenn du hältst, was du in jüngster Zeit versprochen hast, bin ich zuversichtlich, daß du einer der großen Männer dieser Republik werden kannst.«

Jetzt war er richtig verlegen. »Ich habe nie … ich meine, ich …«

»Du kennst doch Tiro, der einst Ciceros Sklave war und jetzt ein Freigelassener ist. Senatoren und ausländische Könige bemühen sich um ihn. Das könntest du sein. Wie dem auch sei, ich sage dir das als Warnung. Mach weiter so, aber verhalte dich klug. Zu viele Menschen benutzen ihre sklavische Herkunft als Vorwand, wertlose Individuen zu bleiben. Halte die Augen offen, höre aufmerksam zu, denke und handle weise. Vielleicht hast du eine großartige Zukunft vor dir.«

Ich beobachtete ihn genau. Er schluckte, hantierte mit seinem Becher herum, sagte jedoch nichts. »Du schweigst. Ein weiteres gutes Zeichen. Also gut, wir werden die Sache eine Weile lang nicht mehr erwähnen, aber ich möchte, daß du sie gut in Erinnerung behältst.«

»Das würde ich wohl kaum vergessen«, sagte er.

»Du hast nach Folius und seiner Frau gefragt. Vielleicht werden wir es nie mit Gewißheit erfahren, aber ich habe selbst auch schon darüber nachgedacht. Erinnerst du dich, wie ich dir beigebracht habe, die Aktionen eines Feindes vorauszuahnen, indem man denkt wie er?« Hermes nickte. »Das funktioniert auch bei einer solchen Ermittlung recht gut. Ich habe mich also folgendes gefragt: Mal angenommen, ich wäre ein krimineller Verschwörer und hätte ein nützliches Werkzeug gefunden, einen Mann aus Bovillae zum Beispiel, vielleicht einen Nachbarn mit großem Ehrgeiz und ohne Skrupel, dessen Karriere ich zu meinem eigenen großen Nutzen fördern könnte. Mal weiter angenommen, ich hätte diesen skrupellosen Mann nach Rom gebracht und ihn als Geschäftsführer einer meiner profitablen Unternehmen eingesetzt. Wenn sich dieser Mann nun trotz einer allseits gewinnträchtigen Partnerschaft auf einmal als Wahnsinniger herausstellen würde, ein Mörder, der mich nicht nur öffentlich bloßstellen, sondern auch unser ganzes schönes Geschäft kaputtmachen könnte?«

»Dann würdest du ihn loswerden wollen«, sagte Hermes. »Du meinst die Angewohnheit der Folii, Sklaven zu foltern und zu töten? Das mag selbst für Adelige ein wenig kraß sein, aber es ist legal.«

»Da hast du beschämenderweise recht. Aber ich glaube, es fing an, darüber hinauszugehen. Andromeda hat uns einen Hinweis gegeben. Folius und seine Frau gerieten in ihrer Gier nach Blut und Schmerz vollkommen außer Kontrolle.«

Ich lehnte mich zurück und kratzte mein unrasiertes Kinn. Die alte Narbe juckte fürchterlich, wie sie es immer tat, wenn ich mich eine Weile nicht rasiert hatte. »Mit solchen Menschen stimmt irgendwas nicht. Die meisten von uns haben ein natürliches Bedürfnis, Kampf und Wettkampf mitanzusehen, dafür haben wir den Circus und die Arena vorgesehen, wo derlei Dinge geordnet und gesetzlich vorgeführt werden können und das vergossene Blut das von Übeltätern und Freiwilligen ist, die zur eigenen Befriedigung oder um Profit oder Ruhm kämpfen.«

Ich schüttelte den Kopf. »Aber das reicht gewissen Leuten nicht. Sie müssen unschuldige, ohnmächtige Menschen quälen. Und solche Leute sind nie zufrieden, sondern müssen ihre Grausamkeiten immer weiter steigern. Ich glaube, die Folii waren an einen Punkt gekommen, wo sie in Begriff standen, etwas unwiderruflich Unverzeihliches zu tun. Sie hatten ihre eigene Nützlichkeit überlebt. Entweder Scaurus oder Messala hat beschlossen, daß sie verschwinden mußten.«

»Aber gleich eine ganze *insula* mit mehr als zweihundert Menschen mitnehmen?« sagte Hermes. »Warum? Es ist schließlich nicht so, als ob es schwierig wäre, zwei Menschen zu ermorden!«

»Das ist etwas, was ich zu erfahren gedenke, bevor der Tag zu Ende ist«, erklärte ich ihm. Anschließend sprachen wir eine Weile über meine Pläne für die abendliche Zusammenkunft. Ich wollte gerade zu einer Besichtigung der überfluteten Gebiete aufbrechen, als hinter dem Tempel ein Bote den Aventin hinuntergelaufen kam.

»Ädile Metellus?« fragte der Mann, als er vor unserem Tisch stehenblieb.

»Du hast ihn gefunden.« Ich nahm die Botschaft entgegen und las sie rasch durch. Nach der förmlichen Anrede war die eigentliche Nachricht sehr knapp:

Wir müssen uns über den Zustand meines Theaters beraten, welches ich in diesem Moment auf Flutschäden inspiziere. Bitte komme sofort. Es wird dich nicht lange aufhalten, aber ich muß dringend mit dir sprechen. Darunter stand der Name: M. Aemilius Scaurus.

»Was ist aus seiner Reise nach Bovillae geworden?« fragte Hermes. »Wollte er sich nicht um seine Feigenbäume kümmern?«

»Es waren Weinstöcke«, verbesserte ich ihn und gab dem Boten ein Trinkgeld. Er salutierte und eilte davon. »Entweder war er wirklich dort und ist im Galopp zurückgekehrt, oder er ist nie weg gewesen.«

»So oder so ist er ein Narr, wenn er glaubt, daß du ihm in eine derart durchsichtige Falle tappst«, meinte Hermes lachend, aber ich sagte nichts, und er sah mich mit wachsender Besorgnis an. »Er *ist* doch ein Narr, wenn er das denkt, oder nicht?«

»Unter gewöhnlichen Umständen wäre er das, aber ich komme mir selbst im Moment ziemlich närrisch vor.«

»Moment mal! Gerade eben noch hast du mir wie ein griechischer Philosoph Vorträge über die Tugenden der Klugheit und Vorsicht gehalten. Daran erinnerst du dich doch noch, oder?«

»Das sind die wünschenswerten Wesenszüge für einen Menschen von bescheidenem Rang, der in der Welt aufsteigen und sich die Wertschätzung seiner Mitbürger verdienen will«, erklärte ich ihm. »Ich hingegen bin gebürtiger Aristokrat und muß mich keineswegs so benehmen. Sieh dir den jungen Marcus Antonius an, ein überaus tüchtiger Soldat aus einer adeligen Familie, dem es geradezu vorherbestimmt ist, ein bedeutender Mann zu werden, ungeachtet der Tatsache, daß er ein verantwortungsloser Idiot und leicht wahnsinnig ist.«

»Aber willst du gar keine Rücksicht auf dein eigenes Leben nehmen?«

»Vernünftigerweise schon. Aber wir leben in Zeiten, die Tollkühnheit belohnt. Ich glaube, ich werde mir anhören, was er will.«

Hermes verzichtete weise auf weitere Einwände. »Dann laß uns vorher Verstärkung organisieren.« Er blickte zum Fluß. »Die Brücke ist noch passierbar. Ich kann in den Trans-Tiber-Distrikt zur *ludus* laufen. Statilius wird dir sicher gern für einen Tag fünf oder sechs seiner Leute ausleihen. Ich kann in einer Stunde oder schneller zurück sein.«

»Das wäre nicht gut«, erklärte ich ihm. »Das würde nur in eine Sackgasse führen. Er würde mich nicht nur nicht angreifen, sondern auch nichts zugeben. Und ich brauche jeden Beweis, den ich kriegen kann, wenn ich einen Mann wie Aemilius Scaurus überführen will.« Ich blickte zur schrägstehenden Sonne hinauf. Der Morgen war angenehm warm. »Nun, wenigstens ist es ein schöner Tag für eine kleine Bootsfahrt in einer vollgelaufenen Kloake. Laß uns sehen, ob wir eine Fähre erwischen können.«

XIII

Diesmal war unser Boot ein flacher Kahn, der am Fuß des Aventin anlegte. Bevor wir an Bord gingen, warteten wir, bis zwei oder drei Passagiere ausgestiegen waren. Wie der Zufall es wollte, war eine von ihnen die Hohe Priesterin der Ceres.

»Verehrte Cornelia!« sagte ich und half ihr, trockenen Fußes an Land zu kommen. »Findet heute morgen ein Opfer statt?«

»Nein, Ädile, aber mein Haus ist voller Klienten aus den tiefer gelegenen Stadtteilen und deshalb schrecklich beengt.

Ich habe beschlossen, fürs erste in die Gastgemächer des Tempels zu ziehen. Ich hoffe, du hattest eine erholsame Nacht.« Sie lächelte anmutig.

»Ich kann die Unterkunft gar nicht genug preisen«, versicherte ich ihr.

»Du scheinst für einen so schrecklichen Tag außergewöhnlich gut gelaunt«, stellte sie fest.

»Es gibt Tage, an denen der Dienst für den Senat und das Volk noch befriedigender ist als an anderen. Und heute ist einer dieser Tage«, erklärte ich ihr.

»Da hast du vermutlich recht. Und sei versichert, daß du jederzeit auf die Gastfreundschaft des Tempels zählen kannst.«

»Das werde ich gewiß tun, verehrte Dame.«

Hermes und ich gingen an Bord und begrüßten die anderen Passagiere, in der Hauptsache Leute, die eine Bootsfahrt langen umwegigen Fußmärschen zur Vermeidung nasser Füße vorzogen. Einige von ihnen waren Priester, die morgendliche Opfer zu zelebrieren hatten.

»Wohin, Herr?« fragte einer der Schiffer. Zwei Fährleute standen am Heck und navigierten das schwerfällige Gefährt mit Pfählen, während ein dritter am Bug bereitstand, um es von Wänden abzustoßen und schwimmende Trümmer aus dem Weg zu schieben.

»Zum Theater«, sagte ich und wies auf das massive Gebäude.

»Der untere Teil steht schon unter Wasser, Herr«, informierte der Bootsmann mich.

»Ich bin plebejischer Ädile und will mir ein Bild von den Flutschäden machen«, erklärte ich ihm. »Setze mich einfach dort ab.«

Eine Reihe von Booten bevölkerte an jenem Morgen die Straßen und Plätze. Bei der stillen Luft und dem strahlenden Sonnenschein hätte es fast so angenehm sein können wie eine

Bootspartie in der Bucht von Baiae, wenn da nicht noch immer der alles umhüllende, widerwärtige Gestank gewesen wäre. Er war eher noch stärker geworden als am Vorabend. Hier und da sah ich Bläschen an die Oberfläche aufsteigen und platzen, die einen noch übleren Geruch verbreiteten. Mit einem flauen Gefühl im Magen wurde mir bewußt, daß es sich um Verwesungsgase handeln mußte, die aus den Abflüssen blubberten.

Unser Kahn legte ein paarmal an, um Passagiere an Land zu lassen, doch schließlich näherten wir uns dem Theater. Die hoch aufragende Fassade, gekrönt von drei Reihen mit Bögen, die alle von einer Statue in stattlicher Größe geziert wurden, dominierte die gesamte Umgebung wie ein Palast, den die Götter inmitten der Sterblichen errichtet haben, um sie an ihre Bedeutungslosigkeit zu erinnern.

Der Fährmann steuerte sein Boot direkt durch den Haupteingang, bevor es nach etwa zwei Bootslängen auf Grund lief. Die Aussicht, in dieses Wasser zu steigen, gefiel mir gar nicht, aber ich sagte mir, daß das Wasser hier unten in der Nähe des Flusses vielleicht sauberer war. Zumindest war der kleine Tunnel nicht von dem überwältigenden Gestank erfüllt, so daß ich mir Hoffnungen machen konnte.

Ich zog meine Sandalen aus und gab sie Hermes, der sie in seinen Beutel stopfte. Dann legte ich meine Toga ab, rollte sie zusammen und gab sie ebenfalls Hermes. Ich biß die Zähne zusammen und stieg von Bug der Barke. Das kalte Wasser reichte mir bis an die Unterschenkel.

»Wir können nicht auf dich warten, Ädile«, sagte unser Fährmann. »Ich muß noch die anderen Passagiere absetzen. Möchtest du, daß wir zurückkommen?«

»Ich weiß nicht, wie lange ich mich hier aufhalten werde«, erklärte ich ihm. »Ich winke mir von den oberen Rängen jemanden heran, wenn ich ein Boot brauche.«

Hermes sprang ab, ohne ein allzu großes Geplantsche zu

veranstalten, und wir beobachteten, wie die Schiffer ihren Kahn zurück durch den Gang navigierten und sich dabei mit ihren Pfählen von den Wänden abstießen. Der Anblick war ausgesprochen seltsam, und das lag nicht nur daran, daß ein Boot in einem Theater für gewöhnlich nichts zu suchen hat. Die symmetrische Verzierung der Wände enthüllte vielmehr, daß das Wasser an einer Wand höher stand als an der anderen.

Auch Hermes hatte es bemerkt. »Das Wasser sieht aus, als ob es schief steht.«

»Es ist nicht das Wasser«, belehrte ich ihn. »Das Gebäude steht uneben. Damit hätte ich rechnen müssen. Wir wissen schließlich, woraus es gebaut ist. Komm mit.«

Wir wateten durch das schlammige Wasser, stets auf der Hut vor Ratten, von denen ich jedoch nur wenig sah. Irgend etwas sprang und spritzte im Wasser.

»Was war das?« fragte Hermes überrascht.

»Ich weiß nicht, aber ich hoffe, es war ein Fisch.« Ich hatte die hoffnungsvollen Worte kaum ausgesprochen, als das ganze Gebäude einen gewaltigen, ächzenden Seufzer tat, der minutenlang anzudauern schien. »Sei nicht beunruhigt«, ermahnte ich Hermes, selbst gründlich alarmiert, »du warst doch schon mal kurz nach Sonnenaufgang im Circus. Die Wärme läßt das Holz ächzen.«

Wir betraten das gigantische Halbrund des Zuschauerraums und schauten uns um. Der Himmel über uns war strahlend blau, die hohen Masten standen aufrecht wie eh und je, und die Sitze sahen aus, als würden sie nur noch auf Zuschauer warten. Über der Bühne erhob sich die dreigeschossige *scena,* dekorative Architektur, vergoldete Halbpfeiler, künstlicher Lorbeer über sämtlichen Balkonen, und alles erstrahlte in frischer Farbe.

Unterhalb von Sitzrängen und Bühne aber war nichts als Wasser. Ich fragte mich, ob das Licht wieder ein Spiel mit mir trieb, weil dieses Wasser nicht braun war wie das vor den Toren, sondern dunkelrot wie getrocknetes Blut.

»Möge das kein böses Omen sein!« sagte ich, die alte Formel wiederholend, die Lepidus vor einigen Stunden verwendet hatte.

»Warum sieht das Wasser so aus?« fragte Hermes. »Ist es die Farbe, die sie benutzt haben?«

»Ich glaube nicht.« Ich betrat das Parterre, wo bei einer Vorstellung die Senatoren sitzen würden, bückte mich und packte eine Handvoll Schlamm. Er war wie feuchter roter Sand, durchsetzt mit größeren Stücken und unregelmäßigen Brocken von derselben roten Farbe.

»Was ist es?« fragte Hermes. Er trug meine Toga an seinem Stock zusammengerollt über einer Schulter.

»Das sind Ziegel, die sich auflösen«, erklärte ich ihm. »Nachdem es seit mehreren Jahren vor sich hin gammelt, bedurfte es jetzt nur noch dieser Flut, um das Fundament in Schlamm zu verwandeln.« Man hörte ein weiteres, noch lauteres und längeres Ächzen, und das gesamte Theater schien zu beben.

»Ädile Metellus!« Ein rundlicher Mann kam aus den Kulissen der *scena* auf die Bühne gewatschelt. »Wie schön, daß du kommen konntest!« Er ging bis ans Ende der Bühne und nahm ohne Zögern die zwei, drei Stufen bis zum Parterre. »Sieht ziemlich übel aus, was? Nun, so lernen wir uns endlich kennen.« Er kam direkt auf mich zugeschlurft und ergriff meine beiden Hände. Hermes stand bereit, sein Blick wanderte über die nahe gelegenen Gänge. Scaurus war ungefähr vierzig, ein Großteil seiner Haare schon weiß. Seine Wangen waren fett und warfen tiefe Falten, wenn er lächelte. Doch die Augen darüber waren so streng wie die von Caesar.

»Ja, ich wollte dich sprechen, Aemilius Scaurus«, sagte ich. »Ich –«

»Bitte, Ädile«, unterbrach er mich, »ich fürchte, wir haben

wenig Zeit für den Austausch von Höflichkeiten. Komm doch bitte mal kurz mit, ich muß dir etwas zeigen.« Er drehte sich um und betrat den Gang, durch den ich am Vortag mit dem Schauspieler und Dramatiker Syrus gegangen war. Ich folgte Scaurus' breitem Rücken, eine Hand am Knauf meines Dolches, während Hermes sich dicht hinter mir hielt und fast die ganze Zeit rückwärts ging, um den Eingang, durch den wir gekommen waren, im Auge zu behalten.

Wir erreichten den Balkon mit Blick auf den Fluß, und mein Magen drehte sich, als wir etwas betraten, das eher an die Brücke eines sinkenden Schiffes erinnerte. Der Fluß war bis zu dem Rang, auf dem wir standen, angestiegen. Auf der zur Stadt gelegenen Seite war das Wasser still, aber hier an der steilsten Stelle der Flußbiegung führte Vater Tiber reißende Fluten, und der Balkon vibrierte wie die Saite einer Lyra. Es war so ziemlich der beunruhigendste Anblick und die prekärste Situation, die ich je erlebt hatte.

Scaurus drehte sich lächelnd um und stützte sich lässig auf das Geländer. »Siehst du, Ädile? Ich fürchte, es ist ausgeschlossen, daß du deine Spiele hier abhältst. Ich werde das Gebäude für abbruchreif erklären und einreißen lassen müssen, wie es viele altmodische Senatoren ohnehin die ganze Zeit gefordert haben. Schade an sich, es war das prächtigste Theater, das Rom je gesehen hat. Aber da kann man nichts machen, meinst du nicht auch?«

Er wollte also einen Nervenkrieg daraus machen, auf das Geländer gestützt, als stünde er am Teich seiner Villa, und darauf vertrauend, daß seine patrizische Gelassenheit die Oberhand über meine plebejische Unverfrorenheit gewinnen würde. Nun, ich hatte schon in Klemmen gesteckt, die er sich nicht einmal vorstellen konnte; nie zuvor jedoch in einer derart engen.

»Nun«, fuhr er fort, »ich werde dir die Jahresmiete für das Theater natürlich zurückerstatten, und ich bin durchaus bereit, eine zusätzliche Entschädigung für entstehende Unannehmlichkeiten zu bezahlen.« Er gab vor, etwas an seinen Fingern abzuzählen, und blickte dann nach oben, als würde er Zahlen addieren. »Sagen wir, das Zehnfache des Mietpreises?«

»Kein übler Versuch, Scaurus«, erklärte ich ihm, »aber die Bestechungsphase haben wir schon ein gutes Stück hinter uns gelassen. Die Statue war übrigens auch ein kluger Schachzug, auch wenn das genausowenig funktionieren wird.«

»Ist sie nicht exquisit?« sagte er mit einem schlüpfrigen Unterton, als würde er seine bevorzugte Sexualpraktik beschreiben. »Ich habe noch viele von der Sorte, und du kannst dir eine aussuchen. Ich bin ganz deiner Meinung, Kunst ist ungleich erhabener als bloßes Geld.«

»Vergiß es, Scaurus«, sagte ich, auch wenn meine Worte beinahe in einem weiteren Ächzen des gequälten Gebäudes untergingen. Ich drehte mich um und sah, daß sich auf der Pons Sublicius genau wie auf der Pons Aemilius ein Stück flußaufwärts mittlerweile zahlreiche Schaulustige versammelt hatten. Heute bot Vater Tiber ihnen ein wahrhaft einzigartiges Schauspiel.

»Spiel hier nicht den tugendhaften Diener des Volkes, Metellus!« fauchte er und ließ seine joviale Fassade fallen. »Du *brauchst,* was ich dir anbiete! Ich weiß, was dein Amt dich kostet! Ich werde all deine Schulden übernehmen, wenn du einfach nur mit mir zusammenarbeitest. Viele deiner Freunde sind nicht zu stolz, Pompeius, Crassus oder Caesar um denselben Gefallen zu bitten ...«

»Das ist es nicht, was ich will, Scaurus«, sagte ich.

»Was willst du dann?« rief er ehrlich verzweifelt und ratlos.

»Ich möchte deinen Kopf auf einem Pfahl auf der *rostra* sehen, neben dem von Valerius Messala Niger. Der Rest eurer Bande kann meinetwegen aufgeknüpft, gekreuzigt oder den Löwen und Bären zum Fraß vorgeworfen werden, aber zwei

Patrizier wie du und Messala verdienen es, daß man ihren Kopf zur öffentlichen Belustigung auf dem Forum ausstellt.« Für einen Mann seiner Herkunft war ein solches Schicksal unendlich viel schlimmer als jeder noch so schmerzhafte Tod.

»Weswegen?« fragte er. »Wegen der Verletzung von ein paar antiquierten Gesetzen oder einem Verstoß gegen die Bauvorschriften? Die Hälfte der Senatoren tut weit Schlimmeres.«

»Aber die Hälfte der Senatoren ist nicht in den Bau von *insulae* verwickelt, die einstürzen und Hunderte von Menschen in den Tod reißen.«

»Für den Einsturz von Folius' Haus war ich nicht verantwortlich!« sagte er. »Der miese Gauner hat vielleicht beim Bau an ein paar Ecken gespart, aber er wollte darin *wohnen*, du Idiot! Glaubst du, er hat ein Haus gebaut, nur damit es über seinem Kopf zusammenstürzt?«

Soweit ich seine Miene deuten konnte, meinte er es ernst. »Selbst wenn das wahr ist, sind in den letzten drei bis vier Jahren noch viele andere Gebäude eingestürzt, in denen mehr als zweitausend Menschen ums Leben kamen. Und ich werde deinen Namen mit jedem einzelnen dieser Bauten in Verbindung bringen, genauso wie ich Messalas Mittäterschaft beweisen werde.«

»Nun denn«, sagte er, zu alter Gelassenheit zurückfindend, »das bleibt wohl den Geschworenen überlassen, nicht wahr? Und Geschworene haben schon in der Vergangenheit das eine oder andere Mal zu meinen Gunsten entschieden, das ist so schwer nicht.«

Das Gebäude bebte und ächzte erneut. »Du vergißt den Mord an Lucilius.«

Er zuckte die Schultern. »Senatoren werden ständig ermordet. Wir leben in rauhen Zeiten, Metellus, das weißt du doch. Der Mann wurde in einem Bordell erstochen. Er starb nicht einmal im Kampf gegen seine Feinde auf dem Forum.

Und jeder, der eine Aussage zu den Umständen seines Todes machen könnte, ist jetzt tot.«

»Du gibst also zu, daß du von dem großen Sklaven und dem Mädchen Galatea wußtest?«

Er schüttelte glucksend den Kopf. »Du weißt ganz genau, Metellus, daß ich nichts dergleichen zugebe. Ich habe den Schläger vor drei oder vier Jahren an Folius verkauft. Seine Hexe von einer Frau wollte einen Leibwächter, und Antaeus war ein Ringer von einem meiner Güter in Bruttium. Ich glaube, das Mädchen stammte aus ihrem Stadthaus in Bovillae. Vor einem Monat kam der Ringer und bat mich, ihn und das Mädchen zu kaufen. Ich hatte keine Verwendung für ihn und schickte ihn weg. Das war das letzte Mal, das ich ihn gesehen habe. Was immer geschehen ist, war das Werk von Marcus Folius.«

Mir dämmerte, was in der *insula* geschehen sein mußte. Die Erkenntnis war ein wenig enttäuschend, aber ich hatte immer noch reichlich Beweise gegen Scaurus.

»Das macht nichts. Du und Messala, ihr könnt versuchen, Folius, der nichts weiter war als euer Mittelsmann, alle Schuld in die Schuhe zu schieben, aber jeder wird die Wahrheit erfahren, ganz gleich, welches Urteil die Geschworenen am Ende fällen. Man wird euch wenigstens aus dem Senat verstoßen, euch euren patrizischen Status aberkennen und euren Besitz zugunsten des Staatsschatzes beschlagnahmen. Aber das beste ist, daß jeder arme Mann Roms euch bei sich bietender Gelegenheit liebend gern auf der Stelle erschlagen würde. Selbst wenn ihr flieht, werdet ihr euren Lebensabend in bitterer Armut in einer Barbarenstadt fristen müssen und wünschen, ihr wäret gestorben, als ihr noch die Gelegenheit dazu hattet.«

Er seufzte. »Du bist also ganz sicher, daß wir nicht zu einer Übereinkunft kommen?«

»Vergiß es«, sagte ich und wandte mich ab. »Ich sollte jetzt ohnehin besser verschwinden. Ich möchte nicht in einer weiteren deiner Todesfallen sterben.«

»Ich fürchte, das wird sich nicht vermeiden lassen«, erwiderte er. Bei diesen Worten kamen die Männer, die auf der Galerie über uns gelauert hatten, mit gezückten Messern die Treppe hinuntergestürmt.

Nun war es nicht so, als ob ich das nicht erwartet hätte. Wir standen zwischen zwei Treppen, sie hatten uns sauber eingekeilt, zwei Männer an jeder Treppe. Ich hatte meinen Dolch schon in einer, mein *caestus* in der anderen Hand und beschloß, Scaurus zu töten, bevor ich mich um die anderen kümmerte. Mein Langmut war für diesen Tag endgültig dahin.

Er hatte nicht erwartet, daß ich so flink reagierte, und stieß ein entsetztes Krächzen aus, während er mit für einen so korpulenten Mann erstaunlicher Behendigkeit vor mir zurückwich. Ich hätte ihn trotzdem erwischt, wenn das Gebäude in diesem Moment nicht schwindelerregend geschwankt hätte, so daß ich zur Seite taumelte und ihm nur einen langen tiefen Kratzer an Brust und Schulter verpaßte. Er entwand sich und suchte Schutz im Rücken der beiden Männer hinter ihm. Sie mußten kurz stehenbleiben, um ihn vorbei zu lassen, was mir Gelegenheit gab, wieder in Habachtstellung zu gehen.

Hermes befaßte sich derweil bereits mit dem ersten Mann auf seiner Seite. Weil die Gänge so eng waren, konnte nur jeweils einer angreifen, was ein großes, aber ziemlich unverdientes Glück war. Der Mann hatte einen langen, geraden Dolch, mit dem er versuchte, von unten zuzustechen. Hermes riß meine Toga von seiner Schulter, die sich entfaltete und den Angreifer einwickelte wie das Netz eines *retiarius.* Hermes machte einen Schritt nach vorn und stach mit seinem Stock zu wie mit einem gekappten Dreispitz. Der eingewickelte Mann sank zu Boden, die Luft entwich aus seinen Lungen. Hermes machte noch einen Schritt nach vorn, packte den

Mann an den Hüften, richtete sich wieder auf und warf ihn über die Schulter in den Fluß, wo er mit einem großen Platscher aufschlug. Es war allemal so elegant wie ein Kampf in der Arena, aber davon hätte ich mich nicht ablenken lassen dürfen.

Der erste Angreifer kam auf mich zugeschossen wie ein alter Haudegen der Straße, und mein Schlag zertrümmerte nicht etwa seinen Kiefer, sondern riß nur seine Wange bis zu den Knochen auf. Er schrie, schlang aber gleichzeitig einen Arm um mich und stieß sein Messer in meinen Brustkorb. Ich machte mir nicht die Mühe, den Stoß abzublocken, sondern zielte statt dessen mit meinem eigenen Dolch auf sein Kinn. Es fühlte sich an wie ein harter Tritt in die Seite, aber das Kettenhemd, das ich unter meiner Tunika trug, hielt der Wucht stand. Sein Kinn hingegen bremste meine Klinge nicht einmal. Sie drang bis zum Knauf ein und durchbohrte sein Hirn. Er war tot, noch ehe er auf dem Boden aufschlug.

Hinter mir hörte ich eine Klinge gegen Hermes' Stock schlagen und wußte sofort, daß der Junge es diesmal mit einem versierteren Gegner zu tun hatte, doch ich konnte dem kaum Aufmerksamkeit widmen, weil Marcus Caninus schon fast über mir war, während ich immer noch versuchte, meinen Dolch aus seinem Freund zu ziehen, der ihn aber offenbar nicht wieder hergeben wollte.

Schließlich ließ ich den Knauf los und riß meine mit Bronzeplatten bewehrte Hand hoch, um seinen ersten kurzen, hinterhältigen Stoß abzuwehren. Er hatte gesehen, was mit seinem Komplizen geschehen war und zielte erst gar nicht auf meinen Körper. Seine Waffe war eine große *sica* mit einer geschwungenen Klinge wie der Stoßzahn eines Ebers, und sie schien für den Zweck bestens geeignet. Mit der anderen Hand packte Caninus meine Schulter mit einem Griff so fest wie die Zange eines Schmiedes.

Mit der freien Hand attackierte ich das Handgelenk seiner

Messerhand, während ich ansetzte, ihm mein Knie in den Unterleib zu rammen. Doch als alter Raufbruder war er zu gerissen, um darauf hereinzufallen. Er drehte sich zur Seite und erwischte mein Knie mit den Schenkeln. Ich ließ mein *caestus* auf seinen Brustkorb krachen, und er grunzte, als ein oder zwei Rippen brachen, doch für einen Schlag mit voller Wucht hatten mir Distanz und ein fester Stand gefehlt. Ich hielt sein Handgelenk mit der rechten Hand weiter umklammert, doch die Klinge kam näher und näher. Ich schlug erneut gegen seine Rippen, doch er drängte mich jetzt so heftig gegen das Geländer, daß der Schlag keine Wucht hatte. Das Gesicht, das über mir schwebte, sah aus wie aus Eiche geschnitzt, grausam und gefühllos wie das eines Krokodils.

Ich hörte das unverkennbare Geräusch knackender Knochen und hoffte inständig, daß Hermes einen weiteren Angreifer aus dem Weg geräumt hatte und nicht umgekehrt. Ich schlug mich jedenfalls ganz bestimmt nicht gut. Ich trat auf Caninus' Fuß, was ihm ein Stöhnen entlockte, während sich der angerichtete Schaden in Anbetracht der Tatsache, daß ich barfuß war, in minimalen Grenzen hielt. Ich wußte, daß ich ihm noch den ganzen Tag matte Hiebe auf den Körper versetzen konnte, aber ich hatte nicht den ganzen Tag Zeit. Ich ließ mich zurücksinken und löste meinen Griff. Als er den Arm zum tödlichen Stich hob, visierte ich mit meinem *caestus* und meiner verbliebenen Kraft seine Achselhöhle an, genauer gesagt jenen Punkt, der, wenn man ihn richtig trifft, den Arm, manchmal sogar die ganze Seite lähmen und einen Mann bewußtlos machen kann. Natürlich ist hier Zielgenauigkeit alles. Wenn ich die Stelle auch nur um einen Fingerbreit verfehlte, würde ich im nächsten Moment sterben.

Seine Augen traten hervor, und er schrie auf. Die breite Klinge fiel aus seinen betäubten Fingern, und ich drängte ihn ans Geländer. Er war zu schwer, als daß ich ihn allein hätte hochheben können, doch im nächsten Moment kam mir ein weiteres Paar Hände zur Hilfe, und Marcus Caninus tat den bislang größten Platscher. Hermes und ich wollten uns gerade gratulieren, als der Boden bebte und irgend etwas unter uns nachgab.

Entsetzt stützten wir uns ab und sahen, wie sich die Befestigung, die Manius Flurus am Vortag errichtet hatte, in ihre Einzelteile auflöste und von den reißenden Fluten mitgerissen wurde, so daß die großen Balken wie Tümmler an die Wasseroberfläche schossen. Die Schaulustigen auf der Pons Sublicius stießen Rufe des Erstaunens aus. So etwas bekamen sie nicht alle Tage zu sehen. Ich fragte mich, ob sie den Kampf verfolgt hatten oder ob wir bei dem Spektakel, das Rom in den Wirren einer Naturkatastrophe bot, nur Komparsen waren.

Wir wären fast zu Boden gegangen, als das gesamte Theater zu sacken begann.

»Laß uns hier verschwinden!« rief Hermes. »Es bricht auseinander.«

»Nein«, sagte ich. »Einen müssen wir noch erledigen!« Ich stellte meinen Fuß auf das Gesicht des Mannes, den ich erstochen hatte, packte den Knauf und riß die Klinge heraus. »Geh du schon vor. Ich kümmere mich darum und komme sofort nach.«

Ich betrat die gefährlich überhängende Treppe und hangelte mich halb am Geländer nach oben. Das Theater schien jetzt permanent in Bewegung. Ich fragte mich, ob Scaurus entkommen war, aber ich bezweifelte es. Ein Kampf kommt einem immer viel länger vor, als er tatsächlich ist. Das ganze Scharmützel hatte höchstens ein paar Minuten gedauert. Ich kam auf die Galerie des zweiten Rangs, entdeckte jedoch niemanden. Schließlich erregte ein flatterndes Gewand meine Aufmerkamkeit, und ich sah einen Fuß auf der nächsten Treppe verschwinden. Irgend jemand war unterwegs zur Galerie über mir. Ich folgte ihm.

Im dritten Stock hatte ich ihn eingeholt. Scaurus lehnte an einer Wand, eine Hand an die heftig blutende Stirn gepreßt. Bei einem Ruck des Gebäudes hatte er sich offenbar den Kopf aufgeschlagen, was ihn so weit beeinträchtigt hatte, daß ich ihn einholen konnte.

»Marcus Aemilius Scaurus«, rief ich, »komm mit mir zum Praetor!« Er riß ungläubig die Augen auf, als er die alte Formel für eine Verhaftung vernahm.

»Warum haben diese Idioten dich nicht umgebracht? Sie waren zu viert! Und was soll der Unsinn mit der Verhaftung? Wir müssen hier weg! Die juristischen Feinheiten können wir ein anderes Mal erörtern.«

»Tut mir leid, aber ich fürchte, es muß jetzt sein«, sagte ich und machte einen Satz nach vorn, wobei meine Füße es auf den schrägen Bodendielen eiliger hatten als ich. »Du verläßt dieses Gebäude nur als Gefangener, und ich werde dich eines weiteren Kapitalverbrechens anklagen, nämlich des versuchten vorsätzlichen Mordes an einem römischen Beamten im Dienst.«

In diesem Moment ging der bislang heftigste Ruck durch das Gebäude, und es geriet ins Rutschen. Ich ließ meinen Dolch fallen und schlang meine Arme um eine Holzsäule, um nicht zu stürzen, als mich ein widerwärtiges unbeschreibliches Gefühl unnatürlicher Bewegung überfiel, begleitet von der gewaltigsten Kakophonie brachialer Geräusche, die je meine Ohren attackiert hat, ein dissonantes Tutti aus Schreien, Bersten, Knacken, Krachen und Malmen, untermalt vom alles beherrschenden Tosen des reißenden, aufgewühlten Wassers.

Das Gleiten schien ewig zu dauern, bevor es sich in eine Art Taumeln und Wiegen und Hüpfen verwandelte und ich das gegenüberliegende Flußufer ansteigen und absinken sah wie bei einem Erdbeben. Dann begriff ich, was geschehen war: Das Theater brach nicht zusammen, es *trieb* auf dem Wasser!

Vor meinen erstaunten Augen begann sich die Szenerie zu verschieben, und von links glitt langsam die Pons Sublicius in mein Blickfeld. Es war fast so, als stünde ich im toten Mittelpunkt der Erde, während sich die Welt um mich herum drehte. Die Leute auf der Brücke applaudierten mit vor Begeisterung offenen Mündern, sprangen in die Luft und jubelten, als würde das ganze Spektakel allein zu ihrer persönlichen Erbauung dargeboten.

Aus einem Loch im Boden streckten sich mir zwei Hände entgegen. Hermes hatte sich den letzten Treppenabsatz hochgeschleppt und am Boden entlang gehangelt und zog sich jetzt zu mir hoch.

»Siehst du, was du angerichtet hast!« schrie er. »Wir hätten längst weg sein können!«

»Wo ist Scaurus?«

»Wen interessiert's! In ein paar Sekunden werden wir gegen die Brücke krachen, und wenn wir das überleben wollen, müssen wir bessere Akrobaten sein als diese griechischen Frauen gestern abend!«

»Es waren Spanierinnen!« verbesserte ich ihn, doch ansonsten hatte er unbestreitbar recht. Träge und majestätisch trieb das Theater des Aemilius Scaurus auf die Brücke zu wie ein rammbereites Schlachtschiff, was jetzt auch den Schaulustigen auf der Brücke dämmerte, weswegen sie eiligst zu beiden Ufern davonstoben. Doch die Leute auf den Böschungen und nahe gelegenen Dächern schrien und jubelten, als ob die Grünen im Circus sich anschickten, einen Saisonrekord zu erzielen.

»Wir sollten aufs Geländer steigen«, riet Hermes, »aber halt bis zum letzten Moment die Säule fest.«

Das klang wie eine ungemein gute Idee, also standen wir zu zweit und barfuß auf dem Geländer, während die Brücke näher kam. Ich war fest davon überzeugt, daß wir viel zu schnell waren und vom Geländer in einen garstigen Tod geschleudert würden, aber ich hatte die Wellenbrecher vergessen, die die Brückenpfeiler schützten. Sie waren überflutet, und als der unter Wasser liegende Teil des Theaters dagegen stieß, wurde unsere Vorwärtsbewegung gebremst. Durch meine Fußsohlen konnte ich das Bersten von Holz spüren wie das Brechen von Knochen in betäubten Gliedmaßen.

Kurz bevor auch die Fassade des Theaters mit der Brücke kollidierte, rief ich: »Jetzt!« Wir stießen uns vom Geländer ab und landeten auf der gut zehn Fuß unter uns liegenden Brükke, wobei wir ein paar Bürger mitrissen, die sich noch immer durch die panische Menschenmenge in Sicherheit drängeln wollten. Sterne blitzten vor meinen Augen auf, als ich nach der Landung fast bewußtlos zu Boden sank.

Doch ich hatte keine Muße für Selbstvergessenheit, weil ich wußte, was kommen würde. Ich fand Hermes und zog ihn auf die Füße. »Los, komm!« bellte ich. »Wir müssen sehen, daß wir hier wegkommen!«

Er schüttelte eine Weile den Kopf, bis er zu dem Theater blickte und keine weitere Zeit mehr verschwendete. Wir bahnten uns einen Weg durch die von der Brücke fliehende Menge. Hermes zog seinen Stock unter dem Gürtel hervor, und ich hatte mein *caestus* noch über die linke Hand gestreift, was sich als überaus hilfreich erwies.

Als wir den Endbogen der Brücke erreicht hatten, sahen wir uns um. Das Theater war gegen die Brücke gestoßen und zerbrochen. Zwischen der Kraft von Vater Tiber und der unbeweglichen Masse der alten steinernen Brücke wurde es zerdrückt wie ein Vogelnest zwischen den Händen eines Riesen. Die Seitenfront barst, durchbohrt von gewaltigen Balken, die sich übereinander schoben und durch die Luft geschleudert wurden, als das riesige Gebäude in sich zusammensank, während andere Teile des Bauwerks nach oben gedrückt wurden und fast über die Brücke kippten, alles begleitet von einem Lärm, der noch Meilen entfernt zu hören war.

Dann, als es schien, als müßte entweder die Brücke nachgeben oder das nicht mehr wiederzuerkennende Theater auf sie stürzen, begann der zertrümmerte Koloß zu sacken und wieder im Wasser zu versinken, während auf der anderen Seite Balken durch die Bögen der Brücke trieben. Der Fluß zerkleinerte das Gebäude und spülte es unter der Brücke fort.

Als die Trümmer langsam abzufließen begannen, betraten wir die Pons Sublicius erneut. Als wir die Mitte erreicht hatten, war das Theater, das eben noch so gewaltig und imposant gewirkt hatte, nur noch ein Haufen Holz, der von Sekunde zu Sekunde weiter abgetragen und in Einzelteilen davongeschwemmt wurde. Plötzlich sah ich in den Strudeln unter mir inmitten von zerborstenen Balken ein weißes, entsetztes Gesicht, das zu mir hoch starrte. Dann war Marcus Aemilius Scaurus im Tiber verschwunden, verschluckt von den reißenden Fluten, begraben unter den Bruchstücken seines eigenen größenwahnsinnigen Prachtbaus.

Von überall hörte ich die Menge wieder und wieder etwas skandieren, als würde sie ein Wagenrennen oder einen Gladiatorenkampf verfolgen. Ich hob den Blick zum Ostufer, das aussah wie ein Unterkiefer, aus dem ein Zahn herausgebrochen war. Nach und nach verstand ich auch, was die Leute riefen: »Ti-ber! Ti-ber! Tiber!« Ja, der erste und ewige Meister, Vater Tiber, war wieder einmal siegreich gewesen.

Julia fand mich im provisorischen Hauptquartier der Ädilen, das ich auf der Terrasse des Tempels des Jupiter Optimus Maximus eingerichtet hatte. Ich hatte die Berichte meiner Mitbeamten entgegengenommen, während Asklepiodes meine zahlreichen kleinen Wunden verband. Cato hatte Justus in Schutzhaft genommen, seine Spürhunde hatten eine heiße Spur von Harmodias und erwarteten, ihn in Kürze zu ergreifen. Gleichzeitig ließ er die Privatunterkünfte von allen Männern auf Lucilius' Liste beobachten. Zu meiner nicht geringen Befriedigung würde ich den Namen eines ehrbaren Mannes reinwaschen.

Julia hatte meine beste Toga und einen Barbier zum Rasieren mitgebracht. Vorher hatte ich schon die Gelegenheit genutzt, mich kurz in einem Pferdetrog zu waschen.

»Warum mußt du immer solche Sachen machen, mein Lieber?« fragte sie, während Hermes ihr half, mich präsentabel zu machen. Sie schlang ihre Arme um mich, und ich protestierte.

»Du weißt doch, wie unseresgleichen über öffentliche Zuneigungsbekundungen denkt«, sagte ich.

Sie lächelte. »Ja, der alte Cato wird von einem Schlaganfall getroffen zu Boden sinken.«

»Nun, in diesem Fall …« Ich packte sie und drückte ihr zum Entsetzen des halben versammelten Senats einen fetten Kuß auf die Lippen.

»Am seltsamsten ist« sinnierte ich, während sie versuchte, mein Haar zu verschiedenen Frisuren zu legen, »daß es bei all den Verbrechen, dem Betrug und der Gier dieser verabscheuungswürdigen Männer am Ende die Liebe eines Sklaven war, die alles zum Einsturz gebracht hat.«

Sie hielt überrascht inne. »Was meinst du damit?«

»Liebe und Verzweiflung«, sagte ich. »Es war der Sklave, der sich Antaeus nannte. Als man ihn fand, konnte er kaum sprechen. Zuletzt sagte er etwas wie ›Gala … Gala …‹ und dann ›verflucht‹. Er hat versucht, den Namen des armen Mädchens Galatea zu stammeln. Offenbar hat er sie geliebt. Einer der Männer, Scaurus, Messala, Folius oder alle drei zusammen haben die beiden zu dem Mord an Lucilius angestiftet; danach wurde sie im Haus des Folius wie eine Gefangene gehalten. Sie muß sogar versucht haben zu fliehen, denn als ich ihre Leiche gesehen habe, trug sie den Halsring einer Ausreißerin. Antaeus hat versucht, Scaurus dazu zu bewegen, ihn und das Mädchen aus diesem Haus wegzukaufen, doch der wollte nicht. Das

Mädchen war zum jüngsten Opfer bei den Spielen des Paares geworden. Also beschloß der Sklave, sie zu töten und das Ganze als Einsturz einer *insula* zu tarnen. Er bohrte Löcher in die Stützbalken, die er mit Kerzen verstopfte für den Fall, daß jemand in den Keller kam, bevor er fertig war. Vielleicht hatte Messala ihm die Freiheit versprochen, wenn er die Folii erledigte, die für alle zu einer Peinlichkeit geworden waren. Vielleicht hat er es auch aus eigenem Antrieb getan. Vielleicht hatte er geplant, das Mädchen davonzutragen, während hinter ihnen das Haus einstürzte. Aber in jener Nacht haben die beiden ihre Spiele ein wenig zu weit getrieben, und das Mädchen starb unter ihren Peitschenhieben. Da beschloß unser Sklave, die Sache zu Ende zu bringen. Erst brach er ihnen für den unwahrscheinlichen Fall, daß sie überleben sollten, das Genick, was er als Ringer gewiß höchst effizient beherrschte. Dann bohrte er einfach so lange weiter, bis es vorbei war. Er muß sehr überrascht gewesen sein, als er aufwachte und noch lebte.«

»Wie schrecklich!« rief Julia und verzog das Gesicht, bevor sie, den Sinn stets aufs Praktische gerichtet, fragte: »Wird dich das von deiner Familie entfremden?«

»Ich weiß es nicht, und es ist mir auch ziemlich egal. Der Plan mit Pompeius wird mit oder ohne Messala durchgezogen werden. Wenn sich herausstellt, daß einige von ihnen in die Sache verwickelt waren, Pech. Sie haben nie gezögert, mich zu ihrem Vorteil zu benutzen, und ich werde keine falsche Rücksicht auf familiäre Verbundenheiten nehmen.«

In diesem Moment kam Cato und grüßte uns beide. »Wir haben sie, Decius Caecilius«, verkündete er triumphierend. »Wir werden den ganzen Haufen kassieren. Valerius Messala wird ein harter Brocken sein, und es wird einige Zeit dauern, auch ihn zu überführen. Leider wird sich Scaurus nicht vor einem Gericht verantworten können, aber das war die prächtigste Manifestation göttlichen Willens, die ich je in meinem Leben mitansehen durfte.«

»Ja«, sagte ich und erhob mich, als die Senatoren begannen, in den Tempel zu strömen. »Vater Tiber ist der einzige Gott, den wir jeden Tag sehen. Wir vernachlässigen ihn auf eigene Gefahr.« Die untergehende Sonne ließ eine Ansammlung weißer Gebäude auf dem Campus Martius erstrahlen. Ich legte einen Arm um die Schulter meiner Frau. »Julia, es sieht so aus, als müßten meine Schauspiele doch in Pompeius' Theater aufgeführt werden.«

Cato bedachte diese unschickliche Freizügigkeit mit einer verdrießlichen Miene, bevor er, den Blick zum Marsfeld gewandt, wieder anfing zu dozieren: »Das ist noch so etwas: Dieses Gebäude ist eine Ungeheuerlichkeit! Pompeius hat jede noch so schamlose List genutzt, um in Rom ein permanentes Theater errichten zu können! O ja, ich gebe zu, er hat es außerhalb Roms erbaut und es mit einem Tempel gekrönt, trotzdem –«

So war Cato nun mal; ein lästiger Langweiler, wie er im Buche steht. Doch er hatte einen großartigen Tod. Manchmal wünsche ich mir, ich wäre mit ihm gestorben, vor all den Jahren in Utica.

Diese Begebenheiten ereigneten sich an vier Tagen des Jahres 701 der Stadt Rom, im Jahr des *interregnum* von Quintus Caecilius Metellus Pius Scipio Nasica.

Glossar

(Die Definitionen beziehen sich auf das letzte Jahrhundert der römischen Republik)

Ädilen: Gewählte Beamte, die für die Ordnung auf den Straßen, die staatliche Getreideversorgung, die Verwaltung der Märkte und die öffentlichen Spiele zuständig waren. Es gab zwei Arten von Ädilen: die plebejischen Ädilen, die keine Amtsinsignien hatten, und die kurulischen Ädilen, die eine gestreifte Toga trugen. Da die Pracht der Spiele, die die Ädilen veranstalteten, oft die Wahl in ein höheres Amt bestimmte, war das Ädilenamt eine wichtige Stufe auf der politischen Karriereleiter.

Atrium: In der republikanischen Zeit die Bezeichnung für die Eingangshalle eines Hauses, die als allgemeiner Empfangsbereich genutzt wurde.

Auguren: Beamte, die im staatlichen Auftrag Omen deuteten. Auguren konnten alle Amtsgeschäfte und öffentlichen Versammlungen untersagen, wenn sie ungünstige Vorzeichen erkannt hatten.

Basilika: Ein Gebäude, in dem die Gerichte bei schlechtem Wetter tagten.

Bestiarius: Tierkämpfer im Zirkus.

Caestus: Ein mit Ringen, Platten oder Bronzedornen verstärkter Boxhandschuh aus Lederriemen.

Caldarium: Heißbaderaum in römischen Thermen. Die Beheizung erfolgte durch erwärmte Luft, die von unterirdischen Kanälen durch Röhren in den Wänden geleitet wurde.

Caliga: Soldatenstiefel.

Campus Martius: Ein Feld außerhalb der alten Stadtmauern, früher ein Versammlungsort und Truppenübungsplatz. Dort trafen sich die Volksversammlungen. In der Endphase der Republik wurde das Marsfeld jedoch zunehmend bebaut.

Candida: Blendendweiße Toga eines Amtsbewerbers.

Censoren: Magistrate, die normalerweise alle fünf Jahre gewählt wurden, um den Bürger-Census durchzuführen und unwürdige Mitglieder von der Liste der Senatoren zu streichen. Sie konnten bestimmte religiöse Praktiken verbieten, wenn sie diese für der öffentlichen Moral abträglich oder »unrömisch« hielten. Es gab zwei Censoren, und jeder konnte die Entscheidung des anderen außer Kraft setzen. Das Censoren-Amt galt als Abschluß einer politischen Karriere.

Circus: Der römische Rennplatz und das Stadion, das ihn umgab. Der erste und größte war der Circus maximus, der zwischen den Hügeln Palatin und Aventin lag. Ein später erbauter, kleinerer Circus, der Circus flaminius, lag außerhalb der Stadtmauern auf dem Marsfeld.

Cognomen: Der Familienname, der den Zweig eines Geschlechts anzeigt, z. B. Gaius Julius Caesar: Gaius vom Zweig der Caesares aus dem Geschlecht der Julier. Einige plebejische Familien führten kein Cognomen, so vor allem die Marier und die Antonier.

Curia: Versammlungsgebäude des Senats auf dem Forum.

Cursus honorum: Die Reihenfolge der Ämterlaufbahn. Die Laufbahn der Senatoren begann mit zehn Jahren Militärdienst, dann folgten nacheinander Quaestur, Ädilität, Praetur und Konsulat. Zwischen zwei Ämtern mußten jeweils zwei Jahre liegen, so daß man normalerweise nicht vor Erreichen des einundvierzigsten Lebensjahres Konsul werden konnte.

Curulis: Amtssessel der höheren Magistrate.

Factio: Eine Partei, politische Richtung.

Fasces: Ein Rutenbündel, das mit einem roten Band um eine Axt gebunden war – Symbol der Magistratsgewalt, sowohl Züchtigungen als auch die Todesstrafe vollziehen zu dürfen.

Fetiales: Ein zwanzigköpfiges Priesterkollegium, das die völkerrechtlichen Beziehungen zu besorgen hatte.

Flamen (Pl. flamines): Der Priester eines bestimmten Staatsgottes. Das Kollegium der Flamines bestand aus fünfzehn Mitgliedern. Die drei ranghöchsten waren der flamen dialis (Priester des Jupiter), der flamen martialis (Priester des Mars) und der flamen quirinalis (Priester des Quirinus). Sie waren verantwortlich für die täglichen Opfer, trugen auffällige Kopfbedeckungen und waren von vielen rituellen Tabus umgeben.

Floralien: Der Göttin Flora geweihte Festspiele, die Ende April bis Anfang Mai stattfanden.

Forum: Ein offener Versammlungsort und Marktplatz. Das erste Forum war das Forum Romanum. Um das Forum gruppierten sich die wichtigsten Tempel und öffentlichen Gebäude. Bei gutem Wetter traten auf dem Forum die Gerichte zusammen.

Freigelassener: Ein freigelassener Sklave. Mit der offiziellen Freilassung bekam der Freigelassene die vollen Bürgerrechte zugesprochen, mit Ausnahme des Rechts, ein Amt auszuüben. Die inoffizielle Freilassung gab einem Sklaven die Freiheit, ohne ihn mit dem Wahlrecht auszustatten. In der zweiten, spätestens der dritten Generation wurden Freigelassene gleichberechtigte Bürger.

Frigidarium: Das Kaltwasserbad in den Thermen.

Garum: In Salz eingelegte Innereien von Fischen, vor allem von Thunfischen und Makrelen. Dieses sehr schmackhafte Erzeugnis wurde in fast allen Mittelmeerländern hergestellt.

Genius: Der leitende und behütende Gott einer Person oder eines Ortes. Der Genius eines Ortes wurde genius loci genannt.

Gens: Ein Geschlecht, das sich auf einen bestimmten Vorfahren berief. Die Namen der patrizischen Geschlechter endeten immer auf –ius. So war beispielsweise Gaius Julius Caesar vom Zweig der Caesares aus dem Geschlecht der Julier.

Gravitas: Ernsthaftigkeit, Würde.

Haruspex (Pl. haruspices): Angehöriger eines etruskischen Priesterkollegiums, dem es oblag, aus den Eingeweiden der Opfertiere zu weissagen.

Imperium: Das Recht, ursprünglich der Könige, Armeen aufzustellen, Ge- und Verbote zu erlassen und körperliche

Züchtigung und die Todesstrafe anzuordnen. In der Republik war das imperium unter den beiden Konsuln und den Praetoren aufgeteilt. Gegen ihre Entscheidungen im zivilen Bereich konnten die Tribunen Einspruch erheben, und die Träger des Imperiums mußten sich nach Ablauf ihrer Amtszeit für ihre Taten verantworten.

Impluvium: Offener Hof, Hausgarten.

Iudex: Der Richter.

Klient: Eine von einem Patron abhängige Person, die verpflichtet war, den Patron im Krieg und vor Gericht zu unterstützen. Freigelassene wurden Klienten ihrer vormaligen Herren. Die Beziehung wurde vererbt.

Konsul: Der höchste Beamte der Republik. Es wurden jährlich zwei Konsuln gewählt. Das Amt schloß das uneingeschränkte imperium ein. Nach Ablauf seiner Amtszeit wurde ein Exkonsul zum Statthalter einer Provinz ernannt, die er als Prokonsul regierte. Innerhalb seiner Provinz übte er absolute Macht aus.

Liktor: Wächter, normalerweise Freigelassene, die die fasces trugen und die Beamten begleiteten.

Ludus: Die öffentlichen Spiele, Rennen, Theateraufführungen usw. Auch eine Gladiatorenschule, obwohl die Darbietungen der Gladiatoren keine ludi waren.

Lustrum: Ein Reinigungsopfer, das die Censoren üblicherweise alle fünf Jahre am Ende ihrer Amtszeit darbrachten.

Matronalia: Fest der Frauen zu Ehren der Juno Matrona am 1. März.

Munera: Besondere Spiele, die nicht Teil des offiziellen Veranstaltungskalenders waren und in denen Gladiatoren auftraten. Ursprünglich waren es Leichenspiele, die den Toten geweiht waren.

Nobilitas: Der Adel.

Patrizier: Nachfahre einer der Gründungsväter Roms. Einst konnten nur Patrizier politische und priesterliche Aufgaben und Ämter übernehmen, aber diese Privilegien wurden nach und nach aufgehoben, bis nur noch einige Priesterämter rein patrizisch waren.

Plebejer: Alle nichtpatrizischen Bürger.

Pomerium: Der Verlauf der alten Stadtmauern, der Romulus zugeschrieben wird. Die freie Fläche diesseits und jenseits der Mauer galt als heilig. Innerhalb des Pomeriums war es verboten, Waffen zu tragen und Tote zu bestatten.

Pontifex (Pl. pontifices): Ein Mitglied des höchsten Priesterordens von Rom. Er hatte die Oberaufsicht über alle öffentlichen und privaten Opferungen sowie über den Kalender. In der Spätphase der Republik gab es fünfzehn pontifices: sieben Patrizier und acht Plebejer. Ihr oberster war der pontifex maximus.

Praetor: Beamter, der jährlich zusammen mit den Konsuln gewählt wurde. In der Endphase der Republik gab es acht Praetoren. Der ranghöchste war der praetor urbanus, der bei Zivilstreitigkeiten zwischen Bürgern den Vorsitz des Gerichts innehatte. Praetoren wurden von zwei Liktoren begleitet. Nach Ablauf ihrer Amtszeit wurden Praetoren Propraetoren und hatten in ihren propraetorischen Provinzen das uneingeschränkte imperium.

Proscaenium: Der Vordergrund der Bühne.

Quaestor: Der rangniedrigste der gewählten Beamten.

Quindecim viri: Das Priesterkollegium, das die Aufsicht über die Sibyllinischen Bücher führte.

Rostra: Ein Denkmal auf dem Forum zum Andenken an die Seeschlacht von Antium 338 v. Chr., das mit Schnäbeln, den Rostra, der feindlichen Schiffe geschmückt war. Sein Podium wurde als Rednertribüne benutzt.

Sestertius: Die gängigste römische Münze, bis Augustus aus Silber, danach aus Messing.

Sica: Ein einschneidiger Dolch oder ein kurzes Schwert unterschiedlicher Länge. Sie galt als Lieblingswaffe der Straßenbanden und daher als anrüchige, unehrenhafte Waffe.

Tabularium: Das Archiv.

Talente: Größte Münzeinheit.

Tarpejischer Felsen: Eine Klippe unterhalb des Capitols, von der Verräter gestoßen wurden. Benannt war der Felsen nach dem römischen Mädchen Tarpeia, das der Legende zufolge den Sabinern den Zugang zur Burg auf dem Capitol verraten hatte.

Toga: Mantelähnliches Obergewand der römischen Bürger. Die gehobenen Schichten trugen eine weiße Toga, ärmere Leute und Trauernde eine dunkle. Die mit einem purpurfarbenen Saum besetzte Toga praetexta war die Amtskleidung der kurulischen Beamten und diensttuenden Priester und wurde von jungen Freigeborenen getragen.

Tribun: Vertreter der Plebejer, mit Vetorecht gegen Staatsentscheidungen und legislativer Gewalt ausgestattet. Dieses Amt konnte nur von Plebejern bekleidet werden. Normalerweise die erste Stufe einer politischen Karriere.

Triclinium: Speisezimmer des römischen Hauses, benannt nach den Klinen; das sind die Liegen, auf denen während des Essens gelagert wurde.

Triumph: Eine prunkvolle Zeremonie zur Feier eines militärischen Erfolges. Die Auszeichnung konnte nur vom Senat verliehen werden. Ein siegreicher Heerführer mußte außerhalb der Stadtmauern auf die Erlaubnis des Senats warten, die Stadt zu betreten. Sein Oberbefehl erlosch in dem Augenblick, in dem er das pomerium überschritt. Der Heerführer, Triumphator genannt, wurde mit königlichen Ehren empfangen. Während eines Tages galt er als gottgleich. Ein Sklave stand hinter ihm und mußte ihn in regelmäßigen Abständen an seine Sterblichkeit erinnern, damit die Götter nicht eifersüchtig wurden.

Triumvir: Mitglied eines Triumvirats, ein von den römischen Behörden häufig eingesetzter Ausschuß zur Erledigung spezieller politischer oder religiöser Aufgaben. Davon zu unterscheiden: das Triumvirat als private Vereinbarung politisch Mächtiger. Das berühmteste Triumvirat (60 v. Chr.) war die Dreierherrschaft von Caesar, Pompeius und Crassus.

Tripus: Dreifuß, dreifüßiger Kessel.

Vestalia: Fest zu Ehren der Vesta am 9. Juni.

Volksversammlungen: Es gab drei Arten von Volksversammlungen: die Centuriatskomitien (nach Militäreinheiten bzw. Vermögensklassen gegliederte Volksversammlungen) und die beiden nach Tribus gegliederten Volksversammlungen, die comitia tributa und das concilium plebis. Die comitia tributa wählte die niederen Beamten, z. B. die kurulischen Ädilen und Quaestoren, und die Militärtribunen. Das concilium plebis, das nur aus Plebejern bestand, wählte die Volkstribunen und die plebejischen Ädilen.